QUANDO ELA ERA BOA

PHILIP ROTH

Quando ela era boa

Tradução
Jorio Dauster

COMPANHIA DAS LETRAS

Copyright © 1967 by Philip Roth

Grafia atualizada segundo o Acordo Ortográfico da Língua Portuguesa de 1990, que entrou em vigor no Brasil em 2009.

Título original
When She Was Good

Capa
Rita da Costa Aguiar

Foto de capa
Igor Ustynskyy/ Getty Images

Preparação
Ana Paula Martini

Revisão
Clara Diament
Adriana Bairrada

Dados Internacionais de Catalogação na Publicação (CIP)
(Câmara Brasileira do Livro, SP, Brasil)

Roth, Philip, 1933-2018.
    Quando ela era boa / Philip Roth ; tradução Jorio
Dauster. — 1ª ed. — São Paulo : Companhia das Letras,
2018.

    Título original: When She Was Good.
    ISBN 978-85-359-3129-7

    1. Ficção norte-americana I. Título.

18-16430   CDD-813

Índice para catálogo sistemático:
1. Ficção : Literatura norte-americana 813

Iolanda Rodrigues Biode – Bibliotecária - CRB-8/10014

[2018]
Todos os direitos desta edição reservados à
EDITORA SCHWARCZ S.A.
Rua Bandeira Paulista, 702, cj. 32
04532-002 — São Paulo — SP
Telefone: (11) 3707-3500
www.companhiadasletras.com.br
www.blogdacompanhia.com.br
facebook.com/companhiadasletras
instagram.com/companhiadasletras
twitter.com/cialetras

A meu irmão Sandy;
A meus amigos Alison Bishop, Bob Brustein,
George Elliott, Mary Emma Elliott,
Howard Stein e Mel Tumin;
e a Ann Mudge:
por palavras ditas e coisas feitas.

PARTE I

1

Não ser rico, não ser famoso, não ser poderoso, nem mesmo ser feliz, mas ser civilizado — esse era o sonho de sua vida. Quais seriam os atributos dessa vida, ele era incapaz de expressar quando saiu da casa, ou cabana, de seu pai nas matas do norte do estado; seu plano consistia em viajar até Chicago para descobrir. Sabia com certeza o que não queria, ou seja, viver como um selvagem. Seu pai era um homem violento e ignorante — caçador, depois lenhador e, no fim da vida, vigia nas minas de minério de ferro. Sua mãe era uma mulher trabalhadeira, com um temperamento submisso que não lhe permitia querer nada além do que tinha; ou, se quisesse, se fosse realmente diferente da pessoa que parecia ser, achava pouco prudente falar sobre seus desejos na frente do marido.

Uma das mais vívidas recordações de seu tempo de menino tinha a ver com a visita que uma índia da tribo dos Chippewa fizera à cabana deles, levando uma raiz para sua irmã mastigar — Ginny estava com um febrão por causa da escarlatina. Willard tinha sete anos, Ginny, um, e a índia, como conta Willard hoje, mais de cem. A menininha, delirante, não morreu daquela doença, embora mais tarde Willard viria a entender que seu pai achava que teria sido melhor se tivesse morrido. Pouco tempo depois, perceberam que a pobre Ginny não conseguia aprender a somar dois mais dois nem dizer os dias da semana na ordem. Se foi consequência da enfermidade ou se ela já tinha nascido assim, ninguém jamais saberia.

Willard nunca esqueceu a brutalidade daquela ocorrência — que para ele consistia no fato de que não havia nada a fazer, já que tudo o que acontecia, acontecia a uma criança de um ano. O que estava acontecendo — pelo menos foi a impressão que ele teve naquele momento — não estava ao alcance de seus olhos... Como parte do processo de descobrir seu poder de atração, o menino de sete anos tinha percebido recentemente que alguma coisa que lhe fosse negada de início podia lhe ser concedida caso ele olhasse no fundo dos olhos da outra pessoa por tempo suficiente o bastante para que a honestidade e a intensidade de seu desejo fossem apreciadas — até que ficasse entendido não se tratar apenas de alguma coisa que ele queria, mas de que *necessitava*. Seu êxito, embora escasso no ambiente familiar, era considerável na escola de Iron City, onde a jovem professora se encantara com o garoto efervescente, bem-humorado e esperto. Na noite em que Ginny gemia no berço, Willard fez o possível para atrair a atenção do pai, mas ele continuou seu jantar, impassível. E, quando por fim falou, foi para dizer ao menino que parasse de se mexer, de ficar olhando para a frente de boca aberta, e tratasse de comer também. Willard, porém, era incapaz de engolir qualquer coisa. Voltou a se concentrar, voltou a projetar sua emoção pelos olhos, desejando com toda a força que seu coração permitia — um desejo que nada tinha de egoísta, não queria nada para si, nunca mais desejaria alguma coisa para si — e dirigiu a súplica à mãe. Mas ela apenas afastou o rosto e chorou.

Mais tarde, quando seu pai saiu da cabana e sua mãe retirou os pratos para lavar na bacia, ele atravessou o aposento às escuras até onde Ginny estava. Pôs a mão no berço. Tocou uma bochecha que parecia uma bolsa de água quente. Perto dos dedinhos do pé do bebê, pura brasa, viu a raiz que a velha índia tinha trazido pela manhã. Cuidadosamente, fechou os dedos da mão de Ginny em torno dela, mas eles se soltaram tão logo Willard deixou de pressioná-los. Então ele pegou a raiz e a levou à boca da menininha. "Toma", disse, como se convidasse um animal a comer da sua mão. Estava forçando a raiz entre as gengivas dela quando a porta se abriu. "Ei, você... deixa ela, sai daí" — e assim, impotente, ele foi para a cama e, aos sete anos, teve a primeira e terrível indicação de que no universo havia forças mais imunes a seus encantos, mais afastadas de seu desejo, mais distantes das necessidades e dos sentimentos humanos do que seu pai.

Ginny viveu com os pais até a morte da mãe. Então o pai de Willard, àquela altura um velho corpulento e decrépito, mudou-se para um quarto em Iron City e mandou Ginny para Beckstown, na extremidade noroeste do estado, onde ficava o asilo de débeis mentais. Passou quase um mês até que chegasse a Willard a notícia do que seu pai tinha feito. Ignorando as objeções de sua mulher, ele pegou o carro naquela mesma noite e dirigiu sem parar. No final da manhã do dia seguinte, voltou para casa com Ginny — não para Chicago, mas para a cidadezinha de Liberty Center, que fica a duzentos e quarenta quilômetros de Iron City rio abaixo, o lugar mais ao sul que Willard havia alcançado aos dezoito anos, quando decidiu viajar para o mundo civilizado.

Desde a guerra, o povoado rural que costumava ser Liberty Center começou a se transformar cada vez mais num subúrbio de Winnisaw. No entanto, quando Willard se instalou lá, não havia nem ponte sobre o rio Slade ligando Liberty Center, na margem leste, à sede do condado, na margem oeste; para chegar a Winnisaw era preciso pegar o ferry ou, no auge do inverno, atravessar o gelo a pé. Liberty Center se constituía de casinhas brancas sob a sombra de grandes olmos e bordos, com um coreto no meio da Broadway, sua rua principal. Limitada a oeste pelas águas pálidas do rio, para o leste se abriam pastagens de gado leiteiro que, no verão de 1903, quando Willard ali aportou, estavam tão verdes que o fizeram lembrar — piada que contava para divertir as crianças — de um sujeito que ele certa vez havia visto depois de comer meio quilo de uma salada de batatas estragada num piquenique.

Até que viesse do norte, para ele "fora da cidade" sempre havia significado as florestas de árvores imensas que se estendiam rumo ao Canadá, assim como as tempestades de granizo, chuva e neve tangidas por fortes ventos. E "cidade" significava Iron City, para onde as toras de madeira eram levadas a fim de serem laminadas e o minério embarcado em vagões, a cidadezinha de fronteira ruidosa, movimentada e poeirenta para a qual, nos dias de escola, ele caminhava — ou corria, nas manhãs frias e escuras de inverno —, atravessando a floresta repleta de ursos e lobos. Por isso, ao ver Liberty Center, sua beleza tranquila, sua ordem serena, sua quietude de verão, tudo o que havia sido represado dentro dele, toda a ternura emocional que por dezoito anos constituíra seu fardo secreto, por vezes até sua vergonha, aflorou aos borbotões. Se havia um lugar onde a vida pudesse ser menos desolada, dura e cruel que aquela que ele conhecera como menino, se havia um lugar onde um homem não precisasse viver como um selvagem, onde não tivesse de ser lembrado a cada instante de que algo no mundo não gostava da humanidade ou nem sabia de sua existência, esse lugar era ali: Liberty Center! Ah, doce nome! Pelo menos para ele, de fato livre, por fim, da pavorosa tirania de homens cruéis e da natureza cruel.

Achou um quarto, depois um emprego — fez um exame e tirou uma nota alta o bastante para se tornar funcionário dos correios; mais tarde, encontrou uma esposa, moça decidida e respeitável, de boa família; teve então uma filha, e certo dia — a realização, assim se deu conta, de um desejo muito profundo — comprou um sobrado com varanda na frente e quintal nos fundos: no térreo, sala de estar, sala de jantar, cozinha e um quarto; no andar de cima, mais dois quartos e o banheiro. Em 1915, seis anos depois do nascimento da filha e após sua promoção a subchefe dos correios da cidade, construiu um banheiro na parte de trás do térreo. Em 1962, a calçada da frente precisou de um conserto, uma despesa e tanto para aquele homem que à época vivia da aposentadoria, mas precisava ser feito, pois o cimento quebrara em vários pontos e representava um perigo para os pedestres. Na verdade, até os dias de hoje, quando sua famosa agilidade, ou nervosismo, havia praticamente desaparecido; quando várias vezes a cada tarde ele se encontrava numa cadeira sem se lembrar quando tinha sentado, despertando de um sono que não lembrava necessitar; quando, à noite, desatar os cadarços produzia um gemido que ele nem ouvia; quando na cama tentava por minutos sem fim dobrar os dedos para cerrar o punho, caindo às vezes no sono após fracassar em todas as tentativas; quando, ao final de cada mês, via a nova página do calendário e entendia que, na porta da despensa, estavam expostos o mês e o ano em que certamente ia morrer, que um daqueles grandes números pretos sobre os quais seus olhos se moviam lentamente era a data em que sairia para sempre deste mundo — no entanto ele continuava a cuidar, tão depressa quanto podia, de uma grade bamba na varanda, do gotejar de uma torneira no banheiro, ou de uma tachinha solta no carpete do corredor — e tudo isso não apenas para manter o conforto dos que ainda viviam com ele, mas também, na medida do possível, a dignidade de todos eles.

* * *

Certa tarde de novembro de 1954, uma semana antes do Dia de Ação de Graças, na hora do lusco-fusco, Willard Carroll foi de carro até Clark's Hill, estacionou junto à cerca e subiu a pé o caminho que levava às sepulturas da família. Como o vento estava ficando mais frio e mais forte a cada minuto, quando ele atingiu o topo da colina, as árvores nuas, cujos galhos apenas estalavam no momento em que ele saiu do carro, agora emitiam um gemido surdo. O céu de nuvens agitadas tinha uma coloração estranha, embora mais abaixo já parecesse ser noite. Da cidade, ele conseguia discernir pouco mais que a linha negra do rio e os faróis dos carros que passavam pela Water Street em direção à Winnisaw Bridge.

Como se, de todos os lugares possíveis, aquele tivesse sido seu destino, Willard se deixou cair sobre o banco frio que ficava defronte às duas lápides, levantou a gola do casaco vermelho de caça, puxou para baixo as abas de orelha do gorro, e ali, diante das sepulturas da irmã Ginny e da neta Lucy, e dos retângulos reservados aos demais familiares, esperou. Começou a nevar.

Esperava o quê? A cretinice desse seu comportamento logo ficou evidente. O ônibus que o levara a sair de casa estaria estacionando nos fundos da loja do Van Harn dentro de alguns minutos; dele desceria Whitey, com a mala na mão, estivesse seu sogro sentado ali num cemitério gélido ou não. Tudo estava pronto para sua chegada, que o próprio Willard contribuíra para que ocorresse. Então, o que fazer agora? Dar para trás? Mudar de ideia? Deixar que Whitey encontrasse outro protetor — ou trouxa? Está certo, ah, é exatamente isso — deixe escurecer, deixe esfriar, simplesmente continue sentado enquanto cai a neve... E o ônibus vai chegar, o sujeito vai descer e entrar na sala de espera, felicíssimo por ter de novo tapeado alguém — e descobrir que, dessa vez, nenhum babaca chamado Willard o aguarda na sala de espera.

Mas em casa Berta preparava o jantar para quatro pessoas; ao passar pela cozinha para ir à garagem, Willard havia lhe dado um beijo no rosto — "Vai dar tudo certo, sra. Carroll" —, mas podia estar falando consigo próprio, a julgar pela reação que suscitou. Na realidade, era mesmo consigo que falava. Saiu da entrada da garagem de marcha a ré e olhou para o segundo andar, onde sua filha Myra corria pelo quarto para tomar banho e se vestir antes que o pai e o marido entrassem em casa. Mas o mais triste, e mais perturbador, era que havia uma luz fraca no quarto de Lucy. Na semana anterior, Myra havia mudado a cama de um lado para o outro do quarto, removera as cortinas que haviam continuado penduradas durante todos aqueles anos, e comprara uma colcha nova, de modo que pelo menos não se parecesse mais com o quarto em que Lucy havia dormido, ou tentado dormir, na última noite que passou na casa. Obviamente, a respeito da questão de como e onde Whitey iria dormir, o que Willard podia fazer senão se manter em silêncio? Secretamente, era um alívio saber que Whitey ficaria "em observação" — mas seria melhor que ocupasse outra cama que não aquela.

Em Winnisaw, o velho amigo de Willard e colega de maçonaria Bud Doremus esperava que Whitey aparecesse para trabalhar em sua loja de ferragens na primeira hora da segunda-feira. Os acertos com Bud datavam do verão, quando Willard aceitara receber de novo o genro em sua casa, mesmo que só por pouco tempo. "Só por pouco tempo", garantiu a Berta; porque ela estava certa, isso simplesmente não podia ser uma repetição de 1934, quando alguém necessitado tinha vindo para uma breve estada e de algum modo conseguira estendê-la por dezesseis anos, mamando nas tetas de outra pessoa que nem tinha tanto leite para dar. Mas é claro, disse Willard, aquela outra pessoa era por

15

acaso o pai da mulher do sujeito... E isso significa, perguntou Berta, que dessa vez vão ser mais dezesseis anos? Porque você sem dúvida continua a ser o pai da mulher dele; isso não mudou em nada. Berta, para início de conversa, não imagino que eu tenha mais dezesseis anos pela frente. Bem, ela disse, nem eu, o que pode ser outra razão para nem começar. Está falando em deixar os dois saírem por aí sozinhos? Antes mesmo de saber se o sujeito mudou mesmo?, perguntou Willard. E se ele tiver de fato se regenerado, de uma vez por todas? Ah, sei, disse Berta. Bom, você pode ironizar, mas não é assim que eu encaro as coisas. Quer dizer, por acaso Myra também encara de outro modo, Berta disse. Estou aberto a opiniões de todos os lados, ele disse, não vou negar. E por que iria negar? Então muito bem, talvez você devesse estar aberto à minha, disse Berta, antes de começarmos essa tragédia mais uma vez. Berta, ele disse, até primeiro de janeiro vou oferecer ao sujeito um teto para ele poder acertar seus ponteiros. Primeiro de janeiro, ela disse, mas de que ano? Do ano dois mil?

Sentado sozinho no cemitério, os galhos das árvores agitados pela ventania e a escuridão da cidadezinha aparentemente sugada pelo céu quando a neve começou a cair, Willard lembrou dos dias da Depressão, e das noites também, quando às vezes acordava em meio às trevas e não sabia se tremia ou ficava feliz por ter alguém que precisava dele deitado em cada cama da casa. Tinham se passado apenas seis meses desde que fora a Beckstown salvar Ginny de uma vida entre os retardados quando abriu a porta para Myra, Whitey e Lucy, a filhinha deles de três anos. Ah, ainda lembrava da criança pequena, loura e animada que Lucy tinha sido — tão ativa, inteligente e doce! Lembrava que, quando começou a aprender a cuidar de si mesma, ela tentava transmitir o que sabia para a tia Ginny, mas a pobre criatura quase não era capaz de aprender a executar as mais simples funções fisiológicas, quanto mais dominar as sutilezas do ritual de beber chá ou o mistério de enrolar duas meias brancas para fazer uma bola.

Ah, sim, lembrava tudo. Ginny, uma mulher adulta, totalmente desenvolvida, olhando para baixo, com aquele rosto pálido e abobalhado, esperando que Lucy lhe dissesse o que fazer — a pequena Lucy, que era então pouco maior que um pássaro. Ginny saía correndo pelo gramado atrás da criança feliz, seus pés apontando para fora no sapato de sola grossa, dando passinhos curtos e rápidos para não se afastar muito — uma cena estranhamente bela porém melancólica, pois era não apenas prova do amor de uma pela outra, mas do fato de que no cérebro de Ginny estavam fundidas inúmeras coisas que na vida real são separadas e distintas. Ela sempre parecia pensar que Lucy de alguma forma era ela — isto é, mais de Ginny, ou o resto de Ginny, ou a Ginny que as pessoas chamavam de Lucy. Quando Lucy tomava um sorvete, os olhos de Ginny brilhavam de alegria e prazer, como se ela é que estivesse saboreando o tal sorvete. Se, por castigo, Lucy fosse mandada mais cedo para a cama, Ginny também chorava e ia dormir como uma condenada… uma cena insólita que deixava o resto da família calada e infeliz.

Quando chegou a hora de Lucy ir para a escola, Ginny também foi, embora não devesse. Ela seguia Lucy até lá, e então se postava no térreo, do lado de fora, onde ficava o jardim de infância, e chamava pela menina. De início a professora mudou de lugar a carteira de Lucy com a esperança de que, se Ginny não a visse, acabaria se cansando ou se entediando, e voltaria para casa. Mas Ginny aumentou o tom da voz e, em consequência, Willard teve uma conversa séria com ela, dizendo que, se não deixasse Lucy em paz, teria de trancar no quarto com ela, o dia inteiro, uma garota má chamada Virginia. Mas a punição se revelou inútil, tanto na ameaça quanto na execução: no momento em que a deixavam sair do quarto para ir ao banheiro, ela disparava escada abaixo, no seu bambolear de pato, e corria até a escola. E, de qualquer modo, ele não podia mantê-la trancada no quarto. Não foi para amarrar sua irmã a uma árvore no quintal que ele a havia trazido para viver em casa. Era sua parente viva mais próxima, assim disse a Berta, quando ela sugeriu como possível solução que Ginny fosse atada a uma correia comprida; era sua irmã menor, que havia sofrido algo horrível quando tinha apenas um ano. Mas Lucy, ela o lembrou — como se isso fosse necessário —, era filha de Myra e sua neta, e como poderia aprender alguma coisa na escola caso Ginny ficasse do lado de fora da sala de aula o dia inteiro entoando com sua voz de sirene "Luu-cy... Luu-cy"...?

Por fim, chegou o dia que não fez o menor sentido. Como Ginny, do lado de fora da sala de aula, não parava de chamar um nome que não fazia mal a ninguém, Willard a levaria de volta ao asilo estadual em Beckstown. Na noite anterior, o diretor tinha telefonado mais uma vez, dizendo, ainda que com delicadeza, que as coisas já tinham ido longe demais. Willard argumentou que talvez dentro de algumas semanas Ginny poderia entender, mas o diretor deixou claro ao sr. Carroll, como o fizera minutos antes aos pais da garotinha, que Ginny precisava ser contida em definitivo ou Lucy teria de ficar fora da escola, o que, naturalmente, constituiria uma violação da lei estadual.

Na longa viagem de carro até Beckstown, Willard tentou várias vezes fazer com que Ginny de algum modo entendesse a situação, porém, por mais que explicasse, por mais que desse exemplos — olha, ali está uma vaca, Ginny, e lá outra vaca; essa aqui é uma árvore, aquela ali é outra árvore —, não houve jeito de fazê-la compreender que Ginny era uma pessoa e Lucy outra. Chegaram por volta da hora do jantar. Pegou na mão dela e a levou pelo caminho tomado de ervas até o comprido prédio de madeira de um único andar, onde ela passaria o resto de seus dias. E por quê? Porque não era capaz de entender o fato mais fundamental da vida humana, o fato de que eu sou eu e você é você.

No gabinete, o diretor do asilo deu as boas-vindas a Ginny por voltar à Escola Vocacional de Beckstown. Um assistente pôs sobre seus braços estendidos uma toalha, um tapetinho e um cobertor, e a conduziu à ala das mulheres. Seguindo as instruções do assistente, ela desenrolou o colchão e começou a fazer a cama. "Mas foi isso que meu pai fez!", Willard pensou. "Mandou Ginny embora!"... enquanto o diretor lhe dizia: "É assim mesmo, sr. Carroll. As pessoas acham que podem levá-las para casa, e depois as trazem de volta. Não se sinta mal, senhor, é isso mesmo que acontece".

Entre gente parecida com ela, Ginny viveu sem incidentes por mais três anos, até que em determinado inverno uma epidemia de gripe se abateu sobre o asilo e, antes mesmo que o irmão pudesse ser notificado de sua doença, ela morreu.

Quando Willard foi até Iron City dar a notícia a seu pai, o velho ouviu e não reagiu nem mesmo com um suspiro; nenhuma manifestação emocional; nenhuma lágrima por uma criatura que carregava seu sangue, que vivera e morrera fora do alcance da sociedade humana. Morrer sozinha, disse Willard, sem familiares, sem amigos, sem um lar... O velho se limitou a concordar com a cabeça, como se seu filho entristecido estivesse relatando uma ocorrência cotidiana.

Em menos de um ano ele morreu de uma hemorragia cerebral. Na pequena cerimônia que organizou para o pai em Iron City, Willard se viu, diante da sepultura, tomado repentina e inexplicavelmente por aquele sentimento que pode atingir as pessoas de bom coração mesmo diante da morte de um inimigo — a certeza de que a alma era mais profunda e a vida mais trágica do que ele poderia imaginar.

* * *

Ele espanou a neve dos ombros do casaco e bateu com o pé direito no chão para evitar um formigamento. Consultou o relógio. "Bom, talvez o ônibus esteja atrasado. Se não estiver, ele pode esperar. Não vai morrer por isso."

Estava lembrando de novo: dentre tudo o que havia para ser lembrado, da Feira do Dia da Independência em Iron City, aquele 4 de julho que ocorrera havia quase sessenta anos, quando ganhou oito das doze provas de atletismo e bateu um recorde que permanecia até hoje. Willard sabia disso porque sempre dava um jeito de conseguir um jornal de Iron City a cada 5 de julho, só para dar uma olhada e verificar. Ainda lembrava ter voltado correndo para casa pela floresta ao terminar aquele dia glorioso, sair da estrada de terra para entrar na cabana, pôr em cima da mesa todas as medalhas que havia recebido; lembrava como seu pai, tendo sopesado cada uma delas, o levara para fora, onde alguns vizinhos estavam reunidos. Disse à mãe de Willard que desse um sinal de partida para os dois. Na corrida que se seguiu, de uns duzentos metros, o pai abriu uma dianteira de uns bons sete metros. "Mas eu passei o dia todo correndo", pensou Willard. "Corri o caminho todo até em casa…"

"E então, quem é o mais veloz?", um dos espectadores caçoou do menino quando ele voltava à cabana.

Lá dentro, o pai disse: "Na próxima vez, não esqueça".

"Não vou esquecer", respondeu o garoto…

Bem, esta era a história. E a moral? O que exatamente suas recordações estavam tentando lhe dizer?

Bem, a moral, se é que ela existe, veio depois, anos depois. Certa noite ele estava sentado na sala de estar, diante do jovem genro que se acomodara com o jornal e estava prestes a comer uma maçã, desfrutando das delícias de uma noite confortável.

Subitamente, Willard não pôde suportar olhar para ele. Quatro anos de casa e comida! Quatro anos de vacilos e reabilitações! E lá estava ele, refestelado na sala de estar de Willard, comendo a comida de Willard! De repente, Willard queria arrancar a maçã da mão de Whitey e lhe dizer que arrumasse as malas e fosse embora. "Acabou a festa! Fora! Vai embora! Não me interessa para onde!" Em vez disso, decidiu que era uma boa noite para rever suas lembranças.

Encontrou na despensa um pedaço de flanela e a pasta de limpar prata de Berta. Depois, retirou a caixa de charutos cheia de recordações guardada na sua cômoda, debaixo das camisas de lã. Sentou na cama, abriu a caixa e a vasculhou: primeiro empurrou tudo para um lado, depois para o outro; por fim, pôs cada peça em cima da colcha: fotos, recortes de jornal... As medalhas tinham desaparecido.

Quando ele voltou à sala de estar, Whitey tinha caído no sono. Reparou que a neve amontoada pelo vento começava a escurecer o vidro na janela; do outro lado da rua, as casas pareciam prestes a ser engolidas por ondas brancas. "Mas não pode ser", pensou Willard. "É simplesmente impossível. Estou tirando uma conclusão sem o menor fundamento. Estou..."

No dia seguinte, durante a hora do almoço, decidiu caminhar até o rio e, na volta, parar na loja de penhores do Rankin. O tempo todo dando risadinhas, como se a coisa toda tivesse sido uma brincadeira de família, ele recuperou as medalhas.

À noite, depois do jantar, convidou Whitey para um passeio até o centro da cidade. Tão logo se afastaram da casa, ele disse ao genro que lhe era totalmente incompreensível um homem se apoderar das coisas de outro homem, mexer nas posses desse outro homem e simplesmente pegar qualquer coisa, em especial algo de valor sentimental; no entanto, caso Whitey lhe oferecesse garantias sobre seu comportamento futuro, concordaria em atribuir aquele incidente infeliz a uma combinação de tempos difíceis e imaturidade. Sem dúvida, uma tremenda imaturidade. Mas, afinal, ninguém merecia ser posto à margem da raça humana por causa de uma única ação idiota —uma ação idiota, aliás, que se poderia esperar de um menino de dez anos de idade, e não de alguém com vinte e oito, quase vinte e nove. De qualquer modo, as medalhas estavam de volta ao lugar delas e, caso ele recebesse a firme promessa de que nada do gênero aconteceria de novo e que, além disso, Whitey não continuaria com aquela novidade de beber uísque, então ele ia dar a questão por resolvida. Afinal de contas, ali estava um sujeito que por três anos tinha sido o defensor da terceira base do time de beisebol do Ginásio Selkirk; um jovem adulto com corpo de campeão de boxe, além de bonito — Willard disse tudo isso —, e qual era sua intenção? Arruinar o corpo saudável com que Deus o tinha abençoado? O respeito por aquele corpo já era o bastante para fazê-lo parar; mas, se isso não funcionasse, então havia o respeito por sua família e, puta que pariu, por sua própria alma. Tudo dependia exclusivamente de Whitey: era só começar do zero, virar a página, e, para Willard, o incidente — idiota, nefando e tolo como era, humanamente impossível de ser compreendido — seria de todo esquecido. Fora isso, não havia alternativa, algo drástico teria que ser feito.

Tamanha era sua vergonha e gratidão que, de início, o jovem só ficou apertando a mão de Willard, sacudindo-a para cima e para baixo, enquanto seus olhos se enchiam de lágrimas. Depois tratou de se explicar. Tinha acontecido no outono, quando um circo fora armado perto de Fort Kean. Lucy não parava de falar sobre os elefantes e os palhaços, mas, ao meter a mão no bolso, Whitey só encontrou centavos, e nem muitos. Por isso, pensou que, se tomasse emprestado as medalhas para devolvê-las algumas semanas depois... Mas então Willard o lembrou exatamente de quem é que havia levado Lucy ao circo, bem como ao resto da família. Ninguém menos que ele próprio. Levantado esse ponto, Whitey disse que sim, sim, já ia chegar lá; estava, admitiu, guardando a parte mais vergonhosa para o final. "Acho que não passo de um covarde, Willard, mas é difícil dizer o pior primeiro." "Fala de uma vez, rapaz. Limpa logo a barra toda."

Bem, confessou Whitey quando dobraram na Broadway e tomaram o rumo de casa, depois de pegar emprestado as medalhas ele ficou tão consternado e chocado consigo mesmo que, em vez de usar o dinheiro como pretendia, tinha ido direto para o Earl's Dugout e enchido a cara de uísque, esperando com isso apagar da memória o mau passo imbecil que havia acabado de dar. Sabia que estava confessando ser terrivelmente egoísta, além de um cretino, mas foi isso mesmo o que aconteceu; e, para dizer a verdade, aquilo era um enigma para ele tanto quanto para qualquer outra pessoa. Tinha sido na última semana de setembro, logo depois que o velho Tucker foi obrigado a dispensar metade dos empregados da loja... Não, não — tirou um calendário da carteira e o examinou sob a luz da varanda da frente enquanto ambos batiam os pés no chão para tirar a neve das botas —, na verdade foi na primeira semana de outubro, ele disse a Willard — que mais cedo naquele mesmo dia tinha sabido pelo funcionário do Rankin que tudo ocorrera havia duas semanas.

Mas àquela altura já estavam dentro de casa. Berta tricotava junto à lareira; Myra, sentada no sofá com Lucy no colo, lia para a menina um livro de poemas antes de levá-la para a cama. Tão logo viu o pai, ela escorregou do colo da mãe e foi correndo puxá-lo para a sala de jantar a fim de brincarem de pular, como faziam toda noite. Aquilo tinha começado havia um ano, quando o velho pai de Whitey tinha visto a menininha saltar do peitoril da janela da sala de jantar para o tapete. "Ei", o fazendeiro grandalhão gritou para os outros, "Lucy sartou!" Foi assim que ele pronunciou, embora morasse lá havia quarenta anos. Depois da morte do velho, coube a Whitey a tarefa de se postar com ar maravilhado diante da filha e, após cada salto, entoar as palavras que ela adorava ouvir: "Ei, Lucy sartou! Sarta outra vez, Gansinha Lucy. Mais dois sartos e cama!". "Não! Três!" "Três sartos e cama!" "Não, quatro!" "Vamos, sarta, sarta e para de reclamar, sua frangota sartadora! Ei, Lucy vai sartar… Lucy está pronta para sartar… Senhoras e senhores, Lucy acaba de sartar mais uma vez!"

Bem, o que ele poderia fazer? Assistindo àquela cena, o que é mesmo que se poderia fazer? Se, depois da longa deliberação daquela tarde, ele tinha decidido considerar o roubo de Whitey perdoável, agora iria se dar ao trabalho de pegar o genro numa mentirinha com que tentava salvar a cara? Mas por quê, se havia se sentido tão miserável depois de roubar as medalhas, por que diabos Whitey não as devolveu? Não teria sido mais fácil? E por que ele mesmo não tinha pensado em lhe perguntar isso? Ah, mas estava tão ocupado tentando se passar por durão, falando sem rodeios, não aceitando conversa fiada e tudo mais, que a pergunta nem lhe ocorreu. Ei, cara, por que você não devolveu as medalhas se estava se sentindo tão mal com isso?

Mas então Whitey já carregava Lucy escada acima nos ombros — "Sarta, dois, três, quatro" — e ele próprio sorria para Myra, dizendo que sim, sim, os dois tinham dado uma caminhada revigorante.

Myra. Myra. Sem dúvida ela havia sido a filha mais adorável que qualquer pai poderia sonhar em ter. Tudo que as meninas fazem, qualquer coisa, Myra já fazia antes das outras. Estava sempre ocupada com alguma atividade feminina: crochê, música, poesia… Certa vez, numa festividade escolar, recitou um poema patriótico que ela própria escrevera e, ao terminar, foi aplaudida de pé por alguns homens presentes na plateia. E tinha um comportamento tão perfeito que, quando as senhoras chegavam para uma reunião de maçonaria — na época em que eram uma família de três membros e Berta tinha tempo para aquelas atividades —, todas diziam que não viam inconveniente em Myra tomar uma cadeira e assistir ao encontro.

Ah, Myra! Um encanto de se ver — sempre alta e esbelta, com cabelos castanhos macios, pele sedosa e os olhos cinzentos de Willard, que nela eram algo de notável; às vezes ele imaginava que sua irmã Ginny poderia ter se parecido muito com Myra — frágil, voz suave, modesta, porte de princesa —, não fosse a escarlatina. Quando criança, a fragilidade dos ossos de sua filha fazia Willard quase chorar de adoração, em especial à noite, quando a olhava por cima do jornal enquanto ela tocava piano. Vez por outra tinha a impressão de que nada no mundo seria capaz de fazer com que um homem desejasse tanto ter sucesso na vida quanto os finos pulsos e tornozelos de uma filha.

O Earl's Dugout of Buddies. Se ao menos tivessem posto abaixo aquela espelunca anos e anos atrás! Se nunca tivesse existido... A pedido de Willard, o pessoal do Elks e da Stanley's Tavern (agora sob nova direção — o que ele percebeu quando se acenderam os postes de luz da cidade) havia concordado em não deixar Whitey se embebedar por lá, mas, para cada barman humano ou semi-humano, outro (chamado Earl) na verdade *achava graça* em descontar cheques de maridos e pais. O mais irônico é que naquele Dugout of Buddies nunca tinha entrado um só homem que fosse um décimo do trabalhador, marido ou pai que Whitey era — quer dizer, quando as coisas corriam bem. Infelizmente as circunstâncias sempre pareciam conspirar contra ele nessas horas, que raramente duravam mais de um mês, e ele voltava a ter um surto daquilo que por fim tinha de ser reconhecido pelo nome certo: falta de caráter. É provável que naquela noite de sexta-feira o pior que teria acontecido seria ele chegar cambaleando, abrir a porta de um tranco só, fazer alguma declaração insana e cair na cama sem tirar a roupa. Nada mais que isso, caso as circunstâncias — ou o destino, ou como preferir — não tivessem providenciado para que sua primeira visão ao entrar em casa fosse a da mulher com os pés frágeis mergulhados numa bacia d'água. Ele então deve ter visto Lucy debruçada sobre a mesa de jantar e entendeu (tanto quanto era capaz de entender qualquer coisa, em meio ao nevoeiro etílico, caso acreditasse que a situação representava um insulto) que ela havia empurrado para o lado a toalha de renda e estava fazendo o dever de casa lá embaixo a fim de que sua mãe não precisasse enfrentar o dragão sozinha quando ele voltasse.

Willard e Berta tinham ido jogar baralho como toda sexta-feira. Enquanto dirigia rumo à casa do casal Erwin, ele tinha concordado que ficariam até a hora do café e do bolo, como todas as pessoas normais, acontecesse o que fosse. Se Willard quisesse ir para casa mais cedo, disse Berta, o problema era dele. Ela havia trabalhado duro a semana inteira, tinha poucos prazeres, e não ia abreviar sua noite fora porque o genro passara a preferir tomar uísque no fim do dia, num bar fedendo a mofo, em vez de jantar com a família a comida feita em casa. Havia uma solução para o problema, e Willard sabia bem qual era. Mas uma coisa ele tinha de saber: ela não abriria mão de sua noite de carteado na sexta-feira e da companhia de seus velhos amigos.

Mas Myra com os pés na bacia... Algo lhe disse que não devia ir embora deixando a filha daquele jeito. Não que ela estivesse sofrendo uma dor muito forte, como sofreu anos mais tarde por causa da enxaqueca. Foi só aquela visão que o incomodou, sabe-se lá por quê. "Você devia sentar, Myra. Não sei por que tem que ficar tanto tempo de pé." "Eu sento, papai. Claro que sento." "Então por que está tendo esse problema nos pés?" "Não é nenhum problema." "Myra, é porque você passa a tarde inteira de pé dando essas aulas de piano." "Papai, ninguém dá aula de piano em pé." "Então de onde vem esse problema nos pés?" "Papai, por favor." O que mais ele podia fazer? Gritou na direção da sala de jantar: "Boa noite, Lucy". Como não teve resposta, caminhou até onde ela estava sentada, escrevendo no caderno, e acariciou seus cabelos. "Mocinha, o que houve com sua língua? Não sabe dar boa-noite?" "Boa noite", ela balbuciou sem se dar ao trabalho de levantar os olhos.

Ah, ele sabia que não devia sair. Mas Berta já estava no carro. Não, ele não estava gostando nada daquela cena. "Myra, é melhor não ficar com os pés na água muito tempo." "Ah, papai, divirta-se", ela disse, e assim ele saiu porta afora e foi até o carro, quando lhe foi dito que havia levado cinco minutos contados no relógio para fazer algo tão simples quanto dizer boa-noite.

Bem, foi exatamente como ele esperava: quando Whitey chegou em casa, tampouco ele gostou da cena. A primeira coisa que disse a Myra foi que pelo menos fechasse as cortinas para que as pessoas na rua não precisassem ver a mártir sofredora que ela era. Quando, em pânico, ela não se moveu, ele pegou a cortina para mostrar como se fazia e a arrancou do varão. Ela havia aceitado todos aqueles alunos de piano (sete anos antes, o marido esqueceu de mencionar) a fim de se transformar numa velha feiosa, para que ele, se Myra conseguisse o que queria (disse isso enquanto sacudia a cortina que tinha arrancado), começasse a correr atrás de outras mulheres, tendo assim alguma razão para chorar que não fosse seus pobres dedinhos aleijados. Ela ensinava piano pela mesma razão de merda pela qual não ia com ele para a Flórida a fim de começarem uma vida nova por lá. Por não ter respeito por ele!

Ela tentou lhe dizer o que havia dito ao pai — que acreditava não haver nenhuma conexão essencial entre seus pés e seu trabalho —, mas ele não quis nem escutar. Não, ela preferia sentar ali com seus pobres dedinhos e ficar ouvindo todo mundo lhe dizer que seu marido era um vagabundo filho da puta só porque gostava de um traguinho de vez em quando.

Aparentemente, não havia nada que um homem não devesse dizer a uma mulher — até mesmo a uma que odiasse, e o fato é que Whitey a amava, a adorava, a idolatrava — que ele não tenha dito a Myra. Então, como se uma cortina rasgada, um varão quebrado e todos aqueles insultos incompreensíveis não bastassem por uma noite, ele pegou a bacia cheia de água morna e sal e, sem nenhum motivo racional, derramou no tapete.

Boa parte do que aconteceu depois Willard ficou sabendo por um policial simpático da sua loja maçônica que estava no carro de patrulha naquela noite. Pelo jeito, a polícia fez de tudo para fazer o incidente parecer conciliatório, sem caracterizá-lo como uma simples prisão: chegaram com a sirene desligada, estacionaram longe do poste de luz e esperaram pacientemente no corredor enquanto Whitey lutava contra os botões do casaco. Depois o acompanharam enquanto descia os degraus da varanda e caminhava até o carro de patrulha, de modo que os vizinhos, olhando das janelas, pudessem ter a impressão de que os três homens saíam para uma salutar caminhada, dois dos quais portando pistolas e cartucheiras. Não o empurravam para a frente, mas tentavam mantê-lo de pé, procurando levar a coisa na esportiva. De repente, contudo, usando toda sua força, Whitey se desvencilhou deles. Num primeiro momento, quem o visse não entenderia o que estava fazendo. Dobrou o corpo totalmente, de modo que, por alguns segundos, parecia que ia comer neve; depois, com um solavanco, se aprumou e, balançando como se tangido pelo vento, atirou um punhado de neve na direção da casa.

A neve caiu sobre o cabelo dela, seu rosto e os ombros de seu suéter; mas — embora só tivesse quinze anos e, com o nariz arrebitado e os louros cabelos lisos, desse a impressão de ter apenas dez — ela nem piscou; permaneceu onde estava, um mocassim no primeiro degrau e o outro na calçada, um dedo marcando a página do livro da escola — pronta, assim parecia, para retomar a lição que havia interrompido apenas para telefonar à delegacia. "De pedra!", Whitey gritou. "Pura pedra!" E então investiu. O colega de loja maçônica de Willard, até então paralisado pelo que via — por Lucy, ele disse, mais do que por Whitey, tipo de sujeito que já conhecia bem —, entrou em ação. "Nelson, é sua filha!" Logo depois o bêbado, lembrando ser pai da menina ou esperando esquecer essa conexão para sempre, escapou das mãos do policial e fez o que aparentemente era tudo o que desejava desde o começo: se atirou de cara na neve.

Na manhã seguinte, Willard sentou ao lado de Lucy logo que a viu e teve com ela uma conversa séria.

"Lucy querida, sei que você passou maus momentos nas últimas vinte e quatro horas. Sei que passou muitos momentos ruins em toda sua vida que era melhor não ter passado. Mas tenho que te perguntar uma coisa. Tenho que esclarecer uma coisa. Me diz por quê, quando viu o que estava acontecendo aqui na noite de ontem — Lucy, olha pra mim —, não telefonou para mim na casa dos Erwin?"

Ela sacudiu a cabeça.

"Bom, você sabia que estávamos lá, não sabia?"

Ela fez que sim com a cabeça baixa.

"E o número está bem ali na caderneta, não é?"

"Não pensei nisso."

"Mas pensou em quê, mocinha? Olha pra *mim*!"

"Queria que ele parasse!"

"Mas telefonar para a delegacia, Lucy…"

"Chamei qualquer pessoa que fizesse ele parar!"

"Mas por que não chamou seu avô? Por favor, me responda."

"Porque."

"Por que razão?"

"Porque você não pode."

"Eu o *quê*?"

"Bem", ela disse, recuando, "você não..."

"Agora, volta aqui, senta e me escuta. Em primeiro lugar... isto, senta!... caso você saiba ou não, eu não sou Deus. Sou somente o que sou, essa é a primeira coisa."

"Não precisa ser Deus."

"Não seja respondona, ouviu? Você não passa de uma criança que ainda está na escola, e talvez, só talvez, ainda não conheça tudo da vida. Pode pensar que sim, mas eu acho que não e sou seu avô, além de dono desta casa."

"Não pedi para morar aqui."

"Mas acontece que é aqui que você mora! Por isso, quieta! Nunca mais telefone para a delegacia. Não precisamos deles aqui! Entendeu?"

"A polícia", ela sussurrou.

"É, a polícia! Entendeu ou não?"

Ela não respondeu.

"Somos pessoas civilizadas, e nesta casa há coisas que não fazemos — e essa é a primeira delas. Não somos gentinha, lembre-se disso. Somos capazes de resolver nossos problemas e conduzir nossa vida sem exigir a presença da polícia para fazer isso por nós. Acontece que sou o subchefe dos correios desta cidade, mocinha, se é que se esqueceu. Tenho uma posição de respeito nesta comunidade — assim como você."

"E meu pai? Ele também tem uma posição de respeito, seja lá o que isso queira dizer?"

"Não estou falando dele neste momento! Vou chegar lá daqui

a pouco, e não preciso que você me lembre. Agora, estou falando de você e de algumas coisas que pode ser que você não saiba com seus quinze anos de idade. O modo como fazemos as coisas nesta casa, Lucy, é conversando. Mostrando as coisas certas."

"E se a pessoa não aprender?"

"Lucy, não mandamos a pessoa para a prisão! É isso, entendeu?"

"Não!"

"Lucy, não sou eu quem casou com ele. Não durmo no mesmo quarto que ele."

"E *daí*?"

"E daí que o que estou dizendo é que existem muitas coisas, mas muitas mesmo, que você não conhece nem um pouquinho."

"Sei que é sua casa. Sei que você dá um teto pra ele, não importa o que ele fizer com ela, ou disser a ela…"

"Dou um teto para a minha filha, é isso que eu faço. Dou um teto pra você. É essa minha situação, Lucy, e faço o que posso pelas pessoas que amo aqui."

"Bom", ela disse, começando a chorar, "talvez você não seja o único aqui que faz isso, sabe?"

"Ah, eu sei, sei disso, querida. Mas você não entende que eles são os seus pais?"

"Então por que não agem como pais?", ela gritou, correndo para fora da sala.

Berta então começou.

"Ouvi o que ela disse para você, Willard. Ouvi aquele tom de voz. É o que ouço o tempo todo."

"Eu também, Berta. Todo mundo ouve."

"Então vai fazer o quê? Onde as coisas vão parar com ela? Pensei que virar católica aos quinze anos fosse a última coisa que poderia acontecer. Correr para uma igreja católica, visitar freiras durante um fim de semana inteiro. E agora isto."

"Berta, só posso dizer o que digo. Só tenho um número limitado de palavras e algumas maneiras de dizê-las. Fora isso..."

"Fora isso", Berta disse, "umas boas palmadas! Quem é que ouviu falar de uma coisa dessa? Criar um escândalo para todos nós nesta casa..."

"Berta, ela perdeu a cabeça. Ficou assustada. *Ele* criou o escândalo, aquele idiota desgraçado, fazendo o que fez."

"Bom, qualquer um podia ver que isso ia acontecer faz um bom tempo. Qualquer um também pode ver o que vem por aí — quem sabe algo envolvendo o FBI."

"Berta, vou cuidar disso. Não adianta exagerar."

"E como é que você vai começar a cuidar disso? Vai à cadeia tirar ele de lá?"

"Estou pensando agora no que fazer."

"Enquanto pensa, é bom lembrar que minha família foi uma das fundadoras desta cidade. Os Higgle foram uns dos primeiros colonizadores que ergueram esta cidade do nada. Meu avô construiu a cadeia, Willard — me alegra que não esteja vivo para saber quem está preso lá agora."

"Ah, sei disso tudo, Berta. Acho muito importante."

"Não menospreze meu orgulho, sr. Carroll. Também sou alguém!"

"Berta, ela não vai fazer isso de novo."

"Não vai? Rosários, santos e toda essa bobageira católica que botou no quarto. E agora isto! Ela está tomando conta da casa, pelo que estou percebendo."

"Berta, já expliquei, ela *ficou assustada*."

"E quem não fica quando aquela besta selvagem resolve atacar? Aqui, nesta cidade, quando pegavam um homem desses, botavam para correr."

"Tudo bem, mas esse tempo já passou", ele disse.

"Uma pena!"

Por fim Myra. Sua Myra.

"Myra, estou sentado aqui pensando no que devo fazer. Na verdade, posso dizer que estou dividido. Nunca pensei que fosse viver para ver o que aconteceu. Falei com Lucy. Ela prometeu que nada parecido vai acontecer de novo."

"Prometeu?"

"Mais ou menos, eu diria. E acabei de conversar com a sua mãe. Ela está no limite, Myra. Não a critico. Mas acho que ela entendeu. Porque, se dependesse dela, a gente deixaria ele apodrecer na cadeia."

Myra fechou bem os olhos, com as bordas arroxeadas de tanto chorar escondido.

"Mas consegui que ela ficasse mais calma", ele disse.

"Conseguiu?"

"Mais ou menos, acho que sim. Ela vai aceitar minha posição. Myra, foram doze longos anos. Para todos aqui em casa, uma longa luta."

"Pai, a gente vai se mudar, e então estará acabado. A luta acabou."

"O quê?"

"Vamos para a Flórida."

"Flórida!"

"Lá ele pode começar do zero…"

"Myra, não há uma manhã na vida em que ele não possa começar do zero, e aqui mesmo."

"Mas aqui é a casa de outra pessoa, pai, não dá pra ele esquecer."

"E daí? Bem, qual é a resposta, Myra? Por que é que ele vai encontrar na Flórida o senso de responsabilidade que não é capaz de ter aqui? Gostaria de saber."

"Tem parentes na Flórida."

"Quer dizer que agora vai para lá viver à custa deles?"

"Não à custa deles..."

"E vamos supor que aquilo que aconteceu ontem à noite tivesse acontecido na Flórida. Ou em Oklahoma. Ou em qualquer outro lugar!"

"Mas não ia acontecer!"

"E por que não? O clima ameno? A bela cor do céu?"

"Porque ele estaria por conta própria. É tudo o que ele quer."

"Querida, é tudo o que eu quero também. É o que todos nós queremos. Mas o que garante que ele, por conta própria, com filha e mulher, com todas essas mil responsabilidades..."

"Mas ele é um homem tão bom." Nesse ponto ela começou a soluçar. "Acordo de noite... ah, papai, acordo de noite e ele me diz: 'Myra, você é a melhor coisa que eu tenho. Myra, não me odeie'. Ah, se pelo menos ele pudesse ir..."

No meio de seu primeiro semestre na universidade, quando Lucy veio para casa no feriado do Dia de Ação de Graças para dizer que ia casar, Whitey sentou na beira do sofá da sala e simplesmente desabou. "Mas eu queria que ela se formasse", ele disse, baixando a cabeça e a cobrindo com as mãos — e os sons que escaparam de seus lábios poderiam ter derretido o mais empedernido coração que o recriminasse, caso não lhe ocorresse que era exatamente essa a razão pela qual estava emitindo aqueles sons. Por uma hora chorou como uma mulher, depois passou outra hora com a respiração entrecortada de uma criança, e, mesmo que ele não quisesse ser perdoado, isso era quase inevitável ao se ver como desempenhava tão bem aquele papel perante toda a família.

E então aconteceu o milagre. De início parecia estar doente, ou até prestes a fazer algo consigo próprio. Foi realmente assustador observar aquilo. Ao longo de vários dias mal comeu, ainda que estivesse em casa na hora do jantar; à noite, ficava sentado na varanda da frente, recusando-se a conversar ou sair do frio. Certa vez, no meio da noite, Willard o ouviu andando pela casa e, ao chegar de roupão na cozinha, encontrou-o debruçado sobre uma xícara de café. "Qual é o problema, Whitey, não consegue dormir?" "Não quero dormir." "O que aconteceu? Por que está vestido?" Whitey se voltou para a parede, e tudo que Willard pôde ver, à medida que o corpanzil do genro começou a tremer, foram seus ombros largos e sua poderosa nuca. "Que é isso, Whitey, o que você tem em mente? Me diga."

No dia seguinte ao casamento de Lucy, Whitey desceu para o café da manhã de gravata e camisa social, e assim foi para a loja; em casa, à noite, pegou a caixa onde estavam as escovas, flanelas e graxa, e engraxou os sapatos como se fosse um profissional. Disse para Willard: "Já que estou com a mão na massa, quer que eu engraxe o seu?". E assim Willard lhe entregou os sapatos e ficou lá sentado, só de meias, enquanto o inacreditável acontecia diante de seus olhos.

No fim de semana, Whitey passou uma demão de cal no porão e cortou um monte de lenha; da janela da cozinha, Willard observava enquanto ele dava machadadas violentas e regulares.

Assim transcorreu um mês, e o seguinte. E, embora em algum momento ele abandonasse o silêncio mórbido e voltasse a fazer suas gozações e brincadeirinhas, não havia dúvida de que finalmente alguma coisa tinha penetrado em seu coração.

Naquele inverno ele deixou crescer o bigode. Pelo jeito, nas primeiras semanas a turma da loja fez as piadinhas de praxe, porém ele não se importou e, em março, todos já tinham esquecido como era sua fisionomia no passado — começaram a acreditar que o garotão saudável e irresponsável tinha, aos quarenta e dois anos, decidido se tornar um homem de verdade. Mais e mais Willard se viu chamando-o pelo primeiro nome, Duane, como Berta e Myra sempre tinham feito.

Ele de fato passou a se comportar como Willard esperava, com razão, que ele se comportasse, tendo em conta o jovem entusiasmado que havia sido em 1930. Naquela época, já era um eletricista de primeira, além de bom carpinteiro, com muitos planos, ambições e sonhos. Um deles era construir uma casa para ele e Myra, caso ela o aceitasse como marido: uma casa no estilo Cape Cod, com um quintal cercado, erguida por suas próprias mãos... E esse nem era um sonho tão impossível de ser realizado. Aos vinte e dois anos, ele parecia ter a força e o vigor para fazê-lo, assim como o conhecimento do ofício. Segundo seus cálculos, exceto pelo encanamento (e um amigo de Winnisaw já concordara em executar o serviço a preço de custo), ele poderia erguer um sobrado em seis meses trabalhando à noite e nos fins de semana. Foi em frente e depositou cem dólares de entrada num terreno na fronteira norte da cidadezinha, um negócio e tanto, porque aquilo que então era mata fechada se transformou em Liberty Grove, o bairro mais chique da cidade. Feito o depósito, ele já começara a planejar a casa, estava casado havia meio ano, quando ocorreu a calamidade nacional — rapidamente seguida pelo nascimento da filha.

Whitey encarou a Grande Depressão como uma ofensa pessoal. Era como se um bebê, ao tentar dar o primeiro passo, ficasse de pé, sorrisse, pusesse um pezinho à frente — e então uma dessas enormes bolas de ferro, como as que eram usadas para derrubar prédios inteiros, viesse balançando sabe-se lá de onde e o atingisse bem na testa. No caso de Whitey, foram quase dez anos até que ele tivesse a coragem de se pôr de pé e tentar andar outra vez. Na segunda-feira, 8 de dezembro de 1941, ele pegou o ônibus até Fort Kean para se alistar na Guarda Costeira dos Estados Unidos; foi rejeitado porque tinha um sopro no coração. Na semana seguinte, tentou a Marinha e, por fim, sua última opção, o Exército. Disse que tinha jogado beisebol durante três anos no Ginásio Selkirk, mas não adiantou. Foi trabalhar na fábrica de extintores de incêndio em Winnisaw durante toda a guerra e, à noite, era visto cada vez menos em casa e cada vez mais no Earl's Dugout.

Mas agora estava de pé outra vez, dizendo a Myra que, terminado o ano letivo, ela deveria chamar os pais de seus alunos e comunicar que não daria mais aulas de piano. Ela sabia tão bem quanto ele que, quando ela havia começado, era para ser uma atividade temporária. Ele nunca devia ter permitido que ela continuasse, mesmo que aquilo significasse alguns dólares adicionais que entravam a cada semana. E ele não *estava nem aí* se ela queria ou não fazer aquilo. Não era essa a questão. A questão era que ele não precisava de uma almofada para ampará-lo caso caísse. Porque não ia mais cair. Era esse o ponto desde o começo: sempre tivera todos aqueles apoios e almofadas para ajudá-lo a se reerguer, e tudo só servira para impedir seu progresso ao lembrá-lo do fracasso que havia sido. De algum modo, a gente começa a pensar que é um fracasso, que não há nada a fazer para evitar isso, e logo descobre que não há nada que *esteja* fazendo para sair do buraco, a não ser ir cada vez mais fundo. Beber, e perder empregos e recuperá-los, e beber, e perder empregos... É um círculo vicioso, Myra.

Talvez, ele disse, se tivesse entrado para o Exército, teria saído daquela experiência uma pessoa diferente, com parte da confiança recobrada. Mas, em vez disso, ficou vagando pelas ruas de Liberty Center todos aqueles anos enquanto outros homens arriscavam a vida — e enquanto os moradores da cidade se perguntavam como aquele homenzarrão, o Whitey Nelson, havia escapado de lutar e morrer, acusando-o pelas costas de viver à custa do sogro. Não, Myra, eu sei o que as pessoas falam, as fofocas — e o pior é que provavelmente elas têm razão. Não, sopro no coração não é culpa da pessoa, sei disso; a Depressão também não é culpa da pessoa, mas você bem sabe que a Depressão já acabou. Olha em volta. Estamos em plena prosperidade. É uma nova era, e dessa vez ele não ia ficar para trás. Não quando qualquer tipinho enriquecia ganhando o dinheiro que estava dando sopa. Por isso, como primeira providência, ela devia informar aos pais que não ia mais dar aulas de piano no final do ano letivo. A segunda era pensar em se mudar da casa do pai. Não, não para a Flórida. Willard provavelmente tinha razão ao dizer que aquilo era como fugir da verdade. O que ele tinha começado a pensar — e não ia prometer logo de cara e fazer papel de bobo outra vez — mas o que tinha começado a pensar era em uma daquelas casas pré-fabricadas do tipo que tinham instalado perto de Clark's Hill...

E, nesse ponto, Myra, que vinha contando ao pai tudo o que Duane dizia, ficou com os olhos marejados e Willard, dando-lhe um tapinha nas costas, também se emocionou. Pensou com seus botões: "Então nada foi em vão", e a única coisa que o fez infeliz foi que tudo parecia estar acontecendo porque a pequena Lucy tinha ido em frente e se casado com a pessoa errada pela razão errada.

Primavera. A cada noite Duane se levantava da mesa de jantar — dava um tapinha nos joelhos, como se o simples fato de ficar de pé fosse uma experiência de fortalecimento — e, testando sua nova personalidade contra as velhas tentações, caminhava pela Broadway até o rio. Às oito em ponto estaria de volta engraxando os sapatos. Noite após noite, Willard se sentava diante dele numa cadeira da cozinha, e o observava como se hipnotizado, como se o genro não fosse apenas mais um homem limpando os sapatos no final de um dia duro de trabalho, mas, aos olhos de Willard, inventava a ideia de escova e graxa. Na verdade começou a pensar que, em vez de encorajar o sujeito a sair de casa, devia agora encorajá-lo a permanecer. Era um prazer genuíno tê-lo por perto.

Certa noite de maio os dois tiveram uma conversa séria antes de dormir; o tema era o futuro. Quando o sol nasceu, nenhum deles era capaz de lembrar quem sugeriu que talvez fosse realmente a hora de Duane retomar seu plano de vida original, que era o de trabalhar por conta própria. Com os novos conjuntos de habitação sendo erguidos por toda parte, um sujeito com seu conhecimento de eletricidade ficaria cheio de trabalho em questão de semanas. Bastava contar com o capital inicial, o resto viria naturalmente.

Muitas horas mais tarde, na manhã ensolarada de sábado, barbeados e de terno, os dois foram de carro até o banco para perguntar sobre a possibilidade de um empréstimo. Às sete da noite, depois de uma cochilada e de um bom jantar, Duane saiu para sua caminhada. Enquanto isso, Willard sentou com lápis e papel e começou a calcular o dinheiro disponível, o que o banco disse que poderia emprestar, mais algumas somas de suas próprias economias... Às onze, já cobria o papel com círculos e cruzes; à meia-noite, entrou no carro para dar uma volta.

Encontrou Whitey numa travessa atrás da barbearia do Chick, junto com um negro que ele não conhecia e um pneu de carro de faixa branca. Whitey abraçava o pneu; o sujeito de cor estava apagado, caído no chão de cimento. Willard fez de tudo para separar Whitey do pneu, só faltou lhe dar um pontapé nas costelas, mas ele parecia apaixonado pelo objeto. "Droga", disse Willard, arrastando-o para o carro, "larga esse troço!" Mas Whitey, em vez de se submeter a ele e se afastar do pneu, se plantou no meio-fio. Disse que ele e o Cloyd aqui tinham corrido grandes riscos para consegui-lo e, além disso, será que Willard não via?, era novinho em folha.

Ele pesava vinte e três quilos a mais que Willard e tinha vinte anos a menos. Por isso, bêbado como estava, ainda ficaram quase meia hora na travessa do Chick até que Whitey pudesse

39

ser separado daquilo que ele e seu novo amigo tinham "tomado emprestado" sabe Deus de onde.

Na manhã seguinte, embora pálido como um mingau de aveia, ele desceu para o café da manhã na hora de costume. Usava gravata. Não obstante, só duas semanas depois voltaram a falar de empréstimos bancários, ou empréstimos pessoais, ou o negócio de instalações elétricas, e então não foi Willard quem levantou o assunto. Os dois estavam sentados a sós na sala, ouvindo o jogo do time de beisebol White Sox numa tarde de sábado, quando Whitey se pôs de pé e, encarando o sogro, fez a acusação: "Então é assim, Willard. Um lapso, e toda a vida nova de um homem vai ralo abaixo!".

Uma noite, em junho, quando todos se aprontavam para dormir, Myra fez uma observação que não foi muito bem recebida por Whitey, pois tinha a ver com a nova vida dele e dela. Adolph Mertz, ao apanhar Gertrude naquela tarde depois da aula, havia perguntado se Whitey ainda se interessava em fazer instalações elétricas; um sujeito em Driscoll Falls estava se aposentando, vendendo tudo que possuía a um preço camarada, equipamento, caminhão... Nesse momento, Whitey atirou a calça em cima dela e quase lhe arrancou o olho com a fivela do cinto. Mas não tinha tido a intenção... só queria alertá-la para não infernizá-lo outra vez com algo que não era culpa dele! Por que ela precisava ficar falando de planos que não foram finalizados? Não sabia como era o mundo dos negócios? Naquela fase, o projeto só dizia respeito a ele — e a Willard, por mais que agora seu pai quisesse tirar o corpo fora da coisa toda. Na verdade, se dependesse de Whitey, ele voltaria àquele banco a qualquer dia da semana. Willard é que havia retirado seu apoio e o fizera perder a confiança no projeto, depois de tê-lo encorajado no começo. Para dizer a verdade, morar na casa de Willard havia minado sua confiança o tempo todo, desde o primeiro momento. Um homem feito tratado como se por caridade! Isso mesmo, ponha a culpa nele... ponha toda a culpa nele. Mas quem é que tinha chorado para o papai dela, anos atrás, só porque havia uma depressão e ele estava sem emprego, assim como metade do país, porra! Quem é que os tinha levado de volta para o papai dela, com seu empreguinho no governo, confortável e seguro? Quem é que não queria ir para o sul com o marido para começar uma vida nova? Quem? *Ele*? Certo, sempre *ele*! Só *ele*! Ninguém senão *ele*!

Quanto ao fato de machucá-la — disse isso ao voltar da cozinha com um saco de gelo para lhe aplicar no olho —, alguma vez batera nela com a intenção de feri-la? "Nunca!", gritou, voltando a se vestir. "Nem *uma vez*!"

Willard saiu às pressas para o corredor enquanto o indignado Whitey descia as escadas pela segunda vez. "Agora vocês todos podem ficar aí dia e noite", ele disse, abotoando o casaco, "falando, rindo e contando histórias sobre o fracasso que eu sou... porque estou indo embora!" Seu rosto estava coberto de lágrimas, e ele parecia tão infeliz e desolado que por um momento Willard foi tomado por uma confusão, ou por uma iluminação. Seja como for, ele viu a verdade de uma forma que jamais vira em todos aqueles quinze anos: *Não há nada que esse homem possa fazer. É atormentado. Como a Ginny.*

Mas, quando Whitey passou por ele uma segunda vez — tendo voltado à cozinha para beber um último copo da preciosa água deles, se não se incomodassem —, Willard deixou que o homem atormentado saísse porta afora e, por via das dúvidas, a trancou — gritando, enquanto ele se afastava: "Não me importa o que você seja! Ninguém machuca minha filha! Não nesta casa! Nem fora daqui!".

Whitey começou a bater à porta por volta das duas da madrugada. Willard surgiu no corredor de roupão e chinelo, e encontrou Myra de camisola, no topo da escada. "Acho que está chovendo", ela disse.

"Não bastam os pés doloridos?", Willard gritou para ela. "Você também quer ser cega?"

Whitey passou a tocar a campainha.

"Mas de que serve", ela disse, "alguém ficar na chuva? E a dor nos pés não tem nada *a ver* com ele."

"Não sou o pai dele, Myra, sou o seu! Deixa ele tomar um pouco de chuva! Não consigo mais me preocupar com o que faz bem para ele ou não!"

"Mas eu não devia ter tocado naquele assunto. Eu sabia."

"Myra, pode fazer o favor de parar de se culpar? Está me ouvindo? Porque não é culpa sua. É dele!"

Berta entrou no hall. "Se a culpa é sua, então vai lá para fora e fica na chuva também."

"Por favor, Berta...", disse Willard.

"Esta é a solução, sr. Carroll, goste ou não!"

Deixou o marido e a filha sozinhos no corredor. Whitey pôs-se a chutar a porta.

"Bom, isto sem dúvida é bem inteligente, não é, Myra? Chutar uma porta é realmente muito inteligente, uma beleza."

Os dois permaneceram no corredor enquanto Whitey continuava a chutar a porta e a tocar a campainha.

"Dezesseis anos", disse Willard. "Dezesseis anos aguentando tudo isto. E olha só, o cara ainda se faz de idiota."

Depois de cinco minutos, Whitey parou.

"Muito bem", disse Willard. "Assim é outra coisa. Não vou ceder àquele tipo de comportamento, Myra, nem agora nem nunca. Mas, como as coisas se acalmaram, vou abrir a porta. E nós três vamos nos sentar na sala agora mesmo e, não me importa se levará a noite toda, vamos discutir isso até o fim. Porque ele não vai bater em você — nem em ninguém!"

Abriu então a porta, porém Whitey não estava mais lá.

Isso se passou numa noite de quarta-feira. No domingo, Lucy chegou à cidade. Usava um vestido de gestante marrom--escuro, de tecido grosso, do qual seu rosto emergia como uma pequena e plácida lâmpada elétrica. Tudo nela parecia tão pequeno, como de fato era, menos a barriga.

"Bem", disse Willard alegremente, "o que é que minha Lucy anda pensando?"

"A mãe do Roy contou tudo para ele", ela respondeu de pé no centro da sala.

Willard voltou a falar. "Sobre o quê, Lucy?"

"Vovô, não pense que está me poupando. Não está."

Ninguém sabia o que dizer.

Por fim, Myra perguntou: "Como vão os estudos do Roy?".

"Mamãe, veja como está seu olho."

"Lucy", disse Willard, pegando-a pelo braço, "talvez sua mãe não queira falar sobre o assunto." Ofereceu à neta um lugar a seu lado no sofá. "Por que não nos conta sobre você? Você é que está com a vida cheia de novidades. Como vai o Roy? Ele vem também?"

"Vovô", ela disse, voltando a se pôr de pé, "ele deixou o *olho* dela *roxo!*"

"Lucy, isso também nos aborrece muito. Não é agradável de olhar, e me deixa irritado cada vez que vejo. Mas, felizmente, não houve nenhuma consequência grave."

"Ah, puxa, maravilha."

"Lucy, estou com muita raiva, pode acreditar. E ele sabe disso. As pessoas lhe contaram, isso é certo. Já faz três dias que ele não aparece aqui. Quatro incluindo hoje. E, pelo que entendi, está com o rabo entre as pernas e com muita vergonha…"

"Mas qual vai ser o resultado disso tudo? O que vai acontecer *agora*?"

Bom, para dizer a verdade, ele ainda não havia chegado a uma conclusão sobre o assunto. Claro que Berta já chegara, e a contava todas as noites quando iam deitar. Com as luzes apagadas, ele virava para um lado e para o outro até que a mulher, que ele pensava dormir a seu lado, lhe dissesse: "Willard, não precisa ficar se mexendo pra cá e pra lá. Ele vai embora e ela, se quiser, vai junto. Acho que agora ela já tem trinta e nove anos". "A idade não é o problema, Berta, e você sabe muito bem." "Não, para você não é. Você trata ela como uma criança. Fica vigiando como se fosse feita de ouro." "Não estou tratando ninguém como criança. Estou tentando usar a cabeça. É *complicado*, Berta." "É simples, Willard." "Bom, não é, e nunca foi, por mais que você queira imaginar que seja. Não quando envolve uma adolescente no colegial. Não quando se trata de desenraizar toda uma família…" "Mas a Lucy não vive mais aqui." "Vamos supor que eles vão embora. E aí? Me diga." "Não sei, Willard, o que aconteceria com eles, nem o que vai acontecer agora. Mas nós dois vamos viver uma vida decente nesses últimos anos que nos restam. Sem uma tragédia pipocando a cada minuto." "Bem, há outras pessoas a considerar, Berta." "Queria saber quando será a minha chance de ser uma dessas outras pessoas. Talvez quando estiver na cova, se durar até lá. A solução, Willard, é simples." "Bom, não é, e nem vai ser só porque você me diz isso cinquenta vezes por noite. As pessoas são simplesmente mais frágeis do que você às vezes acha!" "Bem, isso é responsabilidade delas." "Estou falando da nossa filha, Berta!" "Ela tem trinta e nove anos, Willard. Acho que o marido tem mais de quarenta, ou deveria ter. A responsabilidade é deles, não é minha, nem sua." "Ótimo", ele disse depois de um minuto, "suponha que todo mundo pense assim. Seria sem dúvida um mundo muito bom onde viver. Todo mundo dizendo que não tem responsabilidade pelos outros, nem pelos filhos." Ela não respondeu. "Suponha que Abraham Lincoln pensasse assim, Berta." Nenhuma resposta. "Ou Jesus Cristo. Nunca nem teria *existido* um Jesus Cristo se todo mundo pensasse desse jeito." "Você não é Abraham Lincoln. Você é o subchefe dos correios de Liberty Center. Quanto a Jesus Cristo…" "Não disse que estava me comparando. Só estou argumentando com você." "Casei com Willard Carroll, se me lembro bem, e não com Jesus Cristo." "Ah, *eu* sei disso, Berta…" "Permita-me dizer, se tivesse sabido de antemão que estava concordando em ser a sra. Jesus Cristo…"

Quanto à pergunta de Lucy sobre qual seria o resultado… "O resultado?", Willard repetiu.

Para organizar seus pensamentos, afastou a vista dos olhos exigentes de Lucy e espiou para fora da janela. E adivinha quem vinha caminhando naquele momento pela calçada da frente? Com os cabelos úmidos e penteados, os sapatos brilhando, o bigode de machão?

"Bem", disse Berta, "o próprio sr. Resultado."

A campainha tocou. Uma vez.

Willard voltou-se para Myra. "Você disse pra ele vir? Sabia que ele viria?"

"Não. Juro que não."

Whitey tocou a campainha mais uma vez.

"É domingo", explicou Myra, já que ninguém fez menção de abrir a porta.

"E daí?", indagou Willard.

"Talvez ele tenha alguma coisa para nos contar. Algo a dizer. É domingo. Ele está sozinho."

"Mãe", Lucy exclamou, "ele te bateu. Com um cinto!"

Whitey começou a dar pancadinhas no vidro da porta da frente.

Myra, nervosa, disse à filha: "E é isso que Alice Bassart anda espalhando por aí?".

"Não foi isso que *aconteceu?*"

"Não!", disse Myra, cobrindo o olho roxo. "Foi um acidente... ele nem teve intenção. Não *sei* o que aconteceu. Mas acabou!"

"Uma vez, mãe, só uma vez, se proteja!"

"Tudo que eu sei", Berta começou a falar, "está me ouvindo, Willard? Tudo que eu sei é que me parece que ele quer arrebentar esse vidro de quinze dólares."

Mas Willard estava dizendo: "Agora, para começo de conversa, quero que todo mundo aqui se acalme. O sujeito esteve fora três dias inteiros, coisa que nunca aconteceu antes...".

"Ah, mas aposto que arranjou um cantinho quente por aí... com uma banqueta de bar ao lado."

"Sei que não fez isso!", disse Myra.

"Então onde ele estava, mãe, no Exército da Salvação?"

"Espera, Lucy, espera aí", disse Willard. "Não tem por que gritar. Até onde sabemos, ele não faltou ao trabalho nem um dia. À noite, tem dormido na casa do Bill Bryant, no sofá deles..."

"Ah, *vocês!*", Lucy gritou, e saiu da sala a caminho do corredor da frente. As pancadinhas no vidro cessaram. Por instantes não se ouviu nenhum som; mas então o trinco foi fechado, e Lucy gritou: "Nunca! Tá entendendo? Nunca!".

"Não", gemeu Myra. "Não."

Lucy voltou para a sala.

"O quê... o que você fez?", disse Myra.

"Mãe, ele não tem jeito! Não tem salvação!"

"Amém", disse Berta.

"Ah, você!", disse Lucy, voltando-se para a avó. "Nem sabe do que eu estou falando."

"Willard!", disse Berta, com voz forte.

"Lucy!", disse Willard.

"Ah, *não*", gritou Myra, que naquele meio-tempo tinha passado por eles correndo em direção ao corredor. "Duane!"

Mas ele já descia a rua em disparada. Quando Myra destrancou a porta e saiu às pressas para a varanda, ele tinha dobrado a esquina e desaparecido. Fora embora de vez.

Até agora. Lucy o havia trancado para fora, e Whitey a tinha visto fazer isso; através do vidro, observou sua filha de dezoito anos grávida fechando o trinco para impedir que ele entrasse. E ele nunca ousou voltar depois disso. Até agora, transcorridos quase cinco anos e com Lucy morta… Ele já devia estar esperando na estação havia uns vinte minutos. A menos que tenha ficado impaciente e decidira voltar ao lugar de onde tinha vindo; a menos que tenha decidido que dessa vez devia sumir para sempre.

A dor percorreu a perna direita de Willard, do quadril até o dedão, aquela linha de dor aguda e flamejante. Câncer! Câncer no osso! Pronto… outra vez! No dia anterior também tinha tido aquela sensação, queimando a panturrilha e o pé. E igualmente na véspera do dia anterior. Sim, eles o levariam ao médico, tirariam radiografias, o encaminhariam a uma cama, diriam mentiras, dariam analgésicos e certo dia, quando a dor se tornasse excruciante, o mandariam para o hospital e o observariam sucumbir… Mas a dor se estabilizou, como se mantida em banho-maria. Não, não era câncer nos ossos. Era só a ciática.

Mas o que ele esperava, sentado assim ao ar livre? Os ombros do casaco estavam cobertos de neve, bem como a ponta das botas. O brilho da primeira nevada enfeitava as aleias e as lápides do cemitério. O vento amainara. Fazia frio, a noite era escura… e ele estava pensando, sim senhor, teria de prestar atenção àquela ciática, parar de tratar como uma piada. Provavelmente a melhor coisa seria usar uma cadeira de rodas durante um mês e pouco para eliminar a pressão sobre o nervo. Esse tinha sido o conselho do dr. Eglund dois anos atrás, e talvez não fosse uma ideia tão tola quanto havia parecido. Um bom e longo repouso. Botar uma manta sobre os joelhos, se aboletar num cantinho gostoso e ensolarado com o jornal, e o rádio e o cachimbo, sem se importar com o que quer que acontecesse na casa. Concentrar-se unicamente em derrotar o nervo ciático de uma vez por todas. Sem dúvida é um direito que a pessoa tem aos setenta anos, seguir na cadeira de rodas para outro aposento...

Ou podia fazer de conta que não ouvia tudo, deixar que pensassem que estava ficando meio surdo. Quem poderia dizer que não? Sim, este podia ser um modo de resolver a coisa toda sem apelar para uma cadeira de rodas. Fazer cara de paisagem, dar de ombros e se afastar. Nos próximos meses, podia vez por outra dar a impressão de estar ficando gagá. Sim senhor, eles simplesmente teriam de se virar sem ele. À vontade para usar sua casa por algum tempo, até aí tudo bem, mas, quanto ao resto... bem, ele já não estava bom de cabeça, sabe? Para marcar definitivamente a situação, talvez devesse, claro que de propósito e ciente de cada um de seus passos, e também claro que evitando atingir Berta, fazer o que seu velho e triste amigo John Erwin infelizmente começara a fazer: mijar na cama.

"Mas por quê? Por que devo passar por senil? Por que me fazer de gagá se não é verdade!" Pôs-se de pé num salto. "Por que pegar uma pneumonia e ficar doente de tanta preocupação quando só fiz o bem!" O medo da morte, a morte horrível, odiosa, o fez cerrar os olhos com força. "Vamos!", ele gritou. "Comigo não!" E desceu a colina tirando a neve do casaco e do boné, enquanto suas pernas velhas e doloridas o levavam tão rápido quanto podiam para fora do cemitério.

Só depois que estava longe da estrada do cemitério e sob a luz dos postes da South Water Street é que a pulsação de Willard retomou algo parecido com um ritmo normal. Não era porque o inverno estava começando outra vez que ele nunca veria a primavera. Não apenas viveria até lá, estava vivo *naquele momento*. Assim como todos que faziam compras e dirigiam carros: com problemas ou não, estão vivos! Vivos! Estamos todos vivos! Ah, o que ele tinha ido fazer num cemitério? Naquela hora, com aquele tempo! Vamos, chega de pensamentos soturnos, mórbidos, desnecessários, irrefletidos. Havia muito mais coisas para pensar, e nem todas ruins. Imagine como Whitey vai rir quando souber que, no meio da noite, como se julgando a si mesmo, o prédio onde ficava o Earl's Dugout desabou, começando pelo teto, e teve de ser demolido. E daí que o Stanley's estava sob nova direção? Whitey tinha tanto desdém por aquela espelunca quanto qualquer outra pessoa quando estava bem — e isso era muito mais frequente do que poderia parecer, aliás, quando se está vasculhando de propósito os maus momentos da vida. Isso poderia ocorrer com qualquer pessoa, pensar apenas nos maus momentos... E espere só até ele ver o novo shopping center, até dar a primeira caminhada na Broadway... claro, podiam fazer isto juntos, e Willard poderia mostrar a ele como o Elks tinha sido restaurado...

"Ah, diabo, o sujeito tem quase cinquenta anos, o que mais eu posso *fazer*?" Falava agora em voz alta, ao entrar na cidade. "Tem um emprego esperando por ele em Winnisaw. Tudo foi arranjado com a aprovação dele, ele querendo, *pedindo*. Quanto a se instalar lá em casa, vai ser absolutamente temporário. Acredite, estou velho demais para aqueles dramas de antigamente. O que estamos planejando é até primeiro de janeiro... Ah, olha", ele gritou para os mortos, "não sou Deus no céu! Não criei o mundo! Não posso prever o futuro! De todo jeito, que se dane, é o marido dela... que ela ama, gostemos disso ou não!"

Em vez de estacionar atrás da loja do Van Harns, ele parou na frente para percorrer um caminho mais longo até a sala de espera, para ter mais uns trinta segundos de reflexão. Entrou na loja e bateu o boné molhado contra o joelho. "E muito provavelmente", pensou, "muito provavelmente ele não vai estar lá." Sem entrar, deu uma olhada para dentro da sala de espera. "Muito provavelmente fiquei sentado lá à toa. No final das contas, é provável que ele não tenha tido coragem de voltar."

E lá estava Whitey, sentado num banco, olhando para os sapatos. Os cabelos agora bem grisalhos, assim como o bigode. Cruzou e recruzou as pernas, de tal modo que Willard viu as solas dos sapatos, novas e lisas. Uma valise, também nova, estava a seu lado no chão.

"Quer dizer", falou Willard com seus botões, "que ele veio. Realmente pegou um ônibus e veio. Depois de tudo que aconteceu, depois de toda a tristeza que causou, teve a coragem de entrar num ônibus, saltar aqui e esperar meia hora na certeza de que viriam buscá-lo... Ah, que idiota!", ele pensou; e, ainda sem ser visto, contemplou o genro de meia-idade, os sapatos novos, a valise nova... ah, sem dúvida também um novo homem! "Seu babaca! Seu imbecil trapaceiro, mentiroso, ladrão! Seu fraco, beberrão inveterado, chupando o sangue de cada coração humano que existe! Covarde, vagabundo, imprestável! E daí, se não pode evitar! E daí, se faz as coisas sem intenção..."

"Duane", disse Willard, entrando na sala, "como vai você, Duane?"

PARTE II

1

Ao voltar à vida civil no verão de 1948, o jovem Roy Bassart não sabia o que fazer com seu futuro, e por isso passou seis meses à toa, ouvindo as pessoas falarem sobre o assunto. Ele largava o corpo longo e magro na poltrona de couro da sala de seu tio e, no mesmo instante, metade dele escorregava para fora, de modo que seus sapatos do Exército, suas meias do Exército e calça cáqui se transformavam em obstáculos para quem quisesse passar, o que a prima Eleanor e sua amiga Lucy faziam com frequência quando ele estava de visita. Ficava lá sentado, totalmente imóvel, os polegares enfiados nos passadores da calça sem cinto e o queixo cravado no peito comprido. Quando alguém perguntava se estava ouvindo o que se dizia sobre ele, sacudia a cabeça sem nem levantar a vista dos botões da camisa. Ou, às vezes, com seu rosto honesto e luminoso, com aqueles olhos azuis claros como o dia, fitava a pessoa que o aconselhava ou o questionava, olhando para ela através de uma moldura feita com os dedos.

No Exército, Roy se interessara por desenhar, sua especialidade eram os perfis. Era ótimo em matéria de narizes (quanto maiores, melhores), bom em orelhas, cabelos e certos tipos de queixo; tinha comprado um manual para aprender o segredo de desenhar bocas, que eram seu ponto fraco. Havia até começado a pensar que devia ir em frente e tentar se profissionalizar. Sabia que não seria fácil, mas talvez tivesse chegado a hora de enfrentar algo difícil em vez de aceitar o que estivesse mais a seu alcance.

Tinha anunciado o plano de se tornar um artista profissional ao voltar a Liberty Center em fins de agosto; mal abandonara o saco de viagem no chão da sala quando a primeira discussão irrompeu.

Parecia mais um rapaz voltando de uma colônia de férias, e não das ilhas Aleutas. Caso tivesse esquecido enquanto esteve fora como sua vida havia sido durante o último ano do colégio, Lloyd e Alice Bassart não precisaram de mais do que meia hora para lhe refrescar a memória. A discussão, que durou dias, consistia sobretudo em seus pais dizerem que tinham mais experiência que ele, e Roy responder que agora tinha experiências que eles não tinham. Afinal de contas, ele dizia, sua opinião devia contar para alguma coisa — em especial porque o que estava em questão era sua própria carreira.

Para reforçar seus argumentos, passou todo seu terceiro dia em casa copiando o perfil de uma moça que ilustrava uma caixa de fósforos. Trabalhou nisso sem parar, exceto por uma breve pausa para o almoço, e só depois de uma tarde inteira trancado no quarto achou que tinha ficado bom. Terminado o jantar, sobrescreveu três envelopes diferentes, até ficar satisfeito com sua letra, e enviou o desenho para uma escola de arte em Kansas City, no Missouri — foi até a agência de correios do centro da cidade para se certificar de que seria expedido no turno da noite. Quando uma carta-resposta anunciou que o sr. Roy Basket havia ganhado um curso de correspondência de quinhentos dólares por apenas quarenta e nove dólares e cinquenta centavos, ele tendeu a concordar com o tio Julian que se tratava de alguma arapuca, e não levou a coisa adiante.

Seja como for, tinha provado o que se propusera provar, e logo de cara. Ao ser recrutado para servir por dois anos, seu pai havia manifestado a esperança de que um pouco de disciplina militar contribuiria para amadurecer o filho. Ele mesmo estava disposto a admitir que lhe faltava alguma coisa. Bem, como se viu, Roy tinha amadurecido, e muito. Mas não foi por causa da disciplina, e sim, para ser franco, pelo fato de estar distante dos pais. No colegial, ele se contentava em passar de ano com notas medíocres, ao passo que, se aplicasse um pouco sua inteligência (*Alice Bassart*: Que você tem, Roy, em abundância), poderia obter resultados melhores — excelentes, se assim desejasse. Porém, queria provar que não era mais aquele aluno medíocre, e nem permitiria ser tratado como tal. Caso se dedicasse com afinco a um trabalho, poderia realizá-lo, e se sairia muito bem. O problema era saber qual seria esse trabalho. Aos vinte anos, ninguém precisava lhe dizer que já era hora de pensar em se tornar um homem. Porque ele pensava nisso, e bastante, e, por favor, que ninguém se preocupasse.

Continuou a trabalhar por conta própria com a ajuda do manual, atacando com fúria o pescoço e os ombros, depois de quatro dias em que a boca foi de mal a pior. Embora não desistisse de jeito nenhum de sua opção de ser um artista profissional, estava disposto a aceitar as ponderações da família, ou pelo menos ouvir suas sugestões. Tinha de admitir que se via tentado pela sugestão do tio Julian de ir trabalhar para ele e aprender, a partir do zero, sobre o negócio das lavanderias automáticas. O que o atraía em particular nessa ideia era que as pessoas nas cidadezinhas ao longo do rio o veriam dirigindo a caminhonete de Julian e pensariam que era um aprendiz. E as mulheres que administravam as lavanderias o veriam como o sobrinho do chefe, supondo que a vida dele era um mar de rosas — quando, na realidade, seu verdadeiro trabalho só começaria à noite, depois que todos estivessem dormindo; fechado no quarto, ficaria acordado até o sol raiar, aperfeiçoando seu talento.

O que não lhe parecia muito atraente era usar a família como muleta, e logo de início. Não podia suportar a ideia de ouvir pelo resto da vida: "Claro, o primeiro empurrãozinho foi de Julian...". Mais importante, contudo, era o estrago que aceitar uma situação como essa poderia causar a sua individualidade. Não só ele jamais se respeitaria por ter recebido um emprego de mão beijada, e se firmado apenas na base do privilégio pessoal, mas tampouco desenvolveria seu potencial, caso fosse tratado como um daqueles garotos ricos amparados a vida inteira na escalada do sucesso.

E havia que considerar Julian. Ele disse que a proposta era séria, pra valer, desde que Roy estivesse disposto a trabalhar duro por longas horas, como ele exigiria. Bem, as longas horas de trabalho duro não o incomodavam. Certa vez, por pura maldade um sargento muito cruel responsável pelo rancho o detivera na cozinha por dezessete horas consecutivas mandando-o esfregar potes e panelas — após essa experiência, Roy se deu conta de que podia fazer praticamente qualquer coisa. Por isso, uma vez decidido o rumo a seguir na vida, tinha toda a intenção — usando a linguagem típica de Julian — de ralar o cu no chão se isso fosse necessário.

Mas, e se ele fosse em frente com Julian, começasse a receber salário, e depois decidisse ir para o Art Institute em Chicago em setembro — ou mesmo para uma escola de arte em Nova York, o que não era de modo algum impossível? Estava dando a devida consideração às objeções dos pais (apreciassem eles ou não tal esforço), mas, se por fim resolvesse em favor da carreira de artista profissional, não teria desperdiçado seu tempo, e também o de Julian? Para seu tio, cuja afeição valorizava, provavelmente daria a impressão de ser ingrato — e talvez isso até tivesse um fundo de verdade. A ingratidão era algo de que ele devia se proteger. Embora tivesse certeza de que seus colegas da escola e camaradas no Exército o viam como um sujeito tranquilo e generoso — seu primeiro-sargento costumava chamá-lo de Sempre Pronto —, houve quem lhe dissesse que ele era um tanto egoísta. Claro que todo mundo era um pouco egoísta, mas certas pessoas passavam dos limites, e ele não estava a fim de dar a mínima contribuição para fortalecer uma suspeita que afinal não era justo que ninguém (em especial seu próprio pai) tivesse.

Além disso, depois da monotonia e do tédio dos meses anteriores, ele estava ávido por aventuras, e ninguém podia de fato esperar que o negócio das lavanderias fosse muito excitante — ou, para ser sincero, nem mesmo interessante. Quanto à segurança financeira, não ligava muito para dinheiro. Tinha dois mil dólares na poupança, incluindo o que lhe foi pago ao sair do Exército, além das vantagens da lei que protegia os veteranos de guerra; e, de todo modo, não tinha a ambição de ser milionário. Por isso, quando seu pai lhe disse que os artistas terminavam por morar numa mansarda, Roy foi capaz de responder: "O que há de tão errado nisso? O que você acha que é uma mansarda? É um sótão, e você sabe que meu quarto costumava ser no sótão", e isso o sr. Bassart não pôde contestar.

O que o atraía era a aventura, algo que pudesse lhe servir de teste, um meio de descobrir seu verdadeiro potencial. E, caso não fosse a vida de artista, quem sabe um emprego no exterior — naqueles locais ele não passaria de um estranho a ser julgado apenas pelo que fizesse ou falasse, e não pelo que sabiam sobre ele do passado... Mas dizer essas coisas com frequência era o mesmo que dizer que queria voltar a ser criança. Tia Irene chamou sua atenção para isso, e ele estava disposto a admitir intimamente que ela podia ter razão. Estava sempre pronto a ouvir as ideias da tia Irene, porque (1) ela em geral dizia o que tinha a dizer em particular, não ficava falando só para impressionar os ouvintes (tendência do tio Julian); (2) não interrompia nem levantava a voz quando a gente contra-argumentava ou discordava (comportamento muito delicado de seu pai); e (3) nunca reagia com histeria a uma ou outra ideia que ele provavelmente só havia lançado para ouvir como soava (o que sua mãe tinha o hábito de fazer).

Sua mãe e a tia Irene eram irmãs, porém não poderia haver duas pessoas mais diferentes em matéria de serenidade. Por exemplo, quando ele disse que, antes de fazer qualquer escolha fundamental que o prendesse para sempre, talvez devesse sair de Liberty Center com uma mochila nas costas e ver o que o resto do país tinha a oferecer, tia Irene demonstrou certo interesse pela ideia. Já sua mãe só conseguiu apertar o velho botão de pânico, como se dizia no Exército. Na mesma hora começou a lhe dizer que ele havia acabado de voltar após dois anos longe de casa (coisa que ele certamente desconhecia) e que tinha de entrar para a universidade do estado (a fim de usar aquela sua inteligência "como Deus quer que você use, Roy"), terminando por acusá-lo de não ouvir nada do que ela falava.

Mas ele estava ouvindo, e muito bem; mesmo afundado naquela enorme poltrona, absorvia todas as suas objeções (mais ou menos). Achava-se no direito de não atentar para aquelas que já haviam sido apresentadas cem vezes ou mais no passado, mas entendia o sentido das observações (mais ou menos). Ela queria que ele fosse um bom menino e fizesse o que lhe mandassem fazer; queria que fosse igual a todo mundo. E, realmente, bem ali, nas palavras e no tom de voz de sua mãe, estavam as melhores razões para que saísse da cidade ao anoitecer. Talvez fosse o melhor a fazer, pé na estrada e não olhar para trás — assim que decidisse que região do país devia ver primeiro. Sempre haveria um canto para ele em Seattle, no estado de Washington, onde vivia seu melhor amigo no Exército, Willoughby (e a irmã menor dele, que Roy supostamente deveria namorar). Outro bom camarada, Hendricks, morava no Texas; seu pai tinha uma fazenda onde Roy provavelmente poderia trabalhar por comida caso sua grana encurtasse. E ainda havia Boston, que todos diziam ser uma cidade bonita, a mais histórica dos Estados Unidos. "Poderia tentar Boston", ele pensava, mesmo com sua mãe dissertando alegremente sobre o risco de ficar louca. "Sim senhor, quem sabe faço as malas e parto para o leste."

No entanto, para ser honesto, bem que podia aproveitar mais uns meses de vida mansa antes de pegar no pesado de novo, se é que acabaria decidindo que isso era o melhor para ele. Tinha passado dezesseis meses naquele buraco negro em Calcutá (assim o chamavam), todos os dias das oito às cinco no esplendoroso escritório que administrava os veículos do batalhão — e depois aquelas noites! Se voltasse a ver uma só bola de pingue-pongue na *vida*... e o tempo! O de Liberty Center parecia uma floresta tropical na América do Sul, se comparado. Vento, neve e aquele enorme céu cinzento, tão inspirador quanto um quadro-negro apagado. E aquela lama. E aquela gororoba! E o filho da puta daquele catre estreito, úmido e curto (sério), querendo se passar por cama! Na verdade, ele *merecia* não ir para lugar nenhum até recuperar todo o descanso que provavelmente havia perdido por causa daquela cama de merda — e também até que uma ou duas de suas papilas gustativas funcionassem de novo. Depois de uma experiência como aquela, sem dúvida sabia o valor de ter o café da manhã servido todos os dias numa cozinha clara e agradável, ter um quarto só para ele onde cada coisa não precisava ser medida em centímetros, ficar pelo tempo que desejasse (ou *necessitasse*) no banheiro com a porta fechada e sem ninguém se aliviando quase ao alcance dos seus cotovelos de um lado e do outro. Fazia *bem*, ele podia dizer sem medo de errar, tomar um café da manhã que não consistisse em água suja e papelão, refestelando-se depois na sala para ler tranquilamente um exemplar do *Leader* sem que ninguém arrancasse a página de esportes de suas mãos.

Quanto à ininterrupta tagarelice de sua mãe na cozinha, não era idiota a ponto de ignorar que ela se preocupava com ele por ser seu filho. Ela o amava. Simples. Às vezes, ao terminar de ler o jornal, ele ia até a cozinha onde ela estava trabalhando e, por mais tolas que fossem as coisas que ela dissesse, ele a abraçava e dizia que ela era boa. Vez por outra até a fazia dar uns poucos passos de dança, cantando alguma canção popular junto a seu ouvido. Não lhe custava nada, e ela ficava no sétimo céu.

Sua mãe tinha as melhores intenções, mesmo que o paparico fosse um pouco embaraçoso àquela altura do jogo. Como a ideia de lhe enviar aquela caixa de protetores de assento de privada. Foi isto que recebeu pelo correio certo dia: cem grandes papéis brancos em formato de rosca, que ela vira anunciados numa revista médica no consultório de um doutor — e que esperava que ele usasse... no Exército. Inicialmente, ele de fato pensou em mostrá-los a seu primeiro-sargento, que tinha sido ferido nas costas em Anzio, durante a Segunda Guerra Mundial. Mas, como o sargento Hickey poderia entendê-lo mal, zombando dele em vez de zombar de sua mãe, foi até os fundos do refeitório tarde da noite e os jogou furtivamente numa lata de lixo congelado, tomando o cuidado de antes remover e destruir o cartão em que se lia: "Roy, por favor, use isto. Nem todo mundo vem de uma casa limpa".

O que servia como exemplo perfeito de que, apesar de suas boas intenções, ela não tinha a menor ideia de que ele era um adulto e ela não podia mais *fazer* coisas desse gênero. No entanto, tinha havido momentos em Adak em que sentira falta dela, e até de seu pai, um sentimento que era comum no passado, antes que começassem a interpretar mal cada palavra que saía de sua boca. Então esquecia tudo que diziam que ele havia feito de errado, e tudo que ele tinha dito que eles haviam feito de errado, reconhecendo que realmente era um sujeito de sorte por ter uma família tão preocupada com seu bem-estar. Havia um cara no quartel criado num orfanato em Nebraska e, embora tivesse bastante respeito por ele, Roy sempre sentia pena por tudo que lhe faltara por não ter uma família. Ele se chamava Kurtz e, embora tivesse o tipo de pele ruim que Roy não gostaria exatamente de ter que contemplar na hora das refeições, sempre acabava por convidá-lo para visitar Liberty Center (depois que todos tivessem saído daquela prisão) a fim de provar a comida de sua mãe. Kurtz dizia que lhe parecia uma boa ideia. Assim como a todos os demais, aliás: um dos grandes acontecimentos no quartel era a chegada do que passou a ser chamado de "petiscos da mamãe Bassart". Quando Roy lhe escreveu dizendo que era a segunda mulher mais popular no quartel depois de Jane Russell, ela começou a mandar duas caixas de doces em cada remessa, uma só para Roy, a outra para os rapazes que eram seus amigos.

Quanto à senhorita Jane Russell, seu último filme não pôde ser exibido no cinema de Winnisaw por determinação judicial, notícia que Alice Bassart esperava que Roy levasse em alta conta. *Isto* ele leu para o sargento Hickey, e ambos deram sonoras gargalhadas.

Nos meses que se seguiram à dispensa do Exército, antes de mais nada Roy cuidou de recuperar o sono perdido e, depois, de recuperar tudo o que não comera. Todas as manhãs, por volta das quinze para as dez — bem depois de seu pai desaparecer pelo resto do dia —, ele descia usando a calça cáqui e uma camiseta para enfrentar o café da manhã composto por dois tipos de suco, dois ovos, quatro tiras de bacon, quatro fatias de torrada, um monte de geleia de cerejas pretas, um monte de geleia de frutas cítricas e café — que, só para chocar sua mãe (que nunca o tinha visto beber nada de manhã que não fosse leite), ele chamava de "moca quente". Certas manhãs, quando entornava um bule inteiro de moca quente, podia ver que ela estava dividida entre se sentir escandalizada com a escolha da bebida ou entusiasmada com o volume ingerido. Sua mãe gostava de cumprir o dever de alimentá-lo, e, como isso não lhe custava nada, ele deixava que o fizesse.

"E sabe o que mais que eu bebo, Alice?", ele perguntava, dando um tapa na barriga com a palma da mão ao se levantar da mesa. Não produzia um som igual a quando o sargento Hickey, que pesava cento e três quilos, fazia a mesma coisa, mas era bem satisfatório ainda assim.

"Roy", ela dizia, "não se faça de espertinho. Está bebendo uísque?"

"Ah, só uns goles de vez em quando, Alice."

"Roy..."

Era quando — se visse que ela estava levando tudo a sério — ele se aproximava, lhe dava um abraço e dizia: "Você é muito boa, Alice, mas não deve acreditar em tudo que ouve". Dava-lhe depois um beijão estalado na testa, certo de que com isso iria iluminar instantaneamente não apenas seu estado de espírito, mas toda uma manhã de trabalhos domésticos e compras. E tinha razão — em geral era o que acontecia. No final das contas, ele e Alice tinham uma boa relação.

Depois de mais uma espiada no jornal, da primeira à última página, voltava à cozinha para um rápido copo de leite. De pé junto à geladeira, bebia tudo em dois longos goles, fechando os olhos enquanto a sensação cortante do líquido gelado chegava até seu nariz; em seguida, um punhado de biscoitos recheados, uma de suas velhas paixões; e, por fim, "Estou indo, mãe!", vencendo o barulho do aspirador de pó...

Nos primeiros meses desde a volta dava longas caminhadas por toda a cidade, quase sempre terminando na escola onde cursara o colegial. Era difícil acreditar que somente dois anos antes ele fora um daqueles garotos com a cabeça enfiada nos livros, sofrendo. Mas era quase tão difícil acreditar que também não era um deles. Certa manhã, só por brincadeira, caminhou até a entrada principal, próxima ao mastro, e ouviu a voz de sua antiga professora de matemática "Criss" Cross, tão simpática, através da janela aberta da sala 104. Nunca mais em sua vida — *nunca* — Roy teria de ir até o quadro-negro e ficar lá com o giz na mão enquanto a velha "Criss" lhe dava um problema para resolver diante de toda a turma. Para sua surpresa, a reminiscência o deixou muito triste. E ele odiava álgebra. Quase tinha sido reprovado. Quando chegara em casa com uma nota baixíssima, seu pai tinha subido pelas paredes... Poxa, ele pensou, se você for meio ruim da cabeça, pode sentir falta de cada coisa — e continuou a caminhar, descendo a encosta em direção ao rio, onde se sentou ao sol perto do embarcadouro. Lá, separou as duas metades do biscoito redondo, comendo primeiro a metade seca e depois aquela a que o recheio havia aderido, e pensou: "Vinte. Vinte anos de idade. Roy Bassart com vinte anos". Contemplou o curso do rio e refletiu que as águas eram como o tempo. Alguém tinha de escrever um poema sobre aquilo, pensou, "por que não eu?".

> *As águas são como o próprio tempo,*
> *Correndo... correndo...*
> *As águas são como o próprio tempo,*
> *Passando... passando...*

Às vezes, antes mesmo do meio-dia já estava morrendo de fome e, no centro da cidade, parava no Dale's Dairy Bar para comer um misto de queijo, bacon e tomate e beber um copo de leite. Na lanchonete de Adak eles não faziam um misto de queijo, bacon e tomate. Não me pergunte por quê, ele disse certa vez ao tio Julian. Simplesmente não faziam. Tinham o queijo, o bacon, o tomate e o pão, mas simplesmente não juntavam tudo numa chapa quente, mesmo se a gente explicasse como fazer. Você podia ficar rouco de tanto pedir ao cara do outro lado do balcão, mas ele simplesmente não *fazia* o troço. Bom, o Exército está cheio desse tipo de merda, explicou ao tio Julian.

À tarde, sempre dava um pulo na biblioteca pública, onde sua antiga namorada, Bev Collison, trabalhava depois da escola. Com a prancheta de desenho no colo, folheava as revistas procurando cenas para copiar. Tinha perdido o interesse na cabeça humana e decidira que, em vez de ficar louco tentando fazer com que uma boca parecesse algo que abre e fecha, iria se especializar em paisagens. Passou os olhos em centenas de exemplares da revista *Holiday*, sem muita inspiração, mas acabou lendo sobre inúmeros lugares e costumes nacionais dos quais não fazia ideia. Assim, não era perda de tempo, exceto quando cochilava, porque a biblioteca em geral era abafada pra cacete, e era necessário fazer um pedido formal para abrirem uma janela e deixarem entrar um pouco de ar fresco. Igualzinho ao Exército. A coisa mais banal — e a pessoa precisava perder o dia atrás da permissão de alguém para fazer aquilo. Ah, cara, como era bom estar livre. Com a vida toda pela frente. Um futuro inteiro, no qual podia ser e fazer o que bem entendesse.

Durante o outono, em geral voltava à escola no fim da tarde para assistir ao treino do time de futebol americano, e ficava até quase escurecer, caminhando pela lateral do campo para acompanhar as jogadas. Tão perto que dava para escutar as ombreiras se entrechocando — um som que ele apreciava em especial — e observar as incríveis pernas de granito do Tug Sigerson, que supostamente não paravam de se mover nem quando ele estava debaixo de uma pilha de adversários. Dez caras em cima dele, e o Tug velho de guerra ainda tentava ganhar mais uns centímetros, aqueles centímetros que, ao final do jogo, poderiam ser a diferença entre a vitória e a derrota. Ou de repente precisava recuar às pressas, junto com os outros poucos espectadores, quando um jogador vinha galopando diretamente em sua direção e atirava pedacinhos de terra tão longe que na volta para casa Roy encontrava lascas do campo nos cabelos. "Poxa", ele pensava, desfazendo o torrão com os dedos, "aquele garoto estava *voando*."

O sujeito que dava mais vontade de ver de perto, pela beleza da coisa, era o grande ponta-esquerda Wild Bill Elliott. Wild Bill tinha passado três anos driblando os oponentes e era o maior goleador de Liberty Center desde os tempos do Bud Brunn. Em apenas um segundo, enganava a defesa dando a impressão de que ia para a direita, para a esquerda, *cortava* para a esquerda, voltava atrás, recebia um passe poderoso do Bobby Rackstraw na altura da barriga e então — só com o movimento de um *ombro* — fintava outra vez para a direita e saía disparado em direção ao centro do campo, até que Gardner Dorsey, o treinador da equipe, soprava o apito e Bill, trotando de volta com aqueles pés virados para dentro que ele tinha, lançava a bola de longe para o local onde a jogada havia tido início, gritando: "Pega aí, cambada". E algum dos espectadores, quando não o próprio Roy, dizia: "Ah! Dessa vez ninguém segura o Bill".

Lá para os lados do campo de beisebol ele ouvia a banda ensaiando para o jogo de sábado. "A-ten-ção, por favor, banda. *Ba-anda!*", anunciava o sr. Valerio no megafone... e, sério, era uma das melhores sensações que ele lembrava de ter sentido: ouvir a banda atacar o hino da escola...

Com afinco lutamos
Pela Liber-ty,
Se a vitória arrancamos,
Será tudo por ti

... e observar os titulares (três anos consecutivos sem derrota, uma sequência de vinte e quatro vitórias) que se aprontavam para iniciar o ataque batendo palmas, enquanto os reservas cuidavam da defesa; o armador Bobby Rackstraw, com seu jeito de homem-aranha, transmitia os sinais na ponta dos pés, e então, no momento em que a bola era lançada, ele via uma tênue lua branca no céu que escurecia acima da escola.

Pela hora do dia, pela fase de sua vida, por aquele país onde tudo estava acontecendo de forma pacífica e natural, ele sentiu uma emoção ao mesmo tempo tão penetrante e tão empolgante que só podia ser descrita como amor.

No outono que se seguiu à dispensa de Roy do Exército, um dos astros do time de futebol americano era Joe "Dedão" Whetstone, um veloz carregador de bola (correra os cem metros em 9,9 segundos) e o melhor lançador da história da escola — alguns diziam da história do estado. Desde o verão, Joe estava namorando Ellie, a prima mais nova de Roy, e nas noites de sábado, enquanto Julian e Roy conversavam ou tomavam uma cerveja, Joe aparecia para apanhar Ellie e levá-la para aquele que se tornara o evento semanal dos Garanhões de Liberty Center, a festa da vitória.

Ele se sentava com os dois na sala de TV enquanto a "Princesa Sowerby", como Julian a chamava, decidia o que vestir. No começo, Roy não tinha muito a dizer a Joe. Nunca havia se enturmado com os atletas da escola, nem com qualquer outro grupo; as pessoas perdiam a identidade nessas turminhas, e Roy se considerava um pouco individualista demais para isso. Não era um solitário, mas um individualista — e há uma grande diferença entre os dois.

Mas Joe Whetstone se revelou totalmente diferente do que Roy havia imaginado. Era de supor que, com sua reputação e sendo tão bonito, ele seria mais um daqueles caras metidinhos a besta (como Wild Bill Elliott, que cuspia no corredor do cinema de Winnisaw, ou algo do tipo, conforme Roy ouvira). Joe, porém, era respeitoso e educado com o casal Sowerby — e também com Roy. Levou algum tempo, mas aos poucos Roy começou a entender por que Joe ficava lá sentado sem tirar o casaco, acenando a cabeça em concordância com tudo que ele dizia e se mantendo praticamente calado – não era por menosprezé-lo, e sim por dar valor a suas palavras. Joe podia ser o melhor lançador de qualquer escola na história do estado, mas Roy tinha acabado de voltar de dezesseis meses nas ilhas Aleutas, tendo a própria Rússia do outro lado do estreito de Bering. E Joe sabia disso. Certa noite de sábado, quando Ellie desceu a escada de dois em dois degraus, Joe se pôs de pé num salto e Roy entendeu que o famoso Joe "Dedão", já tendo no bolso do colete seis ofertas de bolsas de estudo de diferentes universidades, na verdade nada mais era que um garotão de dezessete anos, um adolescente, assim como Ellie. E Roy tinha vinte, era um veterano de guerra...

Dentro em pouco Roy se viu nas noites de sábado dizendo coisas como: "Hoje te fizeram mesmo correr, hein, Joe?", ou "Como está o tornozelo do Bart?", ou "Será que a costela do Guardello vai ser um problema?". Certas noites, então, era Ellie quem precisava esperar enquanto os três homens acabavam de discutir se Dorsey devia ter tirado Sigerson da defesa, ou se Bobby (Rackstraw) seria leve demais para ser aceito num time de universidade apesar da potência de seus passes, ou se Wild Bill devia ir para Michigan (que tinha mais fama esportiva) ou para a universidade estadual de Kansas, onde ao menos podia ter a certeza de encontrar um técnico que gostava do jogo aéreo.

Nas tardes em que assistia ao treino de futebol americano, quase sempre Roy acabava nas arquibancadas de madeira atrás das balizas para ver de frente a bola chutada por Joe, de uma distância de cinquenta metros, passar voando entre os paus.

"Como vai, Joe?"

"Ei, tudo bem, Roy?"

"Como é que vai o dedão?"

"Ah, aguentando bem, eu acho."

"Isso aí, vai na boa."

Era também nessa extremidade do campo que treinavam as chefes de torcida. Depois que Joe havia terminado — "Tchau, Roy", "Te vejo, garoto" —, Roy abotoava o blusão, levantava a gola, se apoiava nos cotovelos, esticava as pernas compridas por cima de três fileiras de bancos de madeira e, com um sorrisinho, ficava por ali mais alguns minutos observando as meninas que ensaiavam a importantíssima coreografia delas.

"Me dá um L..."

"L", Roy dizia baixinho, mas em tom de zombaria, sem se importar se elas ouviam ou não.

"Me dá um I...

Me dá um B..."

Em seus quatro anos de colegial, Roy tinha tido uma paixonite secreta por Ginger Donnelly, que se tornara a líder das chefes de torcida quando estavam no terceiro ano. Sempre que a via no hall ele começava a suar no lábio superior, como acontecia na sala de aula quando de repente era chamado para responder alguma coisa que nem ouvira o professor perguntar. Ginger e ele nunca tinham trocado uma só palavra, e provavelmente nunca o fariam. No entanto, o corpo dela era escultural, coisa que Roy não parecia capaz de ignorar, não que tentasse com grande frequência. À noite, na cama, começava a pensar no jeito com que ela dobrava o corpo para trás a fim de fazer o papel da locomotiva de Liberty Center, e tinha uma ereção; durante os jogos, depois de um *touchdown*, Ginger dava cambalhotas ao longo do campo enquanto todo mundo gritava e aplaudia, e Roy ficava lá sentado com uma ereção. Coisa ridícula, porque ela não era de modo algum esse tipo de garota. Aparentemente, ninguém nunca a havia beijado, e além disso era católica, e as moças católicas nem deixavam a gente passar a mão nas costas delas no cinema antes do casamento, ou ao menos do noivado. Ou assim se dizia. Mas também se dizia que bastava *dizer* a elas que você se casaria tão logo se formasse, e elas abriam as pernas na primeira saída.

Mesmo a respeito de Ginger contavam histórias. A maioria dos rapazes em Liberty Center dizia que era impossível chegar a menos de três metros dela, e muitas garotas falavam que ela estava realmente pensando em virar freira. Mas um tal de Mufflin, que tinha uns vinte e cinco anos e costumava circular pelas proximidades da escola fumando com os alunos, disse que seus amigos em Winnisaw haviam contado que, certa noite, numa festa do outro lado do rio, quando ela estava no primeiro ano (e antes de ficar tão arrogante), Ginger tinha sido comida por praticamente o time inteiro de futebol americano da cidade. O motivo pelo qual ninguém sabia de nada era porque a verdade tinha sido imediatamente reprimida pelo padre católico, que ameaçou botar todos os envolvidos na cadeia por estupro se um único deles abrisse a boca.

Era uma história típica do Mufflin, e ainda assim alguns sujeitos acreditaram nela — embora Roy não fosse um deles.

As preferências de Roy em matéria de garotas recaíam em geral sobre as mais sérias e recatadas — Bev Collison, por exemplo, que tinha sido mais ou menos sua propriedade privada durante o último ano e agora iniciava os estudos na Universidade de Minnesota (para onde Roy imaginou que poderia ir no derradeiro minuto caso tudo mais falhasse). Bev era uma das poucas garotas que não levava a vida como se estivesse participando de um perpétuo concurso de popularidade; deixava o exibicionismo para as exibicionistas, evitava as risadinhas e os sussurros, não passava noites inteiras ao telefone. Tirava boas notas em todas as matérias, trabalhava na biblioteca depois da aula e ainda arrumava tempo para atividades extracurriculares (Clube Espanhol, Clube da Cidadania, gerente de publicidade do *The Liberty Bell*) e uma vida social ativa. Tinha os dois pés plantados no chão (até mesmo seus pais concordavam — viva!), e ele sempre a respeitara muito. Na verdade, era por causa desse respeito que nunca tinha tentado fazê-la ir até o final.

Mesmo assim, com ela as coisas tinham sido mais quentes e mais pesadas do que com qualquer outra. No começo, costumavam se beijar em pé na entrada da casa dela (às vezes ao longo de uma hora, mas sempre vestindo os casacos). Então, num sábado após um baile na escola, Bev o deixou entrar na sala de visitas; ela tirou o casaco e o pendurou, mas impediu que Roy tirasse o dele, dizendo que ele teria de ir embora dentro de dois minutos porque o quarto dos seus pais ficava bem em cima do sofá — em direção ao qual Roy devia parar de tentar empurrá-la. Levou muitas semanas mais antes que ele pudesse por fim convencê-la de que lhe devia ser permitido tirar o casaco, ainda que por razões de saúde; e mesmo assim ela não consentiu, mas parou de lutar depois que Roy já se livrara de metade do casaco enquanto lhe dava um amasso para que ela não percebesse o que estava acontecendo. E então, certa noite, depois de longa e dura batalha, de repente ela começou a soluçar. O primeiro pensamento de Roy foi que devia se levantar e ir para casa antes que o sr. Collison descesse as escadas; mas ele lhe deu uns tapinhas nas costas e disse que estava tudo bem, que realmente sentia muito, não tinha feito de propósito; soando aliviada, Bev perguntou se não tinha sido mesmo de propósito e, embora ele não soubesse exatamente do que estavam falando, disse: "Claro que não, nunca, não mesmo". E, a partir daquele momento, para sua imensa surpresa, ela deixou que ele pusesse a mão onde quisesse acima do cinto, desde que por sobre a roupa. Seguiu-se um mês ruim durante o qual Bev se irritou tanto com ele que quase romperam; enquanto isso, Roy empurrava, puxava, suplicava e pedia desculpa, tudo em vão — até que uma noite, enquanto o afastava, Bev (sem querer, como chorosamente afirmou depois) enfiou uma unha tão fundo em seu pulso que o fez sangrar. Depois disso, ela se sentiu tão miserável que o deixou pôr a mão dentro de sua blusa, mas não dentro do sutiã. Roy ficou tão excitado que Bev teve de sussurrar: "Roy! Minha família — para de resfolegar desse jeito!". Noutra noite, na sala de visitas às escuras, ligaram o rádio bem baixinho e, no programa "Rendezvous Highlights", estava tocando a música do filme *Feira de ilusões*, que tinha sido recentemente reexibido em Winnisaw. Roy havia convencido Bev de que aquele era o filme deles, e a música "It Might as Well Be Spring", a canção dos dois. Na verdade, a mãe de Roy disse que ele se parecia um pouco com Dick Haymes, embora, como Bev comentou, nunca quando tentava cantar como o ator de Hollywood. No entanto, no meio da canção "It's A Grand Night For Singing", Bev simplesmente caiu de costas no sofá com os olhos fechados e *os braços cruzados na nuca*. Ele se perguntou por um instante se era realmente o que ela queria, decidiu que devia ser, decidiu que *tinha* de ser e, aproveitando a chance de sua vida, enfiou a mão entre sua combinação e seu sutiã. Infelizmente, por conta da novidade e da excitação do que ela o estava deixando fazer, o fecho de seu relógio de pulso enroscou na costura do melhor suéter de Bev. Quando ela viu o que tinha acontecido, ficou triste e depois assustada, razão pela qual tiveram de parar tudo para ela puxar o fio com um grampo de cabelo antes que a mãe dela visse o estrago na manhã seguinte e exigisse uma explicação. Por fim, no sábado antes da formatura, aconteceu: na sala de visitas escura como breu ele pegou o mamilo dela com dois dedos. Sem nenhum tecido no meio. E, logo depois disso, ela viajou para visitar a irmã casada no lago Superior, e ele entrou para o Exército.

Tão logo fora mandado para as Aleutas — antes até que passasse o primeiro choque causado pelo lugar —, ele havia escrito a Bev pedindo que providenciasse um formulário de admissão na Universidade de Minnesota. Quando o documento chegou, toda noite ele dedicava um tempinho para preenchê-lo. Mas logo ficou evidente que as cartas de Bev haviam cessado. Felizmente, àquela altura ele estava mais adaptado à desolação do local do que na primeira e terrível noite, podendo assim admitir para si que era bem idiota escolher uma universidade só porque uma garota que tinha conhecido estava estudando lá. E teria sido absolutamente idiota se, após a dispensa, ele aparecesse em Minneapolis para descobrir que a garota tinha escolhido outra pessoa, esquecendo, porém, de lhe contar o que fizera.

Por isso, o formulário parcialmente completo ainda estava em meio a "seus papéis", papéis esses que ele pretendia examinar tão logo tivesse dois ou três dias sem interrupções e pudesse fazer a coisa corretamente.

A chefe de torcida por quem Roy estava meio interessado se chamava Mary Littlefield, embora todos a chamassem de "Macaca", como ele logo descobriu. Ela era pequena e tinha uma franja escura, mas, para uma garota baixa, possuía um corpão (o que realmente não era o caso de Beverly Collison, que, em sua amargura, Roy passara a retratar, com justiça, "reta como uma tábua"). Macaca Littlefield, ainda no terceiro ano, era provavelmente nova demais para ele; e, se ficasse claro que ela não tinha uma cabeça boa, então era papo encerrado com a macaquinha antes mesmo do primeiro encontro. O que ele queria agora era alguém com certa maturidade mental. Mas a Macaca Littlefield tinha aquele tremendo corpão, com aqueles tremendos músculos nas pernas — e o fato de ela ser destaque entre as chefes de torcida não o desconcertou como tinha ocorrido dois anos antes com Ginger Donnelly. Afinal de contas, o que era uma chefe de torcida se não uma garota extrovertida? Além disso, como a Macaca morava no Grove, sabia quem era Roy: primo de Ellie Sowerby e bom amigo de Joe Whetstone. Imaginou que saberia também que ele era um veterano de guerra simplesmente por causa de suas roupas.

Quando ela e suas companheiras começavam a treinar as cambalhotas, Roy cruzava as mãos na nuca, um tornozelo por cima do outro, e só balançava a cabeça. "Ah, cara", ele pensava, "as pessoas deviam saber como era a vida lá nas Aleutas."

A essa altura já era quase noite. Os jogadores de futebol americano iam abandonando o gramado, os capacetes prateados balançando ao lado do corpo ao se encaminharem para o vestiário. As chefes de torcida pegavam os casacos e livros escolares amontoados na primeira fileira da arquibancada, e Roy esticava seu um metro e noventa, abria os braços e bocejava de tal modo que qualquer pessoa que o visse pensaria se tratar de um sujeito até que descontraído e tranquilo. Depois, saltando até o chão, enfiava a mão no bolso e partia rumo à casa, talvez dando um pontapé para o alto como se treinasse um chute... e pensando que, se tivesse um carro, bastaria dizer à Macaca Littlefield: "Estou indo para a casa dos meus primos, se quiser carona...".

Ultimamente ele vinha pensando em comprar um carro, e não via isso como um luxo. Seu pai não iria gostar mais da ideia agora do que na época da escola, mas o dinheiro que poupara no Exército era só dele e podia gastá-lo como bem entendesse. O carro da família tinha que ser solicitado com vários dias de antecedência e deveria estar de volta na garagem numa hora específica toda noite; só com seu próprio carro ele poderia ser de fato independente. Com seu próprio carro poderia estar à altura dessa Littlefield, uma vez que se certificasse de que ela não era só uma extrovertida... Mas e se ela fosse? Bastaria para fazê-lo parar? Algo nos músculos de suas pernas dizia a Roy que a Macaca Littlefield já tinha ido até o final da linha, ou iria com um cara mais velho que soubesse como jogar o jogo direitinho.

Lá nas Aleutas, parecia que quase todos os caras no quartel tinham convencido alguma garota a ir até o final, exceto Roy. Como não fazia mal nenhum e era mais um exagero que uma mentira, ele dava a entender que tinha ido até o final várias vezes com uma estudante da Universidade de Minnesota. Certa noite, depois que as luzes se apagaram, Lingelbach, que era realmente bom de papo, disse que o problema com a maioria das garotas nos Estados Unidos era que elas achavam o sexo algo obsceno, quando constituía provavelmente a mais bela experiência, física ou espiritual, que uma pessoa podia ter. E, como estavam no escuro e ele se sentia solitário — além de irritado —, Roy tinha dito que sim, que por isso havia finalmente largado aquela garota da Universidade de Minnesota, por ela achar que o sexo era algo para se envergonhar.

"E sabe de uma coisa?", veio uma voz de sulista do fundo do dormitório. "São essas que mais tarde acabam virando as maiores putas."

Então Cuzka, de Los Angeles, que Roy não suportava, começou a se gabar. Pelo que falava, ele conhecia todos os segredos do sexo. Tudo que você precisa fazer para que uma garota abra as perninhas, disse Cuzka, é dizer que a ama. Basta ficar dizendo isso sem parar e, finalmente ("Não me importa quem seja ela, não me importa que seja a Maria Montez"), elas não conseguem resistir. Você diz que a ama e que ela deve confiar em você. Como vocês pensam que o Errol Flynn faz?, perguntou

Cuzka, que se comportava a maior parte do tempo como se tivesse ligação direta com Hollywood. É só ficar repetindo: "Confia em mim, querida, confia em mim", enquanto vai abrindo a braguilha. Cuzka então começou a contar como seu irmão, um mecânico em San Diego, tinha trepado uma vez com uma puta de cinquenta anos e sem dentes, e não demorou para que Roy se sentisse bem miserável por ter dito o que disse em voz alta. Apesar de magricela e assustada, Bev era uma moça boa. Que culpa tinha ela se seus pais eram tão rigorosos? No dia seguinte, consolou-se parcialmente da traição ao se lembrar de que não tinha mencionado seu nome.

Lloyd Bassart tinha chegado à conclusão de que Roy devia trabalhar como aprendiz de impressor em Winnisaw. Seu pai gostava de pronunciar a palavra "aprendiz" tanto quanto Roy odiava ouvi-lo pronunciá-la. No entanto, o conhecimento da aversão causada no filho não o fazia parar: Roy precisava trabalhar como aprendiz de impressor em Winnisaw; ele conhecia como as coisas funcionavam numa gráfica e sabia que era um negócio honroso, no qual um homem podia ganhar um salário decente. Tinha certeza de que os irmãos Bigelow encontrariam um lugar para Roy — e não por ser o filho de Lloyd Bassart, mas pelas habilidades que o jovem realmente possuía. Os artistas passavam fome, como todos sabiam, a menos que fossem um Rembrandt, que ele não acreditava fosse o caso de Roy. Quanto a cursar uma universidade, em vista de suas notas no colegial, seu pai não podia imaginar que de repente Roy brilharia numa instituição de ensino superior por sua capacidade acadêmica ou intelectual. Por mais que Alice Bassart lhe dissesse que as mais estranhas coisas tinham acontecido, seu marido não parecia crer que esse fosse um argumento convincente.

Lloyd Bassart era o professor de impressão no colégio — além de braço direito do diretor, Donald "Bud" Brunn, que no passado tinha sido um dos maiores jogadores de futebol americano da Universidade de Wisconsin. Quando a nova escola fora construída em Liberty Center em 1930, as pessoas ainda acalentavam a imagem de Don Brunn pegando a bola de forma sensacional acima da cabeça durante seus quatro anos como membro de uma das dez maiores equipes universitárias do país. O que agarrar uma bola acima da cabeça tinha a ver com a organização de currículos ou a elaboração de orçamentos era algo que permaneceria incompreensível para Alice Bassart até o dia de sua morte. No entanto, com base naquela habilidade, Don, que dava aula de educação cívica e treinava os atletas num colégio em Fort Kean, recebeu a oferta de ocupar aquele cargo em sua cidade natal. Como não era nenhum bobo, ao menos no que se refere a seus interesses pessoais, tratou de aceitar. E assim, ao longo de dezoito anos — dezoito anos de papo para o ar, como Alice dizia quando sua raiva a deixava um pouco incoerente —, Don tinha sido o diretor (ao menos ocupava o gabinete do diretor) e Lloyd tinha sido o que Alice Bassart chamava de "herói desconhecido". Don não contratava nem um bedel sem que Lloyd antes o entrevistasse, mas, apesar disso, Don recebia o salário de diretor e era uma espécie de deus para os pais da comunidade, enquanto Lloyd, tanto quanto o público soubesse, não era ninguém.

Quando Alice se lançava nesse assunto, Lloyd com frequência achava por bem citar as palavras de um homem muito mais sábio que qualquer um deles, o poeta Bobbie Burns:

Caro amigo, não se queixe ou guarde rancor
Mesmo que o destino o trate com rigor.

Ele concordava que Don era um bobo alegre, mas esse era um desses fatos da vida que aprendera a aceitar fazia muito tempo. Passados tantos anos, certamente não fazia sentido ficar esperando e rezando para que o sujeito se tocasse e pedisse demissão: se ele fosse capaz disso, não teria por que se demitir. Nem se podia torcer para que ele escorregasse numa casca de banana; por um lado, Don era um touro de saúde, capaz de viver mais que todos eles; por outro, essa era uma ideia que Alice nem devia conceber, quanto mais expressar em voz alta. Ou a pessoa atravessava a vida com o gosto amargo da inveja sempre na boca, ou lembrava que há gente no mundo em condições muito piores que a sua, e agradece por ser o que é, ter o que tem, e assim por diante.

O que Roy podia fazer se preferia passar as noites na casa do tio Julian do que na sua? Não que considerasse Julian perfeito, de maneira nenhuma, porém ao menos seu tio parecia aproveitar um pouco a vida, e suas ideias não tinham dois séculos de existência. "Acorda!", Roy tinha vontade de gritar no ouvido do pai. "Estamos em 1948!" Mas o fato de que Julian sabia em que ano estavam era evidente, até mesmo por suas roupas. Enquanto na casa de Roy lia-se sobretudo *Hygeia*, Julian recebia a *Esquire* todo mês e seguia as dicas de vestuário da cabeça aos pés. Talvez ele fosse um pouco exagerado nas combinações de cor, pelo menos para o gosto de Roy, porém sem dúvida seguia a moda, não importava qual fosse. Até sua opinião sobre o sr. Harry S. Truman ("metade babaca e metade comuna") não o impedia de ter uma coleção espetacular de camisas esportivas do tipo usado pelo presidente... Em todo caso, Julian não achava um escândalo aparecer num lugar público sem gravata, nem agia como se a vida no planeta fosse acabar caso Roy chegasse à casa dele com a barra da camisa acidentalmente para fora da calça. Tio Julian era capaz de compreender que Roy não ia esquentar a cabeça com coisas "superficiais". "Bom", ele dizia, abrindo a porta para o sobrinho à noite, "veja quem está aqui, Irene — um rapaz desmazelado." Mas sorrindo; não como o pai de Roy, de quem, durante todo o tempo no Exército, o filho lembrava nitidamente de como costumava sair do escritório do sr. Brunn — cabelos grisalhos penteados cuidadosamente para trás, boca fechada, alto e empertigado — e usando aquela porra daquele avental de algodão cinza como se fosse o sapateiro da cidade.

Ao voltar para casa ao fim da Segunda Guerra Mundial, Julian se empenhou em refletir sobre o que as pessoas queriam que fosse barato e útil para elas, e ao mesmo tempo lucrativo para ele: daí surgiu a ideia das lavanderias automáticas. Tão simples, e ainda assim dentro de um ano as moedas de vinte e cinco centavos e meio dólar que as senhoras das cidades ao longo do rio depositavam nas máquinas de lavar e secar da El-ene Laundromatic Company renderam a Julian vinte mil dólares.

Roy, contudo, não desejava particularmente seguir os passos de um homem de negócios. Não eram apenas as considerações pessoais que o faziam hesitar diante da oferta de Julian de lhe ensinar o ofício; havia também uma questão de princípio. Roy não sabia se ainda acreditava na livre iniciativa, pelo menos não como era praticada no país.

Durante os últimos meses nas Aleutas, ele tinha ouvido de seu catre as sérias discussões sobre questões internacionais que alguns camaradas do quartel com curso superior travavam à noite. Ele mesmo não falava muito na hora, mas com frequência, no dia seguinte, enquanto trabalhava no escritório como responsável pelo suprimento da frota de veículos, encontrava uma oportunidade de discutir com o sargento Hickey algumas das coisas que ouvira. Obviamente, não engolia todas as críticas que o tal Lingelbach fazia aos Estados Unidos. O sargento Hickey tinha absoluta razão: qualquer um podia fazer críticas destrutivas, qualquer um podia maldizer coisas por todos os lados o dia inteiro; no entender do sargento, se a pessoa não tivesse algo construtivo a dizer, então talvez fosse melhor ficar calada, em especial se estivesse usando o uniforme, comendo o rango e recebendo salário do país que achava tão terrível. Roy concordava cem por cento com o sargento Hickey: havia alguns sujeitos no mundo que nunca estariam satisfeitos, mesmo se passassem o dia sendo alimentados com colher de prata, mas também era preciso dar àquele cara de Boston (não Lingelbach, que era um lobo solitário e esquisitão, mas Bellwood) um bocado de crédito por seus argumentos sobre o estilo de vida na Suécia. Roy estava totalmente de acordo com o sargento Hickey e seu tio Julian sobre o comunismo, porém, como dizia Bellwood, o socialismo era diferente do comunismo assim como o dia é diferente da noite. E a Suécia nem era *tão* socialista.

O que fez Roy começar a supor que, após sua dispensa, alguém como ele talvez ficasse feliz em viver num lugar como a Suécia foi: (1) eles tinham um alto padrão de vida e desfrutavam de uma verdadeira democracia; porém (2) não eram malucos por dinheiro, Bellwood disse, como os americanos (o que não era uma crítica mas um fato); e (3) não acreditavam na guerra, coisa em que Roy também não acreditava.

Na realidade, se não tivesse simplesmente retornado após os dezesseis meses nas Aleutas, poderia ter arranjado um emprego num cargueiro que rumasse para a Suécia, e uma vez lá encontraria algum trabalho bom e honesto; não em Estocolmo, mas numa aldeia de pescadores como tinha visto em fotografias da revista *Holiday*. Poderia até mesmo fincar raízes no país, casar com uma sueca e ter filhos suecos, e nunca mais voltar para os Estados Unidos. Algo a ser considerado, não? Pensar que, se fosse isso o que quisesse, poderia ir em frente sem se explicar a ninguém... No entanto, já estava enfastiado de ver o sol raiar às dez da manhã e se pôr praticamente ao meio-dia, transformando em noite o que devia ser o resto do dia. É provável que isso também afetasse os suecos — porque alguma coisa os afetava. O sargento Hickey, que folheava todas as revistas antes de distribuí-las na sala de recreação, chegou ao escritório certa manhã e anunciou que, no novo número da *Look*, se dizia que mais pessoas pulavam dos edifícios na Suécia do que em qualquer outro país cem por cento capitalista do mundo. Quando Roy mais tarde levantou a questão com Bellwood, ele não teve muito a dizer em defesa da Suécia, a não ser ficar disputando as percentagens. Pelo jeito, lá havia uma atmosfera de profunda melancolia que Bellwood deixara de mencionar, e francamente, por maior que fosse o desejo de Roy de simpatizar com sua forma de governo contanto que fosse uma democracia com eleições livres, ele em geral preferia, ao fim de um dia de trabalho, passar suas horas de lazer com gente que sabia relaxar e se divertir. Moderação em tudo, este era seu lema.

Descobriu assim que podia passar as noites com a família Sowerby em vez de na sua casa, onde ou era obrigado a manter o rádio quase inaudível porque seu pai estava no andar de cima escrevendo um relatório para o sr. Brunn, ou então ele estava no andar de baixo discutindo algo chamado "O futuro de Roy" como se fosse um corpo encontrado no gramado da frente: agora nos diga, Roy, o que você pretende fazer com isto?

Lloyd Bassart não aprovava as visitas noturnas de Roy à casa dos Sowerby (e a influência do cunhado Julian como homem de confiança do filho), mas disfarçava suas reais objeções dizendo que Roy não devia se transformar numa presença permanente na casa de outra família só porque lá havia um aparelho de televisão. Roy perguntava por que seu pai deveria se incomodar se os Sowerby não se incomodavam. Tio Julian estava interessado em saber mais sobre o Exército no pós-guerra e no que pensava a nova geração, por isso gostava de conversar com Roy. Que mal havia?

Contudo, as "conversas" entre Julian e Roy consistiam, com grande frequência, em gozações do tio. Julian tinha prazer em caçoar de Roy, que por sua vez gostava de ser objeto daquelas troças porque isso gerava uma relação de camaradagem entre os dois. É claro que, vez por outra, Julian ia longe demais, especialmente na noite em que Roy tinha dito que jamais poderia se sentir realizado como ser humano se não estivesse fazendo algo criativo. Na verdade, apenas repetia o que ouvira Bellwood dizer uma vez, mas se aplicava a ele tão bem quanto, mesmo que não tivesse sido o autor do conceito. Tio Julian, contudo, preferiu se fazer de desentendido e disse que Roy estava precisando era de dar uma boa trepada. Roy soltou uma risada e procurou dar a impressão de que levava a coisa na esportiva, embora sua tia Irene estivesse na sala de jantar, de onde pôde ouvir cada palavra que eles disseram.

O senso de humor de Julian nem sempre combinava com o de Roy. Uma coisa era estar no dormitório ou no escritório do quartel e dizer f... isso, f... aquilo. Outra era falar certas coisas quando havia mulheres por perto. No tocante à linguagem do tio Julian, Roy sentia que seu pai se saía melhor. Outras vezes Julian o irritava com suas opiniões sobre arte, que eram totalmente absurdas. Não que ele chamasse a atenção de Roy para a questão da segurança financeira antes de ir para alguma pretensiosa escola de arte; era a questão da veadagem. "Desde quando você ficou fresco, Roy? Foi isso que andou fazendo no polo Norte, desmunhecando enquanto era sustentado pelos cidadãos que pagam impostos?"

No entanto, em geral as gozações eram amistosas e as discussões entre eles duravam pouco. Embora tio Julian tivesse pouco mais de um metro e sessenta e cinco, ele servira como oficial de infantaria durante a guerra e quase lhe tinham arrancado o colhão esquerdo mais de uma vez. Apesar de dizer isso assim mesmo, sem se importar com a idade e o sexo de quem estivesse ouvindo, era digno de admiração, pois era a pura verdade. O sujeito que gritou "Loucos!" para o inimigo recebeu toda publicidade à época, mas aparentemente Julian era conhecido na 36ª Divisão como "Vai Tomar no Cu Sowerby"; muitas vezes era essa a mensagem que passava aos berros para os alemães quando mais um homem recuava ou se entregava. Chegara ao posto de major e ganhara uma Silver Star; até mesmo Lloyd Bassart tirava o chapéu para ele nesse ponto, tendo-o convidado para falar aos alunos do colégio quando voltou da guerra. Roy ainda se recordava da ocasião: tio Julian havia usado as palavras porra e diabo doze vezes nos primeiros cinco minutos (segundo a contagem feita por Lloyd Bassart), mas felizmente depois disso sossegou e, ao terminar, os alunos se levantaram e cantaram "As the Caissons Go Rolling Along" em sua homenagem.

Julian tinha vários apelidos para Roy, raramente o chamava pelo nome. Às vezes, mal o sobrinho pisava no hall, Julian, erguendo os punhos, voltava dançando para a sala de visitas dizendo: "Vamos, campeão. Vamos... tenta me dar um soco". Roy, que nas aulas de educação física aprendera o soco um-dois (embora jamais tivesse tido a oportunidade de usá-lo no mundo real), partia para cima de Julian, com as mãos abertas, braço direito à frente, enquanto o tio se esquivava, afastando o *um* antes que Roy pudesse soltar o *dois*. Procurando em vão uma abertura, Roy girava em torno dele e então — isso acontecia sempre— Julian puxava o braço direito para trás, gritava "Já!", e, enquanto Roy escondia o queixo entre os punhos e defendia a barriga com os cotovelos (como aprendera no colégio), Julian já estava levantando a perna na lateral para lhe dar um leve pontapé no traseiro com a ponta do chinelo. "Chega, Magrão", ele dizia, "vá sentar e pare de pensar em bobagens."

Mas a melhor coisa sobre Julian não era seu jeitão despreocupado: era que sua experiência no Exército lhe permitia compreender como era difícil para um veterano se adaptar à vida civil de uma hora para a outra. O pai de Roy tinha sido jovem demais para lutar na Primeira Guerra Mundial e velho demais para a Segunda, por isso toda a questão de ser um veterano constituía mais um aspecto da vida moderna que ele era incapaz de entender. Para ele, não fazia sentido que os valores de alguém pudessem se modificar após dois anos de serviço militar. Que uma pessoa pudesse de fato se *beneficiar* da oportunidade de conversar sobre coisas que tinha aprendido, a fim de digeri-las, para ele não passava de perda de tempo. Isso, de fato, deixava Roy furioso.

Julian, pelo contrário, estava disposto a ouvir. Ah, também fazia inúmeras sugestões, mas havia uma pequena diferença entre alguém fazer uma *sugestão* e alguém lhe dar uma *ordem*. Assim, ao longo daquele outono e inverno, Julian ouviu, e certa noite em março, enquanto fumavam charutos e assistiam ao programa de Milton Berle na TV, Roy de repente começou a dizer, durante o comercial, que estava começando a pensar que talvez seu pai tivesse razão, que todo aquele tempo valioso estava escorrendo por entre seus dedos como água.

"Pelo amor de Deus", disse Julian, "quantos anos você tem, cem?"

"Essa não é a questão, tio Julian."

"Para com isso, não se atormenta, está bem?"

"Mas minha vida..."

"Vida? Você tem vinte anos. É um garoto de vinte anos. Vinte, veja bem... e não vai durar para sempre. Por favor, viva um pouco, divirta-se, para de se infernizar. Não aguento mais ouvir isso."

E por isso, no dia seguinte, Roy finalmente fez o que queria: pegou uma carona até Winnisaw e comprou um Hudson bicolor 1946 de segunda mão.

2

Por entre as cortinas do quarto, Ellie Sowerby e a amiga Lucy o observavam enquanto montava e desmontava o carro. De vez em quando ele fazia uma pausa e sentava no para-choque, com os joelhos na altura do peito, balançando uma garrafa de coca-cola diante dos olhos. "O herói de guerra está refletindo sobre o futuro", dizia Eleanor, bufando só de pensar naquilo. Roy, no entanto, não parecia prestar a menor atenção em nenhuma das duas, mesmo quando Eleanor dava uma batida na janela e se escondia. À medida que os dias ficavam mais quentes, em certas ocasiões ele era visto deitado no banco de trás do Hudson, com as pernas jogadas por cima do assento do motorista, lendo um livro apanhado na biblioteca. Ellie perguntava da janela: "Roy, onde você vai morar na Suécia?". Em geral, sua resposta consistia em bater com força a porta de trás do carro. "Roy está lendo tudo sobre a Suécia. Metade dos fazendeiros nas redondezas vieram fugidos de lá. E ele quer *ir* para lá."

"Verdade?", perguntou Lucy. Não se ofendeu, já que seu próprio avô, que tinha sido fazendeiro, tinha vindo da Noruega.

"Bom, espero que ele vá para algum lugar", disse Ellie. "Papai está preocupado com o risco de ele resolver mudar para a nossa casa. Praticamente já mora aqui." Depois, falando também da janela: "Roy, sua mãe telefonou para dizer que está vendendo sua cama".

A essa altura, porém, ele estava debaixo do carro, com apenas as solas dos sapatos visíveis do segundo andar. O único momento em que parecia notar que as garotas estavam vivas era na sala, quando não movia as pernas nem um centímetro e as duas tinham de passar por cima dele para chegar à porta envidraçada que dava para o gramado dos fundos. Agia como se os times já tivessem sido formados: de um lado, ele e o tio Julian; do outro, as duas garotas e a sra. Sowerby.

No entanto, se havia esses dois times, Lucy Nelson não compreendia por que Irene Sowerby estaria no dela. Embora a sra. Sowerby fosse educada e hospitaleira em sua presença, Lucy tinha quase certeza de que, pelas costas, a mãe de sua amiga não a aprovava. Na primeira vez que Ellie a trouxera para casa, a sra. Sowerby havia chamado Lucy de "querida" logo de cara, e uma semana depois Ellie não era mais sua amiga. Desapareceu de sua vida tão inesperadamente quanto entrou, e, Lucy não tinha dúvida, a responsável por isso era Irene Sowerby. Pelo que sabia da família de Lucy ou pelo que tinha ouvido falar da própria, a sra. Sowerby decidira que não era o tipo de garota que gostaria que Ellie levasse à tarde para casa.

Isso ocorreu em setembro do último ano do colegial. Em fevereiro (como se não tivessem transcorrido quatro meses de um comportamento pouco adequado a uma jovem tão refinada), Ellie enfiou um bilhete, muito alegre e íntimo, no armário de Lucy e, depois da aula, as duas voltaram caminhando juntas para o Grove. Claro que Lucy deveria ter deixado um bilhete em resposta: "Não, muito obrigada. Você pode ser insensível em relação aos sentimentos dos outros, mas não o será impunemente em relação aos meus. O que quer que sua mãe pense, Ellie, eu sei o meu valor". Ou talvez nem devesse ter dado a Ellie a cortesia de uma resposta, deixando que ela se postasse junto ao mastro às três e meia e não encontrasse nenhuma Lucy à espera, ansiosa para confirmar sua ideia do que era ser uma "amiga".

Lucy tinha mágoa de Eleanor não apenas por ter sido acolhida com tanto entusiasmo e dispensada tão subitamente, mas porque aquela demonstração instantânea de afeição a levara a tomar uma decisão que de outro modo não tomaria, e que mais tarde iria lamentar. Mas isso não era tanto culpa de Eleanor e sim dela própria (ou assim parecia disposta a acreditar ao reler o bilhete escrito num papel azul com o monograma EES na parte de cima). A razão pela qual devia evitar Ellie Sowerby era por se considerar superior a ela em todos os sentidos imagináveis, exceto em matéria de aparência (com que não se importava muito), e dinheiro (que não significava nada), e roupas, e rapazes. Mas, mesmo sabendo que Ellie lhe era inferior, aceitara seu convite para acompanhá-la numa outra tarde de setembro, e fez a mesma coisa na última semana de fevereiro.

Aonde mais poderia ir? Para casa? Em 28 de fevereiro, só tinha mais duzentos dias para viver naquela casa com aquelas pessoas (vezes vinte e quatro isso significava quatro mil e oitocentas horas, embora mil e seiscentas delas passadas na cama), e então estaria na nova sucursal da universidade feminina do estado, em Fort Kean. Ela havia concorrido a uma das quinze bolsas integrais disponíveis aos alunos residentes no estado e, ainda que seu avô dissesse que ganhar qualquer coisa era uma honra, só tinha conseguido o que a carta de parabéns chamava de "auxílio moradia", para cobrir o custo anual do dormitório no valor de cento e oitenta dólares. Tendo se formado em vigésimo nono lugar numa turma de cento e dezessete, agora desejava ter se empenhado mais para tirar notas boas em cursos como latim e física, em que considerara uma vitória obter resultados meramente satisfatórios. Não que dificuldades financeiras fossem impedi-la de cursar a universidade. Ao longo dos anos, sua mãe, de um modo ou de outro, conseguira poupar dois mil dólares para garantir a faculdade de Lucy; isso, somado a suas próprias economias de mil e cem dólares, além do auxílio moradia, seria suficiente para sustentá-la nos quatro anos seguintes, contanto que continuasse a trabalhar em tempo integral na Dairy Bar durante o verão e evitasse gastos extraordinários. Ficou desapontada porque sonhava se tornar totalmente independente; em setembro de 1949, tinha tido a esperança de nunca mais na vida precisar do apoio da família. No verão anterior, decidira-se pela Universidade Estadual de Fort Kean por ser a melhor combinação de qualidade de ensino e baixo custo que havia encontrado, e a única onde tinha chance de obter assistência financeira; recusara-se a tentar outras opções mesmo depois que sua mãe revelou a existência de seu "fundo universitário" secreto.

Lucy detestava receber aquele dinheiro não apenas porque continuaria a mantê-la presa à família, mas porque sabia como tinha sido pago à sua mãe, e também por que razão. No começo do quinto ano, imaginava que era algo especial por ser a filha da sra. Nelson, a professora de piano; mais tarde, porém, as crianças esperando na varanda em dias quentes, ou ainda vestindo os casacos no corredor durante o inverno, eram seus próprios colegas de turma — e isso a enchia de um tipo de pavor. Por mais rápido que corresse para casa na volta da escola, por menos barulho que tentasse fazer ao entrar em casa, sempre havia alguma criança já sentada ao piano, em geral um menino que, inevitavelmente, desviava os olhos da partitura a tempo de ver sua coleguinha, Lucy Nelson, galgando a escada às pressas em direção ao quarto.

Na escola, passou a ser conhecida não como a filha da professora de piano, mas como a menina cujo pai frequentava o Earl's Dugout — tinha certeza disso, se bem que se sentisse tão distante dos colegas que nem podia perguntar o que de fato achavam ou descobrir o que falavam às suas costas. Fingia, é claro, que tinha uma família normal mesmo depois de compreender que não era o caso — mesmo depois de os alunos de sua mãe espalharem na cidade qual era a verdadeira história da família de Lucy Nelson.

É claro que, quando pequena, ela quase conseguia acreditar no que dizia aos coleguinhas ao contar que eram os avós que viviam na casa de seus pais, e não o contrário. Ela se apressava a explicar aos novos amigos que não podia levar ninguém para casa à tarde porque sua avó, que ela amava muito, tinha de tirar um cochilo naquela hora. E era boa em conquistar novos amigos. Houve uma época em que todas as meninas de sua idade que se mudavam para a cidade ouviam Lucy explicar sobre o cochilo de sua avó. Mas então uma garota nova chamada Mary Beckley (cuja família se mudou outra vez no ano seguinte) começou a dar risadinhas ao ouvir a história, e Lucy deduziu que alguém já a abordara para contar seus segredos. Lucy ficou tão irritada que começou a chorar, e Mary tão assustada que jurou por tudo que era mais sagrado que só tinha dado risada porque sua irmãzinha também cochilava...

Só que Lucy não acreditou. E a partir daí se recusou a mentir de novo, para qualquer um e a respeito de qualquer coisa. A partir daquele momento, não levou mais ninguém para casa e também não ofereceu explicações sobre seu comportamento. Assim, desde os dez anos, mesmo que não tivesse nenhuma amiga confidente, pelo menos ninguém com quem ela se importasse jamais viu sua mãe recebendo dos alunos os pequenos envelopes com dinheiro (e dizendo com voz tão doce: "Muitíssimo obrigada") ou, o que era bem pior, o maior dos medos, seu pai abrindo a porta da frente e caindo bêbado na entrada.

Nem mesmo Kitty Egan, que Lucy conheceu no segundo ano do colegial e durante quatro meses foi uma das amigas mais íntimas que teve em toda a vida. Kitty não frequentava o colégio Liberty Center, mas a escola paroquial St. Mary. Lucy mal tinha começado a trabalhar quatro noites por semana no Dairy Bar quando conheceu Kitty por causa do escândalo: a irmã mais velha de Kitty, Babs, de apenas dezessete anos, fugira de casa. Nem tinha esperado até sexta-feira, quando as garçonetes do Dairy Bar recebiam o pagamento — tinha escapado numa noite chuvosa de terça, provavelmente ainda com o uniforme de garçonete. Seu cúmplice era um rapaz de dezoito anos, natural de Selkirk, que trabalhava na empresa de embalagens. Um cartão-postal endereçado às "escravas do Dale's Dairy Bar" e enviado de Aurora, Illinois, chegou à cidade no fim de semana: "A caminho de West Virginia. Continuem trabalhando direitinho, meninas". E assinado: "Sra. Homer 'Babs' Cook".

O pai de Kitty a mandou ao Dairy Bar para apanhar o salário de Babs relativo às noites de segunda e terça. Alta e esbelta, sua principal característica era a tez imaculada — sua cor da pele só era comparável à parte de dentro de uma batata, mesmo quando ela chegava do frio. De início, parecia muito diferente da irmã, até que Lucy ficou sabendo que Babs pintava o cabelo de preto para ficar parecida com Linda Darnell (originalmente seu cabelo era cor de laranja como o de Kitty); quanto à pele, Babs a cobria com tanta porcaria, segundo Kitty, que ninguém seria capaz de saber que ela era de fato um pouco anêmica.

A família sempre tinha tido problemas com Babs. A única satisfação que ela lhes dava era usar brincos com formato de crucifixo e uma cruz em volta do pescoço, e *isso*, segundo Kitty, era apenas para chamar atenção para o espaço entre seus seios — espaço este que constituía a única coisa verdadeira ali, de qualquer maneira. Os seios eram compostos de papel higiênico ou das meias do irmão Francis que ela enfiava no sutiã. A cinco minutos de distância do St. Mary — um edifício escuro de tijolos perto da Winnisaw Bridge —, Babs mergulhava numa travessa e, enquanto tragava um cigarro Lucky Strike, se cobria de pancake da raiz dos cabelos tingidos até o topo dos seios artificiais. Kitty contou a Lucy sobre a coisa horrível que havia encontrado uma vez na bolsa da irmã: "Aí encontrei essa coisa horrível na bolsa dela"... e, quando Babs descobriu que Kitty tinha jogado aquilo na privada e dado descarga, gritou muito e lhe deu um tapa na cara. Kitty nunca contou nada a ninguém — a não ser ao padre — por temer que os pais puniriam severamente sua irmã mais velha, que, segundo ela, precisava de pena, perdão e amor. Babs era uma pecadora e não sabia o que estava fazendo, e Kitty a amava: toda manhã e toda noite rezava pela irmã que estava vivendo em West Virginia com um rapaz que desconfiava nem ser marido dela.

Havia outras três crianças na casa, todas mais novas que Kitty, e também objeto de suas orações, sobretudo Francis Jr., que em breve seria operado de uma mastoidite. A família morava perto da fazenda de laticínios Maurer, onde o sr. Egan trabalhava, numa casa que não passava de uma velha cabana semiarruinada. Havia pregos com as pontas saindo para fora, papel mata-moscas caindo pelas paredes embora já fosse outono, e todas as tábuas sem pintura pareciam ser decoradas com um fio elétrico. Ao entrar, Lucy teve medo de se mexer, temendo roçar em algo que lhe causasse um enjoo e um desespero ainda maiores do que sentia simplesmente ao ver o lugar onde Kitty tinha de comer, dormir e fazer a lição de casa.

E, quando Kitty disse que à tarde sua mãe precisava tirar um cochilo, Lucy ficou com receio de perguntar por quê, sabendo que por trás de uma mentira como essa só podia haver alguma verdade terrível que ela não desejava ouvir; como só queria sair dali e respirar um pouco de ar puro, pensou que a porta mais próxima levava ao quintal e a abriu. Num quartinho minúsculo, dormindo numa cama de casal, havia uma mulher pálida vestida numa combinação comprida de algodão cinza e calçando — na cama! — um sapato de aleijada no pé esquerdo. Depois foi apresentada a Francis Jr., que na mesma hora lhe mostrou o lugar onde aparentemente fora atingido com um pedaço de pau atrás da orelha. E Joseph, de oito anos, que Kitty teve de levar para dentro de casa a fim de trocar o macacão que estava — "como sempre", segundo ela — ensopado de urina. E o pequeno Bing — cujo nome fora dado em homenagem ao cantor — que arrastava o cobertor pelo quintal inteiro gritando por uma pessoa chamada Fay, que Kitty disse nem existir. Por fim apareceu o sr. Egan, de quem Lucy poderia até ter gostado por conta de suas passadas longas e desajeitadas e dos reluzentes olhos verdes, caso Kitty não tivesse lhe mostrado mais cedo, pendurado num prego na parede dos fundos de um depósito sem porta, o que sussurrou ser um chicote. Somando tudo, era a família mais miserável e infeliz que Lucy já tinha visto, ou ouvido falar, ou imaginado. Se possível, era até pior que a sua.

Ela e Kitty começaram a se encontrar regularmente depois das aulas. Do parque em frente ao St. Mary, Lucy ficava observando as crianças católicas saindo pelas portas laterais e imaginando que todas iam para casas como a de Kitty Egan, muito embora o sr. e a sra. Snyder, um casal de velhos católicos que morava logo abaixo na Franklin Street, tivessem uma casa quase igual à de seu avô.

Lucy contou seu segredo a Kitty. Caminharam até a extremidade sul da Water Street e, de uma distância segura, ela apontou a porta do Earl's Dugout of Buddies. Kitty sussurrou: "Ele está lá agora?".

"Não. Está no trabalho. Ou pelo menos assim imaginamos. Vai para lá à noite."

"Toda santa noite?"

"Quase."

"E lá tem mulher?"

"Não. Uísque."

"Tem certeza que não tem mulher?"

"Bem, não", respondeu Lucy. "Ah, é pavoroso. É horrível. Odeio isso!"

Não demorou muito para que Kitty contasse a Lucy sobre a santa Teresa de Lisieux, a Pequena Flor, que certa vez disse: "Somos nós que devemos consolar Nosso Senhor, e não Ele a nós...". Kitty possuía um livrinho de capa azul chamado A *história de uma alma*, no qual a própria santa Teresa havia escrito todas as coisas maravilhosas que pensou ou disse. Ainda que o tempo estivesse mudando e os dias ficassem mais escuros no fim da tarde, as duas garotas se sentavam num banco no pequeno parque defronte ao St. Mary, embrulhadas nos casacos e bem juntinhas, enquanto Kitty lia para Lucy passagens que, segundo ela, mudariam sua vida por inteiro e a conduziriam ao céu por toda a eternidade.

No começo Lucy parecia não entender muito bem. Ouvia com atenção, às vezes de olhos fechados para se concentrar melhor, porém logo presumiu que, não sendo católica, estava destinada a nunca compreender aquilo que tanto inspirava Kitty. Ela era luterana por um lado e presbiteriana pelo outro, que predominou quando sua mãe conseguiu que ela frequentasse a igreja. Uma espécie de melancolia acerca de sua ignorância espiritual a invadiu lentamente até que um dia, menosprezando tanto a si mesma quanto sua estreita formação protestante, olhou por sobre o ombro de Kitty uma página do misterioso livro e descobriu que não era tão difícil compreendê-lo. Era só que, ao ler em voz alta,

Kitty — que de repente lhe pareceu tão infeliz, tão desprezível, tão ignorante — substituía "um" por "o", "ele" por "ela" e "que" por "quando", e ou eliminava completamente as palavras que era incapaz de pronunciar ou trocava por outras.

Ainda assim, Kitty amava santa Teresa como Lucy nunca tinha amado nada, pelo menos que se lembrasse; por isso, gradualmente, quando começou a entender o sentido do conteúdo do livrinho e viu como Kitty sempre se alegrava em falar em voz alta aquelas palavras, a maioria das quais escritas pela própria santa, Lucy começou a se perguntar se talvez não devesse perdoar a amiga por seu problema de leitura e tentar amar santa Teresa também.

Foi Kitty quem a levou para conhecer o padre Damrosch. Lucy começou a fazer catecismo com ele por uma hora depois da aula, dois dias por semana, e passava ainda mais tempo na igreja acendendo intermináveis velas para santa Teresa, cuja vida ela e Kitty desejavam ter como modelo. No primeiro retiro, ganhou um véu negro da irmã Angelica da Paixão, uma mulherzinha morena, de pele lustrosa, óculos sem armação e pelos sob o nariz que pareciam muito o bigode de um homem e sobre os quais Lucy não comentou com Kitty: receou ofendê-la porque sua amiga adorava a irmã Angelica e nem parecia notar aqueles pelos longos e negros. Kitty contara tudo sobre Lucy numa carta à freira, que por isso sabia a respeito do pai dela, por quem já havia rezado a pedido de Kitty. A irmã Angelica também rezava por Babs em West Virginia. No entanto, todo mundo esperava em vão por notícias da pecadora desaparecida. Foi como se ela tivesse dado um passo diretamente daquele restaurante em Aurora, Illinois, para o próprio Inferno.

Kitty e Lucy liam em voz alta uma para a outra as passagens prediletas do livro de santa Teresa, que abandonara este mundo corrompido aos vinte e quatro anos, uma morte tenebrosa de fraqueza, frio, tosse e sangue. "'… para se tornar uma santa, é necessário sofrer muito'", Kitty leu, "'sempre almejar o que é melhor e esquecer o que é egoísta…'"

Ambas escolheram o que a irmã Angelica chamava de "o jeitinho infantil de busca espiritual da santa Teresa". A única preocupação de Teresa, disse a irmã Angelica a Lucy, era que ninguém devia jamais se sentir angustiado ou mesmo incomodado por seu sofrimento; "todos os dias ela procurava oportunidades de se humilhar" (a irmã Angelica leu isso para Lucy num livro, não sendo, portanto, algo que tivesse inventado) —, "por exemplo, permitindo que fosse repreendida injustamente. Ela se obrigava a permanecer serena, sempre cortês, e não deixar que de sua boca escapasse qualquer palavra de queixa, exercendo a caridade em segredo, fazendo da autonegação a regra de sua vida". O médico que cuidou de Teresa em sua doença fatal havia dito: "Nunca vi ninguém sofrer tão intensamente com tamanha expressão de alegria sobrenatural". E suas últimas palavras, na lenta agonia da morte, foram: "Meu Deus, como Vos amo!".

Por isso Lucy se dedicou a uma vida de submissão, humildade, silêncio e sofrimento. Até a noite em que seu pai arrancou a cortina e despejou a água da bacia em que sua mãe banhava os belos e delicados pés. Depois de invocar a santa Teresa de Lisieux e o Nosso Senhor — sem receber nenhuma resposta —, ela chamou a polícia.

O padre Damrosch preferiu não procurá-la quando ela (que em geral assistia a pelo menos duas missas) faltou à igreja no domingo, nem quando deixou de aparecer nas aulas de catecismo na semana seguinte. Em vez disso, certo dia conseguiu que Kitty fosse dispensada mais cedo de modo a encontrar Lucy na porta do colégio, onde as aulas terminavam todas as tardes meia hora mais cedo que no St. Mary. Kitty disse que o padre Damrosch sabia que o pai de Lucy tinha passado a noite na cadeia e que isso era mais uma razão para que ela se convertesse o mais rápido possível. Tinha certeza que, se Lucy pedisse, o padre Damrosch a receberia por uma hora a mais toda semana, acelerando a conversão para que ela fizesse a primeira comunhão dentro de um mês. "Jesus vai perdoá-la, Lucy", disse Kitty, ao que Lucy se voltou para ela com raiva e respondeu que não tinha nada a ser perdoado. Kitty implorou e implorou, e finalmente, quando Lucy lhe disse: "Para de me seguir! Você não sabe de nada!", começou a chorar e disse que ia escrever à irmã Angelica pedindo que também rezasse para que Lucy abraçasse os ensinamentos da Igreja antes que fosse tarde demais.

Por algum tempo, ela temeu dar de cara com o padre Damrosch no centro da cidade. Ele era um homem corpulento, com uma cabeleira negra, que gostava de jogar futebol com os meninos católicos depois da aula. Sua voz e sua aparência faziam com que mesmo as moças protestantes se derretessem quando ele passava na rua. Ele e Lucy tinham tido conversas sérias, nas quais ela se esforçara muito para crer no que o padre dizia. "Esta vida não é nossa vida real", e ela fizera um imenso esforço para acreditar nele... Como ele descobrira tão depressa o que havia acontecido? Como todo mundo ficou sabendo? Na escola, gente que ela mal conhecia tinha começado a cumprimentá-la, como se tivessem espalhado que ela estava morrendo de alguma doença horrorosa e todo mundo tivesse sido instruído a tratá-la bem nas poucas semanas de vida que lhe restavam. E, depois da aula, uns meninos sórdidos, que ficavam fumando atrás dos outdoors, caçoavam dela gritando: "Dá-lhe, Xerife!", e imitavam o som de uma metralhadora. Depois de uma semana inteira dessa gozação, certa tarde ela pegou uma pedra, virou de repente e a atirou com tanta força que deixou uma marca preta no outdoor. Mas os meninos fugiram para um terreno baldio e não pararam de caçoar dela.

Em casa, continuou a comer sozinha na cozinha para evitar a companhia do pai, que o avô havia tirado da cadeia na manhã seguinte ao incidente. Se o telefone ao lado da mesa tocasse enquanto contemplava a comida com raiva, ela rezava para ser o padre Damrosch. O que sua avó faria quando o padre dissesse quem era? Mas ele nunca telefonou. Chegou a pensar em procurá-lo — não para pedir ajuda ou conselhos, mas por haver reconhecido um dos meninos que zombavam dela dos tempos em que ia à missa das nove aos domingos. No entanto, logo de cara deixaria claro ao padre Damrosch que nada tinha a ser perdoado e nada a confessar. Quem Kitty Egan achava que era para pensar em sugerir uma coisa dessas? Uma garota simplória e antiquada de uma família de analfabetos, cujas roupas cheiravam a batata frita e que mal era capaz de ler uma frase num livro sem se enrolar toda! Quem era ela para dizer a Lucy *qualquer coisa*? E, quanto à santa Teresa, aquela Pequena Flor, a verdade é que Lucy sentia engulhos só de pensar em seu jeitinho sofredor.

Ela juntou o véu negro, o rosário, o catecismo, o exemplar de A *história de uma alma* e todos os panfletos que havia acumulado no retiro e no vestíbulo do St. Mary, e pôs tudo numa sacola de papel pardo. O que a impediu de simplesmente jogar cada item separadamente na cesta de lixo foi a certeza de que sua avó os veria ali, pensando que a neta havia desistido de ir à igreja por causa de sua objeção a "todas aquelas bobagens católicas". Não queria lhe dar essa satisfação. O que decidia fazer com sua religião, ou com qualquer coisa relativa a sua vida pessoal, não era da conta de ninguém naquela casa, muito menos daquela bisbilhoteira.

Levou o saco de papel para o trabalho naquela noite, pretendendo jogá-lo numa lata de lixo no caminho ou num terreno baldio. Mas um rosário? Um véu? Um crucifixo? Imagine se o saco fosse encontrado e entregue ao padre Damrosch? O que ele pensaria? Ele talvez só tivesse deixado de telefonar para ela até então por sentir que seria impróprio interferir numa família tão fortemente contrária à conversão; ou quem sabe julgava inadequado se intrometer num assunto particular antes que sua ajuda fosse solicitada; ou possivelmente tinha suspeitado o tempo todo que Lucy só acreditava pela metade nas coisas que ele lhe dizia e, portanto, ficaria imune a tudo mais que pudesse dizer; ou talvez, vendo-a apenas como outra garota qualquer, nunca tivesse se interessado realmente por ela e, caso voltasse a procurá-lo, ele apenas voltaria a entulhá-la com o catecismo para finalmente levá-la ao confessionário, onde, como a idiota da Kitty Egan, poderia pedir perdão por pecados que não eram de fato seus e rezar por gente a quem suas preces não fariam nenhum bem. Tentaria ensiná-la a gostar de sofrer. Mas ela odiava sofrer tanto quanto odiava quem a fazia sofrer — e sempre odiaria.

Depois do trabalho, desceu correndo a Broadway até o rio. No St. Mary, entrou sem se ajoelhar, colocou a sacola no último banco e saiu correndo. Do lado de fora, só havia uma luz acesa na casa paroquial... Será que o padre Damrosch estava parado atrás da janela condenando sua atitude? Ela esperou um momento para ver se iria chamá-la. E dizer o quê? Que esta vida é um prelúdio para a próxima? Ela não acreditava nisso. Não há outra vida. O que existe é isto aqui, padre Damrosch. Esta vida! Agora! E não vão estragar a minha! Não vou deixar! Sou superior a eles em todos os aspectos! As pessoas podem me chamar do que quiserem — não ligo! Não tenho nada a confessar porque estou certa e eles estão errados, e não vou ser destruída!

Certa noite, duas semanas mais tarde, o padre Damrosch foi ao Dale's Dairy Bar tomar um sorvete de creme com calda de chocolate. Dale saiu de trás do balcão para cumprimentá-

-lo e servi-lo pessoalmente, dizendo o tempo todo que era uma grande honra. Recusou-se a receber o pagamento, mas o padre insistiu e, quando foi embora, uma das garçonetes disse a Lucy: "Ele é *maravilhoso*". Lucy continuou a reabastecer os açucareiros, diligente.

No semestre seguinte, ela fez o curso de iniciação musical, tendo sido persuadida pelo professor, o sr. Valerio, a se interessar pelo tarol; por isso, no ano e meio que se seguiu, o problema do que fazer depois da escola foi solucionado pela banda. Ensaiavam no auditório ou no campo, tocavam aos sábados nos jogos de futebol americano. Sempre havia garotos e garotas entrando e saindo da sala da banda, ou se empurrando para dentro do ônibus, ou se apertando, dragona contra dragona, na arquibancada para se manterem aquecidos enquanto a partida — que Lucy odiava — se arrastava por uma eternidade. E assim ela quase nunca ficava sozinha na escola correndo o risco de ser apontada como aquela que fez essa ou aquela coisa terrível. Às vezes, quando subia do porão da escola com seu tarol, via Arthur Mifflin se esgueirando nas quadras de basquete, ou empoleirado em sua motocicleta, fumando. Ele tinha sido expulso do colégio de Winnisaw anos atrás, tornando-se uma espécie de herói para os meninos que o chamavam de "Xerife" e "J. Edgar Hoover". Mas, se ele tinha alguma gracinha a fazer, Lucy não esperava para ouvir. Engrenava logo o passo cadenciado e ia marchando até o campo, tocando o tarol tão alto que, falasse ele ou não, ela nem saberia.

Mas então, de forma totalmente inesperada, no início do último ano sua participação na banda foi encerrada. Tinha faltado aos ensaios duas vezes em duas semanas a fim de ir com Ellie Sowerby para o Grove; explicou ao sr. Valerio (sua primeira mentira em anos) que a avó estava doente e precisava dela — e ele tinha engolido a história. Por isso, não houve nenhuma tensão entre eles: Lucy continuava a ser sua "garota dos sonhos". Nem desaparecera a empolgação de entrar marchando no campo no início da tarde, liderando sua fila, "Esquerda... esquerda... esquerda, direita, esquerda", marcando em surdina a cadência até chegarem ao centro do gramado e iniciarem o hino nacional. Era o momento da semana pelo qual passara a viver, mas não por causa de algo tão ridículo quanto o espírito da escola — ou mesmo o amor pelo país, que ela supunha ter, embora não mais que qualquer um. Não era a bandeira, estalando ao vento, que lhe dava arrepios, e sim a visão de todos se levantando nas arquibancadas à medida que a banda avançava pelo campo. Pelo canto dos olhos, ela via os braços se erguendo, os chapéus sendo tirados, e sentia o tambor batendo de leve contra a proteção em sua perna, e o calor do sol nos cabelos que escapavam por baixo do chapéu preto e prateado com a pluma amarela, e ah, era realmente glorioso — até aquele terceiro sábado em setembro quando, no centro do campo, viraram para encarar as arquibancadas (onde todos os encaravam de pé e em silêncio) e ela segurou firme as baquetas lisas, e o sr. Valerio subiu na cadeira dobrável que tinha sido levada até ali para ele, e lá de cima olhou para o grupo — "Banda", murmurou, sorrindo, "boa tarde" — e então, um momento antes que levantasse a batuta, ela se deu conta (sem nenhum motivo especial) de que em toda a Banda Marcial do Colégio de Liberty Center só havia quatro meninas: Eva Petersen, que tocava clarinete e era estrábica; a tocadora de harpa de mão, Marilynne Elliott, cujo irmão era um grande herói, mas que gaguejava; a nova tocadora de trompa, de quem o sr. Valerio tinha muito orgulho, a pobre Leola Krapp, que carregava esse nome e, aos catorze anos, já pesava noventa quilos — "sem roupa", diziam os meninos. E Lucy.

Na segunda-feira ela disse ao sr. Valerio que trabalhar no Dale's Dairy Bar à noite e participar dos ensaios da banda à tarde não lhe deixava tempo suficiente para estudar. "Mas terminamos às quatro e meia." "Mesmo assim", ela disse, afastando o olhar. "Mas você conseguiu no ano passado, Lucy. E ficou entre as primeiras da turma." "Eu sei. Realmente sinto muito, sr. Valerio." "Bem, Lucy", ele disse, "você e Bobby Witty são meus esteios. De fato não sei o que dizer. As partidas mais importantes vêm aí." "Eu sei, sr. Valerio, mas acho que não tenho alternativa. Acho que é preciso. A universidade também vem aí, o senhor sabe. Por isso, tenho de me dedicar e fazer um grande esforço — pela minha bolsa. E preciso ganhar algum dinheiro no Dairy Bar. Se tivesse como largar o emprego, aí, é claro, poderia continuar… mas é simplesmente impossível." "Bom", ele disse, baixando as pálpebras de seus grandes olhos negros, "não sei o que vai acontecer com o ritmo na seção de percussão. Não posso nem pensar." "Acho que o Bobby consegue dar conta do recado, sr. Valerio", ela disse sem muita convicção. "Muito bem", ele suspirou, "não sou o Fritz Reiner. Acho que é assim mesmo com as bandas de colégio." "Sinto muito, sr. Valerio." "É que não costumo conseguir ninguém, menino ou menina, que entenda de tarol como você. A maioria deles, perdoe minhas palavras, mata o tambor de porrada. Você *ouve*. Você foi a garota dos meus sonhos, Lucy." "Obrigada, sr. Valerio. Fico muito agradecida. Isso significa muito para mim. De verdade." Ela então deixou sobre a mesa a caixa contendo o uniforme dobrado. Trazia na mão o chapéu prateado com a pala preta e a pluma dourada. "Sinto muito mesmo, sr. Valerio." Ele pegou o chapéu e o colocou sobre a mesa. "Os taróis", ela disse, com a voz cada vez mais fraca, "ficaram na sala da banda."

O sr. Valerio ficou sentado, dando piparotes com o dedo na pluma do chapéu. Ah, ele era um homem tão bom! Solteiro, um pouco manco, tinha se formado numa academia de música na distante Indianapolis, no estado de Indiana, e vivia para a banda. Era tão paciente, tão dedicado; podia estar sorrindo ou com uma expressão triste, mas nunca irritado, nunca desagradável — e agora ela o estava deixando na mão por um motivo egoísta, idiota, insignificante. "Bom, adeus, sr. Valerio. Ah, de vez em quando passo aqui para dar um alô e ver como vão as coisas, não se preocupe."

De repente, ele respirou bem fundo e ficou de pé. Parecia ter se recomposto. Pegou uma das mãos dela entre as suas e a apertou, tentando se mostrar feliz. "Bem, foi ótimo tê-la a bordo, Garota dos Sonhos."

Lágrimas rolaram pela face de Lucy, que teve vontade de beijá-lo. Por que ela estava fazendo aquilo? A banda era sua segunda casa. Sua primeira casa.

"Mas", o sr. Valerio estava dizendo, "suponho que vamos todos sobreviver." Pousou a mão no ombro dela. "Cuide-se, Lucy."

"Ah, o senhor também!"

Uma menininha de tranças estava sentada no balanço da varanda quando Lucy subiu correndo os degraus da frente. "Oi!", disse a menina. Quem quer que estivesse ao piano parou no meio de um compasso quando ela bateu a porta e subiu a escada de dois em dois degraus.

Ao girar a chave na porta do quarto, ouviu de novo o piano no térreo. Puxou imediatamente a cadeira da escrivaninha, ficou de pé sobre ela e olhou suas pernas no espelho em cima da cômoda. Não tinham um formato bem definido; ela era baixa e magra demais. Mas o que fazer? Media um metro e cinquenta e cinco havia dois anos e, quanto ao peso, não gostava de comer, ao menos em casa. Além disso, se engordasse, suas pernas simplesmente ficariam mais grossas, como linguiças — era o que acontecia com as meninas baixas.

Desceu da cadeira. Olhou-se de frente no espelho. Seu rosto era muito quadrado — e sem graça. A palavra "achatado" tinha sido inventada para descrever seu nariz. Eva Petersen tinha tentado lhe dar um apelido na banda, mas Lucy lhe dissera para parar com aquilo, ao que obedeceu prontamente por conta de seus olhos estrábicos. Um nariz achatado não era tão ruim na verdade, a não ser porque a ponta do seu era muito grossa. Como também era seu queixo, pelo menos para uma moça. Seu cabelo tinha cor de palha de milho, e ela sabia que a franja não ajudava quando o rosto era quadrado, mas, ao levantá-la, como agora, sua testa parecia bem ossuda. Bom, pelo menos os olhos eram bonitos — ou seriam caso pertencessem a outra pessoa, embora este fosse o problema: eles *realmente* pertenciam a outra pessoa. Às vezes ela se olhava no espelho da sala da banda e, usando o chapéu, horrorizava-se por sua semelhança com seu pai — em especial aquelas duas manchas azuis redondas debaixo de uma testa reta e pálida.

Ela também tinha sardas, porém nenhuma espinha — sua única bênção física.

Deu um passo atrás para se ver inteira outra vez. Só usava aquela saia xadrez com um grande alfinete na frente, o suéter cinza com as mangas arregaçadas e o mocassim surrado. Possuía três outras saias, mas eram ainda mais velhas. E não ligava para roupas. Por que deveria? Ah, por que tinha saído da banda?

Puxou a blusa por trás para ficar bem apertada na frente. Seus seios começaram a crescer quando tinha onze anos; então, para seu alívio, depois de um ano eles simplesmente pararam. Mas será que não recomeçariam? Conhecia um exercício que supostamente os aumentaria. A professora de educação física, srta. Fichter, o demonstrara na sala de aula. Tinha sido publicado na revista *American Posture Monthly*, cuja capa mostrava menininhos gêmeos usando cuecas brancas, de cabeça para baixo e sorrindo. Nada que justificasse as risadinhas, segundo a srta. Fichter, o que incluía o exercício cujo objetivo era um corpo mais saudável e mais atraente. Se aprendessem a exercitar os músculos quando jovens, sempre teriam orgulho de seu físico. Na opinião da srta. Fichter, muitas adolescentes naquela escola eram *corcundas*, palavra que ela pronunciava como se significasse que *mentiam* ou *roubavam*.

O exercício era feito com as mãos à frente do peito: primeiro se empurrava o punho direito contra a palma aberta da mão esquerda, depois o punho esquerdo contra a palma direita. Isso tinha de ser feito vinte e cinco vezes, cantando a cada vez, como a srta. Fichter mostrou: "Respeito, respeito, respeito o meu peito".

Na frente do espelho, com a porta trancada e sem a cantoria, Lucy fez uma tentativa. Quanto tempo iria levar para ter efeito? "Da *dum*", ela disse, "da *dum*... da-*dum*, da-*dum*, da-*dum*."

Ah, como ela iria sentir saudade da banda! Como iria sentir saudade do sr. Valerio! Mas simplesmente não podia mais marchar com aquelas garotas — eram todas muito esquisitas. E ela não! E ninguém ia dizer isso dela! Dali em diante só andaria com a Eleanor Sowerby, as duas bem juntinhas. No quarto de Ellie havia uma cama com dossel de organdi branco e uma penteadeira com espelho, onde fariam a lição de casa nas tardes de chuva; nas tardes de tempo bom, sentariam no quintal, lendo juntas ao sol, ou passeariam pelo Grove, o bairro chique onde Ellie morava, sem fazer nada a não ser olhar os gramados e tagarelar. Se já estivesse escuro na volta, provavelmente o casal Sowerby a convidaria para jantar. Aos domingos, pediriam que ela os acompanhasse à igreja e ficasse para o almoço. A sra. Sowerby era tão delicada e atenciosa, ela a chamara de "querida" na primeira tarde em que se conheceram — ao que Lucy, imbecilmente, quase tinha respondido com uma reverência. E o sr. Sowerby tinha entrado em casa às cinco fazendo barulho —

"O papai Lúcifer Buscapé chegou!", ele gritou antes de dar um beijo estalado e molhado na boca da esposa, muito embora ela fosse uma mulher gorda de cabelos grisalhos que, segundo Ellie, precisava usar cintas elásticas para manter as veias no lugar. Na época, a brincadeira de Ellie consistia em chamá-lo de Lúcifer Buscapé e ele em chamá-la de Violeta; apesar de achar tudo isso bem tolo, Lucy se maravilhava com o que finalmente parecia uma família feliz.

Por isso largou a banda. E Ellie a abandonou. "Ei, tudo bem?", Ellie dizia ao se cruzarem nos corredores, mas não parava para conversar. Durante uma semana Lucy foi capaz de se convencer que Ellie estava apenas esperando ser convidada de volta. Mas como convidá-la para sua casa se nem tinha chance de abordá-la? E, mesmo se pudesse, ia querer fazer isso? Certo dia, após ser ignorada por duas semanas inteiras, viu Ellie na lanchonete, dividindo a mesa com algumas das garotas mais superficiais e ignorantes de toda a escola, e pensou consigo mesma, bem, se *essas* são as amiguinhas que ela realmente prefere, patati, patatá, patati, patatá.

Então, no final de fevereiro, encontrou o bilhete enfiado pela fresta de ventilação de seu armário.

Ei, sumida!

Fui aceita na Northwestern (grande coisa), por isso a pressão acabou e já posso relaxar. Te espero junto ao mastro às três e meia (por favor por favor).

Sua colega sofredora do último ano,
Ellie
EGLC turma de 49, Northwestern turma de 53 (!)

Desta vez Lucy se mostrou bem menos impressionável. Lembrando de setembro, da rematada idiotice de largar a banda para ser amiga de Ellie Sowerby — bom, era como se tivesse então dez anos. Havia de fato contrariado todos os seus princípios. Tinha sido fraca, boba e infantil. Se, naquele meio-tempo, desprezara Ellie, e bastante, havia desprezado a si mesma tanto quanto. Para começo de conversa, não dava a menor bola para quem morava no Grove — essa era a verdade. Nada a deixava mais furiosa do que sair de carro com a família num domingo (quando era nova o suficiente para ter de ir aonde eles queriam) e ver sua mãe apontar a casa naquele bairro que seu pai quase comprara uma vez. Como se o importante fosse onde a pessoa morava ou quanto dinheiro possuía, e não o tipo de ser humano que era. Os Sowerby tinham uma empregada em tempo integral e uma casa de trinta mil dólares, além de dinheiro suficiente para mandar a filha estudar num lugar como a Northwestern durante quatro anos, mas isso não alterava o fato de que Lucy Nelson era uma pessoa mais correta do que a filha deles jamais seria.

Para Ellie, a coisa mais importante na vida eram as roupas. A não ser na loja Marshall, em Winnisaw, Lucy nunca vira tantas saias num mesmo lugar quantas Ellie tinha penduradas em seu armário enorme de portas de correr que cobria toda a parede. Em certas tardes, quando estava chovendo e elas estudavam juntas no quarto de Ellie (exatamente como tinha imaginado que fariam), ela levantava os olhos e descobria as portas do armário abertas; com frequência minutos inteiros se passavam antes que olhasse de volta para o livro, procurando o lugar onde havia parado. Quando o tempo melhorava, e às três da tarde de repente ficava insuportável continuar vestindo o casaco com que Lucy fora para a escola de manhã, Ellie lhe dizia para pegar qualquer suéter velho na gaveta da cômoda e usá-lo pelo resto da tarde. Só que não havia nenhum suéter velho lá dentro.

Certa tarde, o suéter que apanhou era cem por cento de caxemira. Só se deu conta disso quando estavam no gramado e viu de relance a etiqueta, perdendo o ar pelo que tinha feito. A essa altura, contudo, Ellie esperava para jogarem croquet e a sra. Sowerby já a tinha visto passando pela sala. E Lucy reparara como um olhar de desaprovação havia tomado conta do rosto da sra. Sowerby ao vislumbrar aquela saia xadrez surrada descendo as escadas encimada pelo suéter cor de limão de Ellie. "Tenha um bom jogo", a sra. Sowerby disse, mas isso, Lucy entendeu tarde demais, não era o que ela estava pensando. Voltar ao segundo andar para trocar a caxemira por algodão, ou mesmo lã de carneiro, seria admitir que era culpada por fazer uma escolha deliberada, quando na realidade fora um gesto inocente. Ao retirar a peça da gaveta cheia demais, não havia pensado *caxemira*, mas apenas *que macio*. Não tinha nada a ver com ser cobiçosa, e não daria crédito a esse tipo de suspeita passando mais uma vez diante da sra. Sowerby. Não tinha nenhuma intenção de permitir que alguém a fizesse se sentir inferior de novo, nem Ellie nem ninguém de sua família… e foi por essa razão que se convenceu a usar o macio suéter cor de limão até o minuto em que pôs de volta o casaco pesado de inverno e foi embora para casa.

Pouco depois, Ellie aparou sua franja. Lucy ficou dizendo: "Não corta demais. Sério. Olha a minha testa, Ellie".

"Que diferença!", Ellie disse quando viram o resultado no espelho do banheiro. "Agora consigo te *ver*."

"Você cortou demais."

"Não cortei. Repara nos seus olhos."

"O que é que há de errado com eles?"

"São espetaculares. Têm uma cor linda se for possível vê-los."

"É mesmo?"

"Ei, que tal pentear tudo para cima? Vamos ver como fica."

"Minha cabeça é quadrada demais."

"Deixa só a gente ver, Lucy."

"Não corta nada."

"Não vou cortar, sua boboca. Só quero *ver*."

Além disso, Ellie só queria ver como a saia xadrez de Lucy ficaria se baixassem a bainha uns sete centímetros para ficar mais na moda.

Parecia tão tolo permitir que isso acontecesse com ela, tão incrível que *estivesse* acontecendo. Ela nem respeitava Ellie, então como deixava que a tratasse como seu fantoche? E também já não respeitava mais tanto os pais de Ellie. O que era a sra. Sowerby senão uma esnobe? Quanto ao sr. Sowerby — bem, ainda não o havia compreendido. Seu avô gostava de contar piadinhas toscas e seu pai achava engraçado chamá-la de "Gansinha" quando ela era pequena, mas o sr. Sowerby fazia gracinhas o tempo todo, e em voz muito alta. Sempre que ele estava na sala, Lucy caminhava devagar do quarto de Ellie até o banheiro no fim do corredor. "Escuta essa", ele gritava para sua mulher na cozinha. "Escuta só essa!" E então, a plenos pulmões, lia no jornal algo que Harry Truman havia feito e o deixara furioso. Certa vez chamou: "Irene, vem cá, Irene", e, quando ela entrou na sala, ele pôs a mão na bunda dela e disse (dessa vez baixinho, porém Lucy, imobilizada no corredor do segundo andar, era capaz de ouvir prendendo a respiração): "Como é que está tua saúde, garota?". Como Lucy poderia aprovar o modo pelo qual ele se dirigia à sra. Sowerby, ou o tipo de linguagem que empregava? Certamente não acreditava que a própria sra. Sowerby aprovasse, logo ela que era toda metida a besta. Lucy tinha a sensação de que todos aqueles abraços e beijos eram algo que a sra. Sowerby simplesmente tinha de aturar. Lucy quase sentia pena dela.

Por outro lado, o sr. Sowerby era *de fato* o grande herói de guerra de Liberty Center. Ao retornar à cidade, o prefeito tinha liderado um desfile de carros até a estação ferroviária para recebê-lo. Lucy estava no primeiro ano do colegial quando ele fez uma palestra na escola, mas lembrava que suas palavras haviam desanimado as pessoas na comunidade que imaginavam que o pior já havia passado. Seu tópico foi "Como fazer deste mundo um lugar melhor para se viver" ou, como alguns meninos disseram mais tarde, "Como fazer dessa porra deste mundo uma merda de um lugar melhor para se viver!". Era basicamente uma questão de se manter vigilante nos próximos anos contra o que o sr. Sowerby chamava de ameaça do comunismo ateu. No dia seguinte, um editorial na primeira página do *Leader* de Winnisaw pedia que o major Sowerby concorresse ao Congresso nas eleições de 1946. Ellie disse que ele tinha se recusado porque sua mãe achava injusto tirar a menina da escola outra vez, o que aconteceria caso tivessem de se mudar para Washington, D.C. Por causa da guerra, ela já tinha sido obrigada a frequentar escolas na Carolina do Norte e na Geórgia (o que, segundo Ellie, explicava por que às vezes falava com sotaque sulista sem nem se dar conta). Ellie adorava contar como o governador tinha conversado com seu pai ao telefone, e como ele disse que não desejava que o governador pensasse que estava pondo a responsabilidade por sua família acima da responsabilidade pelo país etc. e tal. A conversa mudava a cada vez que Ellie a contava: certa vez até ocorreu na "mansão" do governador. Só o tom da história permanecia o mesmo: presunçoso.

Claro que Lucy apreciava a generosidade de Ellie em relação a seus pertences e reconhecia sua simpatia, mas o imperdoável era sentir-se objeto da condescendência alheia. No dia em que Ellie começou a interferir em suas roupas, Lucy ficou tão furiosa que teve vontade de ir embora imediatamente; o que teria feito caso Ellie já não houvesse desmanchado a bainha e estivesse ocupada em prendê-la com alfinetes mais abaixo, e caso Lucy, vestindo apenas a combinação e a blusa, não se encontrasse sentada diante da penteadeira olhando através das cortinas para o primo da amiga, o veterano do Exército que trabalhava em seu Hudson.

Roy. Nunca o chamara por esse ou qualquer outro nome. E ele nem parecia *saber* o nome dela ou associá-la à garota que trabalhava atrás do balcão do Dale's Dairy Bar. Entre setembro, quando o vira rapidamente pela primeira vez na casa de Eleanor, e fevereiro, quando fora agraciada com a segunda bênção, ela o tinha observado muitas vezes sentado ao balcão do Dairy Bar; outras vezes o tinha visto descendo a Broadway com a prancheta de desenho. Durante aqueles meses sem a banda e sem Ellie, quando costumava se refugiar todas as tardes na biblioteca pública, houve um período de algumas semanas em que ele sempre parecia estar saindo de lá quando ela entrava. Mantinha relações amigáveis com Dale e, certa vez, ela o vira falando seriamente com a srta. Bruckner, a bibliotecária. Assim, não era timidez que explicava sua solidão; ele simplesmente dava a impressão de preferir estar sozinho — que era uma das coisas que a havia feito pensar que podia se tratar de uma pessoa interessante. Sabia também quem era seu pai — o sr. Bassart, que apresentava os oradores nos programas sociais e era conhecido como um dos professores mais rigorosos, porém mais justos, de toda a escola. E sabia que acabara de retornar do exterior após servir dois anos no Exército.

Ellie sempre zombava dele. "Ele se acha parecido com o Dick Haymes. Você acha que parece?"

"Não sei."

"Se não fosse meu primo, ia achar ele bonitão. Mas *conheço* ele bem", acrescentava com um toque sinistro. E então, falando da janela: "Roy, cante como o Dick Haymes. Vamos, Lucy nunca ouviu suas imitações. Imita o Vaughan Monroe, Roy. Na verdade você é até mais parecido com ele, agora que virou um homem tão *maduro*. Cante 'Ballerina', Roy. Cante 'There, I've Said It Again'. Ah, por favor, Roy, por favor, estamos implorando de joelhos".

109

Lucy ficava ruborizada, e Roy fechava a cara ou dizia algo tipo: "Vê se cresce, está bem?" ou "Sério, Ellie, quando é que você vai crescer?".

Roy ia fazer vinte e um anos. Quando Lucy o via descendo devagar a Broadway batendo com a prancheta na coxa, ou nas noites em que ficava sentado ao balcão do Dairy Bar rolando o gelo no fundo do copo de coca, ou nos fins de semana que passava afundado na poltrona conversando com o tio Julian, ele estava tentando decidir o rumo de sua vida. Estava numa genuína encruzilhada: foi a expressão que o ouviu dizer certo sábado. E aquilo não saíra mais da cabeça dela.

O que Roy viria a se tornar no futuro? Um artista? Um homem de negócios? Ou pegaria um navio e daria uma chance à Suécia? Ou faria algo totalmente bizarro e imprevisível? Certa vez o ouviu lembrar ao tio que não apenas tinha as possibilidades de estudo oferecidas pela lei de amparo aos veteranos, mas também direito a um empréstimo. Se quisesse, podia de fato aproveitá-lo, e comprar uma casa própria, e viver nela. Tio Julian riu, mas Roy disse: "Caçoe das minhas ideias o quanto quiser, cara, mas é verdade. Se não quiser, não preciso ser escravo de ninguém".

Da cama onde estava sentada fazendo a bainha na saia de Lucy, Ellie disse: "O que é que você está olhando?".

Lucy baixou a cortina.

"Não o Roy, espero", disse Ellie.

"Só estava olhando lá para fora, Ellie", ela respondeu friamente.

"Porque não vale a pena gastar um suspiro com esse aí", disse Ellie, dando uma dentada na linha. "Sabe de quem ele gosta?"

"De quem?"

"Da Macaca Littlefield."

Para grande surpresa de Lucy, seu coração deu uma espécie de passo em falso.

"O principal interesse de Roy atualmente é s-e-x-o. Bem, escolheu a garota certa, não é mesmo?"

"Quem?"

"Littlefield."

"Ele sai com ela?"

"Ainda está decidindo se baixa o nível ou não. Ou é o que diz. Ele me disse: 'Ela é uma criançona ou tem alguma coisa na cabeça? Se não tiver, não quero perder meu tempo'. Respondi: 'Não se preocupe, Roy. Ela não é nenhuma criança'. Aí ele disse: 'O que você quer dizer com isso?'. E falei: 'Sei por que você gosta dela, Roy'. E ele ficou vermelho como um pimentão. Quer dizer, todo mundo conhece a reputação dela. Mas Roy fingiu que não conhecia."

Lucy fez cara de que conhecia.

Ellie continuou. "Eu disse: 'Ela não é popular por sua personalidade, Roy'. Aí ele disse: 'Bom, foi só isso que eu perguntei, Ellie, se a garota tinha ou não personalidade'. 'Muito bem, pergunte ao Bill Elliott sobre a personalidade dela, Roy, se é que já não perguntou.' Aí ele disse: 'Nem sabia que ela saía com ele'. 'Não mais, Roy. Nem *ele* tem mais respeito por ela. Deixo o resto por conta de sua imaginação', eu disse, e então sabe o que ele falou? 'Vai brincar com seus tacos de croquet, Ellie.' Ele conta ao meu pai todas as suas grandes aventuras sexuais no Exército, e papai deixa, coisa que não devia fazer. Sabe quando eles começam a rir juntos lá em baixo?"

"Não. Acho que não."

"Bom, é o que fazem. E acha que estão rindo de quê?"

"Sexo?"

"Ele vive com isso na cabeça. Quer dizer, o Roy", Ellie acrescentou.

Em abril os elásticos das meias do Exército de Roy começaram a ceder. Toda vez que as duas meninas passavam por cima de suas pernas — "Desculpe, primo, faz *favor?*", dizia Eleanor — Lucy via, entre a meia caída e a calça cáqui, encolhida e desbotada, um pedaço branco de sua perna fina. No começo do mês, uma semana de tempo quente e maravilhoso varreu o Meio-Oeste, fazendo brotar quase da noite para o dia os sinos-dourados no jardim dos Sowerby; certa tarde, quando encostou na janela do quarto de Ellie para dar uma olhadinha lá fora — nas novas flores —, Roy começou a arrancar a camiseta por cima da cabeça. Em poucos segundos ela virou de novo para Ellie, que procurava numa gaveta um short velho para Lucy usar, mas a visão de seu torso longo e liso se esticando sobre o capô aberto do carro não saiu de sua cabeça a tarde toda.

Perto do fim do mês, quando comprou a câmera e passou a ler as revistas de fotografia, Roy procurou Eleanor e disse que desejava fazer alguns estudos em preto e branco perto do embarcadouro. Precisava de uma garota que ficasse sentada sob a árvore que ele tinha escolhido. Podia ser a Ellie.

Ela ficou um pouco ruborizada; tinha cabelos castanhos reluzentes, olhos cor de avelã que às vezes ficavam cinza como pelo de gato; em repouso, era não apenas uma das garotas mais bonitas que Lucy já tinha visto na vida, mas parecia também segura e inteligente. Poderia passar facilmente por uma moça de dezenove ou vinte anos, e sabia disso.

"Olha, Roy", ela disse, recaindo no sotaque sulista, "por que você não chama a Macaca Littlefield? Provavelmente ela até faça uma pose bem sensual para você, à la Jane Russell — sua atriz predileta."

"Escuta", ele respondeu, fechando a cara, "nem conheço a tal da Littlefield. E, para ser sincero, nunca vi um filme da Jane Russell até hoje."

"Ah, sem dúvida. Só tinha um monte de retratos dela pregados na parede inteira do quartel, mas nunca viu um filme com ela."

"Escuta, Ellie, falando desse jeito, quem você está pensando que é? Alguma artista em *E o vento levou*? Quero fazer esses estudos. Então diz sim ou não. Não posso esperar o dia todo."

Ellie disse que ia pensar, e depois subiu e pôs o vestido de linho branco novo, o tempo todo contando a Lucy sobre o tipo de carta que sua tia Alice havia recebido quando Roy estava no Exército. S-e-x-o, para sua própria família.

Seguiram de carro para a margem do rio. Lucy foi junto. Quando ela disse que era melhor ir para casa, Roy fez o seguinte convite: "Pode passear com a gente, se quiser. Não cobro nada" — enquanto usava um aparelhinho que tinha comprado para verificar a pressão de um pneu dianteiro que, segundo ele, estava baixo.

Roy fez Ellie posar (porque era o único interesse que tinha e esperava que ela assim entendesse) sob o grande carvalho perto do velho ancoradouro. Ela insistia em olhar de perfil na direção de Winnisaw, mas Roy queria que olhasse diretamente para a árvore acima dela. Entre uma tomada e outra, ia até a árvore e mexia nos galhos para que as sombras caíssem nos lugares certos.

Ellie disse que gostaria de saber o que ele entendia por "lugares certos".

"É uma expressão técnica, Eleanor. Dá pra ficar de boca fechada?"

"Bom, é difícil saber ultimamente, Roy, quando você fala em 'lugares certos'. Considerando o estado de sua mente."

"Ah, *por favor*, olha para os galhos, tá? A ideia, Ellie, é a Maravilha da Primavera. Por isso, olha para cima e não para mim."

"Eu ouço você de noite, Roy."

"Me ouve o *quê*?"

"Rindo. E também sei do que está rindo."

"Muito bem, do quê?"

"Adivinha."

No fim da tarde, Ellie disse: "Por que não tira algumas da minha amiga?".

Ele suspirou fundo. "Ah, tudo bem. Uma." Olhou em volta. "E aí, onde ela se meteu? Não tenho o dia todo."

Ellie apontou para a margem do rio onde vigas negras surgiam acima da superfície da água.

"Ei", Roy gritou, "quer tirar uma foto? Tenho que ir embora, então, se quiser, vem logo."

Lucy olhou para ele. "Não", respondeu.

"Lucy, vem sim", disse Eleanor. "Ele precisa de uma foto de loura."

Roy deu um tapa na testa. "Quem é que disse isso?", quis saber.

"Ela *gosta* de você", Ellie sussurrou.

"Quem te disse isso, Eleanor? Quem disse uma coisa dessas?"

Lucy se aprumou debaixo da árvore, olhando diretamente para a lente, e ele tirou uma foto. Uma. Ela notou que Roy não examinou o fotômetro antes.

Uma vez revelada, ele lhe mostrou a foto. Lucy ia deixando a casa dos Sowerby, para voltar para a sua, quando ele saiu atrás dela. "Ei."

Ela se voltou a contragosto. Roy deu uma corridinha até a calçada, as pontas dos pés ligeiramente voltadas para dentro como as de um pombo.

"Toma aqui", ele disse. "Quer pra você?"

Ela mal pegara a foto da mão dele quando ele acrescentou: "Se não, vou jogar fora. Não ficou muito boa".

Lançando-lhe um olhar duro, ela disse: "Com quem exatamente você pensa que está falando, hein?", e jogou a fotografia no peito dele antes de sair caminhando para casa com raiva.

Naquela noite, ele apareceu no Dale's Dairy Bar, onde ela trabalhava às segundas, terças e quartas das sete às dez, e às sextas e sábados das sete às onze e meia. Sentou num lugar onde ela teria de tirar seu pedido: um misto de queijo com bacon e tomate.

Quando ela pôs o sanduíche na frente dele, Roy disse: "Oi, sobre hoje à tarde" — deu uma mordida no sanduíche —, "me desculpe". Ela continuou a trabalhar.

Quando Lucy finalmente voltou para lhe perguntar se desejava algo mais, ele repetiu o que havia dito, tão sinceramente quanto podia, e dessa vez sem estar de boca cheia.

"Paga no caixa", ela respondeu, entregando a conta.

"Eu *sei*."

No entanto, ela o vinha observando havia meses. Ele estava sempre tão ocupado pensando em si próprio que em geral deixava o dinheiro sobre o balcão. "Mas nunca *faz* isso", ela respondeu áspera, e se afastou sabendo que havia dito a coisa errada.

Como era de esperar, ele a seguiu ao longo do balcão. Sorrindo. De orelha a orelha. "Não faço?"

"Paga no caixa, por favor."

"Que horas você sai do trabalho?"

"Nunca."

"Olha, de verdade, sinto muito. Quis dizer que a fotografia não estava boa. Tecnicamente."

"Paga no caixa, por favor."

"Escuta, estou mesmo pedindo desculpa, é sério. Olha... eu não minto", ele disse quando Lucy não reagiu. "Não preciso", disse, puxando a calça para cima.

Estava estacionado do lado de fora quando o bar fechou. Ela se recusou a pegar uma carona até em casa. Nem demonstrou ter ouvido o oferecimento.

"Ei", Roy disse, dirigindo devagar ao lado dela, "só estou tentando ser simpático." Lucy dobrou na Broadway e subiu a Franklin, sempre acompanhada pelo carro.

Depois de seguirem assim por mais um quarteirão, ele disse: "Sério, sem brincadeira, o que há de errado em tentar ser simpático?".

"Olha aqui", ela disse, o coração batendo como se uma terrível catástrofe tivesse acabado de ocorrer, "olha aqui", repetiu, "me deixa em paz!" E, a partir de então, ele foi incapaz de fazê-lo.

Tirou centenas de fotografias dela. Uma vez passaram a tarde inteira rodando de carro pelo campo à procura do celeiro ideal que serviria de pano de fundo para uma foto de Lucy. Ele queria um celeiro com o teto caído e ar sombrio, mas só encontravam daqueles grandes e recém-pintados de vermelho. Em outra ocasião, postou-a de pé diante de um muro de cimento branco perto da escola, sob o sol do meio-dia, para que sua franja parecesse feita de palha branca e os olhos azuis lembrassem os de uma estátua, os ossos do rosto sério e quadrado dando a impressão de serem de pedra sob a pele. Deu à foto o título de "Anjo".

Iniciou uma série de estudos em preto e branco da cabeça de Lucy, chamando-a de "Facetas de um anjo". No começo precisava lhe dizer para não franzir a testa, não olhar fixamente para a lente, não se mexer e não ficar dizendo "Isto é ridículo" a cada dois minutos; no entanto, depois de algum tempo, à medida que ela ia ficando menos sem jeito, não precisou lhe pedir para parar de fazer nada. Quase todos os dias repetia que seu rosto tinha ângulos fantásticos e que ela era muito mais interessante como modelo do que alguém como Ellie, que só tinha glamour e nenhuma substância. Disse que garotas como Ellie havia aos montes — bastava ver as revistas. O rosto *dela* tinha caráter. Toda tarde ele a pegava na escola às três e meia e saíam para uma de suas expedições fotográficas. E, à noite, ficava estacionado em frente ao Dairy Bar, esperando para levá-la para casa.

Pelo menos foi aonde a levou na primeira semana. Quando certa noite perguntou se podia entrar um pouquinho, ela respondeu que de jeito nenhum. Para seu alívio, Roy não voltou a pedir, já que ela consentiu em ir além do Grove, até o barranco cheio de árvores que ficava acima do rio e era chamado de Paraíso do Piquenique pela Comissão de Parques do Condado de Winnisaw, e de Paraíso da Paixão pela garotada do colégio. Chegando lá, Roy apagava as luzes, ligava o rádio e se esforçava insistentemente para fazê-la ir até às últimas.

"Roy, quero ir embora agora. Sério."

"Por quê?"

"Quero ir para casa, por favor."

"Eu acho que te amo, você sabe disso."

"Não diga isso. Não ama."

"Anjo", ele disse, tocando o rosto dela.

"Para. Quase enfiou o dedo no meu olho."

"'Você suspira, a canção começa'", ele cantou junto com o rádio, "'você fala e ouço violinos, é uma mááááágica'."

"Roy, não vou fazer nada. Então, vamos embora agora."

"Não estou te pedindo para fazer nada. Só estou pedindo para confiar em mim. Apenas confie em mim", ele disse, tentando mais uma vez enfiar os dedos entre os botões do uniforme dela.

"Roy, você vai rasgar alguma coisa."

"Não vou. Não se você não lutar. Só confie em mim."

"Não sei o que isso significa. Você diz isso e, quando confio, começa a ir mais longe. Não quero, Roy."

Mas ele estava cantando em seu ouvido.

Sem uma varinha de condão dourada
Ou amuletos místicos,
Coisas fantásticas acontecem
Quando estou em seus... braços!

"Ah, Lucy", ele disse.

"Aí não", ela gritou, porque, ao pronunciar a palavra *braços*, ele tinha enfiado o cotovelo entre as pernas dela, como se por acidente.

"Ah, não luta comigo, não luta comigo, Lucy", ele sussurrou, afundando ainda mais o cotovelo, "confia em mim!"

"Ah, para! Não!"

"Mas está por fora da roupa — é só um cotovelo!"

"Me leva pra casa!"

Três semanas se passaram. Ela disse que, se aquilo era tudo em que ele estava interessado a cada noite, achava que não deviam voltar a se ver. Ele disse que aquilo não era tudo em que estava interessado, mas, como um homem adulto, não imaginou que ela fosse se comportar como uma garotinha que não sabia nada da vida. Não imaginou que ela seria como Ellie, uma virgem profissional — uma pipoqueira, se é que ela sabia o que era isso. Ela não sabia, e ele disse que tinha respeito demais por ela para tentar explicar. O mais importante é que nem teria começado nada com uma garota que não respeitasse; nem a teria convidado para passear de carro se não pensasse que ela era madura o bastante para topar uns amassos pré-matrimoniais. Ela respondeu que amasso era uma coisa, o que ele queria era outra. Ele disse que até concordaria em ficar só nos amassos se ela relaxasse; ela disse que, assim que começava a relaxar, ele partia para cima. Disse que não era a Macaca Littlefield; ele disse, então ora, talvez fosse pior para ela, que retrucou dizendo então ora, volte para ela, se é disso mesmo que está atrás, e ele disse, talvez eu vá. Por isso, na tarde seguinte, quando ela saiu da escola, o carro não estava lá. Ellie também não a esperava: tinha deixado de fazê-lo semanas antes, desde que Roy se envolvera com Lucy na série "Facetas de um anjo". Lucy não sabia o que fazer. De novo, nenhum lugar para ir.

Naquela noite, ao caminhar para casa saindo do Dairy Bar, um carro começou a segui-la. "Ei, garota, quer uma carona?"

Ela nem olhou para o lado.

"Ei, Lucy." Ele tocou a buzina e encostou no meio-fio. "Ei, sou eu. Pula pra dentro", ele disse, abrindo a porta. "Oi, Anjo."

Ela lhe lançou um olhar duro. "Onde é que você esteve hoje à tarde, Roy?"

"Por aí."

"Estou fazendo uma pergunta, Roy. Fiquei te esperando."

"Ah, vamos, esquece… entra."

"Não me diga o que fazer, Roy. Não sou a Macaca Littlefield."

"Xi, pensei que fosse."

"E o que você quer dizer com isso?"

"Nada, nada. É uma brincadeira!"

"Foi lá que você esteve hoje à tarde? Com ela?"

"Estive pensando em você. Vamos, entra, te levo pra casa."

"Não, até que você peça desculpa por esta tarde."

"Mas o que foi que eu fiz?"

"Faltou a um compromisso, só isso."

"Mas nós tivemos uma briga", ele disse. "Lembra?"

"Bom, se tivemos uma briga, o que você está fazendo aqui? Roy, não vou ser tratada…"

"Está bem, está bem, sinto muito."

"Sente mesmo? Ou só está falando da boca para fora?"

"Sim! Não! Ah, entra no carro, vai?"

"Mas então peça desculpa", ela disse.

"*Sim!*"

Entrou no carro… "Aonde você acha que está indo, Roy?"

"Só estou dando uma volta. É cedo."

"Quero ir direto para casa."

"Você vai para casa. Alguma vez *não* foi para casa?"

"Dá a volta, Roy. Por favor, não vamos começar isso de novo."

"Talvez eu queira falar com você. Talvez tenha mais desculpas para pedir."

"Roy, você não tem graça. Quero ir para casa. Agora, para com isso."

Deixando o Grove para trás, ele pegou a estrada de terra, apagou imediatamente os faróis (o código não escrito do Paraíso da Paixão) e seguiu até uma clareira onde nenhum outro carro estava estacionado.

Apagou todas as luzes, ligou o rádio e sintonizou no programa "Rendezvous Highlights". Doris Day cantava "It's Magic".

"Caramba, ou é uma tremenda coincidência ou essa é a nossa música", ele disse, tentando puxar a cabeça de Lucy em sua direção. "Sem uma varinha de condão dourada ou encantos místicos'", cantou. Como ela resistisse à leve pressão na nuca, Roy curvou o rosto para se aproximar de sua boca fechada e de seus olhos bem abertos. "Anjo", disse.

"Você parece estar num filme quando diz isso. Pode parar."

"Ah, cara", ele disse, "você sabe mesmo quebrar o clima."

"Bem, sinto muito. Só queria uma carona para casa."

"Vou te dar uma carona! Só chega um pouquinho para lá por enquanto", ele disse. "Então, dá para se mexer, *por favor*? O volante está apertando meu peito, *você se importa?*"

Ela começou a desviar para a direita, mas, antes que se desse conta do que estava acontecendo, ele a espremeu contra a porta e começou a beijar seu rosto. "Anjo", sussurrou. "Ah, Anjo. Você cheira ao Dairy Bar."

"Por acaso eu trabalho lá. Desculpe."

"Mas eu *gosto*", e, antes que Lucy pudesse voltar a falar, pressionou sua boca contra a dela. Só se afastou depois que a canção terminou, e mesmo então com um suspiro. Esperou para ver qual seria a próxima canção.

"Não me empurra, Lucy", sussurrou, acariciando seus cabelos. "Não empurra, não vale a pena", e junto com Margaret Whiting começou a cantar "'Há uma árvore no campo, com um córrego ao lado'...", enfiando a mão por baixo da combinação de Lucy. "Não", ele disse quando ela começou a resistir. "Confie em mim. Só quero tocar seu joelho."

"Não acredito nisso, Roy. É ridículo."

"Juro. Não vou pôr a mão mais para cima. Deixa, Lucy. Qual a importância do joelho?"

Lembrarei para sempre
O amor em seu olhar...
No dia que talhou aquela árvore,
Vou te amar até morrer.

Continuaram a se beijar. "Está vendo", ele disse passados vários minutos. "Mexi a mão? Hein, me diz?"

"Não."

"Não disse que pode confiar em mim?"

"Sim", ela disse, "mas não passe a língua no meu dente, por favor."

"Por quê? Está doendo?"

"Roy, você está lambendo meu dente, qual o sentido?"

"Tem todo o sentido! É paixão!"

"Tá, então não *quero* mais."

"*Está bem*", ele disse, "tudo bem. Se acalme. Desculpe. Pensei que você gostasse."

"Nem há nada para gostar, Roy..."

"*Está bem!*"

Havia um menino,
Um menino muito estranho, encantado.

Dizem que ele vagou para muito longe,
Muito longe, sobre a terra e o mar.

"Adoro essa música", disse Roy. "Acaba de ser lançada. Dizem que o cara que escreveu isso vive assim mesmo."

"Que música é?"

"'Nature Boy'. Exatamente como o cara que escreveu é na realidade. Tem uma mensagem bonita. Presta atenção na letra."

Ele me disse isso:
"A coisa mais importante que você pode aprender
É simplesmente amar, e ser amado de volta."

"Lucy", Roy murmurou, "vamos sentar no banco de trás."

"Não. Não mesmo."

"Ah, droga, você não tem o menor respeito por um clima… sabia?"

"Mas não vamos *sentar* lá atrás, Roy. Já tentamos, mas você na verdade quer *deitar* lá atrás."

"Porque lá atrás não tem volante, Lucy, e é mais confortável… e bem limpo também, eu mesmo limpei hoje à tarde."

"Bom, não vou sentar lá…"

"Pois eu vou! E, se quiser ficar sentada aqui sozinha, o problema é seu!"

"Ah, Roy…"

Mas ele saiu do carro e passou para o banco traseiro, onde prontamente se esticou, a cabeça encostada numa porta e os pés para fora da janela oposta. "Tem razão, estou deitado. Por que não? O carro é meu."

"Quero ir para casa. Você disse que ia me levar para casa. Isso é ridículo."

"Para você, sem dúvida. Cara, não surpreende que você e

Ellie sejam amigas. Formam um belo par." Balbuciou alguma coisa que ela não conseguiu entender.

"Gostaria de saber o que você acabou de falar, Roy."

"Disse que eram duas pipoqueiras."

"E o que significa isso?"

"Ah", ele gemeu, "esquece."

"Roy", ela disse, se ajoelhando no assento e virando para trás, agora realmente enfurecida, "fizemos isso na semana passada."

"Certo! Certo! Sentamos no banco de trás. E aconteceu alguma coisa terrível?"

"Não, porque eu não deixei", ela respondeu.

"Então não deixe dessa vez", ele disse. "Olha, Lucy", e se sentou, tentando pegar a cabeça dela, mas ela recuou. "Respeito o que você quer, sabe disso. Mas tudo que quer fazer", ele disse, deixando o corpo cair para trás, "é ser fotografada e voltar de carro para casa à noite. O que a outra pessoa sente... bem, por acaso eu *sinto* alguma coisa! Ah, esquece essa confusão toda, sério."

"Ah, Roy", e abriu a porta da frente e saiu do carro como havia feito naquela noite horrorosa uma semana antes. Roy abriu a porta de trás com tanta violência que por pouco não a arrancou fora.

"Entra", ele sussurrou.

No banco traseiro, disse o quanto podia amá-la, desabotoando seu uniforme.

"Todo mundo diz esse tipo de coisa quando quer o que você quer, Roy. Para. Por favor, para. Não quero. De verdade. Por favor."

"Mas é a *verdade*", ele disse, e sua mão, que havia tocado disciplinadamente o joelho de Lucy, subiu pela perna numa fração de segundo.

"Não, *não*..."

"Sim!", ele gritou triunfante. "*Por favor!*"

E então começou a repetir confia em mim, e por favor, por favor, e ela não via como impedi-lo de fazer o que estava fazendo sem lhe enfiar os dentes na garganta, que estava diretamente acima de seu rosto. Ele continuou a dizer por favor e ela continuou a dizer por favor, e ela mal conseguia respirar ou se mover com todo o peso de Roy por cima dela, enquanto ele dizia não me empurra, deixa eu te amar, Anjo, Anjo, confia em mim, e de repente veio à cabeça dela um nome, Babs Egan.

"Roy...!"

"Mas eu te amo. Te amo de verdade."

"Mas o que é que está fazendo?"

"Não estou fazendo nada, ah, meu Anjo, meu Anjo..."

"Mas vai fazer."

"Não, não, meu Anjo, não vou."

"Mas está fazendo *agora*! Para! Roy, *para* com isso!", ela gritou.

"Ah, que saco", ele disse e se sentou, deixando que ela tirasse as pernas de sob seu corpo.

Ela olhou para fora da janela a seu lado: o vidro estava totalmente embaçado. Teve medo de olhar na direção dele. Não sabia se a calça estava arriada ou se Roy a havia tirado de todo. Mal conseguia falar. "Você tá louco?"

"O que quer dizer com isso, louco? Eu sou um ser humano! Sou um homem!"

"Não pode fazer uma coisa dessas... à força! É isso que eu quero dizer! E não quero mesmo fazer. Roy, volta para o banco da frente. Bota a roupa. Me leva pra casa. Agora!"

"Mas agora há pouco você queria. Estava prontinha."

"Você prendeu meus braços. Eu não tinha como escapar! Não queria coisa nenhuma! E você nem ia ser... ser cuidadoso! Será que está totalmente *insano*? Não vou fazer isso!"

"Mas eu ia usar alguma coisa!"

Ela se surpreendeu. "Ia?"

"Tentei comprar hoje."

"*Tentou?* Quer dizer que estava planejando isso o dia todo?"

"Não! Não! Bom, não consegui... consegui? Diga, consegui?"

"Mas tentou. Estava pensando nisso e planejando o dia inteiro..."

"Mas não *funcionou!*"

"Por favor, não te entendo... e nem quero. Me leva para casa. Põe a calça, *por favor.*"

"Eu nem tirei. Fiquei vestido o tempo todo. Porcaria, você nem sabe o que passei hoje. Só quer saber de você, e acabou. Cara, você é só mais uma Ellie... outra pipoqueira!"

"Que significa *o quê?*"

"Não falo esse tipo de coisa na frente de uma moça, Lucy! Eu te respeito! Isso não significa nada pra você? Sabe onde estive hoje à tarde? Vou dizer onde. Não tenho vergonha... porque por acaso tem a ver com o respeito que tenho por você. Acredite ou não."

E então, enquanto ela puxava a combinação para baixo e arrumava a saia, Roy contou sua história. Tinha esperado quase uma hora do lado de fora da farmácia até que a sra. Forester fosse para o segundo andar e deixasse o velho e tonto do seu marido tomando conta do balcão. Mas, assim que ele entrou, percebeu que a sra. Forester só tinha ido ao depósito nos fundos e já estava no caixa pronta para atendê-lo antes mesmo que ele pudesse dar meia-volta e sair da loja.

"Então, o que eu podia fazer? Comprei chicletes. E aspirina. O que mais podia ter feito? Em todas as lojas da cidade o nome do meu pai é reconhecido. Em todo lugar que eu vou, dizem: 'Oi, Roy, como é que vai nosso ex-combatente?'. E as pessoas me veem com *você*, Lucy. Quer dizer, sabem que estamos saindo juntos, evidente. Então iam pensar que era para quem? Acha que eu não penso nisso? Também tenho de levar em conta sua reputação, não é mesmo? Há muitas coisas nas quais eu penso, Lucy, que talvez nem passem por sua cabeça, sentada na escola o dia todo."

Roy conseguira deixá-la confusa. O que queria realmente que ele fizesse? Comprar uma daquelas coisas? Certamente não ia usar com ela. Não ia deixar que ele *planejasse* o que fariam com horas de antecedência, e depois agisse como se tudo fosse consequência da paixão do momento. Não seria usada ou tapeada, nem tratada como uma vagabunda qualquer.

"Mas você esteve no exterior", ela estava dizendo.

"Nas Aleutas! Nas ilhas Aleutas, Lucy... do outro lado do estreito de Bering de onde fica a União Soviética! Sabe qual era o lema do lugar? 'Uma mulher atrás de cada árvore'... *só que lá não tem árvore*. Entendeu? Acha que fiz o que lá? Preenchi formulários o dia inteiro. Joguei dezoito mil partidas de pingue--pongue. Qual é o seu *problema*?", ele disse, afundando desgostoso no assento. "No exterior", disse com amargura. "*Você* acha que eu estava em algum harém."

"Mas, e com alguma outra?"

"Nunca fiz isso com nenhuma outra! Nunca fiz isso na vida, até o final!"

"Bom", ela disse baixinho, "não sabia."

"Bem, essa é a triste verdade. Tenho vinte anos, quase vinte e um, mas isso não significa que ando por aí transando com toda garota que vejo. Pra começo de conversa, tenho que *gostar* da pessoa. Você fica ouvindo a idiota da Ellie, que nem sabe o que está falando. Não saio com a Macaca Littlefield, Lucy, simplesmente porque não tenho respeito por ela. Se é que quer ouvir a verdade. E não gosto dela. Nem conheço ela! Ah, esquece. Vamos embora, ficamos quites. Se você vai acreditar em todas as histórias que ouve sobre mim, se não pode entender o tipo de pessoa que eu sou, Lucy, então, desculpe o palavreado, que vá tudo pro inferno."

Ele gostava dela. Gostava dela de verdade. Disse que as pessoas sabiam que estavam saindo juntos. Ela não se dera conta disso. Ela estava saindo com Roy Bassart, que tinha vinte anos e servira no Exército. E as pessoas sabiam disso.

"… lá em Winnisaw", ela estava dizendo. Ah, por que continuava a falar sobre aquilo?

"Certo, suponho que tenham em Winnisaw, provavelmente distribuem nas ruas em Winnisaw."

"Bem, você podia ter ido até lá de carro, é isso que estou dizendo."

"Mas pra quê? Se depender de você, até mesmo ir à farmácia Forester na Broadway é ir longe demais. Então pra quê? Estou enganando a quem? A mim mesmo? Passei a tarde inteira zanzando por ali na frente e esperando aquela bruxa desaparecer, mas não faria a menor diferença. Você só me odiaria ainda mais, certo? Por isso, onde é que eu fico nessa história? Bem, o que você tem a dizer, Lucy? Que teria concordado, se eu trouxesse alguma coisa?"

"Não!"

"Muito bem, agora sabemos onde estamos. Ótimo!" Abriu a porta a seu lado com um repelão. "Vamos para casa! Não aguento mais essa conversa, sério. Acontece que sou um homem e por acaso tenho certas necessidades físicas, assim como emocionais, você sabe, e não preciso suportar isso de nenhuma garota do colegial. Tudo que a gente faz é discutir cada movimento meu, passo a passo. Você acha isso romântico? É essa sua ideia da relação entre um homem e uma mulher? Muito bem, não é a minha. Sexo é uma das experiências mais sublimes que qualquer um pode ter, homem ou mulher, física ou mental. Mas você não passa de uma dessas garotas típicas dos Estados Unidos que pensa que o sexo é obsceno. Ótimo, vamos embora, típica garota americana. Na verdade sou um sujeito tranquilo, de boa índole,

Lucy, por isso alguma coisa muito especial tem que acontecer para me deixar nesse estado... mas é como estou, tudo bem, vamos embora!"

Ela não se moveu. Roy estava verdadeiramente enfurecido, não como alguém que tentasse enganar ou iludir outra pessoa.

"Bom, qual é o problema agora?", perguntou. "O que é que eu fiz de errado agora?"

"Só quero que você saiba, Roy", ela disse, "que não é que eu não goste de você."

Ele fez uma careta. "Não?"

"Não."

"Bom, você disfarça muito bem."

"Não disfarço nada", ela disse.

"Disfarça sim!"

"Mas e se você não gostar de mim? Para valer. Como posso saber que você está dizendo a verdade?"

"Já te disse, *eu não minto!*"

Quando ela não respondeu, Roy se aproximou.

"Você fala em amor", disse Lucy. "Mas não é exatamente isso que quer dizer."

"Eu me deixo levar, Lucy. Não é mentira. Me deixo levar por causa do clima. Gosto de música, isso me afeta. Então não é 'mentira'."

O que ele tinha dito? Ela nem conseguiu entender...

Roy entrou no carro. Pôs a mão nos cabelos dela. "E o que há de errado em se deixar levar por causa do clima?"

"Mas, e quando acaba o clima?", ela perguntou. Lucy sentiu como se não estivesse lá, como se aquilo tudo tivesse acontecido muito tempo atrás. "E amanhã, Roy?"

"Ah, Lucy", ele disse, e começou a beijá-la outra vez. "Ah, Anjo."

"E que tal a Macaca Littlefield?"

"Já disse, já disse, nem conheço ela… ah, Anjo, *por favor*", disse, fazendo-a deslizar na nova capa escorregadia que ele próprio instalara. "É você, é você, só você…"

"Mas amanhã…"

"Vou te ver amanhã, prometo, e no dia seguinte, e no próximo…"

"Roy, não *posso*… ah, para…"

"Mas não estou."

"Está sim!"

"Anjo", ele gemeu junto a seu ouvido.

"Roy, não, por favor."

"Está tudo bem", ele sussurrou, "tudo bem…"

"Não, não está!"

"Mas está, ah, está sim, juro", ele disse, e então ele lhe assegurou que iria usar uma técnica que havia aprendido nas Aleutas, chamada interrupção. "É só confiar em mim", suplicou, "confie em mim, confie em mim" — e, infelizmente, ela queria tanto confiar que foi o que fez.

Uma semana antes da formatura de Lucy chegou a notícia: Roy tinha sido aceito na Escola de Fotografia e Desenho Britannia, que, segundo o catálogo e a brochura, havia sido fundada em 1910. Eles teriam grande prazer em recebê-lo como aluno na turma de setembro e, junto com a carta de aceitação, devolveram os doze estudos de Lucy que ele enviara com o pedido de inscrição.

Na festinha improvisada que deu naquela noite em homenagem a Roy — Ellie e Joe, Roy e Lucy, o sr. e a sra. Bassart —, tio Julian disse que todos tinham uma dívida de gratidão para com Lucy Nelson por ser tão fotogênica. Ela também merecia um prêmio, e por isso ele lhe deu um beijo. Tratava-se de alguém que ela ainda não tinha decidido se aprovava ou não; e, quando viu seus lábios se aproximando, teve uma sensação ruim e quase desviou. Não era apenas o comportamento do sr. Sowerby com a mulher ou seu palavreado que a faziam sentir uma leve repugnância; nem o fato de que alguém com um metro e sessenta e cinco e cheirando a charutos não era sua ideia de um homem particularmente atraente. O problema é que, durante o último mês, em diversas ocasiões ela teve a impressão de surpreendê-lo olhando por tempo demais para suas pernas. Será que Roy contava ao tio o que vinham fazendo? Ela simplesmente não podia acreditar numa coisa dessas; ele talvez soubesse que estacionavam o carro no Paraíso da Paixão, mas Ellie e Joe Whetstone também faziam isso, e apenas ficavam se esfregando. Pelo menos era o que Ellie *dizia* — e certamente o que seus pais pensavam. Não, ninguém sabia de nada, e o sr. Sowerby provavelmente estava olhando apenas para o chão, ou para nada, naquelas ocasiões em que ela achou que ele estava olhando para suas pernas. Afinal de contas, ela só tinha dezoito anos, e ele era pai da Eleanor, e suas pernas não eram bem torneadas (ou assim ela imaginava), sendo ridículo imaginar, como havia acontecido ao ficarem sozinhos na casa certa tarde de sábado, que ele a seguiria até o quarto de Ellie para fazer alguma coisa. Ela também estava ficando com sexo na cabeça. Ela e Roy precisavam parar o que haviam começado, disso não tinha dúvida. Ele gostava tanto que a arrastava para lá todas as noites, e talvez ela também gostasse, mas essa não era a questão... Qual era então? Era isso que Roy perguntava sempre que ela começava a dizer: "Não, não, hoje não". Mas por que hoje não, se fizemos na noite passada?

De todo modo, o sr. Sowerby lhe deu um beijo estalado na bochecha, e todos riram enquanto a sra. Sowerby presenciava tudo, tentando rir também. Era algo que não fazia o gênero de Lucy — de certa maneira uma das coisas mais estranhas que ela havia feito até então —, mas, na confusão que decorreu ao ouvir em público que era atraente, na euforia que decorreu de ter papel tão importante naquela celebração, naquela família e naquela casa, sacudiu os ombros, ficou ruborizada e deu um beijo de volta no tio Julian. Roy aplaudiu. "Bravo!", ele gritou, e a sra. Sowerby parou de tentar rir.

Bom, pior para ela. De fato, havia muito pouca coisa que Lucy pudesse fazer que merecesse a aprovação da sra. Sowerby. Ela era uma mulher sem graça e esnobe, que até parecia condenar Lucy por ter tido uma influência fundamental na decisão de Roy sobre o futuro. Que certamente não era da conta da sra. Sowerby — embora parecesse que sim: o motivo de Roy haver decidido cursar a escola de fotografia em Fort Kean, onde a Britannia se situava, tinha menos a ver com a qualidade do ensino que receberia lá — ou, para ser honesto, com o talento natural que ele pudesse ter como fotógrafo — do que com o fato de que Lucy por acaso também ia pra faculdade em Fort Kean.

Que essa consideração houvesse guiado a escolha de Roy não aborrecia Lucy. Por outro lado, era mais uma contraprova da imagem que fizera dele antes de se conhecerem: tratava-se de um rapaz sério que tinha diante de si opções de grande magnitude e relevância. Não, ele não estava demonstrando ser exatamente o que ela havia imaginado lá atrás — embora isso não fosse necessariamente um demérito. Por exemplo, ele não era tão rude e mal-educado quanto parecera de início. E não era indiferente ao sentimento dos outros, muito menos ao dela. Depois que acabaram as bravatas, depois que ele deixou de temê-la (enfim compreendeu) tanto quanto ela o temera, Roy se mostrou doce e atencioso. Em sua amabilidade, ele até lhe lembrava um pouco o sr. Valerio, o que sem dúvida era um elogio.

Ele tampouco assumia uma atitude de superioridade, como ela havia suposto que faria à luz de sua idade e experiência. Nunca tentou lhe dar ordens — exceto com relação ao sexo, e mesmo assim ela sabia que, quando decidia que era pra parar (provavelmente naquela noite), nada que ele fizesse era capaz de obrigá-la a recomeçar. Também não havia nada que Roy tivesse podido fazer para obrigá-la a começar, mas por que ela não havia se dado conta disso naquela época? O pior que poderia ter acontecido seria nunca mais terem se visto. E teria sido uma tragédia? Na verdade, ela estava descobrindo de vários jeitos que não gostava tanto assim de Roy. De vez em quando, parecia que ela é que era dois anos e meio mais velha que ele, e não o contrário. Para começo de conversa, ela simplesmente não podia tolerar quando Roy cantava aquelas músicas no seu ouvido. Algumas vezes ele era extremamente infantil, mesmo que já tivesse vinte e um anos e idade para votar, como costumava dizer a todo mundo. Outras vezes as coisas que falava eram de uma tolice absoluta. No carro, por exemplo, não parava de dizer que a amava... Mas seria isso uma tolice? E se fosse verdade? Ou será que ele só dizia por medo que, se não dissesse, ela não o deixaria mais ir até o final? Ah, ela sabia, ela sabia, ela sabia — eles nunca deveriam ter começado no carro. Não era certo se não eram casados, e pior ainda com alguém com quem não pudesse se casar. *Precisamos parar!* Mas, de certo modo, fazia tanto sentido parar agora quanto quando haviam começado. Ela devia era dar um basta em toda aquela idiotice!

Sim, ela estava muito, muito confusa — até mesmo naquela noite alegre e maravilhosa na casa dos Sowerby, que começou com o tio Julian (como Roy a havia encorajado a chamá-lo) a beijando como se fosse um membro da família, e terminou com ele tirando da geladeira uma garrafa do verdadeiro champanhe francês, estourando a rolha e tudo... Ah, como crescia nela a suspeita de que ele provavelmente não seria ninguém, quando todos haviam erguido as taças e dito em uníssono: "Ao futuro de Roy!".

* * *

Depois da formatura, ela recomeçou sua rotina de verão no Dairy Bar: das dez às seis, todos os dias menos quartas e domingos. No meio de julho, ela e Roy foram de carro até Fort Kean numa quarta-feira a fim de procurar um local para ele morar a partir de setembro. Depois de inspecionar cada casa que oferecia cômodos, ele voltava para o carro onde Lucy o esperava dizendo que não considerava o lugar adequado, ao menos para ele: ou o quarto tinha um cheiro esquisito, ou a senhoria tinha um ar suspeito, ou a cama era curta demais — problema que o infernizara durante dezesseis meses nas Aleutas. No único lugar ideal — um quarto enorme com uma cama que tinha sido do marido da senhoria (um homem que media um metro e *noventa e seis*), onde o banheiro era limpíssimo e a proprietária garantiria uma prateleira só para ele na geladeira —, não havia uma entrada independente.

Bom, disse Lucy, era preciso ter.

Às quatro da tarde tiveram a pior briga que já haviam tido um com o outro, e de longe a pior que Roy havia tido com qualquer pessoa, incluindo seu pai. Diante daquela que ainda era a melhor opção, Lucy fez um veemente movimento com a cabeça e disse não, precisava ter uma entrada independente caso ele esperasse voltar a vê-la. E de repente ele gritou: "Olha, não me interessa — sou eu que vou viver aqui!", e manobrou o Hudson em direção à casa com a cama comprida.

Ao voltar para o carro, pegou um mapa rodoviário no porta-luvas e na capa desenhou cuidadosamente um retângulo. "Este é o meu quarto", ele disse, se esforçando para não olhar para ela. Ficava num canto do térreo, com duas janelas altas de cada lado; as quatro davam para uma varanda larga cercada de arbustos. Equivaliam a quatro entradas independentes. À noite, qualquer pessoa podia entrar e sair pelas janelas exatamente como se fossem portas... Bom, o que ela ia dizer agora? Estava realmente planejando nunca mais falar com ele, ou tinha alguma opinião a respeito?

"Já expressei minha opinião", ela respondeu. "Não significou nada para você."

"Significou sim."

"Mas você foi em frente e alugou o quarto mesmo assim."

"Sim, porque eu queria!"

"Não tenho mais nada a dizer, Roy."

"Lucy, é um quarto! Só um quarto! Por que você está agindo assim?"

"Foi você que agiu, Roy. Não eu."

"*Agi como?*"

"Agiu de novo como uma criança."

Antes de voltar para Liberty Center, Roy dirigiu até a Universidade Feminina de Fort Kean. Encostou no meio-fio para que Lucy pudesse dar mais uma olhada em sua nova casa. O prédio ficava no Pendleton Park, do lado oposto ao centro comercial de Fort Kean. Havia sido construído como uma escola secundária para meninos na década de 1890; nos anos 1930, a escola foi à falência e a propriedade ficou sem uso até a guerra, quando veio a ser ocupada pelo Corpo de Sinaleiros do Exército. Terminado o conflito, foi comprada pelo estado, incluindo o quartel, a fim de servir ao programa educacional em expansão. Certamente não era uma faculdade com paredes cobertas de hera como se via nos filmes ou se lia nos livros; os edifícios que o Exército erguera às pressas, pintados de um amarelo havia muito desbotado, eram usados como salas de aula, enquanto a administração e os dormitórios ocupavam uma velha estrutura quadrada de pedra cinza, semelhante a uma fortaleza, que ficava junto à rua e parecia o fórum do condado em Winnisaw. Ao vê-lo, contudo, Lucy pensou: "Só mais cinquenta e nove dias".

"Qual é o seu quarto?", Roy perguntou, olhando pela janela do carro.

Ela não respondeu.

A universidade ficava em frente a um conjunto de lojas, uma das quais chamada "The Old Campus Coffee Shop". Roy perguntou: "Ei, quer tomar uma coca na The Old Campus Coffee Shop?".

Nenhuma resposta.

"Ah, Anjo, me importo com o que você pensa. Sabe disso. O que você pensa é importante para mim. Mas tenho que morar em algum lugar, não tenho? Bom, Lucy, seja razoável — tenho ou não tenho? Isso não é ser criança, ou um bebê, ou sei lá o que você falou."

"Sim, Roy", ela disse por fim, "você tem que morar em algum lugar."

"Não seja sarcástica, Lucy, por favor. Às vezes você é sarcástica demais, quando só estou pedindo uma resposta simples. Preciso ter minhas oito horas de sono se quiser aproveitar ao máximo as aulas. É ou não é verdade? Por isso, *preciso* da cama comprida. Então, essa é também uma afirmação idiota?"

Ela pensou: *Tudo que você diz é uma afirmação idiota!* "Não", ela disse, porque ele pegara sua mão e parecia estar sofrendo de verdade.

"Então, por que você está com raiva? Lucy, vamos, que sentido tem essa briga? Vamos tomar uma coca, está bem? Depois voltamos para casa. Vamos, diz que a briga acabou. Pra que estragar o dia? Fala, estou perdoado do meu terrível pecado ou você vai continuar com essa bobagem para sempre?"

Ele na verdade parecia estar prestes a chorar. Ela viu que não tinha cabimento continuar discutindo. Pois naquele instante tomou a decisão — que, caso houvesse tomado antes, teria poupado a ambos do desgosto de uma briga: jamais pisaria naquele quarto, não importava quantas janelas tivesse ou mesmo portas. Simples assim.

"Muito bem", ela disse, "vamos tomar uma coca."

"Essa é a minha garota", disse Roy, beijando-a no nariz, "esse é o meu Anjinho."

A partir daquela tarde Lucy teve certeza que Roy não servia para ela. À noite se recusou a ir ao Paraíso da Paixão. Ele ficou emburrado e melancólico de imediato, parecendo prestes a chorar de novo, então ela disse que era porque não estava se sentindo bem. Por acaso era verdade, mas, chegando em casa, com um giz de cera grosso e preto, ela circulou no calendário o dia em que deixaria claro que o romance entre os dois havia terminado (ao mesmo tempo abatendo com um X mais um dia de sua vida em Liberty Center: agora só faltavam cinquenta e oito).

Pelo jeito a má notícia só poderia ser dada a Roy no domingo: na noite seguinte já tinham planejado ir até a Feira de Selkirk com Ellie e Joe, com quem costumavam sair pelo menos uma vez por semana agora que Lucy só trabalhava durante o dia; e, na sexta à noite, Roy queria que ela o acompanhasse a Winnisaw para assistirem a *Um encontro com Judy*; depois, no sábado, teria churrasco na casa dos Sowerby. Era um churrasco para os amigos mais velhos da família, e quando o tio de Roy convidou o "Magrelão" e disse para levar a "Lourinha", Lucy tinha ficado tão radiante (secretamente) quanto Roy. Ela gostava cada vez mais do sr. Sowerby, admirando algumas de suas qualidades. Como Roy dizia, ele não dava a menor bola para a opinião dos outros; fazia e falava o que bem desejava e quando bem desejava. Ela ainda achava seu palavreado um tanto grosseiro, mas não se queixava, apesar da vulgaridade do termo, quando ele a chamava de "Lourinha", que parecia ter se tornado o apelido dela, ou mesmo quando passou o braço por sua cintura certa noite e disse (claro que em tom zombeteiro e piscando para Roy): "Você me avisa, Lourinha, quando cansar de olhar para esse altão e quiser olhar para um baixinho".

Ela teria circulado a sexta-feira, em vez do domingo, não fosse pelo churrasco de sábado à noite na casa dos Sowerby, no qual sua presença tinha sido particularmente requisitada pelo próprio anfitrião. Era uma coisa tremendamente difícil de recusar. Ela supunha que podia esperar até domingo sem perder nada — na verdade ganhando mais três noites longe de casa. Sem dúvida, qualquer diversão, mesmo envolvendo Roy, era melhor do que ficar sentada em seu quarto quente ouvindo o ranger das cadeiras de balanço na varanda; ou deitada no escuro sem conseguir dormir até ouvir os passos de seu pai subindo a escada e verificar (apenas para fins de registro) se ele estava indo para a cama sóbrio.

O que sempre tornava o verão ainda mais pavoroso era que, com todas as portas e janelas abertas, a sensação de presença daquela gente que ela mal conseguia suportar ficava dolorosa e terrivelmente aguda. O simples fato de ouvir alguém que ela odiava *bocejar* podia enfurecê-la se por acaso estivesse de mau humor. Agora, contudo, ficava fora toda noite até meia-noite e meia, hora em que em geral estavam todos dormindo (não que fosse agradável ouvir alguém que ela odiava roncar, porque isso a fazia pensar naquela pessoa). Nas noites mais quentes, em vez de ficar trancada em casa com a família, ela e Roy se sentavam num dos bancos na margem do rio, aproveitando a brisa que houvesse e contemplando as águas negras e tranquilas sob a Winnisaw Bridge. Ela pensava na universidade em Fort Kean — *longe, longe* dali —, e muitas vezes Roy começava a cantar para ela numa voz que até que não era tão ruim, ou assim estava disposta a admitir graças ao prazer de imaginar o que o futuro lhe traria. Ele cantava como Vaughan Monroe e como Dick Haymes; conseguia imitar Nat "King" Cole cantando "Nature Boy",

Mel Blanc cantando "Woody Woodpecker" e Ray Bolger (que ele achava ter um corpo parecido com o seu) cantando "Once in Love with Amy". Depois que viram *A história de Jolson*, ele fez sua imitação do incomparável Al Jolson. Enquanto permaneciam sentados de mãos dadas diante do rio, nas noites abafadas daquele que seria o último verão da árdua e infeliz juventude de Lucy, ele se apresentava: "Senhoras e senhores, se me permitem, o incomparável, o primeiro e único Al Jolson".

Ah, como dançamos,
Na noite em que nos casamos,
Dançamos e dançamos...

Cinquenta e oito dias. Cinquenta e sete. Cinquenta e seis.

No churrasco dos Sowerby na noite de sábado, ela teve uma longa e séria discussão com o pai de Roy — a primeira conversa pra valer entre os dois —, na qual assegurou ao sr. Bassart que ele realmente não devia ter mais nenhuma ansiedade ou dúvida sobre o futuro do filho. O sr. Bassart disse que ainda não conseguia entender de onde surgira aquele repentino interesse pela fotografia. Sua experiência com os jovens havia muito lhe ensinara a não confiar demais nos entusiasmos súbitos, uma vez que eles tendiam a desaparecer se submetidos a qualquer tensão. Estava aliviado, admitia, que haviam terminado os meses em que Roy chafurdara no que chamou de um "pântano de ideias sem pé nem cabeça", mas agora se preocupava em saber se ele tinha de fato escolhido algo que seria capaz de levar adiante quando as coisas se complicassem. O que Lucy achava? Ah, ela disse, Roy estava mesmo dedicado de corpo e alma à fotografia, tinha certeza.

"O que lhe dá tanta certeza?", perguntou o sr. Bassart em sua voz monótona.

Ela pensou rápido e disse que a fotografia não era um interesse assim tão surpreendente no caso de Roy porque realmente combinava de forma maravilhosa seu interesse atual pelo desenho com o antigo interesse pela impressão.

O sr. Bassart refletiu sobre o que ela havia dito.

Ela também, ficando enrubescida. "Acho que, de certo modo, essa é verdade, sr. Bassart."

"É uma colocação inteligente", ele disse sem sorrir, "mas vou precisar pensar melhor para saber se é verdadeira. E quais são seus planos? Quais são suas próprias metas educacionais?"

Transpirando sob a nova bata que tinha comprado para a festa, ela lhe disse... Desenvolver um pensamento lógico... autodisciplina... incrementar seu conhecimento geral... conhecer melhor o mundo em que vivemos... aprender mais sobre ela própria...

Era difícil saber quando parar (exatamente como havia ocorrido ao solicitar a bolsa); entretanto, quando o sr. Bassart por fim disse durante uma pausa: "São todas metas relevantes", ela acreditou ter obtido aprovação suficiente pelo momento — e se calou.

E — como se deu conta mais tarde — ele não havia feito uma única pergunta sobre seu passado. Não parecia mais interessado no assunto do que Julian Sowerby; homens como eles não julgavam as pessoas com base na história da família, mas pelo que eram. Só a sra. Bassart (que dava a impressão de ter sofrido de imediato a influência da irmã) e Irene Sowerby pareciam censurá-la por coisas pelas quais nem era responsável. Os outros, ponto pra eles, não estavam interessados em mexericos e histórias antigas — inclusive Roy.

Desde o começo do verão Roy passara a pegá-la todas as noites em casa após o jantar. Ela sempre estava pronta quando ele chegava, dando-lhe pouca oportunidade, assim esperava, de se demorar e entabular alguma conversa. Na única ocasião em que Roy pareceu tentar induzi-la a revelar alguma coisa, sua resposta foi tão áspera que ele jamais voltou a tocar no assunto. Isso ocorreu após o primeiro encontro com a família dela, reunida na sala depois do jantar. Ele chegou, foi apresentado rapidamente e Lucy o acompanhou direto de volta à porta.

Seguindo de carro para o cinema, Roy disse: "Nossa, sua mãe é mesmo bonitona, sabia?".

"Eu sei."

"Sabe quem ela me lembra?"

"Não."

"Jennifer Jones." Nenhuma resposta. "Você viu *A canção de Bernadette*?"

Ela havia visto, com Kitty Egan, três vezes; mas sua conversão também não era da conta de ninguém. Nem tinha chegado ao fim.

"Claro, sua mãe é mais velha do que a Jennifer Jones…", disse Roy. "E seu avô é o sr. Carroll, dos correios. Só que eu nem sabia disso. Ellie nunca me falou."

"Ele está aposentado", ela disse. Por que cargas-d'água havia cedido quando ele disse que era chegada a hora de ser apresentado ao seu "pessoal"?

Estavam atravessando a Winnisaw Bridge. "Bem, seu pai parece ser um cara legal."

"Não falo sobre ele, Roy! Não quero nunca falar sobre ele!"

"Caramba, certo, tudo bem", ele disse, levantando a mão à altura do peito. "Estava só conversando."

"Ótimo, então chega."

"Perfeito, está bem, não falo mais."

"Esse assunto não me interessa *nem um pouco*."

"Está bem, tudo bem", ele disse, sorrindo, "você é que manda", e após um minuto de silêncio durante o qual ela cogitou pedir que encostasse o carro para que pudesse sair, Roy ligou o rádio e começou a cantar.

A partir de então, nem Bassart nem Sowerby fizeram qualquer pergunta sobre sua família. Como Ellie não estava nem aí, apenas na companhia de Irene Sowerby ou da mãe de Roy é que Lucy se tornava indevidamente consciente daquilo que, em geral, após anos de treinamento, conseguira varrer de sua mente. Nos últimos tempos, quase nem tinha motivo (fora de casa) para pensar que era a garota que havia feito isso ou cujo pai havia feito aquilo. Para diversas pessoas que encontrou socialmente na casa dos Sowerby pela primeira vez naquela noite de sábado — entre eles, o diretor da escola, sr. Brunn, e sua mulher —, ela só era a namorada de Roy Bassart. "Então", disse o sr. Brunn, "esta é a moça que, ouvi dizer, está mantendo nosso antigo aluno na linha."

"Ah, é discutível, sr. Brunn, quem está mantendo quem na linha", disse Roy.

"E você, querida, vai para a universidade em setembro?", perguntou a sra. Brunn. Querida. Igualzinho à sra. Sowerby.

"Sim", respondeu Lucy. "Para a Universidade Feminina de Fort Kean."

"Eles têm lá uma instituição e tanto", disse o sr. Brunn. "Muito boa. Muito boa."

"Lucy se formou este ano em vigésimo nono lugar, sr. Brunn, antes que ela mesma lhe diga."

"Ah, eu reconheci a Lucy — sabia que foi bem colocada. Boa sorte, Lucy. Mantenha nossa reputação. Mandamos umas moças ótimas para lá e tenho certeza que você não será exceção."

"Obrigada, sr. Brunn. Vou fazer o possível."

"Bom, vai dar certo, não tenho dúvida. Até mais, Roy; até logo, Lucy."

Por isso naquela noite, mais tarde, no Paraíso da Paixão, o que ela podia fazer? Só no domingo é que lhe diria que estava tudo terminado, e ainda era a noite de sábado. E, quando ela lhe dissesse, o que iria acontecer? "Não quero mais te ver. Nunca mais." *O quê?* "Porque na verdade não temos nada em comum, Roy." "Mas... o que você está dizendo? Será que esses meses todos não significaram nada? Olha, por que mais eu estaria indo para a tal escola em Fort Kean — quem me inspirou a ir para lá, se não você?" "Bom, vai ter quer arranjar uma razão melhor do que essa." "Que razão pode ser melhor que o amor?" "Mas não é amor — é só sexo." É o *quê?*" "Sexo!" "Não para mim... Olha, é só isso para você? Porque para mim... Ah, *não*", ele ia chorar, "isso é terrível..." E então — ela sabia, sim — Roy não iria mais para Fort Kean. Se rompesse com ele agora, ele desistisse da Britannia e de todos seus planos, talvez no fim desistiria da própria fotografia, apesar do que ela havia dito a seu pai tentando defendê-lo. E depois *voltaria* a chafurdar em seu pântano de ideias... Mas isso era problema dele, não dela... Ou era dela? Roy era tão bom para ela, tão atencioso, mais carinhoso do que qualquer outra pessoa em toda a sua vida, dia após dia. Como ela podia virar as costas agora e ser tão impiedosa, tão cruel? Sobretudo quando era apenas questão de mais algumas semanas. Podia até arruinar toda a carreira dele. Porque Roy dependia dela — ele a ouvia, a amava. *Roy me ama.*

Pelo menos foi o que ele disse.

"Eu te amo, Anjo", ele disse à porta. Beijou o nariz dela. "Você fez o maior sucesso esta noite."

"Com quem?"

"Com o sr. Brunn, por exemplo. Todo mundo." Beijou-a de novo. "Comigo", ele disse. "Durma bem." Do degrau inferior sussurrou: *"Au revoir".*

Ela estava muito, muito confusa. Dez meses atrás ainda fazia parte da banda, marchando atrás de Leola Krapp, e agora estava namorando firme! Indo até às últimas praticamente toda noite!

Fez um círculo em seis dias no mês de julho, em dez no mês de agosto e, no primeiro de setembro, desenhou quatro círculos em torno do dia seguinte ao Dia do Trabalho. Começou a circular o próprio Dia do Trabalho, até que lembrou que ela, Roy, Ellie e Joe Whetstone iam descer o rio de canoa, programa que Roy planejara semanas antes. Se tudo não tivesse sido planejado com tamanha antecedência! Se ele não necessitasse tanto dela, dependesse tanto dela, a amasse tanto! *Mas será que tudo aquilo era verdade?*

Quando chegaram à casa dos Sowerby na manhã do Dia do Trabalho, Irene, a tia de Roy, saiu à porta e lhes disse que Ellie passara mal à noite e ainda estava dormindo. Sugeriu que os três fizessem o programa sozinhos. Mas, enquanto ainda falava, uma Ellie bem tristonha e muito pálida apareceu na janela do segundo andar, vestindo o penhoar. Ela acenou: "Oi".

"Ellie", disse a sra. Sowerby, "estava dizendo que seria melhor que eles fossem sem você hoje, querida."

"Ah, não."

"Eleanor, se você não está se sentindo bem, não pode andar de canoa."

"Sua mãe tem razão", disse Joe.

"Mas eu quero ir", Ellie falou lá de cima numa voz frágil.

"Não seria recomendável, El", disse Joe. "Não mesmo."

"Joe está certo, Eleanor", disse a sra. Sowerby.

"Mas eu *planejei* ir", disse Ellie, baixando de repente a persiana como se estivesse prestes a chorar.

Decidiram que os três jovens esperariam dentro da casa enquanto Ellie se lavava, se vestia e fazia uma leve refeição com chá e torradas; então, caso se sentisse de fato recuperada, talvez pudessem levar adiante os planos. Os problemas de Ellie haviam começado na noite do dia anterior, quando a sra. Sowerby saíra de casa para um encontro informal dos dirigentes da Sociedade das Colchas. Em sua ausência, Ellie e o pai tinham visto televisão e comeram quase um quilo e meio de cerejas, mais um litro de sorvete de baunilha e meio bolo de chocolate e nozes que sobrara do jantar.

Julian Sowerby, sentindo-se ótimo, afirmou que o estômago embrulhado de Ellie nada tinha a ver com um pratinho de sorvete e um pedaço de bolo: ela simplesmente estava nervosa porque iria para a universidade dentro de duas semanas. Roy disse que Ellie talvez houvesse herdado a beleza do pai (todos riram, em especial Julian), mas aparentemente não tivera a sorte de herdar também seu estômago de ferro.

"Isso provavelmente é verdade, sr. Sowerby", foi o comentário de Joe, que assegurou à sra. Sowerby que, se deixasse Ellie ir, ele não permitiria que sua filha tocasse em nenhum doce. A sra. Bassart havia preparado uma imensa cesta de piquenique para os quatro, mas Roy disse que ele e Joe dariam conta da parte de Ellie sem muito problema.

Passados poucos minutos, Ellie desceu a escada vestindo shorts brancos, uma camisa polo e sandálias também brancas. Seu bronzeado — cultivado diariamente no gramado dos fundos ou perto do embarcadouro — era espetacular, assim como os cabelos, que durante o verão tinham adquirido um brilho acobreado. Naquela manhã, porém, seu rosto parecia pequeno e desgastado, e seu "Alô" foi quase inaudível quando se dirigiu à cozinha para oferecer algum alimento a seu corpo longo e curvilíneo... Seu corpo. Longo e curvilíneo! Lucy entendeu na hora o problema de Ellie. *Meu Deus, aconteceu. Com Ellie Sowerby.*

Julian Sowerby seguiu com seus tacos para o Clube de Golfe de Winnisaw enquanto os jovens, concordando em abrir mão da canoagem, aceitaram o conselho da sra. Sowerby para encontrar um lugar no parque, agradável e ao abrigo do sol, para o piquenique. No entanto, mesmo debaixo de uma árvore, a temperatura não parou de subir; por volta de uma da tarde, Ellie começou a sentir tontura e por isso voltaram para a casa dos Sowerby no carro de Roy. A casa estava muito silenciosa. As persianas haviam sido baixadas no quarto da frente, onde aparentemente a sra. Sowerby tirava um cochilo; o carro da família ainda não tinha voltado, e isso pareceu causar certa consternação em Ellie. Pelo jeito, ela esperava encontrar o pai em casa.

"Quer que eu acorde sua mãe, El?", Joe perguntou.

"Não, não. Estou bem."

Joe e Roy decidiram ir para o quintal ouvir as duas partidas da equipe dos Sox no rádio portátil dos Sowerby. Ellie pediu a Lucy que subisse com ela para seu quarto. Trancou a porta, se jogou na cama e, sob o dossel de organdi branco, começou a chorar.

Lucy observou a amiga chorando copiosamente. No gramado, viu a pessoa responsável por aquilo pegar um taco de croquet e sair golpeando a bola através dos arcos. Dentro de dois dias Joe deveria comparecer ao treino de futebol americano dos calouros da Universidade do Alabama. Em parte, foram as recordações de Ellie sobre sua vida no sul durante os primeiros anos da guerra que pareciam ter influenciado Joe na decisão de aceitar a bolsa da Alabama. Ele iria para a universidade no dia seguinte — mas será que ia mesmo? Ou Ellie agora iria com ele?

Roy havia organizado o programa do dia e pedira a sua mãe que preparasse um almoço como festa de despedida para Joe Whetstone, que ele passara a considerar seu melhor amigo. Lucy sempre vira Joe como um bobalhão. Sem dúvida um grande atleta, ela supunha, e tinha de admitir que era bonito e um tanto másculo, para quem gostava daquele tipo; mas não tinha nenhuma opinião a respeito de assunto nenhum. Joe concordava com qualquer coisa que ouvia. Tinha vezes em que ela sentia vontade de declamar a Declaração de Independência só para vê-lo concordando com a cabeça e ouvi-lo dizendo, depois de cada frase famosa: "É isso aí, não tem erro, faz muito sentido, cara, é exatamente o que minha mãe fala...". A tentação de expô-lo como um imbecil lhe vinha com mais força quando Roy fazia alguma coisa de propósito para agradar Joe, contando histórias engraçadas sobre o que havia acontecido com ele nas Aleutas, ou falando sobre uma equipe universitária de futebol americano que ambos chamavam de "Maré Vermelha", coisa que em geral não lhe interessava nem um pouco. Mas ela nunca cedera à tentação; e nunca dissera a Ellie o que de fato pensava sobre Joe Whetstone. E agora era tarde demais. Agora Joe havia arranjado uma encrenca para Ellie, o pior tipo de encrenca que podia existir para uma garota. E Joe nem parecia saber.

Roy gritou para Joe. "Appling vai bater. Dois nas bases. Ainda não marcaram nem um ponto."

"*Vai nessa*, Luke", disse Joe, fazendo a bola de madeira passar bem no meio de um arco situado na outra extremidade do gramado. "Ei, viu só minha pontaria?", ele disse.

"Ah, cara", disse Roy com amargura, "ele não acertou a tacada. Um erro contra."

"*Vamos*, Lukezinho", disse Joe, levantando seu taco como se fosse um bastão de beisebol, pronto para ser acionado. "Ei", disse Joe, "isola essa bola", mudando a posição do corpo e girando o taco como se atingisse uma bola imaginária. "Voando, voaaaaando..."

"Bola fora!", disse Roy.

"Droga", disse Joe, "deve ter forçado a mão."

"Shhh", disse Roy, dando uma rápida olhada para a casa enquanto Joe caía no gramado dando risada.

E agora o que seria da universidade? E dos pais dela? Qual seria o futuro de Ellie se tivesse que casar com Joe Whetstone? E se ele já soubesse e não se importasse? Talvez quisesse casar com Ellie, mas se ela estava chorando era porque não queria casar com ele!

"Eu tenho... tenho que contar para alguém," disse Ellie, virando para Lucy e apertando o travesseiro contra o peito.

"O quê?", perguntou Lucy baixinho. "Contar o quê, Ellie?"

Ellie afundou a cabeça no travesseiro e recomeçou a chorar. Ela havia feito uma besteira. Uma besteira terrível. Sua vida nunca mais seria a mesma.

"Por quê? O que foi?"

Ela ouvira alguém falando no telefone. "E nem foi a primeira vez", disse Ellie, soluçando.

Então ela não está grávida.

Lá embaixo, Roy disse: "Acertou a tacada!".

"Vamos, Sox", disse Joe. "Pau neles, garoto."

"E o corredor fez um ponto!", gritou Roy. "E mais um! Dois a zero!"

Lucy disse com certa petulância: "O que você está querendo dizer? Ellie, não estou entendendo nada".

"Ouvi alguém conversando no telefone... e foi horrível."

"Quem?"

"Ah, Lucy, não quero que minha mãe saiba. Nunca!"

"Saber *o quê?*"

"A porta está trancada?", perguntou Ellie.

"Você mesma trancou", Lucy respondeu, impaciente.

"Então... Senta aqui. Na cama. Não quero falar alto. Ah, não sei o que fazer. Isso é tão horrível... Estava tentando te contar há um tempão. Precisava do conselho de alguém com quem pudesse falar... Mas não conseguia. E não devia. Ah, mas tenho que... mas, Lucy, você tem que me prometer. Não pode contar para ninguém. Nem para o Roy. *Sobretudo* para o Roy."

"Ellie, nem entendo o que você..."

"Meu pai!", disse Ellie. "Lucy, nunca conte para ninguém... promete? Você tem que me prometer, Lucy. Por favor, para eu poder te contar."

"Prometo."

"Papai anda com mulheres!", Ellie deixou escapar. "Às escondidas!"

Lucy recebeu essas palavras com equanimidade: era como se Eleanor tivesse confirmado uma verdade que ela conhecia em seu íntimo havia muito tempo

"E isso não é tudo", disse Ellie. "Lucy... ele dá dinheiro a elas."

"Tem certeza?"

"*Sim.*"

"Como sabe?"

"Foi o que ouvi no telefone." Ela fechou os olhos. "Dinheiro mesmo", ela disse, e as lágrimas, rolando pelo rosto, foram cair em sua camisa polo branca.

Neste momento ouviram a porta do quarto da sra. Sowerby abrindo no corredor.

"Querida, você está aí?", ela perguntou.

"Estou. Lucy também. Estamos conversando, mãe."

"Você está bem?"

"Ficou quente demais, mãe", disse Ellie, enxugando os olhos às pressas. "Mas estou ótima. Juro. A temperatura chegou a uns trinta e oito graus. E o parque estava cheio de mosquitos. E apinhado. Gente de todo tipo vinda de Winnisaw."

Por um momento fez-se silêncio; depois, ouviram a sra. Sowerby descendo a escada. Nenhuma das duas falou nada até que a porta de tela se abriu no térreo enquanto Joe dizia: "Os Sox estão ganhando, sra. Sowerby, quatro a zero".

"Muito bem", disse Roy, "ela deve estar doida para saber disso, sem dúvida. Ei, tia Irene, diga a Joe em que time o Luke Appling joga. Não, não, explica para ele como se marca um ponto. Vamos, ele precisa aprender como é."

Podia-se ouvir Roy e Joe no gramado dos fundos conversando sobre assuntos esportivos com a sra. Sowerby, que participava da brincadeira com gosto e provocava risadas gerais... enquanto no andar de cima Eleanor começava a contar toda a história para Lucy.

Tudo tivera início um ano antes, numa noite de verão em que ela e seu pai estavam sozinhos em casa. Passava das onze e ela estava deitada quando, de repente, lembrando-se de que havia esquecido de dizer a Judy Rollins para não passar adiante alguma coisa que lhe dissera, levantou do gancho o telefone que ficava em seu criado-mudo. Evidentemente, no momento em que ouviu seu pai falando na linha que ficava no térreo soube que devia desligar. Só que reconheceu a voz no outro lado da linha: era ninguém menos que a sra. Mayerhofer, gerente da lavanderia de seu pai em Selkirk, sobre quem ele vivia se queixando a sua mãe. Ele dizia que a sra. Mayerhofer era um pouco lenta para entender as coisas; não havia uma única coisa que ele não precisasse explicar dez vezes antes que ela entendesse direito. Ele só não a despedia por pena — abandonada pelo marido, tinha um filho pequeno para criar — e porque, diferentemente de sua antecessora, a ilustre sra. Jarvis, não parecia que a sra. Mayerhofer pretendesse roubá-lo.

Ao telefone, depois que seu pai disse que só poderia ir a Selkirk no fim de semana porque estava muito ocupado em Liberty Center, a sra. Mayerhofer respondeu que achava que não poderia esperar todo esse tempo. Ellie ainda se lembrava de ter pensado: "Nossa, que imbecil", até ouvir seu pai rir e comentar que, então, nesse meio-tempo, ela teria de se contentar com a tradicional bolsa de água quente. A sra. Mayerhofer também riu — e Ellie disse que foi como se seus ossos, seu sangue e tudo mais dentro dela tivesse se transformado em pedra. Empurrou o fone contra o travesseiro e deixou ali por um tempo que pareceu a eternidade; quando enfim o levou de volta ao ouvido, a linha estava livre — e então ligou para Rollins. O que mais podia fazer?

Isso aconteceu pouco antes de as duas se conhecerem, segundo Ellie. Na verdade, desde então estava morrendo de vontade de lhe contar o que ouvira, porém se sentia tão envergonhada e sem jeito — além de incerta se o que tinha ouvido realmente significava o que pensara — que decidiu parar de ver Lucy por algum tempo para não se arriscar a arruinar a amizade delas e fazer papel de louca ao contar algo tão terrível sobre sua família.

Por um momento, as palavras de Ellie deixaram Lucy confusa, e não só por causa da forma desordenada com que a amiga ofereceu a explicação. Ela precisava refletir sobre o significado de tudo que acabara de ouvir — quer dizer, o significado para si própria.

Depois daquilo, Ellie contou, ela ficava acordada horas a fio com medo de voltar a ouvir outra conversa como aquela... e silenciosamente tirava o fone do gancho. Era um pesadelo; não queria pegá-lo em flagrante, mas não conseguia se conter. Então, naquele inverno, seu pai chegou em casa certa noite e disse que a sra. Mayerhofer ("aquela gigante intelectual", segundo ele) tinha dado no pé; simplesmente desaparecera de seu apartamento em Selkirk — levando criança, roupas, tudo. No dia seguinte, ele foi até lá para entrevistar e contratar outra pessoa para o emprego. A mulher selecionada se chamava Edna Spatz.

E isso foi tudo. Ela nunca mais ouviu outra conversa dele com a sra. Mayerhofer ao telefone, e nem tinha razão para suspeitar de Edna Spatz. No entanto, sempre que seu pai ia visitar a loja de Selkirk, Ellie sabia que era para trair sua mãe — muito embora soubesse também que Edna Spatz tinha marido e dois filhos pequenos. Foi por volta dessa época que as duas amigas começaram a se ver de novo, e muitas e muitas vezes Ellie tivera vontade de revelar num impulso toda a horrível história sobre a sra. Mayerhofer. Mas a sra. Mayerhofer era tão incrivelmente burra e inculta! Como ele podia ter ficado com ela? Simplesmente não podia, não devia nem querer.

Ou era nisso que tinha acreditado, até a noite anterior. Como estava subindo a escada quando o telefone tocou, correu para o quarto pensando que fosse Joe, que havia ficado de ligar por volta das nove. No meio-tempo, seu pai havia atendido no térreo: "Pode deixar, princesa", ele havia dito lá de baixo, "é para mim". Ela havia respondido: "Está bem, papai", mas, tendo fechado a porta do quarto, tirou cuidadosamente o fone do gancho sem mesmo se dar conta do que estava fazendo. De início nem conseguiu ouvir o que estava sendo falado. Era como se um coração batesse em sua cabeça e outro na garganta, e o resto do corpo tivesse deixado de existir. Do outro lado falava uma mulher. Não sabia se era Edna Spatz ou não. Passara a imaginar que a sra. Spatz fosse tão tonta quanto a sra. Mayerhofer, mas o problema é que a voz soava bem esperta... e jovem. A mulher estava dizendo que, se não tivesse fundos para cobrir o cheque, não sabia o que iria lhe acontecer. Seu pai disse que isso era algo de que teria de cuidar mais tarde — *e não pelo telefone*. Ele sussurrava ao telefone, porém estava furioso. A mulher começou a chorar. Disse que a agência havia ameaçado processá-la. Chamava-o de Julian, Julian, e chorava. Disse que sentia muito, sabia que não devia telefonar, havia discado e desligado mais de dez vezes durante o fim de semana, mas a quem mais podia recorrer senão a Julian, Julian?

Nesse ponto Ellie sentiu que não aguentava ouvir nem mais uma palavra. A mulher parecia tão infeliz — e tão jovem! Por isso voltou a afundar o fone no travesseiro e ficou lá sentada, sem saber o que fazer. Um ou dois minutos depois seu pai a chamou do andar de baixo. Ela repôs o fone com o maior cuidado e desceu num instante para encontrá-lo, falando alegremente todo o tempo. Sabia que ele a observava para saber se havia escutado, porém Ellie estava certa de que não fizera nem falara nada que pudesse confirmar qualquer suspeita. Continuou a contar coisas sobre Joe, sentada ao lado do pai no sofá quando ele a convidou: "Fica aqui comigo, Violeta Buscapé" — e até deixou que ele pegasse sua mão enquanto viam televisão juntos e comiam todas aquelas cerejas. É por isso que ela havia consumido tanta porcaria: tinha medo de que, se parasse, ele imaginasse que alguma coisa a incomodava. E, durante todo o tempo em que ficaram sentados no sofá, uma ideia totalmente absurda a perseguiu: tinha uma irmã mais velha que desconhecia, e ela é quem estava ao telefone pedindo que seu pai lhe mandasse algum dinheiro. Claro que a ideia da irmã era pura imaginação, e ela bem sabia — mas então começou a pensar que talvez tivesse inventado todo o incidente.

"Lucy, estou tão confusa… e infeliz! Porque é assim, não sei. Você acha que é verdade?"

"Verdade o quê?"

"O que eu ouvi."

"Bom, você ouviu, não foi?"

"Sei lá. Sim! Mas quem era? Quem podia ser? E a pobre da minha mãe", ela disse, voltando a chorar copiosamente, "nem sabe de nada. Ninguém sabe. Só você e eu — e ele… e ela!"

Todos os jovens foram convidados para jantar no gramado dos Sowerby: milho cozido, sanduíches de rosbife, torta de maçã e sorvete — menos Ellie, que tomou um consomê, deixando metade na tigela. O sr. Sowerby ofereceu a cada um dos rapazes uma garrafa de cerveja, contrariando a opinião de sua mulher. "Ora, dentro de uma semana eles vão estar todos na universidade. Nosso Roy foi responsável por ganharmos a guerra contra o polo Norte. Uma cervejinha vai cair bem, faz crescer os cabelos no peito."

Joe tomou um gole e pôs o copo de lado; Roy bebeu diretamente da garrafa. Depois abriu os botões de cima da camisa e olhou para dentro. "Nada", ele disse.

Ficaram sentados no gramado até bem depois de escurecer. Ellie espichada numa cadeira de praia e coberta com uma manta que só deixava a cabeça de fora. Parecia bem pequena. Roy sentado na grama, segurando a garrafa de cerveja com uma das mãos; sua cabeça esbarrava nas pernas de Lucy toda vez que tomava um gole. Joe Whetstone deitado de bruços, o queixo apoiado nas mãos trançadas. Vez por outra olhava para o céu e dizia: "Nossa, cara. Quanta estrela!".

Roy disse ter conhecido um sujeito no Exército que acreditava nas estrelas. Joe comentou: "Tá brincando".

"Verdade", disse Roy, "para algumas pessoas é praticamente uma religião."

"Tá louco", disse Joe. "Eu queria mesmo era saber quantas estrelas existem."

Julian Sowerby perguntou como sua princesa estava se sentindo.

"Melhor", ela respondeu depois de uns segundos.

"Acho que você já estava ficando com saudade de casa", disse Julian Sowerby, "antes mesmo de ir embora."

"Puxa, aposto que é isso", disse Joe.

"Claro, claro. Saudade de casa, mais todo aquele sorvete de baunilha com — segundo algumas fontes confiáveis — calda de caramelo, *e* nozes…"

"*Roy!*", gemeu Ellie debilmente.

Roy e Joe riram.

"Roy, para de chatear", disse a sra. Sowerby.

"Desculpe, Elliezinha", disse Roy.

Julian acendeu um charuto. "Quer um, Joe?"

"Ah, não", ele disse. "Preciso manter a forma."

153

"Não vai afetar seu dedão do pé, rapaz", disse Julian.

"Não, mas muito obrigado mesmo assim, sr. Sowerby. Também não queria entornar a cerveja."

"Desconto tudo isso dos impostos", disse Julian, fazendo Joe sorrir. "E você, general?", perguntou a Roy.

"Claro", Roy respondeu, "se for dos bons. Joga."

Julian atirou um charuto em sua direção. "A quatorze dólares e cinquenta centavos a caixa, não diria que é um mata-rato, seu metido."

A fumaça do charuto de Roy envolveu sua cabeça. "Razoável", ele disse, afastando-o do rosto e abafando uma pequena tosse.

"Um verdadeiro profissional", disse tio Julian.

Em geral, Lucy não gostava nem um pouco de ver Roy fumar charutos ou beber cerveja, coisas a que ele de fato não dava a menor importância. Mas naquela noite havia assuntos mais graves com que se preocupar do que ver Roy ficar se exibindo para o tio. Havia o próprio tio, cujo segredo fora enfim revelado; havia Ellie, que sabia do segredo; havia a sra. Sowerby, que não sabia de nada; e havia ela própria. Durante todos aqueles meses tinha pensado que Ellie não se importava com seu passado, mas de repente tinha ficado claro que justamente fora esse passado que levara Ellie a se tornar sua amiga em setembro e reiniciar a "amizade" em fevereiro. Era uma descoberta surpreendente. Todo esse tempo — de forma tão idiota, tão inocente, tão sonhadora — ela acreditara não ser, para Ellie Sowerby, a garota cujo pai frequentava o Earl's Dugout, nem a que tinha ganhado notoriedade por chamar a polícia para prendê-lo, quando era esse exatamente seu caso. Foi motivo de muita dor naquela tarde entender que a atração que despertava em Ellie decorria de um passado que ela própria nunca desejava recordar enquanto vivesse.

E foi também motivo de raiva. No começo da tarde, ficara tentada a manifestar sua indignação, dizendo a Ellie o que achava dela. "Quer dizer que é isso que sou para você, Ellie? É por isso que me queria como amiga? Tem coragem de admitir, na minha cara, que quando me abandonou foi por acreditar que não *precisava* mais de mim? E, de todo modo, o que foi mesmo que pensou que eu iria fazer por você em troca de me deixar usar seu precioso suéter?"

E assim por diante, mas só dentro de sua cabeça. De início, conteve a raiva a fim de ouvir até o fim a história da traição de Julian Sowerby, porém, antes mesmo que Ellie terminasse, começou a entender que a atração que Eleanor tinha por ela residia num motivo bem diferente. Ellie na verdade a *admirava*. Sua coragem. Seu orgulho. Sua força. Não era essa uma forma mais profunda, mais verdadeira de ver a coisa? Ellie Sowerby, com todas aquelas roupas, e namorados, e beleza, e dinheiro, estava em busca de ajuda e conselhos — e procurara a ela.

Bom, então o que Ellie devia fazer? *O quê?* Começou a pensar nas opções.

"Ei, o que aconteceu com a Lourinha esta noite?", Julian estava perguntando. "O gato comeu a língua dela?"

"Ah, não."

"Pensando na universidade, não é, Lucy?", disse a sra. Sowerby.

"É."

"Vai ser uma experiência maravilhosa para todos vocês", disse Irene Sowerby. "Serão os mais belos quatro anos de suas vidas."

"É o que mamãe também fala, sra. Sowerby", disse Joe.

"Sim", disse a sra. Sowerby, "vai fazer um bem danado a todos vocês ficarem longe de casa."

Pobre sra. Sowerby. Pobre mulher. Que humilhação. Que maldade. Que injustiça... Pela primeira vez seu coração se abria inteiro para a mãe de Ellie. Viu enfim que ela era algo mais do que sua inimiga em potencial. Compreender que a sra. Sowerby sofria significava de certo modo compreender que ela existia, tinha uma vida, possuía motivos e razões que nada tinham a ver com um desejo de frustrar ou combater Lucy Nelson. O fato é que nunca a combatera. A decisão tomada por Ellie de deixar de vê-la em setembro, como sua amiga admitira, não tinha nada que ver com nenhuma instrução recebida da mãe. Só agora Lucy era capaz de reconhecer que, durante todos aqueles meses, a sra. Sowerby jamais deixara de ser simpática com ela. Seu comportamento era um pouco antiquado e distante, mas o que havia de errado nisso? Que mal havia feito a Lucy? Meu Deus, a sra. Sowerby não tinha sido mesquinha, mas ela sim, ela fora! Devia se envergonhar das suspeitas que alimentara. Mesmo quando foi vista usando um dos suéteres de caxemira de Ellie, a exasperação da sra. Sowerby provavelmente decorrera apenas da condescendência mal disfarçada de Eleanor, e não por acreditar que Lucy invejava as roupas da filha. Ela era uma pessoa paciente, gentil e agradável — bastava ver como tratava não apenas Lucy, mas também Roy. Só ela, de todos os membros da família, parecia encarar com seriedade os problemas e dilemas dele; só ela o respeitava de verdade. Quem tinha a dignidade, o autocontrole da sra. Sowerby? Não lhe ocorria mais ninguém.

E era essa a recompensa por tanta dignidade? Era assim que Julian Sowerby expressava seu respeito e gratidão por uma mulher de tamanho refinamento e generosidade? Porque ela precisava usar cintas elásticas especiais; porque, na meia-idade, começara a ganhar peso; porque seus cabelos estavam ficando grisalhos — isso era suficiente para que uma pessoa como ela fosse traída, desonrada, posta de lado por um homenzinho nojento, falastrão e mulherengo? Lourinha! Que desgraçado! Que indivíduo falso e desprezível!

No entanto, lá no fundo ela sempre soubera disso. Essa era a parte mais assombrosa.

O que Ellie devia fazer? Contar à mãe? Contar ao tio Lloyd? Ou falar diretamente com o pai a fim de poupar sua mãe de vir a saber em algum momento? Sim, falar com ele; e, se prometesse terminar o relacionamento com suas mulheres, se prometesse nunca mais retomá-los... Ou talvez antes devesse descobrir quem era essa mulher. E procurar por *ela*. Sim, e dizer a ela que precisava terminar a relação com seu pai imediatamente ou se arriscar a ser exposta — ou mesmo presa, caso ficasse comprovado (como era possível) se tratar de uma prostituta que vendia seus serviços a homens como Julian Sowerby. Ou talvez Ellie devesse manter o segredo, dar tempo ao tempo, esperar para ver se o telefone voltava a tocar — e, na extensão, em vez de enterrar a verdade no travesseiro, em vez de aturar a traição dele como uma tolinha, acabar com tudo de uma vez por todas: "Aqui fala Eleanor Sowerby. Sou a filha de Julian Sowerby. Gostaria de saber o seu nome, por favor".

De repente, um ar mais frio do que vinham sentindo em meses envolveu os Sowerby e seus jovens convidados.

"Puxa", disse Joe baixinho. Entusiasmado, sentou-se num gesto ágil. "É o outono. O outono chegou pra valer."

"Ei, vamos levar a princesa para dentro", disse Julian Sowerby. Levantou e se espreguiçou, fazendo com que seu charuto se movesse acima da cabeça como uma espécie de sinal.

"Boa ideia", disse Joe. Ele e Roy convenceram a sra. Sowerby de que, como era a noite de folga da empregada, recolheriam todos os pratos sujos. Fizeram questão de impedi-la de tocar em qualquer coisa, obrigando-a a logo entrar em casa.

O sr. Sowerby começou a dobrar as cadeiras enquanto Roy assoviava "Autumn Leaves" e recolhia os talheres. Joe, empilhando os pratos, lhe disse: "Você se dá conta, cara, de que amanhã a essa hora...".

Subitamente Ellie chegou perto de Lucy e sussurrou alguma coisa em seu ouvido.

"O quê?", Lucy perguntou.

"… esquece tudo".

"Como assim?"

"Estou dizendo… *esquece!*"

"Mas… não aconteceu de verdade?"

"Ei, garotas", Julian chamou com sotaque irlandês. "Chega de risinhos, as duas pra dentro de casa."

Atravessaram o gramado correndo. Ellie estremeceu, cobriu a cabeça com a manta e disparou em direção à porta aberta.

"Mas, Ellie, o que você vai fazer?", Lucy sibilou.

Ellie parou. "Vou… Vou…"

"O quê?"

"Ah, vou para a Northwestern."

"Mas", Lucy sussurrou, segurando-lhe o braço, "e sua mãe?"

Naquele instante, porém, Roy e Joe surgiram correndo bem atrás delas: "Abram caminho! Tá quente! Cuidado, senhoritas!" — e qualquer coisa que ela dissesse seria ouvida por eles. E então, Julian Sowerby pegou as duas pelos braços e, rindo, as conduziu para dentro.

No dia seguinte, Joe seguiu para Alabama e Ellie, desesperadamente ocupada com compras e com as malas, ficou quase o tempo todo na companhia da mãe — que ainda parecia desconhecer o que acontecia a suas costas. Nas poucas vezes em que estiveram juntas por mais de um minuto, Lucy mal teve a oportunidade de abrir a boca antes que Ellie dissesse: "Shhh, depois", ou "Lucy, esquece, sério", e por fim, "Olha, eu estava errada".

"Você *estava?*"

"Entendi mal, tenho certeza, é isso."

"Mas…"

"*Por favor,* me deixa ir para a universidade!"

Ao se despedirem nem pareciam mais ser amigas, se é que tinham sido em algum momento. Ellie e seus pais foram de carro para Evanston no segundo fim de semana de setembro, e na segunda-feira seguinte, num dia que Lucy marcara com cinco círculos pretos em seu calendário, ela e Roy encheram o carro de malas e foram iniciar os estudos em Fort Kean.

3

Ela desmaiou duas vezes na segunda semana de novembro, a primeira numa mesa para quatro pessoas na The Old Campus Coffee Shop, e a segunda na tarde seguinte ao se levantar da cadeira depois da aula de inglês. No centro de saúde da universidade, um prédio militar que havia sido convertido em enfermaria, ela disse ao médico que acreditava estar sofrendo de anemia. Sua pele sempre tinha sido pálida, e, no inverno, as pontas dos dedos de suas mãos e pés ficavam brancas e geladas quando o tempo esfriava.

Depois da consulta, vestiu-se e ficou sentada numa cadeira que o médico lhe oferecera em frente a sua mesa. Ele disse não acreditar que houvesse um problema de circulação em suas extremidades. Olhando para fora da janela, perguntou se Lucy ultimamente vinha observando algum problema com sua menstruação. Ela disse que não, depois disse que sim — e, agarrando o casaco e os livros, correu porta afora. No corredor estreito sentiu a cabeça girar, mas dessa vez a sensação só durou um segundo.

Tão logo fechou a porta da cabine telefônica no café, se deu conta de que Roy estaria na aula. Quando sua senhoria, a sra. Blodgett, atendeu o telefone, Lucy desligou sem dizer nada. Pensou em ligar para a escola e pedir que o chamassem — mas o que lhe diria? A estranha sensação que começou a ter — à medida que a primeira onda de confusão deu lugar a uma segunda, ainda mais acentuada — era que aquilo não dizia respeito a ele. Deu por si pensando como uma criança que desconhece os fatos da vida, que acha que a gravidez é algo que a mulher faz sozinha, ou que simplesmente acontece com ela caso deseje com grande intensidade.

Chegando ao quarto, contemplou todas as marcações ridículas no calendário. No sábado anterior, depois que Roy a trouxera de volta após o cinema, ela desenhara um grosso círculo preto em volta do Dia de Ação de Graças. De repente, se sentiu apavorada: postou-se de boca aberta diante da privada, mas só conseguiu cuspir uns fios de um líquido marrom. O medo permaneceu.

Naquela noite, não respondeu quando a aluna que estava de plantão bateu a sua porta e disse que Roy estava no telefone.

Às oito da manhã, enquanto as outras garotas desciam para o refeitório ou corriam para as salas de aula, Lucy voltou às pressas para a enfermaria. Teve de esperar sentada no banco do corredor até as dez, quando o médico finalmente chegou.

"Estive aqui ontem", ela disse. "Lucy Nelson."

"Entre. Sente-se."

Antes que ela começasse a falar, o médico foi até a porta e a fechou por completo. Quando ele voltou para sua mesa, ela lhe disse que não queria ter o bebê.

Ele empurrou a cadeira um pouco para trás e cruzou as pernas. Foi tudo que fez.

"Doutor, estou cursando o primeiro ano. O primeiro semestre do primeiro ano."

Ele não abriu a boca.

"Trabalhei durante anos para chegar à faculdade. À noite, numa lanchonete. Lá em Liberty Center. É de lá que eu venho... Nos verões também — três verões inteiros. E tenho bolsa de estudos. Se não tivesse sido aceita, talvez nem pudesse cursar uma universidade... por causa de dinheiro." Mas ela não queria alegar pobreza ou mesmo desamparo. O que ele precisava saber é que ela não era fraca, e sim uma pessoa forte que tinha suportado muitas dificuldades e muito sofrimento — não mais uma daquelas mocinhas de dezoito anos. Não era apenas uma questão de necessitar da ajuda dele; ela a *merecia*. "Esta é minha primeira experiência de verdade longe de casa, doutor. Esperei por isso toda a minha vida. Poupando para poder conseguir o que queria. Foi tudo que desejei durante anos a fio."

Ele continuou a ouvir.

"Doutor, não sou promíscua, juro. Só tenho dezoito anos! O senhor tem que acreditar em mim!"

Até então o médico ficara sentado com os óculos puxados para cima da testa. Ajustou-os então sobre o nariz.

"Não sei o que fazer", ela disse, tentando recuperar o autocontrole.

O rosto dele permaneceu imóvel. Tinha cabelos grisalhos e macios, os olhos bondosos, mas o que fez foi coçar um lado do nariz.

"Não sei o que fazer", Lucy repetiu. "Realmente não sei."

Ele cruzou os braços. Balançou-se um pouco na cadeira.

"Doutor, nunca tive um namorado antes. Ele foi o meu primeiro. Essa é a verdade... mesmo."

O médico girou a cadeira e olhou pela janela, na direção da "Bastilha", como as garotas se referiam ao prédio principal. Tendo puxado os óculos outra vez para cima da testa, começou a esfregar os olhos. Talvez tivesse atendido a alguma emergência durante a noite e se sentisse cansado. Talvez estivesse pensando sobre o que dizer. Talvez nem estivesse escutando. Como vinha à universidade quatro manhãs por semana durante duas horas, por que deveria se importar? Tinha sua própria clínica com que se preocupar: aquilo não passava de um bico para ganhar um extra. Talvez estivesse apenas deixando o tempo passar antes de mandá-la cuidar de sua própria confusão.

Voltou-se na direção dela. "E onde está o rapaz?", perguntou.

"Aqui."

"Fale alto, Lucy. Onde?"

Ela sentiu que começava a adotar uma postura submissa. Ou seria uma reação defensiva? "Em Fort Kean."

"E agora que se divertiu, suponho que esteja tudo acabado, não é?"

"O quê?", ela sussurrou.

Ele massageava as têmporas com as pontas dos dedos. *Estava* pensando. Ia ajudar! "Vocês garotas não sabem o que eles querem?", o médico perguntou num tom baixo e melancólico. "Não conseguem imaginar como eles se comportarão se algo assim acontecer? Uma moça inteligente e bonita como você, Lucy. Onde estava com a cabeça?"

Os olhos dela se encheram de lágrimas ao som de seu nome. Talvez fosse a primeira vez que o ouvisse. *Sou Lucy. Sou inteligente. Sou bonita.* Ah, sua vida estava só começando! Tanta coisa havia acontecido no último ano — no último mês. Uma garota em seu andar queria apresentá-la a certo rapaz. Mas não havia tido nenhuma oportunidade para conhecê-lo com Roy vindo todas as noites, quando nada apenas para dar um alô. Ela estava finalmente longe de casa — e começando a ficar bonita! Por quê, por que se envolvera com ele, pra começo de conversa? Porque ele a chamava de Anjo? Porque tirou aquelas fotografias? Porque cantava todas aquelas canções imbecis no seu ouvido? O paspalho não tinha a menor ideia do tipo de pessoa que ela era. Durante todo o verão havia se comportado como se ela fosse algum tipo de garota que não era — como se fosse uma espécie de Macaca Littlefield. E ela havia deixado. Deixara que agisse de forma idiota! E agora isto! Só que *isto* era o que acontecia com as bobocas do interior que não estudavam, que abandonavam a escola, que fugiam de casa. Com Babs Egan, mas não com ela. Já não lhe tinham acontecido coisas suficientes?

"Doutor, não *sei* onde estava com a cabeça." Começou a chorar, contra a vontade. "A verdade é que ultimamente às vezes nem sei o que estou fazendo." Cobriu o rosto com os dedos.

"E o rapaz?"

"O rapaz?", ela perguntou desconsolada, enxugando as lágrimas.

"O que ele pensa fazer a respeito disso? Escapar para os mares do Sul?"

"Ah, não", ela gemeu, mais triste do que nunca, "não, ele se casaria comigo amanhã", e no instante seguinte se deu conta de que havia dito a coisa errada. Era a verdade, mas a coisa errada a dizer.

"Mas você não quer." O médico falava com ela.

Ela levantou os olhos do colo por uns segundos. "Não foi isso o que eu disse."

"Tenho que saber com clareza, Lucy. Tal como é. Ele quer e você não."

Ela se ergueu um pouco da cadeira. "Mas não estou aqui nem há três meses completos! Estou no primeiro semestre do primeiro ano!"

Ele estava de novo puxando os óculos para cima. Tinha um rosto tão grande, enrugado, amigável — dava para ver que possuía uma família que amava, uma casa simpática, uma vida calma e agradável. "Se o rapaz quer casar com você..."

"E daí? E se ele quiser?"

"Bom, acho que isso precisa pelo menos ser levado em consideração. Você não acha?"

Ela respondeu inexpressivamente: "Não entendo". E não entendia.

"Os sentimentos dele são algo que precisa ser levado em consideração. O amor dele por você."

Ela continuou sentada, calada, sacudindo a cabeça tolamente. Ele não a amava. Apenas cantava aquelas músicas imbecis no seu ouvido.

"O que ele quer", o médico ia dizendo, "o que espera também."

"Mas ele não *sabe* o que quer."

"Você disse que ele quer casar com você."

"Ah, não foi isso que eu quis dizer. Ele fala as coisas, mas nem sabe o que está falando! Doutor... por favor, o senhor tem razão, não quero casar com ele. Não quero mentir para o senhor. Odeio os mentirosos e não minto, e essa é a mais pura verdade! Por favor, centenas e centenas de moças fazem o que eu fiz. E fazem com vários homens!"

"Talvez não devessem."

"Mas não sou uma má pessoa!" Não podia se conter, era a verdade: "Eu sou boa!".

"Por favor, você precisa se acalmar. Não disse que é uma má pessoa. Tenho certeza de que não é. Não deve contestar tudo que eu digo antes que acabe de falar."

"Desculpe. É um hábito. Sinto muito."

"Não deviam", ele recomeçou, "porque a maioria delas não tem idade suficiente para pagar o preço, caso percam. Caso se metam numa encrenca."

"Mas..."

"Mas", ele levantou a voz para silenciá-la, "têm idade suficiente para quererem o amor. Eu sei."

Os olhos dela ficaram marejados outra vez. "O senhor compreende. Porque foi o que aconteceu comigo, o que acabou de dizer. É exatamente isso."

"Lucy, me ouça…"

"Estou ouvindo, doutor. Porque *foi* isso o que aconteceu…"

"Lucy, você não está sozinha nessa."

De início ela imaginou que ele se referia ao fato de que outras garotas na universidade tinham o mesmo problema, talvez até nas salas da enfermaria que ficavam ao lado do consultório, no corredor.

"Há um rapaz", disse o médico.

"Mas…"

"Ouça o que eu estou dizendo, Lucy. Há um rapaz, e também sua família. Já falou sobre isso com sua família?"

Ela olhou para a saia xadrez, onde os dedos agarravam com força o grande alfinete.

"Você tem uma família?"

"Sim. Acho que sim."

"Acho que você precisa deixar a vergonha de lado e levar o problema para a sua família."

"Não posso."

"Por que não?"

"Minha família é horrível."

"Lucy, você não é a primeira moça de dezoito anos que acha que sua família é horrível. Certamente descobriu isso depois que veio para a faculdade."

"Mas minha família é horrível. Eu não acho — é a verdade!"

Ele não disse nada.

"Pra mim eles não existem. Não tenho nada a ver com eles. São uma gente baixa, doutor", acrescentou quando ele ainda parecia não acreditar em suas palavras.

"De que maneira?"

"Meu pai bebe." Encarou-o diretamente. "É um bêbado."

"Sei", ele disse. "E sua mãe?"

Impotente, ela voltara a chorar. "É boa demais para ele."

"Isso não soa como uma baixeza", disse o médico sem maior ênfase.

"Sim, mas deveria tê-lo abandonado há muitos e muitos anos, se tivesse o mínimo de juízo. E um mínimo de dignidade. Deveria ter encontrado um homem que fosse bom para ela, e a respeitasse." Como o senhor, pensou. Se o senhor tivesse conhecido minha mãe, se ela tivesse se casado com o senhor... Ouviu-se dizendo: "Algumas pessoas acham, já ouvi dizer, que ela se parece com a Jennifer Jones. A atriz".

Ele lhe passou um lenço de papel e ela assoou o nariz. Não devia se mostrar digna de pena; não devia choramingar; não devia desmoronar. Isso é o que sua mãe faria.

"Lucy, acho que você deve ir para casa. Hoje. Talvez ela compreenda mais do que você imagina. Talvez não fique com raiva. Pelo que você disse, acho que não ficaria."

Lucy não reagiu. Ele estava tentando cair fora. Era exatamente o que estava começando a fazer.

"Você parece amá-la. Provavelmente ela te ama também."

"Mas ela não pode ajudar, doutor. O amor não tem nada a ver com isso. O *problema* dela é o amor. É tão fraca. Tão sem graça!"

"Minha cara, você agora está alterada e por isso..."

"Mas, doutor, *eles não podem ajudar*! Só o senhor pode", ela disse, pondo-se de pé. "Tem que me ajudar!"

Ele sacudiu a cabeça. "Sinto muito, mas não posso."

"*Mas precisa!*"

"Sinto muito mesmo."

Será que sentia de fato? Seria capaz de entender a situação, como aparentemente entendia, e depois lhe dar as costas, dizendo que não ia ajudar? "Mas isso não é *justo*!", ela exclamou.

O médico concordou com a cabeça. "Não é mesmo."

"Então o que é que o senhor vai *fazer*? Vai ficar aí sentado, empurrando os óculos para cima e para baixo? Vai ficar aí sentado me dando lições de moral? Me chamou de 'minha cara'!" Ela voltou a se sentar. "Ah, me desculpe. Não era isso que eu queria dizer. Mas por que o senhor... Quer dizer, viu o que aconteceu. Compreende." Ela sentiu que agora precisava suplicar, convencê-lo de que ele tinha razão. "O senhor *realmente* compreende, doutor. Por favor, o senhor é uma pessoa inteligente!"

"Mas há limites. Para todos nós. As pessoas podem desejar certas coisas, mas isso não quer dizer que possamos lhes dar essas coisas."

"Por favor", ela disse, com raiva, "não me diga o que já sei com este tom. Não sou nenhuma criança."

Transcorreram alguns segundos. Ele levantou.

"Mas o que vai acontecer comigo? Se o senhor não ajudar..."

Ele se dirigiu para a lateral da mesa.

"Não se importa?", ela perguntou. "É toda a minha vida!"

Pela primeira vez ela percebeu a impaciência do médico. Então ele falou: "Você não pode esperar, garota, que eu salve sua vida".

Ela se ergueu; encarou-o quando ele chegou junto à porta. "Por favor, não me dê lições de moral com esse ar de superioridade! Me recuso a receber sermões de um completo estranho que não conhece o mínimo de tudo que fui obrigada a suportar na vida. Não sou uma garotinha qualquer de dezoito anos, e não vou admitir suas lições!"

"E vai fazer o quê?", ele perguntou asperamente.

"O quê?"

"Estou perguntando o que você espera que vá acontecer, Lucy. Você tem expectativas interessantes. Está absolutamente certa — não é qualquer garotinha de dezoito anos." Ele abriu a porta.

"E como fica a minha vida? Como o senhor pode ser tão cruel!"

"Espero que você encontre alguém que lhe diga algo que você possa ouvir", foi sua resposta.

"Bom, não vou ouvir", ela disse, numa voz baixa e feroz.

"Isso seria muito ruim."

"Ah," ela disse, abotoando o casaco, "ah, espero... espero que o senhor seja feliz, doutor, quando voltar para sua casa confortável. Espero que seja feliz com toda a sua sabedoria, seus óculos, seu diploma de médico... e sua covardia!"

"Adeus", ele disse, piscando apenas uma vez. "Boa sorte."

"Ah, não vou depender da sorte, doutor. Nem de ninguém."

"Então de quê?"

"De mim!", ela respondeu, marchando porta afora.

"Boa sorte", ele disse baixinho quando Lucy passou roçando por ele. Fechou a porta quando ela se afastou.

"Seu covarde", ela gemeu enquanto corria para a cafeteria; "seu fraco", chorou ao levar o catálogo telefônico para dentro da cabine nos fundos da loja; "egoísta, desalmado, cruel...", enquanto percorria com o dedo a lista de médicos nas páginas amarelas, imaginando que um após o outro lhe diria: "Você não pode esperar, mocinha, que eu salve sua vida", e vendo-se arrastar de consultório em consultório, humilhada, desprezada, maltratada.

No Dia de Ação de Graças, com todos à mesa ao redor do peru, Lucy disse à família que ela e Roy Bassart tinham decidido se casar. "O quê?", seu pai perguntou. Ela repetiu o que dissera. "Por quê?", ele insistiu em saber, batendo com o garfo e a faca na mesa.

"Porque queremos."

Dentro de cinco minutos a única que continuava sentada à mesa era sua avó. Só ela ficou até a torta de frutas cristalizadas, enquanto, no andar de cima, diversos membros da família tentavam de várias maneiras conseguir que Lucy destrancasse a porta. Berta, no entanto, disse que estava enfarada de tanta desordem e tragédia, recusando-se a permitir que, entrava ano, saía ano, todos os bons momentos fossem destruídos por uma ou outra pessoa.

Roy telefonou às quatro da tarde. Ela saiu do quarto para atender a chamada, mas só falou depois que todos saíram da cozinha. Roy disse que não poderia escapar para vê-la antes das nove. Mas o que eles disseram quando ele lhes contou? Nada. Ele não tinha contado ainda.

Às nove e meia ele telefonou da casa dos Sowerby, dizendo que resolvera esperar para dar a notícia até estar de volta a sua casa, só com seus pais. "Bom, Roy, quando vai ser isso?" "Não sei exatamente. Como é que posso saber exatamente? Mais tarde." Mas era ele que tinha desejado telefonar para eles uma semana antes de Fort Kean; era ele, ela disse, que achava que não havia nada de errado em ter de casar visto que se tratava de um casal que provavelmente já ia mesmo casar mais cedo ou mais tarde. Era ele...

"Olha", ele disse, "Ellie quer falar com você."

"Roy!"

"Oi", disse Ellie. "Oi, Lucy. Desculpe não ter escrito."

"Oi, Eleanor."

"Foi um trabalho depois do outro. Pode imaginar. Estou ficando louca com o curso de ciência. Olha, estamos todos rolando no chão de tanto rir com as aventuras do Roy na tal escola Britannia. Que lugar! E estou bebendo de verdade. Ei, vem pra cá."

"Tenho que ficar em casa."

"Espero que não esteja chateada nem nada por eu não ter escrito... É isso?"

"Não."

"Bom, te vejo amanhã. Tenho coisas para te contar. Encontrei uma pessoa *maravilhosa*", Ellie sussurrou. "Quase te mandei a foto dele. Estou dizendo: ele é perfeito."

À meia-noite ela saiu do quarto para ligar para Roy na casa dele. "Contou para eles?"

"Escuta, o que você está fazendo? Todo mundo já está na cama."

"Não *contou* para eles?"

"Era tarde demais."

"Mas contei aos meus!"

"Olha, meu pai está gritando lá de cima, perguntando quem é."

"Ótimo, diga a ele!"

"Pode fazer o favor de parar de me ensinar o que eu devo fazer a cada minuto?", ele perguntou. "Vou contar quando eu…" Desligou de repente.

Ela voltou a ligar. O sr. Bassart atendeu. "Quem está falando?", perguntou.

Ela prendeu a respiração.

"Olha, não admito trotes a essa hora, seja você quem for. Se é um dos meus alunos do quinto período, não pense que não vou descobrir quem é."

Ela voltou a telefonar de manhã.

"Já ia ligar para *você*", disse Roy.

"Roy, quando é que você vai contar para eles?"

"Ainda são oito horas da manhã. Nem tomamos o café. Tia Irene está vindo para cá."

"Então você *contou* para eles."

"Quem disse isso?"

"É por isso que sua tia está indo para aí!"

"Como é que você pode dizer um negócio desses? Como sabe o que fiz ou deixei de fazer?"

"Roy, o que você está escondendo de mim?"

"*Nada.* Será que você não pode deixar as coisas esfriarem por algumas horas? Meu Deus!"

"Por que sua tia está indo para aí às oito da manhã? Quem foi que chamou ela?"

"Ah, olha, está bem", ele disse subitamente, "se quer mesmo saber..."

"Quero! Saber o quê?"

"Bom, meu pai quer que eu espere até junho."

"Então você contou para eles!"

"Que é quando vamos voltar para casa."

"Então por que não me disse isso ontem de noite?"

"Porque, por acaso, só queria te dar as boas notícias, Lucy, e não as más. Estava tentando te poupar, Lucy, *mas você não para de me forçar a adiantar meu cronograma!*"

"Cronograma? Roy, do que você está falando? Como podemos esperar até junho?"

"Mas ele não *sabe* daquilo!"

"E nem é para você contar, Roy!"

"Tenho que desligar. Ela chegou."

Ao meio-dia ele telefonou para dizer que, como só voltaria de carro para Fort Kean na segunda-feira, talvez fosse melhor ela pegar o ônibus no domingo à noite.

"Estou telefonando de uma cabine, Lucy. Vou me encontrar com o sr. Brunn para pegar uma coisa que meu pai pediu. Tenho que correr..."

"Roy, por favor, explica agora mesmo o que isso tudo significa."

"Estou tentando cuidar de umas coisas, dar um jeito, *está bem? Você se importa?*"

"Roy! Você não pode fazer isso! Tenho que te ver imediatamente!"

"Vou desligar, Lucy."

"Não!"

"Bom, vou mesmo. Sinto muito. Um, dois…"

"Se desligar, vou para sua casa nesse minuto. Alô? Está me ouvindo?"

Mas a linha tinha caído.

Ela telefonou para a casa de Eleanor.

"Ellie, é a Lucy. Preciso falar com você."

"Por quê?"

"Ah, não, você também?"

"Eu também o quê?"

"Ellie, houve uma vez que você precisou falar comigo, agora preciso falar com você. Tenho que saber o que está acontecendo, Ellie. Estou indo para aí agora."

"Agora? Lucy, melhor não… quer dizer, agora não."

"Tem alguém em casa?"

"Não. Mas estão todos… enlouquecidos."

"Por quê?"

"Bom, Roy diz que você quer casar com ele."

"Ele quer casar *comigo*! Não foi isso o que ele disse?"

"Bem, sim… É, mais ou menos. Diz que está pensando… Mas, Lucy, eles acham que você está obrigando ele… Oi, tem alguém chegando de carro. Todo mundo está indo e voltando a manhã inteira… Lucy?"

"Sim."

"Você está?"

"O quê?"

"Sabe, obrigando ele?"

"Não!"

"Então… por quê?"

"Porque a gente quer!"

"Você quer?"

"Quero!"

"Mas…"

"Mas o quê, Eleanor?"

"Bom… vocês são tão novos. Nós todos somos. Quer dizer, é uma surpresa. Acho que simplesmente não sei o que pensar, de verdade."

"Porque você é uma cretina, Ellie! Uma idiota, sem graça, egoísta, que só pensa em você!"

No começo da noite, ela pegou o ônibus de volta para Fort Kean. Como as portas da Bastilha estavam fechadas com uma corrente, ela teve de percorrer todo o campus no frio até encontrar o vigia. Ele a levou ao escritório central no prédio três, mandou que sentasse numa cadeira e tirou os óculos para procurar seu nome na lista de alunas.

E todos aqueles nomes impressos no cadastro a fizeram pensar: *Foge!* Quem a encontraria?

No quarto, deu murros no travesseiro, na cabeceira da cama, na parede. Era horrível. Era pavoroso. Todas as outras universitárias dos Estados Unidos se encontravam em casa naquela hora, divertindo-se com amigos e familiares. Ainda assim, sua mãe tinha suplicado, seu avô tinha suplicado, até mesmo seu pai tinha pedido que ela ficasse. Disseram que a novidade os pegara de surpresa. Através da porta, perguntaram se ela também não achava que era algo um pouco inesperado. Tentariam se acostumar com a ideia se ela não fosse embora daquele jeito, num fim de semana festivo. Tinham ficado chocados de início e talvez tenham se descontrolado. Afinal, era apenas o primeiro semestre daquela vida universitária com que ela sonhara por tanto tempo. Mas provavelmente Lucy sabia o que estava fazendo, caso a decisão fosse de fato tão firme quanto ela dava a entender. Sendo assim, por que não ficar até segunda-feira? Quando aos quinze anos ela resolveu por conta própria ser católica, alguém a impediu? Não, ela insistiu, disse que era o que desejava, e todos concordaram em deixá-la seguir em frente. E, mais tarde, quando mudou de ideia e decidiu voltar a ser presbiteriana, bom, isso também foi uma opção dela, ela tomou sozinha, sem que ninguém da família interferisse. O mesmo com o tarol. Outra decisão pessoal, que eles respeitaram, até que ela finalmente resolveu sair da banda também.

Bem, é claro que eles não queriam comparar a escolha do tarol com a de um marido para a vida toda; mas a atitude deles tinha sido que, se ela preferia adotar um instrumento de percussão em vez de retomar o piano (que, como foi lembrada, tinha abandonado aos dez anos também por vontade própria) ou aprender a tocar acordeão acatando a solução conciliatória proposta pelo avô, a única coisa que eles podiam fazer era deixá-la seguir seu próprio caminho. A casa deles não era uma ditadura e sim uma democracia, em que cada um tinha suas próprias ideias — que os demais respeitavam. "Posso não acreditar no que você diz", repetiu o avô através da porta, "mas vou lutar pelo seu direito de dizê-lo." Por isso, será que ela não podia reconsiderar sua decisão de voltar para uma universidade solitária e deserta naquele momento? Por que não ficava e conversava sobre tudo aquilo? Afinal, sua avó tinha passado a semana cozinhando para ela. "Cozinhou porque era o Dia de Ação de Graças", Lucy respondeu. "Bem, querida, se você pensar bem é a mesma coisa. Todos nós sabíamos que seria seu primeiro grande fim de semana em casa desde que entrou na universidade... Lucy? Está me ouvindo?"

Mas o que pensar de seu pai agindo como se tudo fosse uma tragédia monumental? Desde quando qualquer coisa que tivesse a ver com os sacrifícios e o sofrimento dela provocava lágrimas nos olhos dele? Ela não suportava o fingimento. E quem disse que estava abandonando a universidade? Ele ficou circulando pela casa exclamando: "Eu queria que ela cursasse a universidade", porém quem disse que ela não iria cursar? Só havia dito que casaria com Roy... Ou eles sabiam o porquê sem que ela houvesse explicado? Estavam satisfeitos em aceitar o que lhes havia dito simplesmente para evitar a humilhação de confrontar a verdade? Ela pegou sua gramática francesa e a atirou para o outro lado do quarto. "Eles nem *sabem*", disse em voz alta, "e mesmo assim estão me deixando seguir em frente!"

Se ao menos tivessem dito *não*. NÃO, LUCY, VOCÊ NÃO PODE. NÃO, LUCY, NÓS PROIBIMOS. Mas parecia que nenhum deles tinha mais a convicção, ou a capacidade, de se opor a uma escolha sua. A fim de sobreviver, ela sobrepusera sua vontade à deles fazia muito tempo — tinha sido a batalha de sua adolescência, mas agora estava terminada. E ela vencera. Podia fazer o que quisesse da vida — até mesmo casar com alguém que secretamente desprezava.

Quando Roy voltou para Fort Kean na segunda-feira à noite e acendeu a luz do quarto, encontrou Lucy sentada numa cadeira ao lado da janela.

"O que você está fazendo aqui?", ele exclamou, deixando cair a mala. "As venezianas estão levantadas!"

"Então trate de abaixá-las, Roy."

Ele as abaixou imediatamente. "Como você entrou?"

"Como entro sempre, Roy? De quatro."

"Ela está em casa?"

"Quem?"

"Minha senhoria!", ele sussurrou e, sem dizer mais nada, saiu para o corredor. Ela o ouviu assoviando escada acima até o banheiro. *Você suspira, a canção começa, você fala e ouço...* Lá em cima, ouviu até quando ele puxou a descarga. Roy voltou sorrateiramente ao quarto. "Ela saiu", ele disse, fechando a porta. "É melhor apagarmos a luz."

"Para que você não precise me ver?"

"Para que ela não te *descubra* aqui se voltar para casa. O que é muito provável. Bom, qual é o problema?"

Ela levantou e agarrou a barriga. "Adivinha!"

"*Shhhh.*"

"Mas ela saiu."

"Mas vai voltar! *Sempre* mantemos as luzes apagadas, Lucy."

"Mas quero falar com você, cara a cara, não pelo telefone, Roy, quando você pode…"

"Bem, sinto muito, mas vou apagar a luz. Um, dois…"

"Mas vamos nos casar, não vamos? Me diga, para que eu saiba o que fazer em seguida, ou para onde ir, ou Deus sabe o quê."

"Bom, pelo menos deixa eu tirar o casaco, está bem?"

"Roy, sim ou não."

"Bem, como é que eu posso dar uma resposta de sim ou não quando não é uma questão de sim ou não?"

"Mas é exatamente o que é."

"Pode se acalmar? Dirigi nas últimas duas horas."

Enquanto Roy pendurava o casaco no armário, ela chegou por trás e se pôs na ponta dos pés. "*Sim ou não, Roy!*", sussurrou bem perto de seu ouvido, que ainda estava uns vinte centímetros acima de sua boca.

Ele se afastou. "Agora, antes de tudo, vou apagar a luz. Só como medida de segurança. Olha, quando aluguei o quarto, combinei que não traria nenhuma garota."

"Mas já me trouxe aqui, Roy, e muitíssimas vezes."

"Mas *ela* não sabe! Ah, que se dane. Lá se vai a luz", ele disse, apertando o interruptor antes que ela se opusesse.

"Está bem, agora você não precisa olhar para mim, Roy. Me conte o que aconteceu durante o seu longo feriado do Dia de Ação de Graças. Enquanto eu estava aqui sozinha, num dormitório vazio, por dois dias inteiros."

"Pra começo de conversa, não te mandei voltar para nenhum dormitório vazio. Em segundo lugar, vou sentar, se você não se importar. Por que não senta também?"

"Vou ficar de pé, obrigada."

"No escuro?"

"Sim!"

"Shhhh!"

"Começa", ela disse.

"Bom, deixa eu me acomodar... Está bem."

"O quê?"

"Fiz eles aceitarem, em parte."

"Continue."

"Ah, *sente-se*, por favor."

"Qual é a diferença? Não pode me ver."

"Vejo bem você! Debruçada em cima de mim. Sente-se, *por favor*."

Ela havia esperado por mais de uma hora. O que mais queria não era sentar, e sim dormir. Acomodou-se na beirada da cama e fechou os olhos. *Procure o sr. Valerio. Fuja.* Mas nenhuma das duas ideias fazia sentido. Se fosse para procurar alguém, seria o padre Damrosch. Porém, o que ele faria? Esse era exatamente o problema: ele não podia *fazer* nada. Podia oferecer tanta ajuda quanto santa Teresa ou Jesus Cristo. Ele parecia tão forte, ouvia tudo que ela dizia, falava tantas coisas bonitas... mas ouvir coisas bonitas não era o que ela precisava. Algo tinha de ser *feito*.

"Em primeiro lugar", Roy estava dizendo, "não pense que foi fácil para mim. Na verdade, foi um inferno."

"O que foi um inferno?"

"Fingir que você não estava grávida, Lucy, enquanto todo mundo me perguntava sem parar *por quê*?"

"E você contou a eles?"

"Não."

"Tem certeza?"

"Tenho! *Shhhhh!*"

"É você quem está gritando."

"Bom, você me obriga a gritar."

"Você pode estar gritando porque está mentindo, Roy."

"Não contei para eles, Lucy! Quer parar de me acusar? Na verdade, nem sei por que não contei. Por que não podemos simplesmente dizer a verdade? Se vamos nos casar de qualquer jeito."

"Vamos?"

"Bom, nos casaríamos… quer dizer, se eu contasse a eles."

"Quer dizer que, se não contar, *não* nos casamos?"

"Bom, esse é que é o ponto. Daí é que vem toda a confusão. Quer dizer, eles tinham tantos argumentos para querer que esperássemos pelo menos até junho."

"E?"

"E, bem, eram todos bons argumentos. Quer dizer, é duro lutar contra um bom argumento, esse é que é o problema."

"Por isso você disse que ia esperar."

"Disse que ia *pensar* sobre o assunto."

"Mas como *podemos* esperar?"

"Olha, eu tinha que sair de casa, não tinha? Já perdi um dia inteiro de aula."

"Você tem carro, pode dirigir…"

"*Mas não podia deixar as coisas como estavam!* Você não entende?"

"Por que não podia? Por que não deixou?"

"Por que eles estariam com tanta raiva de mim, Lucy, e tão confusos com tudo? Não estou fazendo nada de errado. Na verdade, o contrário, exatamente o contrário! Por que não lhes contamos logo *a verdade*? Você sabe, não preciso mentir para meus pais."

"Também não preciso mentir para os meus, Roy, se é isso que quer dizer."

"Mas está."

"Porque eu quero!"

"Por quê?"

"Ah, por que você não se comporta como um homem nessa história? Por que está agindo assim?"

"Mas é você que está escondendo o motivo que faria com que todos compreendessem do que se trata!"

"Roy, você acredita honestamente que todos eles vão me amar e me adorar quando souberem que vou ter um filho?"

"Iriam *entender*, é tudo que estou dizendo."

"Mas só duas pessoas têm que entender — você e eu."

"Bom, talvez seja assim que você pensa... com sua família."

"E o que existe de errado com minha família que também não existe com a sua, Roy? Olha aqui, se não quiser casar comigo", ela disse, "porque alguém começou a falar que não sou boa o suficiente para você, bem, pode acreditar, não precisa mesmo."

Passaram-se alguns segundos.

"Mas eu quero", ele disse por fim.

"Roy, acho que você realmente não quer." Lucy cobriu o rosto com as mãos. "Essa é a verdade, não é? 'Confia em mim, confia em mim' — e essa é a verdade verdadeira."

"Bom... não... Olha, é verdade que nesses últimos dias você não tem agido como o tipo de pessoa com quem alguém gostaria de viver na mesma casa. Isso eu te digo... De repente, ficou tão..."

"Tão o quê? De classe baixa?"

"Não", ele respondeu. "Não. Fria."

"Ah, é mesmo?"

"Bom, mais ou menos, sim, na verdade sim."

"E o que mais eu sou?"

"Bom, sem brincadeira, Lucy, você tem demonstrado tanta raiva."

"Você também iria ficar com um pouco de raiva, se tivesse concordado previamente com alguém…"

"Mas não estou falando de uma raiva normal!"

"Como?"

"Bem… praticamente louca!"

"Você honestamente pensa que, por estar com raiva, eu sou *insana?*"

"Não foi bem isso que eu disse. Não falei insana."

"Então quem falou?"

"Ninguém."

"Quem?"

"*Ninguém!*"

"Talvez", ela disse após alguns instantes, "você me *deixe* insana, Roy Bassart."

"Então por que quer tanto casar comigo?"

"*Não* quero!"

"Ah, então não me faça esse favor, sabe?"

"Acho que não vou", ela disse. "Porque seria mesmo um favor."

"Ah, sem dúvida. E, em vez disso, vai fazer o quê? Casar com outra pessoa?"

"Sabe de uma coisa? Estou tentando me livrar de você desde julho, Roy. Desde o dia em que você alugou este quarto porque tinha uma cama comprida. Você… um bebezão!"

"Bom, então você é bem devagar, isso não se pode negar."

"Não sou devagar! Sinto comiseração por você! Senti *pena* de você."

"Ah, claro."

"Fiquei com medo que você abandonasse a fotografia se eu ferisse seus sentimentos. Mas ia fazer isso, Roy — bem no Dia de Ação de Graças —, e teria feito mesmo se, em vez disso, não precisasse me casar com você."

"Ah, não pense que precisa, está sabendo?"

"Pensei que, quando você desabasse, pelo menos estaria em Liberty Center, onde poderia comer seus biscoitinhos recheados."

"Olha, não se preocupe com meu choro, se é que minha opinião vale alguma coisa. Pra começar, não choro com muita facilidade. E, quanto aos biscoitos, isso é totalmente irrelevante. Nem sei o que você quer dizer com isso. Além do mais", ele disse, "se você quisesse se livrar de alguém, não se preocupe, teria feito isso direitinho. E nem se importaria muito com o choro da pessoa."

"Não?"

"Porque você não tem emoções como os outros."

"Não tenho? E quem disse isso?"

"Lucy? Você está chorando?"

"Ah, não. Não tenho emoções como os outros. Sou feita de pedra."

"Você *está* chorando." Ele se aproximou da cama, onde ela se deitara com as mãos ainda sobre o rosto. "Para. Por favor, não quis dizer isso. Verdade."

"Roy, quem disse para você que eu era insana? Quem disse que eu não tinha emoções?"

"Emoções comuns. Ninguém."

"Quem foi, Roy? Seu tio Julian?"

"Não. Ninguém."

"E você acreditou nele."

"Não. Ele não disse isso!"

"Mas eu também posso te falar sobre ele! Falar um monte. O jeito que seu tio Julian olha para mim! Como me beijou na festa!"

"No verão, é a isso que está se referindo? Mas aquilo foi de brincadeira. Você beijou ele de volta. Lucy, aonde você quer chegar?"

"Estou dizendo que você é cego! Não vê como as pessoas são horríveis! Como são podres e odiosas! Dizem para você que sou de classe baixa e não tenho emoções, e você acredita nelas!"

"Não é verdade!"

"E tudo isso com base em quê? Por quê, Roy? Diga!"

"Dizer o *quê*?"

"Meu pai! Mas não fui eu quem pôs ele na cadeia, Roy!"

"Não disse que foi você."

"Ele mesmo se pôs na cadeia! Isso foi há muitos anos e já acabou, e não sou inferior a você ou a eles, nem a ninguém!"

A porta se abriu; a luz se acendeu no teto.

No umbral se encontrava a viúva de quem Roy alugava o quarto: a sra. Blodgett, mulher magra, nervosa e alerta, com lábios fininhos que, quando apertados, eram capazes de expressar grande desaprovação. Não falou de imediato, não era necessário.

"Bem, como a senhora entrou aqui?", Roy perguntou, como se fosse ele a pessoa indignada. Postara-se imediatamente entre Lucy e a senhoria. "Então, sra. Blodgett, como?"

"Com uma chave, sr. Bassart. Como *ela* entrou é que é a pergunta. Levante, sua vagabunda."

"Roy", Lucy sussurrou. Mas ele continuou a escondê-la atrás do corpo.

"Falei para sair da cama", disse a sra. Blodgett. "E ir embora."

No entanto, Roy estava decidido a defender sua posição. "Para começo de conversa, a senhora sabe que não tem o direito de usar uma chave na porta de outra pessoa."

"Não me diga o que eu tenho ou não o direito de fazer, sr. Bassart. Pensei que estivesse lidando com um veterano do Exército, como me disse."

"Mas..."

"Mas o quê? Não conhece as regras da casa, é isso que ia ter a ousadia de me dizer?"

"A senhora não *entende*", disse Roy.

"Entender o quê?"

"Bom, se se acalmar, eu explico."

"Trate de me explicar, esteja eu calma ou não, que aliás é como estou me sentindo. Já tive outros como o senhor, sr. Bassart. Um em 1937 e outro logo depois, em 1938. Têm boa aparência, mas isso é tudo. Por baixo são todos iguais." Sua boca se tornou invisível. "Safados", ela disse.

"Mas agora é diferente", disse Roy. "Ela é minha noiva."

"Quem é ela? Saia da frente e deixe eu ver quem ela é."

"Roy", Lucy suplicou. "*Sai da minha frente.*"

Por fim ele saiu, sorrindo todo o tempo. "Esta é a sra. Blodgett, minha senhoria, de quem lhe falei. Sra. Blodgett" — ele esfregou as mãos, como se estivesse aguardando esse prazer há muito tempo: "Esta é minha noiva. Lucy".

"Lucy o quê?"

Lucy se levantou, a saia finalmente cobrindo os joelhos.

"Por que as luzes estavam apagadas e havia tantos gritos?", perguntou a sra. Blodgett.

"Gritos?", disse Roy, olhando ao redor. "Estávamos ouvindo música. A senhora sabe que eu amo música, sra. Blodgett."

A sra. Blodgett o olhou fixamente, deixando transparecer seu ceticismo.

"O rádio", ele disse. "Acabamos de desligar. Acho que era esse o barulho. Acabamos de chegar de viagem. Estávamos descansando. Os olhos. Por isso é que tinha pouca luz."

"Luz nenhuma", disse a boquinha, desaparecendo.

"Seja como for, veja minha mala. Acabamos de voltar."

"Rapaz, quem lhe deu permissão de trazer garotas para minha casa em desobediência às regras? Isto é uma residência de família. Eu lhe disse quando chegou aqui, não foi?"

"Bom, como lhe falei, acabamos de chegar de carro. E achei que, como ela é minha noiva, a senhora não se importaria se descansássemos." Sorriu. "Desobedecendo às regras." Nenhuma resposta. "Já que vamos nos casar."

"Quando?"

"No Natal", ele anunciou.

"É mesmo?"

A pergunta foi dirigida a Lucy.

"É verdade, sra. Blodgett. Por isso chegamos tarde de casa. Fazendo planos", ele disse com outro grande sorriso; então se mostrou triste e penitente. "Talvez tenha violado uma regra trazendo Lucy aqui e, nesse caso, peço desculpas."

"Não adianta se desculpar", disse a sra. Blodgett. "Não comigo."

"Bom, então, sinto muito."

"Lucy de quê?", perguntou a senhoria. "Você, qual o seu sobrenome?"

"Nelson."

"É de onde?"

"Da universidade feminina."

"E é verdade? Vai casar com ele ou é só uma namoradinha?"

"Vou casar com ele."

Roy levantou as mãos. "Viu?"

"Bem", disse a sra. Blodgett, "ela pode estar mentindo. Não seria a primeira vez que isso acontece."

"Ela tem cara de mentirosa?", perguntou Roy, enfiando a mão no bolso e arrastando os pés na direção de Lucy. "Com esse rostinho? Vamos, sra. Blodgett", ele disse com ar vitorioso. "Ela é a proverbial garota da casa ao lado. Na verdade, no nosso caso é praticamente isso mesmo."

A senhoria não retornou seu sorriso. "Hospedei aqui em casa um rapaz em 1945 que tinha uma noiva. Mas *ele* me procurou, sr. Bassart…"

"Sim?"

"… e me contou seus planos. E depois trouxe a moça num domingo para ser apresentada corretamente".

"Um domingo. Bom, bela ideia, sem dúvida."

"Deixe eu acabar, por favor. Aí acertamos que ela podia vir visitá-lo até às dez da noite. Nem precisei deixar claro que a porta do quarto deveria ficar aberta. Ele compreendeu perfeitamente."

"Entendo", disse Roy demonstrando interesse.

"Senhorita Nelson, não sou uma pessoa de mente fechada, mas sou muito rigorosa em relação às regras que estabeleço. Esta por acaso é minha residência, e não um motel qualquer. Sem regras, em um mês estaria uma bagunça. Talvez compreenda isso quando for mais velha. Certamente espero que compreenda, para seu próprio bem."

"Ah, agora compreendemos", disse Roy.

"Nunca mais tente me tapear, sr. Bassart."

"Ah, agora que conheço a regra das dez horas…"

"E eu sei seu nome, mocinha. Lucy Nelson. S-o-n ou s-e-n?"

"S-o-n."

"E conheço a diretora de sua universidade. Senhorita Pardee, certo? Diretora do corpo discente?

"Sim."

"Então também nunca tente me tapear."

Caminhou em direção à porta.

"Então", disse Roy, indo atrás dela, "pelo menos agora está tudo acertado entre nós."

Quando a sra. Blodgett se voltou para lhe dizer o que achava daquela última observação, Roy sorriu. "Quer dizer, tudo perdoado, certo? Sei que o desconhecimento da lei não é…"

"O senhor não desconhecia nada, sr. Bassart. Eu estava fora de casa. O senhor é culpado de verdade."

"Bom, suponho que, de certa maneira…" Ele deu de ombros. "Agora, sobre as regras, sra. Blodgett… para que não paire nenhuma dúvida."

"Desde que a porta esteja aberta…"

"Ah, sem dúvida. Totalmente aberta."

"Desde que ela saia daqui às dez…"

"Sim, vai sair", disse Roy, rindo.

"Desde que não haja nenhuma gritaria…"

"Isso foi a música, sra. Blodgett, mesmo…"

"E desde que, sr. Bassart, haja um casamento no dia de Natal."

Por um instante ele pareceu confuso. Casamento? "Ah, claro. Uma data adequada, não acha? Natal?"

A sra. Blodgett saiu, deixando a porta entreaberta.

"Tchau", disse Roy, esperando até ouvir a porta da sala dos fundos sendo fechada antes de se deixar cair numa cadeira. "Puxa!"

"Então vamos *mesmo* nos casar?", Lucy perguntou.

"Shhhhh!", levantando-se da cadeira. "Será que você… *sim*", ele disse bem depressa, porque a porta da sala fora aberta e a sra. Blodgett voltava para a escada. "Mamãe e papai acham… ah, oi, sra. Blodgett." Tocou num chapéu imaginário. "Durma bem."

"São nove e quarenta e oito, sr. Bassart."

Roy olhou para o relógio. "Tem razão, sra. Blodgett. Obrigado por me lembrar. Estamos terminando de conversar sobre nossos planos. Boa noite."

Ela seguiu para o segundo andar, aparentemente ainda bem irritada.

"Roy", Lucy começou, mas com duas passadas ele chegou a seu lado: uma das mãos apertou a parte de trás da cabeça dela, enquanto a outra lhe tapava a boca.

"Por isso", ele disse em voz alta, "mamãe e papai acharam que, em geral, sua sugestão…"

Os olhos dela o fitaram exasperadamente até que se ouviu a porta do quarto sendo fechada no andar de cima. Ele então afastou a mão molhada dos lábios de Lucy.

"Nunca mais, nunca…", ela disse, tão furiosa que mal conseguia falar, "nunca faça isso outra vez!"

"Ah, Deus meu", ele disse, se jogando de costas na cama. "Você está me deixando *doido*! Esperava o quê, com ela na *escada*, Lucy?"

"Eu esperava…!"

"Shhhhh!" Ele se sentou na cama de um salto. "Vamos nos casar!", sussurrou roucamente. *"Por isso, quieta."*

Ela de repente se sentiu totalmente perplexa. Ia casar. "Quando?"

"No Natal! *Está bem?* Agora vai *parar?*"

"E sua família?"

"Bem, o que tem minha família?"

"Você tem que contar para eles."

"Eu vou, vou contar. Mas me *dá* um tempo."

"Roy… tem que ser agora."

"Agora?", ele perguntou.

"É, agora!"

"Mas minha mãe já está deitada, *e fala baixo!*" Depois de um momento, ele disse: "Bem, está mesmo, não é mentira minha. Não estou mentindo. Ela vai para a cama às nove e se levanta às cinco e meia. Não me pergunte por quê. É assim, Lucy, sempre foi assim. Não há nada que eu possa fazer para mudar o jeito dela a essa altura do campeonato. Bom, essa é a verdade. E, além disso, pra mim já chega esta noite".

"Mas você tem que oficializar. Não pode simplesmente continuar me deixando viver assim. É um pesadelo!"

"Mas vou oficializar quando achar que chegou a hora!"

"Roy, suponha que ela ligue para a diretora Pardee! Não quero ser expulsa da universidade! Só faltava isso na minha vida."

"Bom", ele disse, dando tapas nos dois lados da cabeça. "Também não quero ser expulso, você sabe. Por que você acha que eu disse a ela o que disse?"

"Então é uma mentira, *outra vez* não é o que você vai fazer!"

"Não é! Eu *vou*! Sempre quis!"

"Roy Bassart, ligue para seus pais, ou vou fazer alguma coisa!"

Ele pulou da cama. "Não!"

"Não encosta a mão na minha boca, Roy!"

"Não grita, pelo amor de Deus! Isso é uma *idiotice*!"

"Mas estou esperando um bebê!", ela gritou. "Vou ter um filho seu, Roy! E você nem quer cumprir seu dever!"

"Eu vou! Eu quero!"

"*Quando?*"

"Agora! Está bem? *Agora*! Mas não grite, Lucy, não entra em surto!"

"Então liga!"

"Mas", ele disse, "o que eu disse à sra. Blodgett — eu tinha que dizer."

"Roy!"

"*Está bem*", e saiu correndo do quarto.

Voltou dentro de alguns minutos. Ela nunca o vira tão pálido. Em sua nuca, onde o cabelo fora cortado, ela podia ver sua pele branca. "Liguei", ele disse.

E ela acreditou nele. Até mesmo seus pulsos e mãos estavam brancos.

"Liguei", ele balbuciou. "E eu te disse, não? Disse que ela ia estar dormindo. Disse que ela ia ter que acordar e sair da cama. Não foi? *Eu não estava mentindo*! E eu não seria expulso da universidade. Foi uma bobagem eu dizer *isso*! Só seria posto para fora deste quarto — e que diferença isso vai fazer? Se ninguém liga mesmo para minha autoestima, por que eu deveria me preocupar com isso? *Ele* não se preocupa! *Ela* não se preocupa! E você… você ia *gritar*! Minha autoestima, ah, que se dane, você só quer gritar e confundir as pessoas. Você é assim, Lucy — confunde as pessoas. Igual a todo mundo. Vamos confundir o Roy

— por que não? Quem é ele, afinal? Mas acabou! Porque não estou confuso, Lucy, e daqui em diante as coisas vão ser do meu jeito. Vamos nos casar, está me ouvindo, no dia de Natal. E, se isso não for conveniente para uns e outros, então no dia seguinte — mas está definido!"

A porta se abriu no andar de cima. "Sr. Bassart, a gritaria começou de novo! Isso não é música, é gritaria mesmo, e não posso tolerar."

Roy pôs a cabeça para fora do quarto. "Não, não, só estou me despedindo da Lucy, sra. Blodgett, terminando os planos para o casamento."

"Então conversem sobre isso! Não gritem! Isto aqui é uma casa de família!" Bateu a porta.

Lucy estava chorando.

"*Agora*, por que essas lágrimas?", ele perguntou. "Hein? Quais foram *agora* as cem mil coisas que eu fiz de errado? Sério, quer saber, talvez eu não aguente mais receber tantas reclamações e críticas — inclusive de você. Por isso, talvez seja melhor você parar, sabe? Talvez você deva ter alguma consideração por tudo que eu estou passando, *e simplesmente calar a boca, porra!*"

"Ah", ela disse, "vou parar, Roy. Até você mudar de ideia outra vez...!"

"Ah, estou topando esse negócio. *Com muito prazer.*"

Ao que, para sua surpresa, ela abriu a janela de um golpe e, movida pela raiva, pela mágoa ou pelo hábito, saiu do quarto como tinha entrado. Roy correu pelo corredor até a porta de entrada. Abriu-a ruidosamente: "Boa noite", exclamou. "Boa noite, Lucy" — e fechou a porta também ruidosamente, para que a sra. Blodgett continuasse a acreditar que tudo estava nos conformes, mesmo que um pouco barulhento.

Terça-feira, tia Irene para o almoço no Hotel Thomas Kean.

Quarta-feira, seu pai e sua mãe para o jantar no The Song of Norway.

Quinta-feira, tio Julian, um drinque no bar do Hotel Kean, que durou das cinco da tarde às nove da noite.

Às nove e meia, Roy se deixou cair num sofá da sala de estar do térreo da Bastilha. O canto que Lucy havia escolhido para esperar por ele era o mais escuro do salão.

"E não comi nada", ele disse. "Nem comi nada!"

"Tenho uns biscoitos salgados no quarto", ela sussurrou.

"Eles não vão me tratar assim", ele disse, contemplando fixamente a ponta dos sapatos do Exército. "Não vou ficar ali sentado ouvindo ameaças, isso eu te garanto."

"Quer que eu pegue os biscoitos?"

"Não é esse o problema, Lucy! O problema é a pressão! Pensar que ele podia me obrigar a ficar lá sentado! Simplesmente me *obrigar*, sabe? Ora, não preciso deles tanto assim, isso eu posso garantir. E nem quero saber deles se decidirem tomar esse tipo de atitude. Que maneira de me tratar! Tratar assim alguém de quem supostamente eles gostam!"

Levantou e foi até a janela. Observando a rua tranquila, bateu com o punho de uma das mãos na palma da outra. "Poxa", ela o ouviu dizer.

Lucy continuou encaracolada no sofá, as pernas sob a saia. Era uma pose que vira outras garotas adotarem enquanto conversavam com seus namorados na sala de estar do segundo andar. Se a responsável pelo dormitório entrasse na sala, ia parecer que nada estava acontecendo. Até agora ninguém sabia de nada lá; nem ia saber. Nos dois meses e meio em que vinha cursando a universidade, Roy não a deixara sozinha o tempo necessário para que fizesse alguma amiga íntima, e agora ela se afastara até mesmo das poucas garotas no andar com quem desenvolvera relações amistosas.

191

"Olha", disse Roy, voltando para o sofá, "tenho a meu favor a lei dos veteranos, não é verdade?"

"Verdade."

"E ainda tenho algumas economias, certo? Outros caras jogavam cartas ou dados, mas eu não. Só estava esperando a hora de ser dispensado. Por isso poupei! De propósito. E eles deviam saber disso! Na verdade, já contei a eles — mas eles nem *ouvem*. E, se acontecer o pior, também posso vender o Hudson, apesar de todo o trabalhão que já tive com ele. Acredita em mim, Lucy? É verdade!"

"Acredito."

Esse era o Roy? Essa era a Lucy? Eram mesmo os dois se pondo de acordo?

"Mas eles acham que dinheiro é tudo. Sabe o que ele é, meu tio Julian? Talvez só agora tenha percebido, mas *ele* é um materialista. E que vocabulário! Pior até do que você pensa. Nenhum respeito pelos outros!"

"O que é que ele falou? Roy, que tipo de ameaças?"

"Ah, que se dane. Ameaças de *dinheiro*. E meu pai... ele também. Sabe, em geral, soubesse ele ou não, eu costumava respeitar meu pai. Mas você acha que ele também tem algum respeito emocional por mim? Está tentando me tratar como se eu estivesse de novo na sua turma de alunos de impressão. Mas acabei de servir o Exército. Dezesseis meses nas ilhas Aleutas — o pior lugar do mundo. Mas meu tio diz... sabe o que ele diz? 'Mas a guerra acabou, cara, em 1945. Não finja que lutou nela.' Compreende, *ele* lutou nela. Ganhou uma medalha. E o que é que isso tem a ver com qualquer coisa? Nada! Ah... vai tomar no..."

"Roy", Lucy o advertiu porque algumas garotas mais velhas entraram na sala.

"Bom", ele disse, sentando-se bruscamente junto a ela, "eles sempre me dizem que eu devia assumir minha vida, certo? 'Tome uma decisão e vá até o fim, Roy.' Não é isso que eu ouço desde o dia em que voltei para casa? Não é meu tio Julian que sempre fala que a gente tem que meter as caras neste mundo? Essa é a melhor defesa que ele faz do capitalismo, sabe? É preciso ter coragem e partir para o ataque, em vez de ficar esperando que as coisas aconteçam a seu favor. Mas o que é que ele sabe realmente sobre o socialismo? Pensa que ele leu um único livro na vida sobre isso? Ele acha que o socialismo é o mesmo que o comunismo, e qualquer coisa que você disser não faz a menor diferença. Nenhuma! Bom, sou jovem. Tenho boa saúde. E certamente estou pouco ligando para algum dia entrar no negócio de lavanderia automática El-ene, isso eu posso dizer sem erro. Que grande ameaça essa! Estou cursando a escola de fotografia. E sabe o que mais? Ele não sabe distinguir o certo do errado. Essa é a verdadeira vantagem dele. Neste país, onde as pessoas ainda estão lutando, ou desempregadas, ou não têm os benefícios essenciais que são oferecidos em qualquer país escandinavo, um homem como ele, sem o menor código de decência, pode abrir caminho empurrando quem está na sua frente, pouco se importando com o que é certo ou errado, ou com o sentimento de quem quer que seja. Bom, cansei de ser alguém a quem ele possa conceder favores. Que fique com seus belos charutos de catorze dólares. Que trate de enfiá-los... realmente, Lucy."

Na manhã seguinte, quando o despertador tocou às seis e meia, ela foi ao banheiro enfiar o dedo na garganta antes que as outras chegassem para escovar os dentes. Isso a fez se sentir melhor — desde que depois pulasse o café da manhã, evitasse passar pelo corredor que levava ao refeitório e engolisse alguns biscoitos salgados de tempos em tempos durante a manhã. Assim, ela conseguia frequentar as aulas fingindo que era a garota de sempre, no mesmo corpo e com o mesmo jeito — sozinha.

Mas, e a noite anterior? E a noite antes daquela? Os desmaios tinham cessado havia duas semanas, e ela conseguia matar de fome a náusea toda manhã, mas, agora que o corpo de Roy parecia habitado por uma nova pessoa, a verdade a atingiu com mais clareza do que nunca: *uma nova pessoa também habitava seu próprio corpo.*

Ela ficou pasma. Seu problema era *real*. Não era uma trama que ela havia inventado para que as pessoas recobrassem o juízo. Não era um esquema para forçá-los a tratá-la como uma pessoa de carne e osso, como um ser humano, como uma moça. E também não iria desaparecer só porque alguém mais, além dela, estava finalmente encarando aquilo com seriedade. Era real! Algo estava ocorrendo e ela não tinha como interromper! Algo estava crescendo dentro de seu corpo, e sem sua permissão!

E não quero casar com ele.

O sol nem batia acima das árvores quando atravessou correndo o Pendleton Park a caminho do centro de Fort Kean.

Teve de esperar uma hora na estação para pegar o primeiro ônibus para o norte. Levava os livros porque pensara em estudar durante a viagem e estar de volta para a aula das duas e meia, porém não sabia direito por que de repente voltava às pressas para Liberty Center, ou o que aconteceria lá. No banco da estação deserta, tentou se acalmar lendo a tarefa de inglês que planejava terminar no tempo livre antes do almoço e durante o almoço, que, de qualquer forma, não iria comer. "Aqui você terá a oportunidade de examinar, e depois praticar, várias técnicas utilizadas para redigir frases eficazes. As técnicas apresentadas são aquelas…"

Ela não queria casar com ele! Ele era a última pessoa no mundo com quem ela queria casar!

Começou a ter ânsias pouco depois de sair de Fort Kean. Ao ouvir aqueles sons angustiados, o motorista parou no acostamento. Lucy escapuliu pela porta traseira e jogou o lenço sujo numa poça. De volta, sentou num canto do último banco, rezando para não ficar enjoada, nem desmaiar, nem começar a soluçar. Não podia pensar em comida; não podia pensar nem nos biscoitos salgados que havia esquecido ao fugir do dormitório; não podia pensar no que ia dizer, nem a quem.

O que *iria* dizer?

"Aqui você terá a oportunidade de examinar, e depois praticar, várias técnicas utilizadas para redigir frases eficazes. As técnicas apresentadas são aquelas empregadas pelos autores dos exemplos na Seção Descritiva..." Anos antes, uma garota da zona rural que estudava na escola de Liberty Center tinha tomado uma dose tão grande de óleo de rícino para se livrar do bebê que fez um furo no estômago. Contraiu uma terrível peritonite e perdeu a criança, mas depois, como havia quase morrido, todos a perdoaram, e os rapazes que antes nem prestavam atenção nela... "Aqui você terá a oportunidade de examinar, e depois praticar, várias técnicas utilizadas para redigir..." Curt Bonham, o astro do time de basquete. Um ano à frente dela. Em março do seu último semestre na escola, ele e um amigo haviam tentado voltar para casa atravessando o rio sobre o gelo, que já começava a derreter, e Curt se afogou. Toda a sua turma votou unanimemente para que o anuário fosse dedicado a ele, e sua fotografia de formatura apareceu, sozinha, na primeira página do *The Liberty Bell*. E, embaixo da foto com moldura preta, lia-se:

Rapaz esperto, ao escapar em boa hora
Das quadras onde a glória é tão fugaz...

ELLIOT CURTIS BONHAM

1930-1948

"O que foi?", sua mãe perguntou quando ela entrou pela porta da frente. "Lucy, o que você está fazendo aqui? Qual é o problema?"

"Vim de ônibus, mãe. É assim que as pessoas vêm de Fort Kean para Liberty Center. De ônibus."

"Mas o que aconteceu? Lucy, você está tão pálida."

"Tem mais alguém em casa?", ela perguntou.

Sua mãe balançou a cabeça. Viera correndo da cozinha com uma tigelinha na mão, que agora apertava contra o peito. "Querida, sua cor..."

"Onde está todo mundo?"

"O vovô levou a vovó ao mercado em Winnisaw."

"E ele foi para o trabalho? Seu marido?"

"Lucy, o que houve? Por que não está na faculdade?"

"Vou me casar no dia de Natal", ela disse, passando para a sala.

Sua mãe falou em tom triste: "Ouvimos dizer. Já sabemos".

"Ouviram como?"

"Lucy, você não ia nos contar?"

"Só decidimos na segunda-feira à noite."

"Mas, querida", disse sua mãe, "hoje é sexta."

"Como vocês ouviram, mãe?"

"Lloyd Bassart contou."

"Para o vovô?"

"Para o seu pai."

"É? E como foi, posso saber?"

"Bem, ele ficou do seu lado. Foi assim. Lucy, estou respondendo a sua pergunta. Ele ficou do seu lado sem um momento de hesitação. Apesar de não ter sido devidamente avisado pela própria filha sobre o dia do casamento dela..."

"O que é que ele disse, mãe? Exatamente."

"Disse ao sr. Bassart que, obviamente, não podia falar pelo

Roy... Disse ao sr. Bassart que nós achamos que você é suficientemente madura para tomar suas decisões."

"Bom... talvez eu não seja!"

"Lucy, você não pode achar que tudo que ele faz é errado só porque foi ele que fez. Ele *acredita* em você."

"Então diga a ele para não acreditar!"

"Querida..."

"Estou esperando um filho, mãe! Então, por favor, diga a ele para não acreditar!"

"Lucy... você está?"

"Claro que estou! Vou ter um bebê, e odeio o Roy e não quero casar com ele nem ver ele de novo!"

Correu para a cozinha a tempo de vomitar na pia.

Sua mãe a deitou na cama em seu quarto. "Aqui você terá a oportunidade..." O livro escorregou da cama e caiu no chão. O que lhe restava agora senão esperar?

A correspondência caiu pela fresta na porta sobre o capacho no hall de entrada. O aspirador de pó foi ligado. O carro estacionou na garagem. Ouviu a voz da avó na varanda da frente. Dormiu.

Sua mãe trouxe chá e torradas. "Disse à vovó que você está gripada", ela sussurrou para a filha. "Está bem assim?"

Será que sua avó acreditaria que voltara para casa por causa de uma gripe? Onde estava o vovô? O que ela teria lhe contado?

"Ele nem entrou, Lucy. Volta à tarde."

"Sabe que eu estou em casa?"

"Ainda não."

Casa. Mas por que não? Durante anos eles haviam reclamado que ela desrespeitava tudo que diziam e faziam, durante anos haviam reclamado que ela se recusava a permitir que lhe dessem um único conselho; vivia em meio a eles como uma estranha, como inimiga até, hostil, reservada, quase inacessível. Bom, será que podiam dizer que ela estava se comportando como inimiga hoje? Tinha vindo para casa. Então, o que fariam?

Sozinha, tomou um pouco do chá. Afundou de volta no travesseiro que sua mãe afofara, passou várias vezes o dedo de leve sobre os lábios. Limão. Cheirava tão bem. Esqueça o resto. Simplesmente espere. O tempo vai passar. Mais cedo ou mais tarde alguma coisa terá de ser feita.

Caiu no sono com os dedos no rosto.

Sua avó subiu trazendo um emplastro úmido de mostarda. A paciente permitiu que desabotoassem seu penhoar. "Isso vai soltar o catarro", disse Berta, aplicando a compressa. "As duas coisas mais importantes: descanso e calor. Muito calor. Tanto quanto puder aguentar", ela disse, cobrindo a paciente com mais dois cobertores.

Lucy fechou os olhos. Por que não havia feito isso logo no começo? Deitar-se e deixar que eles resolvessem. Não era isso que sempre quiseram ser, a família dela?

Foi acordada pelo piano. Os alunos chegavam para as aulas. Ela pensou: *"Mas não estou gripada!"*. No entanto, enxotou imediatamente da cabeça aquele pensamento, e o pânico que o acompanhou.

Deve ter nevado enquanto ela dormia. Tirou um cobertor da cama, embrulhou-se nele e, à janela, encostou a boca no vidro frio, observando os carros que deslizavam pela rua. A janela começou a ficar quente no lugar onde colara a boca. Respirando compassadamente, conseguia expandir e contrair o círculo de vapor no vidro. Contemplou a neve que caía.

O que aconteceria quando sua avó descobrisse o que de fato havia de errado com ela? E seu avô, ao chegar em casa? E seu pai!

Esquecera de pedir à mãe que não contasse nada para ele. Talvez ela não contasse. Mas, então, ainda iria acontecer alguma coisa?

Voltou para a cama arrastando os chinelos sobre o tapete

velho e gasto. Pensou em apanhar o livro de inglês para trabalhar um pouco naquelas frases; em vez disso, se enfiou ainda mais sob as cobertas e, com os dedos com um leve odor de limão sob o nariz, dormiu pela sexta ou sétima vez.

Lá fora estava escuro, embora, de onde se encontrava sentada na cama, ela pudesse ver os flocos de neve que caíam lentamente, iluminados pelo poste de luz do outro lado da rua. Seu pai bateu à porta. Perguntou se podia entrar.

"Não está trancada", foi sua resposta.

"Bom", ele disse, entrando no quarto, "então é assim que os ricos passam os dias. Nada mal."

Ela sabia que aquelas palavras tinham sido preparadas. Não levantou os olhos da coberta, mas começou a alisá-la com a mão. "Estou gripada."

"Pelo cheiro, acho que você andou comendo cachorro-quente."

Ela não riu nem respondeu.

"Vou dizer o que parece esse cheiro. Parece o estádio de beisebol em Chicago."

"Emplastro de mostarda", ela falou por fim.

"Bom", ele disse, empurrando a porta para que se fechasse, "esse é um dos verdadeiros prazeres da vida de sua avó. É esse", disse, baixando a voz, "e o outro é… Não, acho que isso é tudo."

Ela se limitou a dar de ombros, como se não tivesse nenhuma opinião acerca dos hábitos dos outros. Será que ele estava fazendo aquelas palhaçadas porque sabia ou por não saber? Pelo canto dos olhos, viu que os pelos claros nas costas de sua mão estavam úmidos. Ele a lavara antes de entrar no quarto dela.

O cheiro do jantar sendo preparado no andar de baixo começou a lhe provocar enjoo.

"Se importa se eu sentar aqui no pé da cama?", ele perguntou.

"Como quiser."

Ela não podia passar mal, não outra vez. Não devia levantar a menor suspeita. Não, não queria que ele soubesse, nunca!

"Vejamos", ele estava dizendo. "Quero ou não quero? Quero."

Ela bocejou enquanto ele sentava.

"Bom", ele disse, "está bem quentinho e aconchegante aqui."

Ela olhou rigidamente para a frente, contemplando a neve que caía lá fora.

"Dessa vez o inverno chegou rápido e a toda", ele disse.

Ela lhe deu um olhar de relance. "Parece."

Voltando a olhar para fora da janela, Lucy foi capaz de se recompor; não conseguia se lembrar da última vez que haviam trocado um olhar.

"Já te contei sobre como torci o tornozelo quando estava trabalhando na McConnell's? Inchou na hora e, chegando em casa, sua avó entrou em ação imediatamente. Compressas quentes, ela disse. Então sentei na cozinha e arregacei a calça; você precisava ver ela fervendo a água no fogão. Sei lá por que me fez lembrar daqueles canibais na África. Ela não entende como uma coisa pode ser boa para alguém se não doer ou cheirar mal."

E se ela despejasse toda a verdade no colo dele?

"Muitas pessoas gostam disso", ele disse. "E então", apertando o pé dela que se projetava sob a coberta no pé da cama, "como vai a universidade, Gansinha?"

"Vai bem."

"Ouvi dizer que você está aprendendo francês. *Parlez-vous?*"

"É uma das minhas matérias."

"E, me diga… o que mais? Você e eu não temos uma boa conversa faz muito tempo, não é?"

Ela não respondeu.

"Ah, e como vai o Roy?"

De pronto ela disse: "Vai bem".

Seu pai por fim largou o pé. "Bom, você sabe, ouvimos falar do casamento."

"Onde está meu avô?", ela perguntou.

"Eu estou falando com você agora, Lucy. Para que você quer seu avô enquanto estou falando com você?"

"Não disse que quero ele. Só perguntei onde está."

"Saiu", seu pai falou.

"Não vem para o jantar?"

"Ele saiu!" Levantou da cama. "Não pergunto aonde ele vai ou quando come. Como vou saber onde ele está? Na rua " E saiu do quarto.

Sua mãe apareceu segundos depois.

"O que é que aconteceu agora?"

"Perguntei onde estava o vovô, só isso", respondeu Lucy. "O que tem de errado nisso?"

"Mas seu avô é seu pai ou seu pai é que é o seu pai?"

"Você contou a ele!", ela explodiu.

"Lucy, olha esse tom de voz", disse sua mãe, fechando a porta.

"Mas contou. Contou a ele! E eu não disse que era para contar!"

"Lucy, você veio para casa, querida; você disse…"

"Não quero que ele saiba! Não é da conta dele!"

"Agora para, Lucy… a menos que queira que os outros saibam também."

"Não me importa quem saiba! Não tenho vergonha! E não comece a chorar, mãe!"

"Então deixa ele falar com você, *por favor*. Ele quer."

"Ah, quer mesmo?"

"Lucy, você tem que ouvir o que ele diz. Tem que lhe dar uma chance."

Ela virou e escondeu o rosto no travesseiro. "Não queria que *ele* soubesse, mãe."

Sua mãe sentou na cama e pousou a mão nos cabelos da filha.

"E, afinal", disse Lucy, afastando a cabeça, "o que é que ele vai falar? Por que não falou logo, se tinha alguma coisa a dizer?"

"Porque", sua mãe implorou, "você não lhe deu nenhuma chance."

"Muito bem, estou dando uma chance *a você*, mãe." Houve um silêncio. "Me diga!"

"Lucy… querida… o que você pensa… O que você diria… o que você pensa, quer dizer, de ir visitar…"

"Ah, não."

"*Por favor*, deixa eu acabar. Ir visitar a prima de seu pai, Vera. Na Flórida."

"E essa é a ideia dele do que fazer comigo?"

"Lucy, até isso acabar. Nesse ínterim."

"Nove meses não é um ínterim, mãe…"

"Mas lá faz calor, seria agradável…"

"Ah", ela disse, começando a chorar com o rosto coberto pelo travesseiro, "muito agradável. Por que ele não me manda para um asilo de moças delinquentes, não seria mais fácil?"

"Não diga isso. Ele não quer te mandar para lugar nenhum. Você sabe disso."

"Ele queria que eu nunca tivesse nascido, mãe. Acha que eu sou tudo de errado que há com *ele*."

"Não é *verdade*."

"Assim", ela disse, soluçando, "ele teria uma responsabilidade a menos pela qual se sentir culpado. Se é que sentiu alguma culpa."

"Mas ele sente, terrivelmente."

"Bom, não é pra menos! Ele é culpado!"

Uns vinte minutos depois que sua mãe tinha fugido do quarto, o avô bateu à porta. Vestia o casaco de flanela xadrez e trazia o boné na mão. A pala estava escura onde a neve a tinha umedecido.

"Ei. Ouvi dizer que alguém anda me procurando."

"Oi."

"Sua voz está um pavor, minha amiga. Precisava ir lá fora e sentir como o vento está forte. Aí saberia apreciar realmente como é bom estar doente de cama."

Ela não respondeu.

"O estômago se acalmou?", ele perguntou.

"Sim."

Puxou uma cadeira ao lado da cama. "Que tal outro emplastro de mostarda? Berta me ligou no Erwins e, no caminho para casa, parei e comprei uma caixa nova. Por isso, é só dizer quando."

Ela se voltou na direção da parede.

"Que que há, Lucy? Talvez você deva ir ao dr. Eglund. Foi o que eu disse à Myra..." Puxou a cadeira mais para perto. "Lucy, nunca vi mudança maior nele do que agora", ele disse baixinho. "Nem uma gota, nem uma gotinha que seja, querida. Está encarando perfeitamente essa sua decisão. Você marcou uma data, e está bem para ele. Bem para todos nós — o que quer que faça você e o Roy felizes."

"Quero minha mãe."

"Está se sentindo mal de novo? Talvez o médico..."

"Quero mamãe! Minha mãe... e não ele!"

Ela ainda estava olhando para a parede quando a porta se abriu.

"Myra", disse o pai dela, "senta aqui. Senta, eu disse."

"Está bem."

"Tá certo, Lucy. Vira pra cá." Ele estava de pé ao lado da cama. "Vira, já falei."

"Lucy", sua mãe implorou, "olha para nós, por favor."

"Não preciso ver que os sapatos dele estão engraxados, que o queixo está firme e como é um homem novo. Não preciso ver sua gravata, nem ele!"

"Lucy..."

"Myra, fica *quieta*. Se ela quiser se comportar como uma criancinha de dois anos numa hora dessas, deixa pra lá."

Ela sussurrou: "Olha quem está falando de criancinhas de dois anos".

"Escuta, garota. Suas respostas não me perturbam nem um pouco. Sempre houve adolescentes metidos a saber tudo e sempre haverá, especialmente nessa geração. Trate de me ouvir, é tudo que quero, e, se está envergonhada demais para me encarar..."

"Envergonhada!", ela exclamou, mas não se mexeu.

"Você vai ou não vai visitar a prima Vera?"

"Nem *conheço* essa prima Vera."

"Não é isso que estou perguntando."

"Não posso ir sozinha para a casa de alguém que nem conheço... e para quê? Inventar mentiras sujas para os vizinhos...?"

"Mas não seriam mentiras", disse sua mãe.

"O que é que elas seriam, mãe? A verdade?"

"Seriam *histórias*", disse o pai. "De que você tem um marido no exterior, digamos, servindo no Exército."

"Ah, você sabe tudo em matéria de histórias, tenho certeza. Mas eu digo a verdade!"

"Então", ele disse, "o que exatamente pretende fazer depois de se meter numa encrenca com alguém que diz que nem suporta?"

Ela se voltou bruscamente da parede, como se fosse atacá-lo. "Não fale nesse tom comigo. Não ouse!"

"Não estou falando em tom nenhum!"

"Porque não tenho vergonha… certamente não diante de você."

"Olha o que diz, garota, presta atenção no que diz. Porque ainda posso te dar uma surra, por mais espertinha que pense que é."

"Ah", ela disse em tom amargo, "pode mesmo?"

"Posso!"

"Então vai em frente."

"Ah, que maravilha", ele disse, e caminhou até a janela; parou como se estivesse olhando para fora. "Que maravilha."

"Lucy", disse sua mãe, "se você não quer ir para a casa da prima Vera, então o que é que quer fazer? Basta nos dizer."

"Vocês são os pais. Sempre morreram de vontade de ser os pais…"

"Escute aqui", disse o pai, voltando-se para encará-la de novo. "Myra, senta. E fica sentadinha. E você", ele disse, sacudindo o dedo para a filha, "ouve bem o que eu vou dizer, está bem? Estamos enfrentando uma crise, compreende isso? Há uma crise aqui envolvendo minha filha, e eu vou cuidar disso, a crise vai ser resolvida."

"Ótimo", disse Lucy. "Cuide."

"Então fica quieta", sua mãe suplicou, "e deixa ele falar, Lucy." Mas, quando fez menção de sentar na cama, seu marido olhou para ela e Myra recuou.

"Agora, ou vou tomar conta disso", ele disse para a mulher, falando entre os dentes, "ou não vou. Qual das duas coisas?"

Ela baixou os olhos.

"A menos, é claro, que você queira chamar seu pai", ele disse.

"Desculpe."

"Muito bem, se você queria casar com esse Roy Bassart — como pensávamos que quisesse, Lucy, até hoje, e demos a maior força —, isso seria uma coisa. Mas agora estamos vendo outra coisa totalmente diferente. Eu agora compreendo com clareza quem ele é, e podemos parar por aqui. Compreendo toda a situação, por isso não há necessidade de levantar a voz. Ele era mais velho, recém-saído do Exército, e simplesmente achou que podia voltar para cá e se aproveitar de uma colegial de dezessete anos. E foi o que fez. Mas Roy é problema do pai dele, Lucy, e vamos ter que deixar nas mãos do grande professor, tão altivo e poderoso, a tarefa de ensinar alguma coisa ao filhinho. Ah, o pai dele se acha muito superior e tudo o mais, mas tenho a impressão de que vai ter de repensar bastante coisa. Mas minha preocupação é com você, Lucy, e o que é mais importante para você. Entende isso? Minha preocupação é que curse a universidade, que sempre foi seu sonho, certo? Então, a questão é a seguinte: você ainda quer viver seu sonho ou não?"

Ela não lhe concedeu o benefício de uma resposta.

"Está bem", ele disse, "vou continuar com a suposição de que quer, como sempre quis. Assim, para garantir seu sonho, vou fazer tudo que puder... Está me ouvindo? Qualquer coisa para mantê-lo vivo, está acompanhando? Porque o que aquele veterano de araque fez com você, que me dá vontade de agarrá-lo pelo pescoço, bom, isso não vai apenas destruir o seu sonho completamente... Então, qualquer coisa... Mesmo que não seja comum, e que possa parecer bem estranha para certas pessoas." Aproximou-se mais da cama a fim de poder falar sem ser ouvido fora do quarto. "Agora sabe o que *qualquer coisa* significa, antes que eu vá adiante?"

"Largar o uísque?"

"Significa que quero que você curse a universidade! Para seu governo, já larguei o uísque!"

"Verdade?", ela perguntou. "De novo?"

"Lucy, desde o Dia de Ação de Graças", sua mãe começou.

206

"Myra, quieta."

"Só estava contando a ela…"

"*Eu* vou contar a ela", ele disse. "*Deixa* eu contar."

"Está bem", sua mulher disse baixinho.

"Mas fique sabendo", ele disse, dirigindo-se mais uma vez a Lucy. "A bebida não tem nada a ver com isso. A bebida não é a questão."

"Ah, não?"

"Não! A questão é um bebê!"

Isso fez com que ela desviasse o olhar.

"Um bebê ilegítimo, isso sim. E, se você não *quiser* esse bebê ilegítimo" — a voz dele era agora quase um sussurro —, "então talvez tenhamos que dar um jeito de você não tê-lo. Se a prima Vera ainda está fora de questão…"

"Totalmente fora de questão. Não vou passar nove meses mentindo. Não vou ficar enorme, com um barrigão, e mentir!"

"Shhh!"

"Bom, não vou", ela balbuciou.

"Está bem." Ele secou a boca com a mão. "Muito bem." Ela podia ver onde a transpiração se formara sobre seu lábio e na testa. "Então vamos seguir com isso passo a passo. E sem levantar a voz, porque há outras pessoas vivendo nesta casa."

"Nós somos as outras pessoas que vivem aqui."

"Fique quieta!", ele disse. "Todos sabem disso sem precisar ouvir suas respostas malcriadas!"

"Então o que é exatamente que você está me propondo? Diga!"

Sua mãe enfim correu para a cama. "Lucy", ela disse, pegando-lhe a mão, "Lucy, é só para ajudar *você*…"

Seu pai então lhe tomou a outra mão, e foi como se alguma corrente estivesse prestes a passar pelos três. Ela cerrou os olhos, esperou — e seu pai falou. E ela o deixou falar. E viu o futuro.

Viu-se sentada entre os dois enquanto o pai dirigia o carro e atravessavam a ponte rumo a Winnisaw. Seria cedo pela manhã. O médico teria acabado de tomar o café. Viria à porta recebê-los; trocaria um aperto de mão com seu pai. No consultório, o médico se sentaria atrás de uma grande mesa de madeira escura, ela numa cadeira e os pais num sofá, enquanto o médico explicava exatamente o que iria fazer. Todos os seus diplomas, devidamente emoldurados, estariam pendurados na parede. Quando ela o acompanhasse a caminho da pequena sala de cirurgia, toda branca, seu pai e sua mãe lhe dariam um sorriso do sofá. E a esperariam ali até o momento de agasalhá-la e levá-la para casa.

Quando seu pai terminou, ela disse: "Deve custar uma fortuna".

"O importante não é o dinheiro, querida", ele disse.

"O importante é você", falou a mãe.

Como soava bem. Igual a um poema. Ela também estava começando a estudar poesia. Sua última redação no curso de inglês tinha sido uma interpretação do "Ozimândias". Ela só recebera a redação de volta na manhã de segunda-feira — um oito e meio pela primeira interpretação de um poema que fizera na universidade. No mesmo dia achou que seria a última. Antes que Roy por fim retornasse de Fort Kean naquela noite, seu pensamento recorrente era fugir. E agora não precisava, como também não precisava casar com ele. Agora podia se concentrar numa única coisa: na universidade, nas aulas de francês, de história, de poesia...

> *O importante não é o dinheiro,*
> *O importante é você.*

"Mas onde", ela perguntou baixinho, "você vai conseguir todo esse dinheirão?"

"Isso é comigo", disse o pai. "Está bem?"

"Você vai trabalhar?"

"Puxa", ele disse para Myra. "Essa sua filha não me dá uma folga, hein?" O rubor que surgira em seu rosto permaneceu, embora ele tentasse manter um tom calmo e brincalhão. "Vamos, Gansinha, que tal me dar um tempo, hein? Afinal, onde você acha que estive o dia todo? Passeando pelas avenidas? Jogando uma partida de tênis? O que você acha que tenho feito a vida toda desde os dezoito anos, e em tempo parcial antes disso? Trabalho, Lucy, simplesmente trabalho, entra dia sai dia."

"Não num único emprego", ela disse.

"Bem... rodei um bocado... isso é verdade."

Ela ia chorar: eles estavam conversando!

"Olha", ele disse, "por que você não pensa da seguinte maneira. Seu pai é pau pra toda obra. Você devia se orgulhar disso. Vamos, Gansinha, que tal um sorriso como eu merecia nos tempos pré-históricos? Quando eu te jogava para o alto e pegava de volta. Hein, Gansinha?"

Lucy sentiu que a mãe lhe apertava a mão.

"Olha", ele disse, "por que você acha que as pessoas sempre contratam o Duane Nelson, aconteça o que acontecer? Porque ele fica sentado olhando o tempo passar, ou porque conhece todo tipo de máquina por dentro e por fora? E então, por quê? Será que essa é uma pergunta difícil para uma aluna inteligente da universidade?"

Depois ela ficaria lendo na cama. Suas tarefas seriam expedidas pelo correio até que ela se recuperasse, ainda de cama. Sim, uma universitária. E sem o Roy. Ele não era tão ruim assim, mas não servia para ela, era isso. Ele simplesmente desapareceria, e ela ia poder começar a fazer amigos na universidade, amigos que teria condições de trazer para casa quando viesse nos fins de semana. Porque as coisas teriam mudado.

Seria possível? Estariam por fim superados aqueles dias terríveis de ódio e solidão? Pensar que ela podia voltar a falar com sua família, contar sobre tudo que estava estudando, mostrar os livros que lia em seus cursos, os trabalhos que apresentava... Em meio às páginas do livro de inglês, caído no chão, se encontrava a redação que escrevera sobre o poema "Ozimândias". Nota oito e meio, e na primeira página o professor tinha anotado: "Excelente desenvolvimento dos parágrafos; boa compreensão do sentido; bom uso das citações; mas, por favor, reduza o tamanho de suas frases". E talvez ela *tivesse* mesmo exagerado um pouco na primeira frase, mas sua intenção havia sido expressar de saída todas as ideias que iria elaborar no corpo do texto. "Nem mesmo um grande rei", ela dizia no início, "como Ozimândias aparentemente foi, pôde prever ou controlar o que o futuro, ou o destino, guardava para ele e seu reino; esta, creio eu, é a mensagem que Percy Bysshe Shelley, o poeta, deseja nos transmitir em seu poema romântico 'Ozimândias', que não apenas expõe a futilidade da vontade humana — mesmo de um rei —, mas também trata do conceito da imensidade da vida 'desnuda e sem limites' e da inevitabilidade da 'ruína colossal' de tudo, quando comparado ao 'riso fingido de superioridade' que, infelizmente, é tudo que muitos meros mortais conseguem exibir."

"Mas é limpo?", ela perguntou.

"Cem por cento", disse seu pai. "Imaculado, Lucy. Como um hospital."

"E qual a idade dele?", ela perguntou.

"Ah", disse seu pai, "meia-idade, eu acho."

Passaram-se alguns instantes e, então: "Esse é que é o truque, não é?".

"Que tipo de truque?"

"Ele é velho demais."

"Ora, o que você quer dizer com 'velho demais'? Isso só significaria que ele tem muita experiência."

"Mas é tudo que ele faz?"

"Lucy, ele é um médico normal… que faz isso como um favor especial, só isso."

"Mas cobra, você disse."

"Bom, claro que cobra."

"Então não é um favor especial. Faz por dinheiro."

"Ora. Todo mundo tem contas a pagar. Todo mundo precisa ser pago pelo que faz."

Mas ela se viu morta. O médico não seria bom, e ela morreria.

"Como soube dele?"

"Porque…", e neste momento ele se pôs de pé e puxou a calça para cima. "Por um amigo", disse finalmente.

"Quem?"

"Lucy, sinto muito, mas talvez isso tenha que ser mantido em segredo."

"Mas onde você ouviu falar dele?" Onde *teria* ouvido falar de um médico daquele tipo? "No famoso Earl's Dugout of Buddies?"

"Lucy, não interessa", disse sua mãe.

Seu pai caminhou até a janela de novo. Limpou o vidro com a palma da mão. "Bom", ele disse, "parou de nevar. Parou de nevar, se é que alguém se interessa."

"Eu só quis dizer…", Lucy começou.

"*O quê?*" Ele se voltou na direção de Lucy.

"… que… você conhece alguém com quem ele fez a coisa? Só isso."

"Sim, para sua informação, por acaso conheço."

"E a pessoa está viva?"

"Para sua informação, sim!"

"Bom, é minha vida. Tenho o direito de saber."

"Por que você simplesmente não confia em mim? Não vou te matar!"

"Ah, Duane", disse sua mãe, "ela *confia*."

"Não fale por mim, mãe!"

"Ouviu isso?", ele exclamou, dirigindo-se à mulher.

"Ora, ele pode ser um charlatão, um amigo de bar, que diz que é médico ou coisa que o valha. Como é que eu vou saber, mãe? Talvez seja até o próprio Earl com aqueles suspensórios vermelhos!"

"Claro, é ele mesmo", seu pai gritou. "Earl DuVal! Certo! Qual é o *problema* com você? Acha que não é verdade quando digo que quero que você termine a universidade?"

"Querida, é verdade. Você é a filha dele."

"Isso não significa que ele sabe se um médico é bom ou não, mãe. E se eu morrer?"

"Mas eu lhe disse", ele exclamou, sacudindo o dedo em sua direção, "você não vai morrer!"

"Como é que *você* sabe?"

"Porque ela não morreu, morreu?"

"Quem?"

Ninguém precisou falar para que ela compreendesse.

"Ah, não." Lucy foi se encostando lentamente na cabeceira. Sua mãe, ao lado da cama, cobriu o rosto com as mãos.

"Quando?", perguntou Lucy.

"Mas ela está viva, não está?" Ele puxava a camisa com ambas as mãos. "Responda a minha pergunta! Estou falando com você! Ela não morreu! Não sofreu nada!"

"Mãe", disse Lucy, voltando-se na direção dela, "quando?"

Sua mãe, porém, apenas balançou a cabeça. Lucy levantou da cama. "Mãe, quando é que ele te obrigou a fazer isso?"

"Não me obrigou."

"Ah, mãe", disse Lucy, pondo-se à frente dela. "Você é minha mãe."

"Lucy, foi na época da Depressão. Você era uma menininha. Faz tanto tempo. Ah, Lucy, tudo já foi esquecido. O vovô, a vovó, eles não sabem", sussurrou, "não precisam saber…"

"Mas a Depressão acabou quando eu tinha três ou quatro anos."

"O quê?", seu pai exclamou. "Está brincando?" Para a mulher perguntou: "Ela está brincando?".

"Lucy", disse sua mãe, "fizemos isso por você."

"Ah, sim", ela disse, recuando de volta à cama, "por mim, foi tudo por mim."

"Lucy, não podíamos ter outro bebê", disse sua mãe. "Não quando estávamos tão apertados em matéria de dinheiro, tentando nos recuperar…"

"Mas se ele pelo menos trabalhasse! Se pelo menos deixasse de ser um covarde!"

"Olha", ele disse, se aproximando dela com ar raivoso, "você nem sabe quando foi a Depressão, e nem o que foi… *por isso, presta atenção no que diz!*"

"Pois sei muito bem!"

"O país inteiro estava numa sinuca de bico. Não só eu! Se quiser xingar alguém, garota, xingue todos os Estados Unidos da América!"

"Claro, o *mundo* todo."

"Você não estudou história?", ele exclamou. "Não sabe de nada?"

"Sei o que você obrigou ela a fazer!"

"Mas", sua mãe exclamou, "eu *queria* fazer."

"Ouviu isso?", ele gritou. "Ouviu o que sua mãe acabou de te dizer?"

"Mas você é o homem!"

"Também sou um ser humano!"

"*Isso não é desculpa!*"

"Ah, por que estou discutindo com *você*? Você não entende

nada de nada da vida, e nunca vai entender! Não saberia reconhecer o trabalho de um homem se eu o fizesse!"

Silêncio.

"Ouviu, mãe? Ouviu seu marido?", disse Lucy. "Ouviu o que ele acabou de dizer com toda a clareza?"

"Ah, trate de entender o que eu *quero dizer*!", ele exclamou.

"Mas o que você *disse...*"

"Não me importa! Pare de tentar me pegar numa armadilha! Vim aqui para resolver uma crise, mas como é que posso fazer isso quando ninguém me deixa nem começar? Ou terminar! Você prefere me armar alguma cilada... me pôr na cadeia! É isso o que quer fazer. Prefere me humilhar diante de toda a cidade, me transformar na piada da cidade."

"*Bêbado* da cidade!"

"Bêbado da cidade?", ele perguntou. "*Bêbado* da cidade? Você tinha que *ver* o bêbado da cidade. Acha que *eu* sou o bêbado da cidade? Bom, você precisava ver um bêbado da cidade, e então ia pensar duas vezes antes de dizer isso. Você não sabe o que é um bêbado da cidade. Não sabe coisa nenhuma! Você... você só quer me ver em cana... esse é seu maior desejo na vida, e sempre foi!"

"Não é."

"É sim!"

"Mas isso *acabou*", exclamou Myra.

"Ah, claro que acabou", disse Whitey. "Com certeza as pessoas simplesmente esqueceram como uma filha mandou o próprio pai pra cadeia. Claro, as pessoas não falam disso pelas suas costas. As pessoas não gostam de contar os podres dos outros, ah, não. Estão sempre dando uma chance para os outros mudarem e se recuperarem. Claro, é disso que se trata aqui também. Pode apostar. Ah, ela é inflexível, e vai ser sempre assim. Prova como ela é brilhante, sua suposta filha universitária com uma bolsa de estudos. Bom, vai em frente, a filhinha que sabe todas as respostas, resolva sua própria vida. Porque eu não sou bom o suficiente para alguém como você, e nunca fui. Afinal, quem sou eu? Para ela, o bêbado da cidade."

Ele abriu a porta com um safanão e desceu ruidosamente a escada. Puderam ouvi-lo berrando na sala de visitas. "Suba, sr. Carroll. O senhor é o único que pode resolver as coisas por aqui. Vá em frente, todos aqui querem o senhor mesmo. Eu sou totalmente dispensável. Um mero figurante, todos sabemos disso."

"Gritar não vai servir para nada, Duane…"

"Certo, você tem razão, Berta. Nada vai servir de nada aqui."

"Willard", disse Berta, "fale a esse homem…"

"Qual é o problema, Duane? Por que toda essa confusão?"

"Ah, nada que o senhor não possa resolver, Willard. Porque é o avozão, e eu só estou aqui a passeio."

"Willard, onde é que ele vai? O jantar está pronto."

"Duane, aonde você vai?"

"Não sei. Talvez vá ver o velho Tom Whipper."

"Quem é ele?"

"O bêbado da cidade, Willard! Ele é que é o bêbado da cidade, porra… Tom Whipper!"

Bateu a porta, e a casa ficou em silêncio não fossem os sussurros que começaram no térreo.

Lucy continuou na cama, imóvel.

Sua mãe chorava.

"Mãe, por quê, *por que* você deixou que ele te obrigasse a fazer isso?"

"Eu fiz o que tinha que fazer", disse sua mãe em tom tristonho.

"Não fez! Deixou que ele destruísse sua dignidade, mãe! Você foi um capacho para ele! Escrava dele!"

"Lucy, eu fiz o que era necessário", ela disse aos soluços.

"Mas isso nem sempre é certo. Você tem que fazer o que é certo!"

"E era." Ela falou como se estivesse num transe. "Era, era..."

"Não era! Não para você! Ele te humilha, mãe, e você deixa! Sempre! A vida inteira!"

"Ah, Lucy, você recusa qualquer coisa que dissermos, que sugerirmos."

"Recuso... me recuso a repetir sua vida, mãe, é isso que recuso!"

O padrinho de casamento de Roy foi Joe Whetstone, de volta da Universidade de Alabama, onde havia marcado nove gols e vinte e três pontos extras consecutivos pelo time de futebol americano dos calouros. A madrinha foi Eleanor Sowerby. Sem que Joe soubesse, Ellie havia se apaixonado na Northwestern. Ela simplesmente tinha de contar para Lucy, embora a fizesse prometer não falar a ninguém, nem mesmo ao Roy. Em breve precisaria escrever uma carta a Joe, mas preferia não pensar nisso durante as férias: já seria suficientemente difícil na hora de fazê-lo.

Ou Ellie tinha perdoado Lucy por chamá-la de cretina no Dia de Ação de Graças, ou estava disposta a esquecer isso durante o casamento. Ao longo de toda a cerimônia, lágrimas corriam por seu rosto adorável, e seus próprios lábios se moveram quando Lucy disse: "Sim".

Depois da cerimônia, o avô disse a Lucy que ela era a noiva mais bonita que ele tinha visto desde a mãe dela. "Uma noiva de verdade". Ele ficava falando, "não é mesmo, Berta?". "Parabéns", disse a avó. "Você foi uma noiva de verdade." E não passou disso: agora sabia que não tinha sido a gripe que fizera Lucy vomitar na pia da cozinha.

Julian Sowerby a beijou mais uma vez. "Bom", ele disse, "suponho que agora tenha que fazer isso o tempo todo." "Agora sou *eu* que tenho", disse Roy. Julian retrucou: "Sorte sua, rapaz, ela é uma boneca, sem dúvida", de modo algum deixando entrever que em certa ocasião havia passado quatro horas inteiras no bar do Hotel Kean convencendo Roy do horror que seria se tornar marido dela.

Irene Sowerby também não deixou transparecer que, secretamente, achava que Lucy tinha emoções incomuns. "Boa sorte para você", disse à noiva, encostando os lábios no rosto de Lucy. Pegou a mão de Roy e a apertou por um tempão antes de falar qualquer coisa. E não foi capaz de dizer palavra.

Depois seus próprios pais. "Filha", foi tudo que ouviu junto ao ouvido, em meio a um abraço tão desajeitado que talvez aquilo tenha sido tudo que disse. "Ah, Lucy", falou sua mãe, os cílios úmidos roçando o rosto da filha, "seja feliz. Você pode ser, basta tentar. Você foi a menininha mais feliz..."

Os pais de Roy então deram um passo à frente e, após um momento em que cada qual pareceu ceder precedência ao outro, o casal Bassart se lançou simultaneamente sobre a noiva. A confusão de braços e rostos que se seguiu por fim deu a todos os presentes uma razão para rir.

Lloyd Bassart foi o adulto que finalmente apoiou os jovens no seu desejo de casar no Natal — até antes, caso possível. Essa mudança radical de postura tinha ocorrido numa noite no começo de dezembro, quando Roy perdeu o controle ao telefone e, aos prantos, disse a *seus* pais — que de novo o azucrinavam — que parassem. "Não aguento mais!", ele gritou. "Chega! Chega! Lucy está grávida!"

Bom. Bom. Só tinham sido necessários esses dois "bons". Se o que Roy tinha acabado de confessar era um fato, então seu pai não via outra opção senão o filho aceitar a responsabilidade pelo que tinha feito. Entre um homem fazer a coisa certa e um homem fazer a coisa errada, não havia realmente nenhuma escolha a juízo do sr. Bassart. Chorando, Roy disse que era isso mais ou menos que vinha pensando todo o tempo. "Sem dúvida, espero que sim", disse seu pai — e assim ficou decidido.

PARTE III

1

Ela se mudou para o quarto dele na casa da sra. Blodgett. A sra. Blodgett, que a chamara de vagabunda. A sra. Blodgett, que chamara Roy de safado. A sra. Blodgett, com suas mil regrinhas e regulamentos.

Mas Lucy não disse nada. Nas semanas e meses que se seguiram ao casamento, tentou com todas as forças fazer o que lhe mandavam. Não era possível questionar as palavras e ações de alguém e esperar ser feliz com essa pessoa, nem esperar que ela fosse feliz. Estavam casados. Ela precisava confiar nele: caso contrário, que tipo de vida levariam?

A sra. Blodgett e Roy tinham acertado as coisas previamente: só mais cinco dólares por mês pelo quarto. Sem dúvida, Lucy era obrigada a admitir que se tratava de uma pechincha, especialmente porque Roy havia obtido da sra. Blodgett o privilégio adicional de usar a cozinha entre as sete e oito horas da noite. Claro que deveriam deixar a cozinha exatamente como a encontraram. Afinal, não se tratava da cozinha de um hotel, mas de uma residência de família; aparentemente, Roy tinha assegurado à sra. Blodgett que Lucy era um modelo de limpeza e sabia lidar bem com uma cozinha por haver trabalhado por três anos, depois das aulas e nos verões, no Dairy Bar de Liberty Center. "Mas é justamente isso, sr. Bassart: isto aqui não é uma lanchonete, não é alguma espécie de..." Ele então garantiu que trabalharia na cozinha com Lucy. Que tal assim? Na verdade, se a sra. Blodgett deixasse alguma louça suja do seu jantar, eles poderiam lavá-la junto com a deles. No Exército, quando foi destacado para trabalhar no rancho, certa vez ele tinha sido forçado a lavar potes e panelas durante dezessete horas seguidas; por isso, um prato a mais ou a menos não iria perturbá-lo muito, disso ela podia ter certeza.

A sra. Blodgett disse que lhes concederia o privilégio por um período de teste e o suspenderia se houvesse algum abuso.

Nos meses seguintes, depois do jantar, Roy várias vezes bateu à porta da sala de visitas a fim de perguntar à senhoria se ela não gostaria de se juntar a eles na cozinha para a sobremesa. Reservadamente, dizia a Lucy que o pudim de chocolate ou o copinho de frutas adicional só custava alguns centavos e que, com alguém com o temperamento volúvel da sra. Blodgett, valia a pena acumular alguns pontos positivos. O fato de estarem casados de certo modo restaurara a confiança que a sra. Blodgett tinha nele, mas, acima de tudo, onde três pessoas viviam sob o mesmo teto, não fazia sentido arranjar confusão, sobretudo se fosse possível evitar isso usando a cabeça.

Ela não disse nada. Não deviam bater boca por coisas sem importância. Ela não devia criticá-lo por algo — assim se dizia — que realmente não passava do desejo de ser agradável. Certas pessoas faziam as coisas de determinada maneira, Roy as fazia de maneira diferente. Não estavam casados? Ele não tinha se comportado como ela queria?

CONFIE NELE.

Para sua surpresa, dificilmente se passava um domingo sem que viajassem para Liberty Center a fim de visitar a família dele. Roy dizia que, em condições normais, isso não seria necessário, mas, com toda a tensão dos últimos meses e as mágoas que haviam se acumulado, lhe parecia uma boa ideia tentar apaziguar os ânimos antes que o bebê nascesse e a vida *realmente* se tornasse mais agitada. O fato é que ela era uma estranha para a família dele, assim como ele era um estranho para a dela. Agora que estavam casados, isso estava certo? Como todos iriam se ver bastante no futuro, Roy achava ridículo começar com o pé errado. Era uma viagem fácil, de duas horas, e, além da gasolina, o que custava?

Assim, lá ia ela — almoço aos domingos na casa dos Bassart, passando na volta para dizer alô a sua própria família. Em silêncio, sentava na sala de visitas onde havia desejado nunca mais pôr os pés, enquanto Roy jogava conversa fora com seus familiares por quinze minutos, a maior parte do tempo falando com o pai e o avô sobre casas pré-fabricadas. Seu pai supostamente estava pensando em construir uma casa pré-fabricada, e seu avô supostamente pensava que isso era algo que o genro era capaz de fazer. Roy dizia que tinha amigos na Britannia que talvez pudessem ajudá-los a preparar o projeto quando chegassem nesse estágio. Incorporadoras estavam criando comunidades inteiras de casas pré-fabricadas da noite para o dia, dizia Roy. Ah, é uma verdadeira revolução em matéria de construção, dizia o pai dela. Certamente é, sr. Nelson. Realmente parece ser a nova onda, dizia o avô. De fato, sr. Carroll, estão criando comunidades inteiras da noite para o dia.

Certa noite de domingo, enquanto dirigia de volta para Fort Kean, Roy disse: "Bom, tudo indica que seu pai dessa vez realmente largou a bebida".

"Eu odeio ele, Roy. E sempre vou odiar. Já lhe disse faz um tempão e não estava brincando: *Não quero falar sobre ele, nunca!*"

"Está bem", disse Roy, como quem nada quer, "está bem", e assim não provocou nenhuma briga. Ele parecia disposto a esquecer que provocara o assunto — tanto quanto se mostrara disposto a esquecer aquele ódio que Lucy tratou de relembrá-lo.

E assim, domingo após domingo, visitavam os parentes como qualquer jovem casal recém-casado. Mas por quê? *Por quê?*

Porque era isso que eles eram: ela era a mulher dele. E a mãe dela, a sogra dele. E o pai dela, com o novo e grosso bigode, além dos novos e belos planos, era o sogro de Roy. "Mas eu preferia não ir, Roy, hoje não." "Ora, estamos aqui, não estamos? Quer dizer, o que pensariam se fôssemos embora sem dizer alô? Qual é o problema? Vamos, querida, não se comporte como criança, entra no carro... cuidado, olha a barriga."

E ela não discutia. Será que, de fato, nunca mais discutiria? Tinha lutado muito para que ele cumprisse seu dever, e afinal ele o cumprira. Assim, que razão havia para novas brigas? Ela simplesmente não tinha forças para levantar a voz.

E, de toda forma, devia respeitá-lo. Não devia questionar o que ele dizia, nem desafiar suas opiniões ou se opor a elas, em especial nas questões em que Roy tinha um conhecimento superior ao seu. Ou supostamente teria. Como sua mulher, precisava estar em harmonia com o ponto de vista dele, mesmo que nem sempre concordasse, como certamente era o caso quando ele começava a lhe dizer que sabia muito mais que os professores da Britannia.

Infelizmente, a Britannia não se mostrou à altura dos luxuosos folhetos de propaganda que distribuía. Para começo de conversa, não tinha sido fundada em 1910, pelo menos não como escola de fotografia. Só haviam decidido se diversificar para incluir essa área depois da guerra, e isso a fim de abocanhar um naco maior dos negócios cobertos pela lei de amparo aos veteranos. Durante os primeiros trinta e cinco anos de existência, tinha sido uma escola de desenho industrial chamada Instituto Técnico Britannia, e dois terços de seus alunos ainda estavam interessados em trabalhar na construção civil — e foi por isso que Roy ficou sabendo tanto acerca do boom de casas pré-fabricadas. Os alunos de desenho, na verdade, não eram tão ruins, mas os de fotografia eram um escândalo. Embora, para ser admitido, fosse necessário preencher um longo formulário e enviar amostras do trabalho já realizado, ficou claro que não eram requisitos reais para admissão. O processo aplicado aos candidatos ao curso de fotografia não passava de um engodo para induzir a pessoa a imaginar que o novo departamento obedecia a bons padrões de ensino. E a qualidade dos professores, segundo Roy, era ainda mais pavorosa que a dos alunos — em particular certo H. Harold LaVoy, que sabe-se lá por que imaginava ser um especialista em técnicas fotográficas. Grande especialista. Podia se aprender mais sobre composição folheando um exemplar da revista *Look* do que passando o resto da vida ouvindo um imbecil enfatuado como LaVoy (que, segundo alguns dos alunos, além de tudo talvez fosse veado. Bichona mesmo. Para conhecimento de Lucy, imitou LaVoy andando pelos corredores. Um pouquinho dengoso, ela não achava? Mas até um homossexual podia lhe ensinar alguma coisa se soubesse alguma coisa. Mas um homossexual burro... ah, isso era demais).

A aula de LaVoy era às oito da manhã, a primeira de Roy no dia. Ele se levantou e foi fielmente para a escola todas as manhãs durante o primeiro mês do segundo semestre a fim de ouvir o sabichão de voz nasalada dissertar longamente sobre coisas que um garoto de dez anos saberia caso fosse dotado de um bom par de olhos. "As sombras são geradas, meus senhores, colocando-se o objeto A entre o sol e o objeto B." *Sem brincadeira.* Certa manhã chuvosa, os dois foram até a varanda da frente, quando então Roy deu meia-volta e retornou ao quarto: com as botas, o blusão do Exército e tudo mais, jogou-se na cama, gemendo: "Ah, realmente não me importa que seja veado, mas veado *burro!*". Disse que sem dúvida podia aproveitar melhor aquela hora no próprio quarto. E, como a próxima aula só começava às onze, ele pouparia não apenas o tempo que gastava à toa com LaVoy, mas também as duas horas seguintes que em geral passava na sala de convivência, observando um dos jogos de cartas com apostas que nunca cessavam. Era tanta fumaça e barulho que não havia outra coisa a fazer. Praticamente impossível manter uma conversa sobre fotografia — não que algum dos colegas parecesse interessado. Com aqueles sujeitos, às vezes tinha a impressão de ainda estar no quartel das Aleutas.

E o que fez Lucy? Foi até a esquina e pegou o ônibus que cruzava a cidade rumo à universidade para a aula das oito. Roy disse que a levaria de carro se quisesse; agora que sua barriga estava crescendo, ele não gostava da ideia de ela pegar o transporte público ou caminhar nas ruas escorregadias. Mas, apesar da neve, ela recusou naquela primeira manhã e nas que se seguiram. Tudo bem, ela disse, não havia por que se preocupar, preferia não incomodá-lo e impedir que estudasse, *se aquilo fosse estudar para ele: sentar-se na cama com uma tesoura e as revistas que a mãe guardava todas as semanas, comendo um montão de biscoitos recheados!* Mas talvez ele soubesse o que estava fazendo. Talvez a escola *fosse* uma fraude. Talvez seus colegas *fossem* uns idiotas. Talvez LaVoy *fosse* um imbecil enfatuado, além de homossexual. Talvez tudo que dissesse fosse verdade e tudo que fizesse estivesse certo.

Era o que se dizia, caminhando na neve rumo ao ponto de ônibus, e depois na sala de aula, e na biblioteca, e na cafeteria, onde almoçava sozinha depois de uma e meia. A maioria das garotas comia ao meio-dia, como ela costumava fazer quando morava no dormitório, porém agora preferia evitá-las sempre que podia. Em algum momento, alguma delas iria olhar de relance para sua barriga, e por que precisava suportar tal coisa? Não havia a menor razão para aquelas bocós do primeiro ano olharem para ela com desdém. Para elas, podia se tratar apenas da aluna que tivera de se casar no Natal, objeto de sussurros e de piadinhas, mas Lucy sabia ser a sra. Roy Bassart, e não pretendia andar por aí se sentindo envergonhada o dia todo. Não tinha motivo nenhum para sentir vergonha ou remorso. Por isso, almoçava sozinha, às duas e meia, na última mesa da The Old Campus Coffee Shop.

No primeiro domingo de junho, enquanto iam de carro para Liberty Center, Roy decidiu que não faria as provas finais na semana seguinte. Honestamente, era capaz de passar em matérias como conserto de câmeras e retoques em negativos sem suar a camisa, como se dizia no Exército. Por isso, não era uma questão de se acovardar ou de ser preguiçoso demais para estudar. Não havia mesmo muita coisa para estudar. Então não via sentido em prestar os exames finais. Aliás, em toda a história do departamento de fotografia, ninguém tinha sido reprovado, exceto no curso do LaVoy, quando não interessava que o aluno conhecesse o assunto, e sim que concordasse ou não com o ilustre mestre e suas grandes ideias. Mas o que tornava os exames finais sem sentido era o fato de haver decidido não voltar para a Britannia no outono. Pelo menos, era sobre isso que queria conversar com ela.

Ainda que já tivessem conversado sobre aquilo. A fim de sustentá-la e ao bebê, Roy teria de abandonar a escola durante o dia, mas o plano consistia em se inscrever no curso noturno. Desse jeito, levaria mais dois anos para se formar, em vez de um, porém tinha sido a decisão a que haviam chegado em conjunto meses antes.

Bom, por isso mesmo é que ele estava retomando o assunto. Não via nenhuma razão para continuar naquele lugar de dia *ou* de noite. Afinal, que vantagem ela achava que lhe daria ter um mestrado em artes fotográficas? Todos que entendiam um pouco de fotografia sabiam que um diploma da Britannia não valia o papel em que era impresso. "E, conhecendo os professores do curso diurno, imagine os gênios que dão aulas lá de noite. Sabe quem é o diretor de todos os cursos noturnos, não sabe?"

"Quem?"

"H. Bichona LaVoy. Por aí dá para imaginar."

Então Roy lhe contou a surpresa. Na manhã do dia anterior, ele e a sra. Blodgett tinham conversado e, em consequência, ele estava prestes a realizar seu primeiro trabalho comercial. Por isso, quem precisava do veadão LaVoy? Na segunda-feira de manhã ele ia fazer um estudo fotográfico da sra. Blodgett em troca do aluguel de uma semana, desde que ela gostasse das fotos quando reveladas.

Quando chegaram a Liberty Center, Alice Bassart chamou Roy de lado no começo da tarde e contou que o pai de Lucy tinha deixado a mulher com um olho roxo. Depois do almoço, Roy subiu para o segundo andar a sós com Lucy e, tão delicadamente quanto pôde, lhe deu a notícia. Ela imediatamente vestiu o casaco, enrolou um cachecol no pescoço, calçou as botas e, contra a vontade de Roy, partiu para ver o olho roxo com os próprios olhos. E não se tratava de um mexerico maledicente: era a pura verdade.

Whitey tinha se mantido longe de casa por três dias como penitência pela agressão: a tarde que escolheu para voltar coincidiu com a da visita da filha. Nem passou pela porta.

O bebê nasceu quatro dias depois. O trabalho de parto, iniciado no meio da prova de inglês, prosseguiu durante doze longas e árduas horas. Ela ficou acordada o tempo todo, jurando a si própria a cada minuto que, se sobrevivesse, a criança nunca saberia como era a vida numa casa sem um pai. Ela não repetiria a vida de sua mãe, nem seu filho repetiria a dela.

E assim, para Roy (e em certo sentido também para Whitey Nelson, que depois daquele domingo simplesmente desapareceu da cidade), a lua de mel chegou ao fim.

A primeira sugestão dele a ser contestada foi a que fez enquanto ela ainda estava no hospital. Por que não se mudavam para Liberty Center durante o verão? Sua família dormiria na varanda de trás, que era cercada de tela, e onde gostavam mesmo de ficar quando fazia calor, enquanto os dois e o bebê Edward teriam todo o andar de cima só para eles. Roy tinha certeza que isso representaria de fato uma mudança maravilhosa para Lucy. Quanto a ele, seria capaz de suportar seus pais por uns poucos meses diante do que isso significaria para ela, que seria capaz de relaxar e descansar durante algum tempo. E o que dizer do bebê, que sem dúvida sentiria menos calor lá em Liberty Center. Pensando bem, pareceu uma ideia tão boa que na noite anterior, quando seus pais foram ao hospital, ele os tinha puxado para o lado e tocado no assunto. Não quis contar antes a Lucy por temer que ela ficasse desapontada caso sua família tivesse alguma objeção. Mas, na realidade, a ideia havia sido muito bem recebida, sobretudo por sua mãe, que adorou. Havia muito tempo ela não conseguia aproveitar ao máximo sua especialidade: paparicar com P maiúsculo. Além disso, a presença de Edward provavelmente eliminaria o último vestígio de tensão existente entre eles e seus pais — o triste resultado das circunstâncias especiais que haviam envolvido o casamento. Mais ainda, eles agora já estariam casados havia seis meses, e vivendo um casamento realmente harmonioso. Roy disse que ainda se surpreendia com a compatibilidade que passou a existir entre eles depois que as incertezas pré-conjugais foram eliminadas; se soubesse que seria assim, ele disse, tomando-lhe a mão, ele a teria pedido em casamento dentro do carro naquela primeira noite em que a seguira pela Broadway. Era obrigado a admitir que lhe daria um prazer secreto voltar a Liberty Center por um tempo e mostrar ao cético do seu pai como o casamento do filho se revelara fantasticamente compatível.

E como, Lucy perguntou, Roy os sustentaria enquanto vivessem na casa de seus pais?

Ele lhe assegurou que, se havia um lugar onde podia arranjar uns bicos como fotógrafo, era em sua terra natal.

Não.

Não? O que ela queria dizer com não?

Não.

Ele não acreditava no que estava ouvindo. Por que não?

Não!

Como podia discutir com alguém numa cama de hospital? Tentou um pouco, obtendo como resposta apenas outros nãos.

Felizmente, no mês seguinte ao nascimento de Edward, a sra. Blodgett deixou que levassem para o quarto o berço que os Sowerby haviam dado, além de ter permitido um uso maior da cozinha — e tudo isso por apenas mais um dólar por semana. E mais: aceitara o retrato feito por Roy em troca do aluguel semanal. Achou que suas feições tinham ficado demasiado pequenas, sobretudo os olhos e a boca, mas disse que, se esperava um trabalho profissional, deveria ter procurado um profissional de verdade; como era uma pessoa honesta, honraria o compromisso. Certamente, disse Roy, Lucy tinha que reconhecer que a senhoria estava fazendo o possível para ser atenciosa. Como um homem, sua esposa e um bebê não eram exatamente o que ela havia negociado no ano anterior, desejava que Lucy fosse um pouquinho mais cordial — ou, mesmo já tendo passado metade do verão, simplesmente concordasse em ir para a casa de seus pais por um mês ou coisa que o valha, vivendo durante algum tempo num local mais adequado a suas necessidades atuais... Então, ela iria?

Iria o quê? Qual das perguntas ele queria que respondesse?

Ela iria para Liberty Center?

Não.

Só pelo mês de agosto?

Não.

Bem, então, pelo menos podia ser mais simpática com a sra. Blodgett ao passar por ela no corredor? Custava sorrir?

Estava sendo tão simpática quanto era necessário.

Mas a mulherzinha sem dúvida estava se superando para…

A mulherzinha estava recebendo o dinheiro que pediu pelo quarto e pela cozinha. Se não gostasse do acerto, ou deles, podia pedir que fossem embora.

Ir embora? *Para onde?*

Para um apartamento deles.

Mas como poderiam pagar por um apartamento deles?

O que é que ele achava?

"Bom, estou *procurando* um emprego. Todos os dias! Estamos no verão, Lucy! Essa é que é a verdade! Todos os donos de negócio estão de férias. Todo lugar a que vou: sinto muito, o chefe está de férias! E nossas economias estão se esgotando num ritmo alucinante também. Se estivéssemos em Liberty Center, não precisaríamos gastar um único centavo durante todo o verão. Em vez disso, estamos aqui sem conseguir nada, o bebê sente calor, nosso dinheiro vai pelo ralo e tudo que eu faço é perder tempo sentado em escritórios esperando por alguém que nem está. Nós todos podíamos tirar umas boas férias — e estamos mesmo precisados de férias, quer você saiba ou não. Porque… vê agora o que está acontecendo? Estamos discutindo. Neste exato momento estamos tendo uma discussão. E por quê? A gente se dá tão bem hoje como há seis meses, Lucy, mas estamos brigando porque vivemos apertados neste quartinho, neste calorão, enquanto em Liberty Center todo aquele segundo andar fica vazio, sem ninguém aproveitar."

Não.

Pouco antes do Dia do Trabalho, Lucy disse que, como não parecia haver nenhum emprego disponível para fotógrafos, talvez ele devesse procurar outro tipo de ocupação, mas Roy respondeu que não ia ficar amarrado a um emprego que odiava só porque ainda não havia aparecido aquele de que gostava e para o qual estava habilitado.

No entanto, as reservas deles *estavam* se esgotando rapidamente, e aquele dinheiro, ela o lembrou, consistia não apenas no que ele havia poupado no Exército, mas também no que ela guardara trabalhando todos aqueles anos no Dairy Bar.

Bom, por acaso ele sabia disso. É o que vinha lhe dizendo durante todo o verão. Era isso exatamente que podia ter sido evitado — e então, batendo a porta, saiu de casa antes que Lucy pudesse fazer o discurso que estava preparando, ou antes que a sra. Blodgett, que já dera pancadas com o sapato no assoalho do andar de cima, pudesse descer a escada para fazer o seu.

Apenas uma hora depois houve uma chamada telefônica para Roy do sr. H. Harold LaVoy, do Instituto Britannia. Disse saber que o sr. Bassart estava procurando emprego. Desejava informá-lo que Wendell Hopkins precisava de um assistente, porque seu assistente anterior havia acabado de se inscrever como aluno de tempo integral no novo departamento de televisão da escola, que começaria a funcionar no outono.

Quando Roy voltou para casa na hora do almoço, ficou perplexo com a mensagem. Do *LaVoy*? Hopkins, o fotógrafo da alta sociedade? Fez a barba, se vestiu e saiu de casa em minutos; menos de uma hora depois, telefonou para Lucy e pediu que pusesse Edward junto ao aparelho.

Edward ao telefone? Edward estava dormindo. O que é que ele estava dizendo?

Bom, então era melhor que ela mesma contasse ao bebê:

seu pai era agora o assistente de Wendell Hopkins no estúdio do Platt Building, no centro de Fort Kean. Ora, ora, tinha ou não tinha valido a pena esperar?

Naquela noite, ao jantarem, ficou se perguntando por que LaVoy pensara em fazer o convite a *ele* — mesmo depois das desavenças que costumavam ter quase todos os dias durante o mês em que Roy tinha se dado ao trabalho de comparecer. Aparentemente, contudo, LaVoy não era de fato tão irascível quanto dava a impressão de ser na sala de aula. É verdade que o velho excêntrico não aceitava ser criticado em público, mas em particular parecia ter desenvolvido certo respeito relutante pelo conhecimento que Roy tinha de composição e do jogo de luz e sombra. Bom, devia admitir que se tratava de uma pessoa mais digna do que Roy havia imaginado. Quem sabe, talvez nem fosse veado; talvez, infelizmente para ele, fosse só seu jeito de andar e de falar. Quem sabe, se tivessem vencido o estágio das discussões, LaVoy poderia até mesmo ter se revelado um sujeito bastante inteligente. Poderiam até ter se tornado amigos. Seja como for, que diferença isso fazia agora? Aos vinte e dois anos, ele era o único assistente de Wendell Hopkins, que, como era bem sabido, poucos anos antes fizera um retrato de toda a família de Donald Brunn em Liberty Center. Ah, que prazer seria telefonar para seu pai logo depois do jantar e lhe contar sobre o novo emprego — não esquecendo de mencionar que o sr. Hopkins era o fotógrafo da família de seu famoso chefe.

Antes do fim do mês tinham encontrado o primeiro apartamento deles: ficava no último andar de uma velha casa, na extremidade norte do Pendleton Park, praticamente nos subúrbios de Fort Kean. O aluguel era razoável, a mobília não era má, e as grandes árvores e a rua tranquila fizeram Roy se recordar de Liberty Center. Havia um quarto para o bebê e uma ampla sala de visita na qual também podiam dormir, além de cozinha e banheiro privativos. Havia também um porão úmido e bolorento atrás da fornalha que aquecia a casa, o qual, segundo o corretor, Roy poderia transformar numa câmara escura, desde que ficasse entendido que ele deveria devolver o imóvel tal qual o encontrara. O apartamento ficava a vinte minutos de carro do centro, mas a perspectiva de uma câmara escura foi decisiva.

O dia 30 de setembro foi um sábado nublado, com um frio revigorante. Passaram a manhã levando as coisas para a nova casa. No fim do dia, quando a mudança terminara e eles haviam lavado os pratos usados na última refeição, Roy ficou sentado no carro dando buzinadas leves e esporádicas enquanto Lucy, de pé na varanda e com o filho no colo, disse à sra. Blodgett o que pensava sobre ela.

No ano seguinte, Roy viajou em seu carro por todo o condado de Kean, fotografando eventos sociais nas igrejas, jantares do Rotary, reuniões de clubes femininos, jogos das ligas infantis de beisebol — e, com maior frequência, formaturas escolares; o grosso do negócio de Hopkins, como ele ficou sabendo, não vinha da classe alta de Fort Kean, mas do Conselho de Educação, do qual seu irmão era membro. Hopkins ficava no estúdio o dia todo para cuidar pessoalmente dos retratos mais importantes — noivas, bebês e homens de negócio. Na primeira semana, Roy carregara um caderninho de notas em que planejava registrar as dicas e conselhos que poderiam vir à tona pelos lábios daquele experiente profissional durante as horas de trabalho. Logo passou a usá-lo para anotar o custo da gasolina com que abastecia diariamente o carro.

Edward. Um bebezinho pálido de olhos azuis e cabelos brancos, que por muito tempo demonstrou um temperamento extremamente doce, agradável e sereno. Ria, benevolente, para qualquer um que o olhasse com admiração no carrinho quando Lucy o levava para passear no parque; dormia e comia nas horas esperadas e, no meio-tempo, sorria sem cessar. O casal de idosos que viviam no andar de baixo dizia nunca ter visto um bebê tão tranquilo e bem-comportado; tinham se preparado para o pior quando souberam que uma criança ia morar acima de suas cabeças, mas afirmavam prazerosamente aos jovens sr. e sra. Bassart que até o momento nada tinham a reclamar.

Pouco antes do primeiro aniversário de Edward, tio Julian contratou Roy para fotografar a festa em que Ellie receberia a insígnia de sua irmandade universitária feminina. No dia seguinte, Roy começou a falar em sair do emprego e abrir seu próprio estúdio. Por quanto tempo mais ele aguentaria fotografar um encontro das Filhas da Revolução Americana à tarde e um baile de formatura colegial à noite? Por quanto tempo mais poderia continuar a receber umas migalhas para fazer o trabalho sujo e duro, aos fins de semana, durante as noites, enquanto Hopkins nadava em dinheiro pegando todos os trabalhos criativos (se é que podia se chamar qualquer coisa feita por Hopkins de "criativa")? Exatamente por quanto tempo mais ele suportaria que Hopkins se safasse só pagando pela gasolina, enquanto Roy era obrigado a absorver o custo da depreciação do carro?

"LaVoy!", disse Roy certa noite após uma tarde horrível fotografando os meninos e meninas do clube 4H. "Eu realmente devia ir até a Britannia e dar um soco na cara daquele veado. Porque, sabe de uma coisa? *Ele* conhecia bem como era esse trabalho. Um garoto de recados melhorado. A técnica fotográfica envolvida... bem, Deus me livre, até Eddie era capaz de fazer isso. E, repito, LaVoy sabia direitinho. Bom, pensa só. Lembra como eu fiquei surpreso? Pois é, não passou de uma vingança contra mim — pode imaginar? E eu fui tão burro que só me dei conta disso hoje, enquanto pedia a todas aquelas crianças que fizessem 'xis, xis'. Bom, vou mostrar a ele, e mostrar ao Hopkins também. Se abrir meu estúdio, fico com metade dos negócios de retrato do Hopkins em menos de um ano. E isso é um *fato*. Tenho certeza absoluta. Tudo que ele precisa é de uma pequena competição, aí vai ficar pedindo para a mãezinha dele dar uma ajuda."

"Mas onde é que você vai instalar seu estúdio, Roy?"

"Onde vou instalar? No começo? Onde ele ficaria? É isso que quer saber?"

"Onde seria? Quanto vai custar? O que você vai fazer para nos sustentar até que os fregueses larguem o Hopkins e venham correndo para você?"

"Ah, droga", ele disse, dando um murro na mesa, "esse *desgraçado* desse LaVoy. Na verdade não aguentava ser criticado, nem um pouquinho. E o pior é que eu sabia disso o tempo todo. Mas imaginar que ele chegasse a ponto de fazer..."

"Roy, onde você pretende começar o estúdio?"

"Bom... se quer falar seriamente sobre isso..."

"*Onde*, Roy?"

"Bem... pra começar, teríamos de pagar outro aluguel, entende?"

"*Outro* aluguel?"

"Mas é isso que temos de eliminar. Porque não tem outro jeito, eu sei disso. Não temos condições de pagar. Por isso, no começo, bem... pensei em me instalar aqui."

"*Aqui?*"

"Ora, a câmara escura ia ficar no porão, é claro."

"E o estúdio seria em nossa sala?"

"Só durante o dia, é claro."

"E o Edward e eu durante o dia?"

"Bom, como eu disse, Lucy, está tudo em aberto, nem preciso repetir. Estou mais do que disposto a examinar os prós e os contras, e de uma forma pacífica..."

236

"E os clientes?"

"Já *falei*, ia levar algum tempo."

"E que câmara escura é essa de que você está falando? Você nem começou ainda a montar uma câmara escura. Falou em montar uma, ah, isso falou, e muito..."

"Poxa, por acaso eu trabalho o dia todo, sabia? Chego em casa à noite exausto, francamente. E quase todo fim de semana ele me manda para algum casamento onde judas perdeu as botas... ah, esquece. Você não consegue entender nada sobre minha carreira. Ou minhas ambições! Tenho um filho crescendo, Lucy. E acontece que tenho ambições que não abandonei, você sabe, só porque casei. Com certeza não vou ser vítima dessa vingança do LaVoy pelo resto da vida, pode estar certa. Ele me tapeou para eu pegar esse emprego, que é realmente digno de um imbecil, você sabe... e Hopkins me paga uma ninharia comparado ao que os fotógrafos *podem* ganhar. E, quando digo que quero ter meu próprio estúdio, minha própria *mulher*... ah, você não entende nada! Nem quer tentar!" E saiu porta afora.

Era quase meia-noite quando voltou.

"Onde é que você esteve, Roy? Fiquei sentada aqui esperando por você, sem saber onde estava. Aonde é que você foi? Para algum bar?"

"Algum o quê?", ele perguntou azedamente. "Fui ao cinema, Lucy, se precisa saber. Fui ao centro da cidade e vi um filme."

Seguiu para o banheiro para escovar os dentes.

Quando as luzes se apagaram, ele disse: "Bom, vou te dizer uma coisa. Sei lá o que fizeram os trouxas antes de mim, mas, no que me concerne, aquele sovina vai pelo menos rachar comigo o seguro do carro quando chegar a hora da renovação. Não vou ralar o meu você-sabe-o-quê só para fazer dele o cara mais rico da cidade".

Os meses se passaram. Não foi feita mais nenhuma menção

ao estúdio, embora de tempos em tempos Roy balbuciasse algo sobre LaVoy: "Me pergunto se a administração daquela escola fajuta conhece bem aquele sujeito. Um tremendo veadão, a bichona LaVoy. H. Harold. Juro, como eu gostaria de encontrá-lo no centro da cidade um dia desses, como eu gostaria de confrontá-lo cara a cara".

Em um domingo de primavera, quando visitavam Liberty Center, Lucy ouviu a mãe de Roy dizer que chegara um pacote para ele e que ela havia guardado no armário do quarto dele. Quando voltavam para casa, ela perguntou o que tinha naquele pacote.

"Qual pacote?", disse Roy.

No dia seguinte, depois de lavar a louça do café da manhã e fazer a cama de Edward, ela deu início a uma varredura no apartamento. Só depois do almoço, quando Edward foi tirar uma soneca, ela encontrou uma caixinha enfiada numa das velhas botas militares de Roy, bem no fundo do armário do hall de entrada. A caixa era de uma gráfica de Cleveland, Ohio; dentro havia várias centenas de cartões de visita onde se lia:

ESTÚDIO FOTOGRÁFICO BASSART
Os mais finos retratos
em toda Fort Kean

Quando chegava em casa à noite, Roy costumava fazer uma brincadeira com seu filhinho (por mais exausto que estivesse). "Ed?", ele dizia ao atravessar a porta. "Ei, alguém sabe onde está o Edward Bassart?", ao que Edward pulava de trás do sofá e, numa linha reta rumo à porta, corria a toda para os braços do pai. Roy o erguia e o girava acima da cabeça, dizendo num tom de falsa surpresa: "Ora, ora, não acredito. Não posso acreditar. É mesmo o verdadeiro Edward Q. Bassart".

Na noite do dia em que Lucy descobrira seu segredo, Roy entrou, Edward disparou em sua direção, Roy o girou acima de sua cabeça, e Lucy pensou: "Não! Não! Imagine se essa criancinha inocente e sorridente acreditar que seu pai é um homem de verdade, e crescer à imagem dele?".

Ela se controlou durante o jantar e enquanto Roy lia uma história para Edward, mas, depois que ele pôs o filho na cama, ficou esperando na sala com o pacote de Cleveland, Ohio, bem visível sobre a mesinha de centro. "Quando é que você vai deixar de ser criança? Quando é que vai trabalhar no emprego que tem sem procurar todos os modos de escapar dele? *Quando?*"

Seus olhos ficaram marejados e ele saiu correndo do apartamento.

Mais uma vez só voltou à meia-noite. Tinha comido um hambúrguer e visto outro filme. Tirou o casaco e o pendurou no armário do hall. Foi até o quarto de Edward; ao sair, ainda se recusando a encará-la, perguntou: "Ele acordou?".

"Quando?"

Roy pegou uma revista e falou enquanto a folheava. "Durante o tempo em que estive fora."

"Felizmente, não."

"Olha", ele disse.

"Olha o quê?"

"Ah", ele disse, atirando-se em uma cadeira, "sinto muito. Bem, é verdade", continuou, jogando os braços para cima. "Olha, estou perdoado ou não?"

Explicou que tinha visto o anúncio dos cartões de visita na contracapa de uma revista fotográfica, no estúdio do Hopkins. Mil cartões...

"Por que não dez mil, Roy? Por que não cem mil?"

"Deixe eu terminar, *está bem?*", ele gritou.

Mil cartões era a quantidade mínima que se podia encomendar. Essa era a pechincha: mil por cinco dólares e noventa e oito centavos. Tudo bem, sentia muito ter ido em frente sem antes falar com ela, quando poderiam ter discutido a conveniência de fazer a encomenda antes que as outras coisas fossem planejadas. Sabia que, para ela, não era uma questão de dinheiro, mas de princípio.

"As duas coisas, Roy."

Bem, talvez as duas, como ela dizia, mas de fato não sabia por quanto tempo mais poderia aguentar como Hopkins o explorava por míseros sessenta e cinco dólares por semana. Àquela altura, o valor de revenda do Hudson era praticamente zero. Se ela estava tão preocupada com cinco dólares e noventa e oito centavos pelos cartões, o que dizer daquilo, da depreciação do carro? E o que dizer daquela coisinha chamada sua carreira? Na semana anterior, duas noites inteiras fotografando praticamente todos os lobinhos e fadinhas do condado! A essa altura teria se formado na Britannia caso não tivesse sido obrigado a aceitar um emprego idiota como aquele a fim de sustentar uma família.

"Mas você não *quis* se formar na Britannia."

"Estou falando do tempo que passou, Lucy, enquanto eu faço o trabalho sujo do Hopkins!"

Ora, se ele quisesse falar sobre o tempo, ela estaria agora no terceiro ano e começaria o último no outono, formando-se um ano depois. Bom, disse Roy, não se comporte como se isso fosse culpa minha. Mas *era* culpa dele, Lucy disse; quem teve aquela ideia de "interrupção"? Olha, ele respondeu, já tinham falado disso umas cem vezes. Falado de quê, Roy? De que, por um lado, a interrupção tinha funcionado durante todo o verão — e, por outro, de que ela deixara ele fazer aquilo. Ela deixara, Lucy retrucou, porque Roy a forçara, porque havia insistido e insistido. *Chega!*, ele gritou. Você tem que arcar com as consequências, ela disse, tem que pagar o preço pelo que faz! A vida *toda?*, ele perguntou. Uma vida inteira para pagar o preço *daquilo?* Porra, só porque precisou casar com ela não significava que tinha que ser o escravo de Hopkins até morrer, ou a vítima de uma bicha desgraçada!

"LaVoy não tem nada a ver com isso!", ela gritou.

"Ah, e suponho que, em sua opinião, Hopkins também não tenha!"

"Não tem!"

"Ah, é? É isso o que você acha? Então quem tem, Lucy, eu? Só eu e mais ninguém?"

As lágrimas corriam de seus olhos, e mais uma vez ele disparou para a porta. Foi direto de carro para Liberty Center e só voltou na tarde seguinte.

Com uma atitude muito determinada. Queria ter uma conversa séria, ele disse, como adultos. Sobre o quê?, Lucy perguntou. Por acaso ela precisava cuidar de uma criança de dois anos enquanto ele ia ao cinema no centro da cidade ou corria para a casa da mamãe. Por acaso havia um menininho inteligente e cheio de energia que se levantava de manhã, não encontrava o pai e não entendia a razão daquilo.

Roy a seguiu pela sala, tentando se fazer ouvir apesar do ruído do aspirador de pó. Por fim, tirou o fio da tomada e se recusou a devolvê-lo até que Lucy o ouvisse. O que ele queria discutir era uma separação.

Uma o quê? Por favor, ela lhe disse, Edward estava dormindo no quarto. "O que é que você está falando, Roy?"

"Bom, uma espécie de separação temporária. Para que a gente possa se acalmar. Pensar bem nas coisas e depois, provavelmente, tudo vai ficar melhor… Um tipo de armistício."

"Roy, com quem você andou conversando sobre nossa vida pessoal?"

"Com ninguém", ele respondeu. "Só andei pensando. Nunca ouviu falar nisso, numa pessoa pensar um pouco sobre sua vida pessoal?"

"Você está repetindo a ideia de alguém. É verdade ou não?"

Ele jogou a tomada no chão e mais uma vez saiu de casa.

Como ela pôde ver mais tarde, Edward não estava dormindo; no começo da briga, tinha corrido do quarto para o banheiro e passado o pequeno trinco que trancava a porta. Lucy bateu inúmeras vezes. Prometeu muitos doces se ele levantasse o ganchinho que entrava no buraco do parafuso. Disse que o papai estava nervoso com alguma coisa que aconteceu no trabalho, mas que ninguém estava chateado com ninguém. Tinha ido para o trabalho e voltaria para o jantar, como em todas as outras noites. Ele não queria fazer aquela brincadeira com o papai? Implorou que abrisse, enquanto empurrava a porta imaginando que o parafuso poderia se soltar do velho batente da casa. Por fim, teve de golpear a porta com força com o ombro para arrancá-la da parede.

Edward estava sentado debaixo da pia, o rosto coberto com uma toalha. Soluçou histericamente quando ouviu que ela se aproximava, e só após embalá-lo nos braços por meia hora Lucy conseguiu persuadi-lo de que estava tudo bem.

Ela estava deitada quando Roy voltou para casa naquela noite e começou a se despir no escuro. Acendeu a luz e, tão baixinho quanto pôde por medo de interromper o sono de Edward, pediu que ele se sentasse e a ouvisse. Precisavam conversar. Ele tinha de entender como seu comportamento vinha perturbando a cabeça de Edward. Contou como o menino se trancara no banheiro — uma criança de dois anos, Roy. Disse-lhe como tinha se sentido ao vê-lo sentado debaixo da pia, se escondendo atrás de uma toalha. Disse-lhe que ele não podia continuar a fugir e esperar que o filho, embora tão pequeno, não compreendesse que alguma coisa estava ocorrendo entre a mãe e o pai. Disse-lhe que não podia vol-

242

tar do trabalho e ser muito amoroso com um menino de dois anos, brincando com ele, lendo para ele, dando um beijo de boa-noite, e então simplesmente não estar lá pela manhã. Porque a criança era capaz de somar dois mais dois, soubesse Roy disso ou não.

Várias vezes Roy tentou se defender, mas ela foi adiante, recusando-se a ser interrompida até que toda a verdade fosse ouvida; depois de algum tempo, Roy só ficou sentado na beirada do sofá-cama, com a cabeça apoiada nas mãos, dizendo que sentia muito. Eddie tinha realmente se trancado no banheiro?

Ela contou como fora obrigada a entrar à força.

Ah, meu Deus. Sentia-se muito mal. Não sabia o que estava acontecendo com ele. Estava tão confuso emocionalmente! Nunca havia passado por isso em toda sua vida. Como ela podia imaginar que ele quisesse fazer mal ao Edward? Ele o amava. Ele o adorava. Passava todas as tardes esperando pelo momento em que abriria a porta de um golpe e Edward atravessaria a sala correndo em sua direção. Ele o amava tanto. E também a amava, de verdade, mesmo que não estivesse se comportando como se fosse verdade. Era isso que tornava tudo tão confuso. Ela era a pessoa mais importante em sua vida, agora e sempre. Era tão forte, tão boa. Era provavelmente uma das moças de sua idade mais incríveis que jamais existiu. Veja a Ellie — aos vinte anos já tinha jogado de lado Joe Whetstone para ficar com o tal de Clark, e seis meses depois largara Clark e estava saindo com um certo Roger. Era só olhar para as garotas de vinte anos e depois olhar para Lucy, com tudo que tinha sofrido. Ele sabia o que seu pai havia causado à família. Sabia de tudo que ela havia sido forçada a fazer para salvar a família quando a própria família se mostrara incapaz de fazê-lo. Sabia o que isso devia significar para ela, lembrar-se de que tinha sido ela quem finalmente precisou trancar a porta para ele, mandá-lo embora para que nunca mais voltasse para arruinar a vida de sua mãe.

Ela disse que jamais pensava sobre essas coisas. Pouco lhe importava onde seu pai estivesse.

Bom, *ele* pensava sobre aquilo. Sabia que ela não gostava de falar sobre o pai, mas o importante é que soubesse que sempre tinha admirado e admiraria sua coragem diante do comportamento dele. Ela era corajosa. Era forte. Sabia distinguir o certo do errado. Não havia ninguém no mundo igual a ela. Sentia-se honrado e privilegiado em ser seu marido, ela sabia disso? Ah, por que estava chorando? Ele não podia evitar. Não queria causar nenhum mal ao Eddie, ela precisava saber disso. Não queria causar nenhum mal a ela, não queria causar a ninguém no mundo nenhum mal ou problema, por menor que fosse. Ela não sabia disso? Porque era a verdade. Queria ser bom, queria mesmo. Ah, por favor, por favor, ela precisava entender.

Ele estava ajoelhado no chão, a cabeça no colo de Lucy, chorando inconsolavelmente. Ah, meu Deus, meu Deus, ele disse. Ah, tinha uma coisa para lhe contar. E ela precisava escutar até o fim, tinha que compreender e perdoar. Tinha que dar o assunto por encerrado, depois que ele contasse, e nunca mais voltar a falar daquilo, mas era preciso que ela conhecesse a verdade.

Que verdade?

Era só que ele andava tão confuso. Nem sabia o que estava pensando ou fazendo. Ela precisava entender isso.

Entender o quê?

Bem, ele não tinha ficado com a família em Liberty Center, e sim na casa dos Sowerby. Admitiu que a ideia da separação não era dele, mas do tio.

Não passou nem uma semana. Certa noite, no jantar, ele começou a se queixar outra vez por ser jogado para cá e para lá por Hopkins. Antes que ela tivesse chance de responder, Edward se levantou do chão da cozinha, onde estava brincando, e saiu correndo.

Lucy jogou o guardanapo sobre a mesa. "Você só sabe choramingar! Só sabe reclamar! Precisa se comportar como um bebê diante do próprio filho?"

"Mas o que foi que eu *disse?*"

Dessa vez ele ficou fora de casa por dois dias inteiros. Na segunda manhã, Hopkins telefonou para informá-la de que não sabia por quanto tempo mais iria suportar os desaparecimentos do jovem Roy. Ela disse outra vez que havia alguém doente em Liberty Center. Hopkins respondeu que sentia muito, caso fosse verdade, mas tinha um negócio a tocar. Lucy disse que entendia, assim como Roy; esperava-o de volta a qualquer momento. Hopkins disse que ele também. E tinha a esperança de que, ao voltar, ele fosse capaz de se concentrar melhor no trabalho. Aparentemente, duas semanas antes Roy havia fotografado o almoço dos Kiwani em Butler sem o filme na máquina.

Naquela tarde, o advogado de Julian Sowerby telefonou de Winnisaw. Disse que representava Roy. Sugeria que o advogado dela entrasse em contato com ele. "Por favor", ela respondeu, "não tenho tempo para esse tipo de bobagem."

Ele disse que Lucy deveria arranjar alguém para representá-la ou teria de entregar-lhe pessoalmente os papéis do divórcio.

"Ah, vai me entregar? E quais as alegações, posso saber? Fui eu que saí de casa? Sou eu que não apareço no trabalho, que não me concentro nem quando estou lá? Sou eu que choro e faço um papelão na frente de uma criança pequena? Fui eu que sonhei em fazer cartões para anunciar um negócio que nem saberia conduzir? Não me diga para arranjar um advogado, meu senhor. Diga a seu cliente, o sr. Sowerby, que mande o sobrinho virar adulto. Tenho um apartamento para cuidar e um menininho confuso cujo pai fica fugindo de casa para buscar os conselhos de uma pessoa indigna e irresponsável. *Passar bem!*"

Roy voltou um novo homem. Acabou de vez com aquela choradeira, nem podia compreender por que tinha chorado. Honestamente, devia estar meio maluco. Conversara com o pai e discutira tudo. Até então Lloyd Bassart nada sabia sobre as visitas secretas do filho a Liberty Center. Roy havia pedido aos Sowerby que não comentassem e, embora eles tivessem aquiescido na primeira vez, quando ele voltou mais uma vez Irene Sowerby disse que não tinha opção senão contar à irmã.

A conversa com seu pai também não tinha sido nenhum mar de rosas. Ficaram sentados na cozinha durante uma noite inteira, até o sol nascer, acertando as diferenças de opinião. Não pense que as vozes não se elevaram e os ânimos não se exaltaram. Mas tinham persistido de qualquer modo até que a luz do sol começou a entrar pelas janelas dos fundos da casa. Ele não concordou de jeito algum com tudo que seu pai havia dito, como até hoje não concordava; e mal tinha conseguido suportar o modo como ele falou. Para começo de conversa, metade saiu direto do livro de citações do Bartlett. No entanto, pôr para fora tudo que ele vinha matutando havia um bom tempo — coisas de que nem ela sabia — lhe permitiu desabafar um monte. Não tinha sido fácil, ela podia imaginar, mas seu pai enfim admitiu que Hopkins sem dúvida o estava explorando, assim como Hudson. Em segundo lugar, ele acabou por concordar que, se Roy tivesse apoio financeiro (para não ser uma operação improvisada desde o começo), um estúdio próprio certamente não estava acima de sua capacidade. Se não tinha ficado acima da capacidade de Hopkins durante todos aqueles anos, sem dúvida não ficaria acima da capacidade dele, isso Roy podia garantir. No final, deixou claro para o pai que se tratava de um sacrifício, e muito grande, mas que estava disposto a abrir mão temporariamente de suas ambições profissionais em favor do bem-estar de sua mulher e do filho. Só queria que o pai reconhecesse que sacrifício era a palavra exata para descrever o que ele estava vivendo.

E, quando seu pai concordou — por volta das cinco da manhã —, tudo mais entrou nos eixos. Entretanto, a decisão de voltar para Lucy tinha sido dele mesmo, e ele queria que ela soubesse disso. Toda aquela babaquice das últimas semanas (se ela perdoasse uma expressão grosseira mas adequada que se usava no Exército), bom, aquilo era tudo um mistério para ele como devia ser para ela. Mas tinha terminado, quanto a isso não restava a menor dúvida. Havia uma decisão a tomar, e ele a tomara. Tinha voltado. E por quê? Porque era o que queria fazer. E, se havia alguma coisa pela qual devesse ser perdoado, então também queria o perdão dela. Não de joelhos, mas de pé, e olhando nos olhos dela. Queria que ela soubesse que era maduro o suficiente para admitir um erro, se tivesse cometido algum. E, de certo modo, acreditava que tinha, embora as coisas fossem mais complicadas que isso.

Mas bastava de explicação. Porque explicar é uma forma de implorar, e ele não estava implorando por nada. Nada de pena, de comiseração, nada de nada. Ele estava pronto a deixar o passado para trás, começando do zero, e sendo bem melhor por conta da experiência — se ela também estivesse.

Ela disse que não o perdoaria a menos que ele prometesse nunca mais falar com Julian Sowerby pelo resto da vida.

Pelo resto da vida?

Sim, enquanto *todos* eles vivessem.

Mas acontece que, de certa maneira, ele tinha induzido Julian a raciocinar errado, de acordo com o que desejava.

Ela não estava nem aí.

"Mas, pelo resto da vida... bem, isso é meio ridículo, Lucy. Quer dizer, pode ser muito tempo."

247

"Ah, Roy...!"

"Só quero deixar claro que não quero começar prometendo o que não vou *cumprir*, é isso. Quer dizer, daqui a um ano, quem sabe? Olha, ou deixamos o passado para trás, ou não deixamos. Daqui a um ano... poxa, daqui a um mês tudo isso vai ser água debaixo da ponte. Bom, é o que eu espero. Da minha parte vai ser, eu sei. Na verdade já é."

Ela não tinha escolha. De que outro modo impedir que Roy um dia voltasse a pedir conselhos àquele homem? Era errado revelar um segredo de outra pessoa, mas, se deixasse de contar a verdade agora, como evitar que ele corresse para Julian Sowerby na próxima vez em que desejasse encontrar uma saída fácil para suas responsabilidades e obrigações? De que outra maneira podia fazê-lo enxergar que o tio — que se passava por bom, simpático e agradável, cheio de piadas, risadas e charutos — era no fundo um ser humano cruel, vil e desonesto?

E, por isso, contou a Roy o que Ellie tinha ouvido ao telefone. De início, ele não acreditou, depois ficou chocado — ou foi o que disse.

No quarto verão depois de se casarem, Roy descobriu que precisava regular o carro praticamente todo mês. Com sete anos de uso, não era possível esperar que durasse para sempre sem cuidados extremos. Não que estivesse se queixando, apenas registrava um fato. Nas manhãs de domingo, era comum Lucy ver Roy deitado debaixo do carro, os pés se projetando para fora, assim como os via da janela do quarto de Ellie. E certa vez o viu segurando Edward sobre o capô e explicando como o motor funcionava.

Se Roy não tivesse um casamento para fotografar no domingo, os três saíam para um passeio de carro ou iam a Liberty

Center visitar a família de Roy. A fim de fazer o tempo da viagem passar mais rápido, ele com frequência distraía Edward falando de seus dias no Exército perto do polo Norte. Eram historinhas simples sobre como papai tinha feito isso ou aquilo, relatos que envolviam pinguins, iglus, cachorros que puxavam trenós na neve — e o que às vezes deixava Lucy irritada não era tanto o fato de que o menininho as tomava como verdadeiras, mas que Roy parecia desejar que ele de fato acreditasse nelas.

Ela talvez nem tivesse topado mais essas viagens dominicais não fosse por Edward, que adorava viajar para ver os avós. Eles o beijavam, o abraçavam, davam presentes, faziam-no rir, diziam que era um garotinho bonito e inteligente... E por que ele não gostaria disso? Por que lhe negar alguma coisa que ocorria de forma natural com outras crianças em outras famílias? Visitar os avós era parte da infância, e tudo que fosse parte da infância ele iria ter.

Agradava-lhe bem menos ver o prazer com que seu marido encarava a viagem. Ele fingia, é claro, que àquela altura isso era uma coisa enfadonha, que ele fazia por obrigação filial, por uma questão de dever e decência — mas, afinal, Roy fingia desde sempre.

Ela agora o via fingindo quase o tempo todo a fim de evitar os conflitos que ocorriam com regularidade após os primeiros seis meses de casados. Quando Roy abria a boca, ela sabia que suas palavras nada tinham de genuíno, que serviam apenas para desarmá-la dizendo aquilo que achava que ela queria que ele dissesse. Agora Roy fazia tudo para não provocar uma batalha — tudo menos mudar de fato.

Ele fingia, por exemplo, que estava mais ou menos satisfeito trabalhando para Hopkins. Wendell tinha suas limitações, mas quem não as tinha?, ele logo acrescentava. Sim, o bom e velho Wendell — quando o tempo todo ela sabia que, em segredo, Roy odiava Hopkins com todas as suas forças.

E fingia acreditar que ela fizera muito bem em desencorajá-lo de abrir um estúdio próprio. Como ele ainda tinha muito a aprender e só estava com vinte e quatro anos, qual a pressa? Enquanto isso, ao menos uma vez por mês ela encontrava escritas na margem de um jornal, ou rabiscadas no caderno de notas junto ao telefone, as palavras "Estúdio de Retratos Fotográficos Bassart" ou "Retratos por Bassart".

Pior de tudo, fingia que continuava se sentindo indignado com Julian Sowerby. Após a revelação do segredo sobre o tio, Roy havia concordado, a partir de então, em não ter nenhum contato com uma pessoa daquelas. Entretanto, à medida que os meses passavam, ele começou a se perguntar se não estariam de certo modo sendo injustos com a tia. *Ela* talvez gostasse de ver Edward de vez em quando...

Lucy disse que, se Irene Sowerby quisesse tanto assim ver Edward, ela poderia visitá-los qualquer tarde de domingo em que estivessem na casa dos Bassart. Roy respondeu que, claro, era verdade, mas, a seu ver, tia Irene acreditava que ambos estavam tão chateados por ela ter interferido no casamento deles tanto quanto estavam com tio Julian. A causa mais profunda do rompimento com Julian era algo que ela desconhecia, e que não podiam revelar a ela ou mesmo à família dele. Era horrível pensar que tia Irene vivia sem conhecer a verdadeira natureza do marido, mas eles já tinham problemas suficientes, Roy decidira, para tentar resolver o da tia. Além disso, ela não estaria melhor por *não* saber? E essa não era mesmo a questão. A questão era que Irene acreditava que Lucy e Roy estavam chateados com *ela*...

Lucy informou a Roy que Irene Sowerby não estava nem um pouco errada.

O quê? Eles *estavam* chateados com ela? Verdade? Um ano depois?

Lucy continuou. Sabia o que a mãe dele lhe sussurrava aos

domingos. Talvez, na próxima vez, Roy podia aproveitar para sussurrar de volta que a irmã dela, Irene, deveria ter considerado o bem-estar do sobrinho querido que tanto desejava ver quando Julian Sowerby começou a cuidar do divórcio do casal!

O quê?

A menos, é claro, que Roy não visse nos planos de Julian nada que pudesse ameaçar o desenvolvimento de Edward como uma criança saudável e feliz. Quem sabe Roy até concordasse com o tio que o bem-estar de uma família não importava tanto quanto a satisfação de seus desejos egoístas.

Bem, não. Claro que não. Olha, de quem ela estava zoando? Ele tinha ficado chocado, praticamente enojado, quando soube das mulheres do tio Julian, não tinha? E por acaso ele tinha mudado de opinião? Às vezes, quando pensava em Julian aprontando das suas durante todos aqueles anos, sentia tanta repugnância e raiva que nem sabia o que fazer. Que brincadeira era aquela, querer associá-lo a Julian Sowerby? Ele não tinha recusado toda aquela ideia de divórcio depois de pensar cinco minutos sobre o assunto? Olha, casamento não é algo que se jogue pela janela, como um sapato velho. Casamento não é algo em que se entra à toa ou que se rompa à toa. Quanto mais ele pensava nisso, mais se dava conta de que o casamento era provavelmente a coisa mais séria da vida da pessoa. Afinal, a família era a espinha dorsal da sociedade. Eliminada a família, o que é que sobra? Pessoas zanzando para cá e para lá, só isso. Anarquia total. Tente imaginar o mundo sem famílias. Não tem como. Ah, verdade, tem gente que corre para um advogado de divórcio por qualquer coisinha. Ao primeiro sinal de alguma coisa que os incomoda, lá vão eles para um tribunal de divórcio — e que se danem os filhos, que se dane a outra pessoa. No entanto, se um casal é suficientemente maduro, os dois sentam e discutem suas diferenças, expõem suas queixas, e então, depois que todos tiveram a oportunidade de fazer suas acusações — e também de admitir onde podem ter errado (porque, obviamente, nunca é tão simples, um estar certo e o outro totalmente errado) —, então, em vez de correr para obter um divórcio, os dois, que são suficientemente maduros, param de agir como crianças e se dedicam realmente a *trabalhar* para fazer o casamento funcionar. Porque a palavra-chave, sem dúvida, era trabalhar, coisa que a pessoa não sabe, é evidente, quando entra alegremente no sagrado matrimônio pensando que vai ser mais ou menos a continuação dos bons tempos despreocupados que viveu antes de casar. Não, casamento é trabalho, e trabalho duro, e um trabalho importante pra burro quando envolve uma criancinha, que precisa da gente como ninguém jamais precisou em toda sua vida.

Não podendo suportar o fingimento, ela tentava com todas as forças acreditar que não era falsidade, que ele de fato acreditava no que estava dizendo — mas descobria que isso também era insuportável.

Depois do almoço com os Bassart, eles levavam Edward para a casa do avô de Lucy. Primeiro, a bisa trazia os biscoitos que preparara especialmente para o garotinho; depois o biso fazia truques que, segundo contava, fizera para a mãe de Edward quando ela era pequena. Mandava Edward fechar os olhos enquanto enrolava num lenço branco a mão e dois dedos que se projetavam para fora. Então, ora vejam, ele dizia, abra os olhos, Edward Bassart, tem um coelhinho aqui querendo te conhecer. E lá estava o coelhinho, com duas orelhas compridas e uma boquinha, fazendo uma longa série de perguntas sobre Edward, sua mãe e seu pai. No final da conversa, Edward tinha a permissão para sussurrar um pedido junto à orelha do coelhinho. Certa feita, para deleite de todos os presentes — com exceção do biso, que imaginava ter certa habilidade em disfarçar sua voz —, Edward anunciou que o que mais queria era que o coelhinho fosse de verdade.

"O que você quer dizer com 'de verdade'?", perguntou o biso.

"De verdade mesmo. Não um lenço."

Mais do que tudo, Edward gostava de subir no banco do piano ao lado da avó, enquanto Myra tocava para ele, ou em seu colo para que ele pudesse "tocar". Ela pegava seus dedos e, lentamente, saíam do piano as notas de "Frère Jacques" e "Mary Had a Little Lamb", além da canção "Michael Finnegan", cuja letra ele aprendera com o biso. Em todas as visitas, Edward, seu biso e sua avó a cantavam em conjunto, enquanto a bisa mantinha o prato de biscoitos no colo e Roy, com o longo corpo estendido numa cadeira, marcava o ritmo batendo com uma ponta do sapato na outra.

> *Conheço alguém chamado Michael Finnegan,*
> *Que penteou a barba e os longos cabelos,*
> *Mas veio o vento e desarrumou seus pelos,*
> *Coitadinho do velho Michael Finnegan.*

E lá iam eles de novo enquanto Lucy observava em silêncio. Segundo a avó Myra, aquelas eram todas as canções que a mãe de Edward gostava de cantar quando tinha a idade dele. Lucy via que o filho não entendia o que ela queria dizer. Sua mãe tinha sido criança? Edward não podia acreditar — nem ela.

E também tinha a famosa história de seus pulos da janela na sala de jantar, dos quais também não se recordava nem um pouco. No primeiro dia em que o biso ensinou o "esporte" a Edward, a avó Myra se meteu no banheiro e só saiu depois que os visitantes haviam ido embora.

253

Nos anos que se seguiram ao desaparecimento do marido, Myra envelhecera visivelmente; em certos domingos, parecia mais uma sexagenária do que uma mulher de quarenta e poucos anos. Vincos profundos desciam dos cantos da boca, uma coloração púrpura se infiltrara sob a pele debaixo dos olhos, o belo pescoço já não era liso nem viçoso. No entanto, esses sinais de deterioração em nada diminuíam sua delicadeza. Sem dúvida, era mais fácil, mesmo para os que acreditavam tê-la conhecido intimamente, compreender como estava enraizada de forma profunda em sua natureza aquela suavidade que se via em sua aparência. Os anos passavam, a mulher envelhecia, e logo ia ficando mais e mais difícil, mesmo para sua filha, relembrar que Myra Nelson fora tão maltratada no casamento essencialmente porque era a filhinha do papai. O tempo passou e, muito lentamente, sentada em silêncio naquela sala, observando agora como nunca pudera enquanto a batalha era travada, enquanto ela própria vivia enfurecida — muito lentamente começou a despontar na mente de Lucy a ideia de que a mãe, a caminho da velhice, de fato tinha caráter. "Fraca" e "sem graça" não mais pareciam características adequadas para compreender a pessoa por inteiro. Começou a entender que a boca sempre parecera tão suave, os olhos tão misericordiosos e o corpo tão complacente não apenas porque ela nascera burra e bonita.

O tempo passou, e homens começaram a aparecer aos domingos. Eram convidados para almoçar e ficar durante a tarde. De início, era o jovem Hank Wirges, que, óbvio, não era exatamente alguém que pudesse ser chamado de adulto. Tratava-se de um rapaz bonito, de cabelos negros, que estudara jornalismo na Northwestern, onde havia namorado uma moça que pertencia à mesma irmandade que Ellie Sowerby. Hank tinha vindo para Winnisaw a fim de trabalhar como foca no *Leader*, e havia procurado os Carroll porque sua avó e Berta haviam sido amigas muitos anos antes.

Uma vez por semana Hank levava Myra ao cinema, cada um pagando sua entrada, e todos os domingos era convidado para almoçar na casa dela. Todos ficavam felizes de serem simpáticos com ele e o fazerem sentir que podia usufruir de um ambiente familiar longe de casa, embora ninguém tenha ficado surpreso quando, passado um ano, as idas ao cinema se tornaram menos frequentes. Com o passar dos meses, ele perguntou se podia levar para o almoço de domingo uma moça chamada Carol-Jean, que, como se ficou sabendo, ele já conhecia havia algum tempo.

Foi bom mesmo que Hank tivesse se envolvido com essa tal de Carol-Jean, disse Willard, porque tinha começado a parecer que ele estava caidinho por Myra. Embora só a chamasse de sra. Nelson, ele a tratava como uma espécie de deusa. Depois que ele levou a moça para almoçar duas vezes, Myra teve um surto prolongado de enxaquecas e Hank desapareceu da vida deles. Mas pelo menos havia representado para ela uma espécie de reentrada gradual no mundo, tal como seu pai formulou, naquele ano depois que "Whitey se mandou e mostrou quem realmente era". Nessa época, Myra não sentia a menor vontade de ser vista na Broadway; não tivesse que cuidar da carência afetiva do jovem Hank, talvez nada mais fizesse do que dar suas aulas à tarde e recolher-se à cama para chorar por todos aqueles anos desperdiçados com alguém que "tinha mostrado ser bem diferente da pessoa que todos nós inicialmente esperávamos que fosse".

Lucy nunca pensava no pai, a menos que fosse obrigada; quando seu nome era mencionado, ela simplesmente saía do ar. O bem-estar dele lhe importava tanto quanto o dela importara a ele; onde se encontrava agora, o que era agora, isso era problema dele — e que tratasse de resolver por conta própria. Pode ter sido ela quem trancou a porta, mas o que o fizera fugir foi sua própria vergonha e covardia. Quando Edward ainda era bebê e eles tinham acabado de se mudar para o apartamento novo, certa noite o telefone tocou enquanto ela estava sozinha em casa, mas ninguém respondeu a seu "alô". "Alô?", disse de novo, e então soube que era seu pai, que ele estava em Fort Kean, que planejava se vingar dela através de Edward. "Escuta aqui, se for você, aconselho com muita...", e então ela mesma desligou. O que *ele* podia fazer a Lucy? Nada tinha a temer, como também não sentia remorso algum. Ela o havia trancado para fora — e daí? Não tinha sido *ela* que o impedira de ter um lar decente e uma família decente, de forma nenhuma. Havia uma dívida que jamais seria paga de todo, mas não era dela para com ele, de forma nenhuma... Então, certa tarde, empurrava o carrinho de Edward no Pendleton Park quando um vagabundo se levantou do banco e caminhou trôpego na direção deles. No mesmo instante ela deu meia-volta com o carrinho e se afastou, embora dentro de poucos minutos tivesse se dado conta mais uma vez de que, mesmo que se tratasse de seu pai à sua espreita, nada tinha a temer, nada tinha a lamentar. Se ele era um vagabundo que pedia esmola e dormia na rua, não era por causa dela. Ele não merecia um segundo de seus pensamentos — ou de sua pena.

No verão seguinte ao terceiro aniversário de Edward, Blanshard Muller começou a visitar a casa com regularidade. A família Muller tinha vivido no Hardy Terrace, na verdade bem atrás da casa dos Bassart, até onde chegava a memória de Willard. Blanshard agora vivia sozinho porque sua mulher morrera tragicamente três anos antes — doença de Parkinson — e os filhos adultos do casal moravam longe. O mais velho, Blanshard, Jr., era casado e tinha sua própria família em Des Moines, Iowa, onde trabalhava como jovem executivo no departamento de compras da Estrada de Ferro Rock Island; e Connie Muller, de quem Lucy se recordava como um garotão grande e parrudo, dois anos atrás dela na escola, estava terminando o curso de veterinária na Universidade do Estado de Michigan.

Trinta anos antes, valendo-se de uma caixa de ferramentas e duas pernas robustas — descrição de Willard —, Blanshard Muller tinha começado a rodar pelos escritórios de todo o condado consertando máquinas de escrever. Atualmente, alugava, vendia e fazia a manutenção de qualquer máquina de escritório, era o proprietário único da Alpha Business Machine Company, localizada atrás do fórum de Winnisaw. Com pouco mais de cinquenta anos, era um homem alto, com cabelos grisalhos penteados rente ao crânio, um nariz bem longo e um queixo másculo. Quando tirava os óculos de lente quadrada e sem aro, coisa que fazia sempre quando sentava para comer, revelava uma grande semelhança com ninguém menos que Bob Hope. O que era algo irônico, dizia Willard, porque o sr. Muller não possuía um grande senso de humor. Mas não havia dúvida de que era uma pessoa digna de respeito, confiável e trabalhadora: bastava olhar para seu passado para saber disso. Berta gostara dele imediatamente e, à medida que os meses foram passando, mesmo Willard afirmava que havia muito a se admirar num sujeito que não jogava conversa fora nem falava sem parar, mas dizia o que tinha de ser dito, de modo direto. Certamente, quando se manifestava sobre algum assunto — por exemplo, a modernização da seleção de cartas mediante o uso da automação, tema suscitado por Willard num domingo após o almoço —, seu pensamento era claro e preciso.

Numa véspera de Natal, com Whitey desaparecido havia mais de três anos, Blanshard Muller pediu a Myra que se divorciasse do marido alegando abandono do lar e se tornasse sua esposa.

Lucy soube da proposta na manhã seguinte, quando Roy telefonou para sua família, e depois para a dela, a fim de comunicar que não poderiam ir a Liberty Center para o Natal. Naquela manhã, Edward havia acordado com febre alta e tossindo muito; não poder celebrar a festa com os avós que o adoravam fez o menino, desapontado, chorar bastante — o que entristeceu Lucy. Mas foi só isso que a entristeceu. Tinha todos os motivos para suspeitar que, naquele dia, alguém iria sugerir que fossem todos à casa dos Sowerby depois do almoço, ou que os Sowerby fossem à casa dos Bassart; e, dado o espírito natalino, o que ela poderia dizer ou fazer para evitar o encontro? Obviamente, sabia que era impossível manter Roy afastado da tia e do tio para sempre, mas sabia também que, uma vez realizado o encontro, ele ficaria outra vez exposto aos mais perniciosos conselhos, e ela e Edward de novo corriam o risco de serem maltratados ou mesmo abandonados. Se fosse capaz de blindá-lo contra a influência do tio de uma vez por todas! Mas como?

Quando por fim visitaram Liberty Center no final de janeiro — a bronquite de Edward tinha durado quase três semanas —, descobriram que a mãe de Lucy ainda não dera uma resposta definitiva à proposta do sr. Muller. Por volta do Ano-Novo, Berta tinha praticamente perdido a paciência com a filha, mas Willard deixara claro que Myra tinha quarenta e três anos de idade e de forma nenhuma podia ser pressionada a tomar uma decisão tão importante quanto um novo casamento. Teria de formalizá-la quando estivesse pronta. Qualquer um que tivesse olhos podia ver que ela estava cada vez mais perto de dizer sim a cada dia que passava. Agora, duas vezes por semana dirigia até Winnisaw para almoçar na hospedaria com Blanshard; e, mesmo nas noites do meio da semana, ia com ele ao cinema ou a uma reunião de seu círculo de amigos. Em meados do mês, chegou a ajudá-lo a escolher um novo linóleo para o chão da cozinha. A cozinha e o banheiro tinham começado a ser modernizados anos antes, porém o trabalho nunca fora concluído devido à doença e morte da sra. Muller. Myra disse a seus familiares que ajudá-lo a escolher o linóleo foi um favor que teria feito a qualquer pessoa que lhe tivesse pedido; não deviam interpretar como uma decisão de se tornar sua esposa.

No entanto, na noite seguinte, quando Blanshard precisou permanecer em casa a fim de entrevistar um novo vendedor, ela ficou caminhando de um lado para o outro na sala de estar e, após uma hora de angústia, foi até a cozinha e telefonou para a casa dele. Não era de sua conta e não queria que pensasse que ela estava de modo algum criticando a mulher que fora sua esposa, mas não era mais capaz de manter aquilo dentro de si. Precisava lhe dizer como desaprovava o esquema de cores escolhido para o banheiro do segundo andar. Se não fosse tarde demais para cancelar a encomenda dos armários e acessórios, ela esperava do fundo do coração que ele o fizesse. Compreenderia, é claro, se ele não desejasse fazê-lo por razões sentimentais, mas evidentemente não foi a reação dele.

Então, era como se o gato estivesse escondido com o rabo de fora, por assim dizer. Não obstante, como Berta não cessava de enumerar os feitos e as virtudes de Blanshard, seu esforço individual talvez estivesse tendo um efeito contrário ao desejado. Talvez o melhor fosse deixar que Blanshard Muller conduzisse sua própria defesa, cabendo a Myra decidir se queria iniciar uma vida nova com aquele homem. Certamente não era solução apontar um revólver para a cabeça da pessoa até que ela dissesse "sim"; não se pode forçar ninguém a fazer o que simplesmente não tem condições de fazer, ou ter sentimentos que não abriga em seu coração. "Não é verdade, Lucy?", ele perguntou, possivelmente imaginando que ela se aliaria a ele contra Berta, mas ela fingiu que não estava acompanhando a discussão.

Foi uma tarde muito deprimente. Não apenas por ter de escutar o avô expor com empenho aquela filosofia pusilânime que os levara praticamente à beira da ruína e que encorajava as pessoas a crer que não podiam ser mais do que eram, por mais inferiores e inadequadas que fossem; deprimente não apenas por seu avô querer que a filha continuasse a morar indefinidamente em sua casa, e sua avó querer botá-la na rua, com ou sem um homem, o mais cedo possível; deprimente por perceber que na verdade não ligava se sua mãe casaria ou não com Blanshard Muller. E, contudo, tinha rezado por isso ao longo de toda a vida — que um homem austero, sério, forte e prudente seria o marido de sua mãe, e um pai para ela.

Naquela noite, dirigiram até Fort Kean em meio a uma tempestade de neve. Roy ficou em silêncio enquanto dirigia devagar pela estrada, e Edward dormiu encostado nela. Embrulhada no casaco, observou a neve que era soprada por cima do capô e pensou que, sim, sua mãe estava prestes a se casar com aquele homem bom com quem sua filha sempre sonhara, e seu próprio marido tinha parado de tentar escapar de todos os deveres e obrigações. Por fim se acomodara, gostasse ou não, à rotina diária de ser pai, marido e homem: Edward tinha um pai e uma mãe para protegê-lo, cada qual desempenhando sua função — e ela sozinha tinha feito tudo isso acontecer. Essa batalha também ela travara e vencera, porém parecia que nunca se sentira tão infeliz como naquele momento. Sim, tudo que desejava tinha acontecido, mas, a caminho de casa em meio à tormenta, tinha a ilusão de que nunca morreria — iria viver para sempre naquele mundo novo que construíra, sem que jamais lhe fosse dada a chance de não apenas ter razão, mas de ser feliz.

Nevou muito naquele inverno, quase sempre depois de escurecer. Os dias eram gélidos e brilhavam com uma luz branca. Edward tinha um macacão de neve azul com capuz, luvinhas vermelhas e galochas vermelhas novas; quando acabava de arrumar o apartamento, ela o vestia com aquelas roupas de inverno coloridas e, empurrando o carrinho de compras, iam ao mercado. Edward caminhava a seu lado, enfiando cada galocha vermelha na neve fresca e a puxando para fora, sempre com grande cuidado e concentração. Depois do almoço e da soneca, iam para o Pendleton Park com o trenó dele. Ela o arrastava pelas aleias e o empurrava por um declive suave no campo de golfe vazio. A cada dia faziam o caminho mais longo de volta, contornando o laguinho, onde as crianças mais velhas deslizavam velozes sobre patins, e saindo do parque para passar diante da universidade feminina.

Suas colegas de classe tinham se formado no ano anterior, em junho. Provavelmente isso explicava por que agora podia passear pelo campus que evitara todos aqueles anos. Quanto aos professores, duvidava que algum deles se lembrasse dela: tinha chegado e saído rápido demais. Ah, mas era estranho, muito estranho, estar arrastando Edward em seu trenó diante da Bastilha. Tinha vontade de lhe contar sobre os meses que vivera ali. Contar que ele também vivera ali. "Nós dois… naquele prédio. E ninguém para nos ajudar, ninguém mesmo."

Os prédios militares de seus tempos de aluna tinham sido demolidos e substituídos por um comprido edifício moderno-so de paredes de tijolos que abrigava as salas de aula, e agora uma nova biblioteca estava sendo erguida atrás da Bastilha. Ela se perguntou onde estaria o centro de saúde; perguntou-se se o mesmo médico covarde ainda servia à universidade. Ela não se importaria caso se cruzassem numa daquelas tardes e ele a reconhecesse com o filho. Acreditava que isso lhe poderia trazer alguma satisfação.

Algumas tardes Lucy e Edward se aqueciam tomando um chocolate quente na mesma mesa nos fundos da The Old Campus Coffee Shop onde ela costumava almoçar durante os últimos meses da gravidez. No espelho junto à mesa via ambos, os narizes vermelhos, os cabelos cor de palha caindo sobre os olhos e os próprios olhos, iguaizinhos. Quão longe tinham chegado desde aqueles dias horríveis na Bastilha! Aqui, a seu lado, estava o menininho que se recusara a eliminar — o menininho que ela agora se recusava a ver privado de qualquer coisa! "Obrigado, mamãe", disse Edward ao observar, com grande solenidade, ela tirar o marshmallow de cima de seu chocolate quente para pôr no dele. "Aqui está ele. Salvei sua vida. Fiz isso sozinha. Ah, por que estou me sentindo tão triste? Por que minha vida é assim?"

Os pingentes de gelo pelos quais passavam ao sair na tarde ensolarada haviam ficado mais compridos no lusco-fusco. Todos os dias, Edward quebrava o mais longo que encontrava e o levava cuidadosamente nas mãos enluvadas para pôr na geladeira a fim de que seu pai pudesse vê-lo ao voltar do trabalho. Era verdadeiramente uma criança adorável, e pertencia a ela, sem dúvida a ela, trazido ao mundo por ela e nele protegido também por ela: e mesmo assim Lucy se sentia condenada para sempre a uma vida cruel e miserável.

No Dia dos Namorados, Roy chegou em casa com duas caixas de bombons em formato de coração: uma grande, a ser dada por ele, e uma pequena, por Edward. Depois do banho do garotinho, Roy tirou uma foto dele, com os cabelos penteados, de roupão e chinelo, entregando a Lucy seu presente pela segunda vez.

"Sorriam, crianças."

"Tira logo, Roy, por favor."

"Mas se você nem está sorrindo…"

"Roy, estou cansada. Por favor, tira."

Depois que Edward foi para a cama, Roy sentou à mesa da cozinha com um copo de leite, alguns biscoitos recheados e uma de suas pastas de papel. Começou a examinar todas as fotos que havia tirado de Edward desde seu nascimento. "Quer ouvir uma ideia que tive hoje?", perguntou ao entrar na sala, enxugando a boca. "É só uma ideia, sabe. Quer dizer, nem estou pensando nela pra valer."

"Sobre o quê?"

"Bom, sobre pegar todas as fotos do Eddie, pôr em ordem cronológica e dar um título. Sabe, provavelmente é uma ideia boba, mas tenho as fotografias necessárias para isso, até aí não há dúvida."

"Mas o que é, Roy?"

"Bom, um livro. Uma espécie de história através das fotografias. Não acha que seria uma boa ideia, se alguém quisesse publicar? Com o título de 'O crescimento de uma criança'. Ou 'O milagre de uma criança'. Fiz uma lista de títulos possíveis."

"Fez?"

"Bom, durante o almoço. Foram chegando assim... aí tomei nota. Quer ouvir?"

Ela se levantou e foi ao banheiro. Disse diante do espelho: "Vinte e dois. Só tenho vinte e dois anos".

Quando voltou à sala, o rádio estava ligado.

"Como está se sentindo?", ele perguntou.

"Tudo bem."

"Está sentindo alguma coisa, Lucy?"

"Estou me sentindo *bem*."

"Olha, não quer dizer que vou *publicar* um livro, mesmo que pudesse."

"Se você quer publicar um livro, Roy, trate de publicar!"

"Bom, não vou! Só estava me divertindo um pouco. Meu Deus!" Pegou um velho exemplar da revista *Life*, que sua família lhes dera, e começou a folheá-lo. Largou o corpo na cadeira, jogou a cabeça para trás e disse: "Uau".

"O quê?"

"O rádio. Está ouvindo? 'It Might As Well Be Spring.' Você

sabe com quem eu dividia essa música? Bev Collison. Puxa. A magricela da Bev. O que terá acontecido com ela?"

"Como é que eu vou saber?"

"Quem disse que você devia saber? Só me lembrei dela por causa da música. O que tem de mal nisso?", ele perguntou. "Poxa, que noite para um Dia dos Namorados!"

Pouco depois ele abriu o sofá, e os dois puseram o cobertor e os travesseiros. Quando estavam deitados com a luz apagada, Roy disse que ela estava com um aspecto cansado e provavelmente se sentiria melhor de manhã. Disse que compreendia.

Compreendia o quê? Se sentir melhor por quê?

Da cama, podiam ver a neve caindo diante do poste de luz no outro lado da rua. Roy mantinha as mãos atrás da cabeça. Depois de algum tempo, perguntou se ela também estava acordada. Lá fora tudo estava tão tranquilo e bonito que ele não conseguia nem dormir. Ela estava bem? Sim. Estava se sentindo melhor? Sim. Havia algum problema? *Não.*

Ele se levantou e ficou algum tempo olhando para fora. Cuidadosamente, traçou uma grande letra B no gelo da janela. Depois voltou e ficou junto à cama.

"Sente só", ele disse, encostando a ponta do dedo na testa dela. "Que inverno! Quer saber? Parece até como era lá."

"Onde?"

"Nas Aleutas. Mas às quatro da tarde. Pode imaginar?"

Sentou ao lado dela e pousou a mão em seus cabelos. "Não está brava comigo por causa do livro, está?"

"Não."

"Porque, é claro, nem vou fazer isso, Lucy. Com que dinheiro?"

Ele voltou a se enfiar debaixo do cobertor. Passou mais ou menos meia hora. "Não consigo dormir. E você?"

"O quê?"

"Está conseguindo dormir?"

264

"Aparentemente não."

"Bom, algum problema?"

Ela não respondeu.

"Quer alguma coisa? Um copo de leite?"

"Não."

Ele atravessou a sala às escuras em direção à cozinha.

Ao voltar, sentou na cadeira junto à cama. "Quer um biscoito recheado?", perguntou.

"Não."

Passou um carro na rua coberta de neve, a corrente dos pneus tilintando de leve.

"Uau", ele disse.

Ela não falou nada.

Roy perguntou se ela ainda estava acordada.

Lucy não respondeu. "Vinte e dois", ela estava pensando, "e assim vai ser a minha vida inteira. Assim. Assim. Assim. Assim."

Ele foi até o quarto de Edward. Voltou e disse que Edward dormia lindamente. Essa era a melhor coisa sobre as crianças. Luzes apagadas, e estão na terra dos sonhos antes que a gente conte até três.

Silêncio.

Poxa, seria um espetáculo se algum dia tivessem uma menininha.

Uma o quê?

"Uma menininha", ele disse.

Roy levantou, foi até a cozinha e voltou com a caixa de leite. Derramou no copo o que ainda tinha e tomou de um gole.

Sempre tinha sonhado em ter uma filhinha, ele disse. Ela sabia disso? E sempre soube o nome que lhe daria. Linda. Garantiu que tinha pensado nele muito antes de a canção "Linda" se tornar popular. Sempre que ouvia o disco de Buddy Clark tocando na vitrola automática, lá na sala de recreação das Aleutas, pensava em casar, constituir uma família e ter um dia uma filhinha chamada Linda Bassart. Linda Sue. "Não é bonito? Quer dizer, esquece a canção. Não é mesmo, em si? E cai bem com Bassart. Experimenta falar em voz alta... Está acordada?"

"Estou."

"Linda... Sue... Bassart", ele disse. "Por um lado, não é muito extravagante, mas também não é simples demais. Edward, também, fica bem nesse meio, que é como eu gosto."

Outro carro. Silêncio.

Ele se levantou e olhou pela janela. "Senhorita Linda... Sue... Bassart. Bem bom, hein?"

Até aquele momento, fazer dele um pai adequado para Edward tinha sido uma luta tão grande que não pensara uma só vez num segundo filho. Mas, em meio àquele silêncio profundo do inverno, ouvindo o que Roy disse e reparando no tom em que foi dito, pensou que talvez, finalmente, ele não estivesse pronunciando certas palavras com o único propósito de agradá-la. Parecia não estar fingindo: ela podia captar em sua voz um sentimento real, um desejo real. Talvez quisesse mesmo uma menina. Talvez sempre tivesse querido.

Durante todo o dia seguinte, não conseguiu afastar da mente o que Roy lhe tinha dito na noite anterior. Não pensava em outra coisa.

Quando Roy voltou de noite para casa e, como de costume, girou Edward acima de sua cabeça, ela pensou: "Ele quer uma filha. Quer mais uma criança. Será? Será que mudou de verdade? Finalmente se tornou um homem?".

E assim, nas primeiras horas da manhã seguinte, quando Roy rolou para cima dela, Lucy decidiu não ser mais necessário continuar usando proteção. Depois que Edward nascera, o obstetra havia sugerido que ela talvez quisesse usar algum anticoncepcional, se é que já não tinha um. Concordou imediatamente

266

quando compreendeu que, a partir de então, não ficaria mais nas mãos de Roy; nunca mais seria vítima de sua incompetência e estupidez. Mas agora ele havia dito que ter uma filha era um de seus mais antigos desejos. E, embora não houvesse soado como se estivesse simplesmente tentando agradá-la com aquelas palavras, como poderia saber se não lhe desse a chance de provar sua sinceridade e honestidade?

Nas semanas seguintes, Roy não voltou a mencionar Linda Sue, nem ela. Entretanto, altas horas da noite era acordada por uma mão ou perna caindo sobre ela, e então pelo comprido corpo dele se contorcendo sobre seu corpo pequeno — ou, se ele não estivesse de todo consciente, sobre sua camisola. Foi assim que fizeram amor durante aquele fevereiro, mas nada havia de extraordinário nisso: assim o tinham feito ao longo dos anos. Só que agora, enquanto ele investia contra ela no escuro, Lucy olhava por cima de seu ombro para a neve que caía lentamente, sabendo que muito em breve estaria grávida pela segunda vez. E dessa vez seria diferente: não teriam de pedir nada a ninguém, nem discutir com ninguém, nem brigar entre eles. Agora estavam casados, e nenhum dos dois dependia de seus familiares. Dessa vez seria algo que o próprio Roy tinha dito que desejava. E dessa vez, ela simplesmente sabia, seria uma menina.

De repente, sua fantasia de uma vida infinita e infeliz desapareceu. Todo o peso, a tristeza e a melancolia pareciam ter evaporado da noite para o dia. Seria possível? Uma nova Lucy? Um novo Roy? Uma nova vida? Certa tarde, caminhando para casa e segurando a mãozinha enluvada de Edward, com o trenó atrás deles raspando pela calçada limpa de neve, ela começou a cantar a canção bobinha que o avô ensinara ao menino.

"'Conheço alguém chamado Michael Finnegan'", ele disse cautelosamente, como se perplexo com o fato de ela conhecer a música.

"Mas seu biso te contou, eu costumava cantar quando era criança. Também já fui criança um dia. Você sabe."

"Foi?"

"Claro. Todo mundo foi criança um dia. Até o biso!"

Ele deu de ombros.

Que penteou a barba e os longos cabelos...

Ele olhou para ela pelo canto dos olhos, e depois começou a rir. Ao chegarem em casa, estava cantando com a mãe:

Mas veio o vento e desarrumou os seus pelos,
Coitadinho do velho Michael Finnegan.

Ela não lembrava ter se sentido tão feliz em toda a vida. Começou a ter a sensação de que o terrível passado finalmente ficara para trás, que de repente estava vivendo no futuro. Parecia-lhe que grandes períodos de tempo estavam passando nos meses seguintes, até o dia do aniversário de George Washington e, depois, até aquele domingo em que levaram Edward para visitar os avós e bisavós em Liberty Center.

Depois do jantar, Roy saiu para tirar fotos de Edward ajudando o avô a quebrar uma camada de gelo escorregadia na frente da porta da garagem. Lucy podia ver os três ali, Roy dizendo a Lloyd onde se posicionar para que as luzes e sombras ficassem nos lugares certos, e Lloyd dizendo a Roy que estava onde precisava estar para fazer o trabalho necessário, enquanto Edward enfiava as galochas vermelhas na neve acumulada ao lado do caminho. Ela ficou diante da pia, observando a cena lá fora e ouvindo sem grande atenção a conversa de Alice Bassart, Alice lavando os pratos e Lucy secando.

Ellie Sowerby estava em casa para o fim de semana, e Alice só parecia interessada em falar sobre o problema que Irene vinha enfrentando com a filha. Lucy se perguntou se a conversa tinha o objetivo básico de irritá-la. Ela e a sogra não chegavam a manter o que pudesse se chamar de um relacionamento cálido e amoroso; nenhuma moça que tivesse arrancado de casa o filhinho de Alice Bassart poderia ser amiga dela, mas recentemente havia surgido outro motivo de atrito. O ressentimento que sentia por Lucy devido ao casamento tinha sido agravado por sua recusa em se relacionar com sua irmã e o cunhado. Não que Alice alguma vez o tivesse manifestado de forma clara: não era do seu feitio.

Mas que importava Alice Bassart para ela agora? Ou mesmo os Sowerby? Pertenciam todos a um passado que tudo indicava ter se dissolvido por completo. Aquele passado e aquelas pessoas já não detinham o menor poder sobre ela. Sua menstruação não viera aquele mês. Agora só tinha que pensar no futuro.

Por isso, sem nenhum desconforto real e até mesmo com alguma curiosidade, escutou a história de Eleanor Sowerby, da qual vinha ouvindo pedacinhos aqui e ali desde que Ellie se formara na Northwestern em junho. Junto a três amigas, Ellie passara o verão numa fazenda para turistas em Wyoming, onde morava a família de uma das moças. Estava agora em Chicago com as mesmas três, amontoadas no que era, segundo Ellie, um apartamento "louco" no Near North Side — perto da Rush Street, que Skippy Skelton, uma das amigas, chamava de "rua dos bebuns". Claro que Lucy já sabia que "um tal de Roger" (o segundo aluno da Northwestern a dar a Ellie o distintivo de sua fraternidade), de quem ela deveria ficar noiva após a formatura de ambos, tinha de repente, no último semestre do último ano, resolvido que na verdade não gostava tanto de Ellie quanto pensou que gostasse. Certo dia, sem mais nem menos, deu o fora nela, e de modo tão inesperado, tão cruel, que Irene teve de correr para Evanston e

269

ficar com a filha durante uma semana inteira enquanto ela se recuperava. A família só havia concordado com a ida para uma fazenda nos cafundós de Wyoming na esperança de que isso afastaria da cabeça dela o que tinha acontecido. Quanto ao tal de Roger, disse Alice Bassart, devia ser mesmo um sujeito bem especial. Sabe quando pediu de volta seu precioso distintivo? Exatamente uma semana depois de passar magníficas férias de Páscoa em Liberty Center como hóspede na casa de Ellie!

No entanto, a despeito da crueldade com que fora tratada, Ellie estava por fim se recuperando; começava a entender que era bem melhor ter uma pessoa como esse tal de Roger totalmente fora de sua vida. E já não tinha as crises de choro, o que representava um alívio para todos. Foi por causa do choro ininterrupto que Irene quase precisou pegar um avião para Wyoming. Mas Skippy Skelton, que aparentemente se revelara uma moça muito forte, falou firme com Ellie, dizendo que deixasse de se sentir uma coitadinha; e agora Ellie estava tão ocupada em Chicago que simplesmente não tinha mais tempo de passar dias inteiros na cama, em lágrimas, com a cara enfiada no travesseiro. Vinha trabalhando como recepcionista numa firma de pesquisa de propaganda, onde as pessoas eram "fabulosas" — nunca conhecera tantos homens "geniais" na vida. Nem sabia que eles existiam. Seus familiares ainda não entendiam ao certo o que ela queria dizer com isso. Irene estava visivelmente nervosa, ciente do quanto era importante para Ellie atravessar o próximo ano sem nenhum choque que lhe causasse novo desgaste emocional. E Julian não apreciava nem um pouco a descrição que ela fazia da turma com que a filha andava por lá. Segundo ele, na cidade havia uma universidade cheia de homens supostamente geniais, mas metade deles comunista.

E, para piorar, Ellie continuava a florescer: estava a cada dia mais bonita. Seu corpo tomara uma bela forma e, embora ela agora tivesse encontrado alguma razão para manter os cabelos caídos sobre o rosto de modo que mal se podiam ver aquelas covinhas maravilhosas, ainda era o tipo de moça que infelizmente atraía os rapazes só pelo fato de andar pelas ruas sem nem olhar para os lados. Mas esses rapazes não constituíam grande perigo: eram aqueles homens inteligentes que lhes causavam preocupação. Ela seguia a moda mais ainda do que quando criança — pelo jeito, para circular em Chicago uma pessoa precisava de vinte e quatro pares de sapatos, disse Alice —, e o que preocupava os Sowerby era que um homem sem escrúpulos viesse a se aproveitar dela, sem se importar o mínimo com seus sentimentos. Ellie ainda estava se recuperando do tal Roger e, com seu temperamento doce, generoso e crédulo, poderia muito bem se apaixonar perdidamente por alguém que partiria seu coração pela segunda vez. Os Sowerby estavam muito apreensivos porque Skippy, que parecera ser uma influência tão boa sobre Ellie, estava saindo com um homem de trinta e sete anos, separado da mulher — e que pensava levar a namorada (de vinte e dois anos) para a Espanha, para se esconder com ele por uns dez anos, talvez para sempre. Ellie tinha vindo passar o fim de semana em casa para discutir com os pais que tipo de moça essa Skippy Skelton se revelara.

Poucos minutos depois, estavam todos na sala de estar quando do Ellie chegou dirigindo o carro da mãe.

Lucy nem teve tempo de perguntar a Roy se aquela visita tinha sido planejada: sua velha amiga atravessou rapidamente o caminho, subiu os degraus e entrou na casa.

No primeiro momento, Ellie pareceu mais alta do que Lucy se lembrava. Mas não passava de uma ilusão, criada em parte pelos cabelos — ela os deixara crescer, longos e espessos como uma juba — e em parte pelo casaco, feito de uma pele cor de mel e com um cinto apertado no meio. Espetacular. Ela pisou na sala como se entrasse num palco. Nada que Lucy pudesse ver indicava que Eleanor estivesse se recuperando de um desastre; ela nem parecia habitar um mundo onde os desastres eram possíveis.

Lloyd Bassart havia aberto a porta e foi o primeiro a ser abraçado. "Tio Lloyd! Oi!", e Ellie o beijou diretamente nos lábios. Lucy não se recordava de ver ninguém beijar Lloyd Bassart nos lábios antes. Depois, os cabelos de Ellie, frios e estalando com a estática, estavam encostados em seu próprio rosto. "Oi!", e então Ellie estava olhando mais abaixo para Edward: "Oi, rapaz! Lembra de mim? Não? Sou sua prima Eleanor, e você é meu primo de segundo grau Edward. Ei, primo de segundo grau!".

O menino ficou junto à cadeira de Roy, a cabeça encostada no joelho do pai. Alguns minutos mais tarde, porém, ela o havia atraído para o seu colo, onde deixou que se aninhasse no casaco de pele — que Ellie explicou ser só de lontra, embora a gola fosse de visom. Edward deslizou as mãos para dentro de suas luvas de couro forradas de pele e todos riram: os braços penetraram até os cotovelos.

Quando Lucy lembrou Roy que era hora de visitar sua família, ele disse que Ellie convidara a todos para dar uma passadinha na casa dela antes. Havia seguido Lucy até a cozinha, para onde ela escapara sob o pretexto de que queria beber um copo d'água. Ficaria louca se tivesse de ouvir o nome de Skippy Skelton mais uma vez. Skippy era alguém que não inspirava a menor preocupação. Skippy estivera entre as melhores alunas da Northwestern todos os semestres exceto o último, e isso porque não ligava mais para as notas. Skippy não tinha a menor intenção de fugir para a Espanha com o impostor que Greg provou ser. A Espanha, na verdade, tinha sido um pequeno exagero de Eleanor. Não sabia por que havia dito aquilo, embora falar com sua mãe todas as semanas pelo telefone interurbano faz com que a pessoa fique sem assunto. Greg tinha voltado para a esposa e os filhos, por isso não havia motivo para apreensão, ao menos com respeito a Skippy. Ninguém precisava se preocupar com Skippy, ela era capaz de se safar de qualquer encrenca com uma piada, esse era o tipo de pessoa que ela era. A própria Skippy tinha dito a Greg que ele devia voltar rapidinho para sua família quando descobriu que havia três crianças envolvidas. Agora Skippy estava saindo com um sujeito realmente bacana que achava Ellie uma boboca por desperdiçar seus talentos atrás de um balcão de recepcionista por cinquenta dólares semanais... Razão pela qual Ellie estava em casa naquele fim de semana. Seus pais podiam pensar que havia feito a viagem para explicar tudo sobre Skippy, mas de fato estava lá para lhes dizer que, por intermédio do amigo de Skippy, conseguira ser apresentada à Martita. Não sabiam quem era Martita? Bem, tinha sido simplesmente a mais importante manequim dos Estados Unidos antes da guerra. Agora estava aposentada e dirigia a única agência *de verdade* em Chicago. A novidade de Ellie é que, dentro de poucas semanas, largaria o emprego de recepcionista para mergulhar de cabeça numa nova carreira. "Manequim!", ela disse. "Eu!"

"Bom", disse Lloyd; "Sensacional!", disse Roy. "Não esqueça quem tirou sua primeira foto, Elliezinha"; e Alice disse: "Seus pais não sabiam disso até hoje?". E nesse momento Lucy tinha ido tomar seu copo d'água. Havia fechado a porta da cozinha ao passar. Quando ela se abriu, era Roy, para dizer que os pais de Ellie esperavam que fossem todos tomar um café na casa deles.

"Roy, isso tudo foi planejado? Quando?"

"O que você quer dizer com 'planejado'?"

"Você sabia que Ellie vinha aqui?"

"Bem, não, não exatamente. Quer dizer, sabia que ela estava na cidade. Olha, eles querem ver o Eddie, só isso. E também querem nos ver, eu acho."

"Ah, querem?"

"Foi o que a Ellie disse. Bom, é evidente, que ela não está mentindo. Lucy, olha, nós é que temos boicotado eles — e também por uma boa razão, eu sei, não se preocupe. Mas não é que não tenham querido nos ver, não que eu saiba. E, seja como for, passou. Isso aí, passou mesmo. O erro que cometeram foi feio, e o erro que eu cometi também foi feio, mas passou. Não é?"

"Passou?"

"Bom... sem dúvida. Você sabe, outra coisa é que isso talvez não seja muito justo com Edward — se você quiser considerar o bem-estar dele nessa história."

"Foi por causa do bem-estar dele nessa história que tive de chamar sua atenção..."

"Está bem, *está bem*... e chamou! Agora é minha vez de fazer isso, nada mais. Pense você o que pensar do tio Julian, ou até mesmo da tia Irene, pensemos nós dois o que quisermos, bem, eles ainda são também o tio e a tia de Eddie, e ele não sabe nada daquilo, nem preciso dizer... Ah, vamos, Lucy, Ellie está esperando."

"Ela pode esperar."

"Lucy, com toda a franqueza...", ele começou.

"O quê?"

"Quer que eu te fale com toda a franqueza?"

"Por favor, fale, Roy."

"Por que você está sendo tão *sarcástica* de repente?"

"Não estou sendo 'sarcástica'. Se estiver, não é de propósito. Fale comigo com franqueza. *Fale*."

"Bem, francamente, o que eu acho é que, a essa altura, depois de tudo que aconteceu, e também tudo que não aconteceu — e isso, pra começar, não é uma crítica —, mas acho que, a essa altura, você pode realmente estar sendo um pouco boba em relação a isso. Quer dizer, sem saber. Bom, é o que eu penso, e está dito. E, para ser franco, acho também que é mais ou menos o que meus pais pensam. Já tem mais de um ano desde que tudo aconteceu, desde que me comportei daquele jeito e tudo mais, mas agora passou e talvez, com relação aos Sowerby, esteja na hora de dar um basta e seguir em frente, patati, patatá… Bom, o que *você* acha?"

"A opinião de seus pais é importante para você? Isso é uma novidade."

"Não estou falando em *opinião*! Não estou falando em *importante*! Para de ser tão *sarcástica*! Só estou falando do que parece para alguém de fora. Por favor, não me deixa confuso, está bem? Isso é importante. Simplesmente, Lucy, não faz mais sentido. Sinto muito se isso soa como uma crítica à minha própria mulher, mas não é o caso."

"Não é o quê?"

"Continuar a guerra depois que a guerra acabou, quando ninguém mais está lutando, pelo menos até onde eu possa ver."

Ellie gritou da sala de estar. "Você vem, Roy?"

"Roy", disse Lucy, "se quiser ir e levar Edward, vai em frente."

"De verdade?"

"Sim."

O sorriso dele se apagou. "Mas… e você?"

"Vou ficar aqui. Vou a pé até a casa do vovô."

"Mas não quero você andando por aí, Lucy." Esticou a mão e fez uma leve carícia na franja dela. "Ei, Lucy." Falou baixinho. "Vem. Por que não? Passou. Vamos deixar para trás. Lucy, vem, você anda tão bonita ultimamente. Sabia disso? Quer dizer, sempre foi bonita para mim, mas, ultimamente, ainda mais. Então vem, hein, vamos?"

Ela sentiu que enfraquecia. *Vamos deixar para trás.* "Talvez eu deva ir a Chicago para ser apresentada à Martita, a modelo mais famosa na história dos Estados Unidos. Martita e Skippy Skelton…"

"Ah, para, Lucy, você *é* bonita. Para mim você é, e muito mais bonita que Ellie também. Porque tem caráter, e você é você. Não precisa ser a rainha do glamour, não precisa ter casacos de visom, acredite, para ser bonita. São coisas materiais, você sabe disso. Você é a melhor pessoa que existe, Lucy. É mesmo. Por favor, vem também. Por que não?"

"Roy, se quiser ir, pode ir."

"Bom, eu sei que *posso*", ele disse, amargurado.

"Me apanha na casa do vovô às quatro."

"Ah, droga", ele disse, empurrando uma das cadeiras contra a mesa. "Você vai ficar com raiva depois. Já sei."

"O que quer dizer com isso?"

"Se eu for."

"Por que ficaria com raiva? Está planejando fazer alguma coisa lá que eu possa desaprovar?"

"Não estou planejando *nada*! Vou visitar uma casa! Vou tomar uma xícara de café!"

"Então ótimo."

"É só não ficar com raiva quando voltarmos para casa... é isso que estou dizendo."

"Roy, você me garantiu um minuto atrás que o passado ficou para trás, que posso confiar em você. Tem que admitir que não é algo que eu pude fazer sempre."

"*Está bem.*"

"Faz seis meses que você vem me garantindo que não tem mais certas ideias infantis..."

"*Não tenho.*"

"Que decidiu ser responsável por mim e pelo Edward."

"Sim!"

"Bom, se é isso mesmo, se é verdade que não tenho nenhuma razão para me preocupar quando você está na companhia daquele homem... se não andou me enganando, Roy, e simplesmente fingindo..."

"Não estou enganando ninguém sobre nada!"

"Ei!" Ellie estava chamando de novo. "Pombinhos! Vão sair do esconderijo, o que é que está acontecendo aí?"

Na sala de estar, Alice estava sentada numa cadeira, já de casaco e galochas. Sempre que Roy e Lucy brigavam, Alice partia do princípio de que a culpa era exclusivamente da nora, e Lucy já se acostumara a isso havia muito tempo. Ela ignorava a cara que a sogra fazia para ela, os lábios comprimidos e as mandíbulas cerradas.

Ellie estava ajoelhada diante de Edward, puxando o zíper da roupa de neve. A saia e o casaco dela haviam subido acima do joelho.

"Ei, vamos", disse Ellie, "antes que todos nós peguemos uma baita pneumonia."

"Lucy não pode ir", disse Roy.

Enquanto Lucy pensava: "Não ouse vesti-lo para sair sem minha permissão. Sou eu quem decide se ele põe os pés naquela sua casa e vê aqueles seus pais, e não você. *Eu* sou a mãe dele".

Ela nunca deveria ter cedido na cozinha e dito sim a Roy. A guerra tinha acabado? A guerra não acabava nunca com gente em quem não se podia confiar ou de quem se dependia. Por quê, por que baixar a guarda? Porque aquela cretina tinha vindo de Chicago no fim de semana? Porque aquela *manequim* estava ajoelhada diante de seu filho, fazendo o papel de mãezinha enquanto mostrava as pernas para todo mundo?

"Não pode?", perguntou Ellie em tom triste. "Só por uma *horinha*? Não te vejo há séculos. E tudo que fiz até agora foi falar sobre *mim*. Ah, Lucy, vem conosco. Invejo tanto você, casada e fora da vida louca. É o que preciso fazer." Imediatamente, a melancolia pesou em seus olhos. "Por favor, Lucy, gostaria mesmo de conversar com você. Adoraria ouvir tudo sobre sua vida de casada com aquele ali."

"Ah, é?", disse Roy, vestindo o casaco. Deu um sorriso sugestivo. "Aposto que adoraria."

"Uau", disse Ellie, "como ficávamos sentados naquela sala."

"Sinto muito", disse Lucy. Chamou Edward para perto dela e deu uma ajeitada na sua roupa de neve. "Vai com papai. Eu vou visitar a vovó Myra." Beijou-o.

Ele correu para o pai, deu-lhe a mão e começou a olhar fixamente de novo para Ellie enquanto ela calçava as luvas. Roy riu.

"Acha que são dele", explicou a Lucy. "As luvas."

"Grrr", rugiu Ellie, transformando em garra uma de suas mãos enluvadas. "Grrr, Edward, lá vou eu." O menino riu nervoso e, quando Ellie deu um passo em sua direção, encostou a cabeça no lado do corpo do pai.

Roy olhou para Lucy, e depois para Ellie. "Ei, Ellie, a mãe de Lucy vai casar. Sabia?"

"Puxa, isso é sensacional", disse Ellie. "Fabuloso, Lucy."

Lucy reagiu com frieza ao entusiasmo dela. "Ainda não está definido."

"Ora, espero que dê certo. Ia ser legal."

Lucy não concordou nem discordou.

"Ei", disse Ellie, "como vai seu avô?"

"Bem."

"Gosto muito dele. Lembro dele em seu casamento. Contando aquelas histórias sobre as florestas do norte. Eram mesmo fantásticas."

Nenhuma reação.

Ellie disse a Edward, que continuava fixado nela: "Você também, Edward? Não adora o biso?".

Ele balançou a cabeça concordando com o que quer que Eleanor estivesse lhe perguntando.

"Acho que Edward caiu de amores por alguém", disse Alice Bassart.

Ellie se dirigiu a Lucy: "Dê um abraço nele por mim, está bem? Dá vontade de abraçar ele, não dá?, quando começa a contar aquelas histórias? Ele é um cara verdadeiramente antiquado. Simplesmente perfeito. E é isso que faz falta em Chicago, apesar de todo o divertimento — esse tipo de gente genuína, que de fato se importa com as pessoas, que não é fingida, falsa. Quando estivemos naquela fazenda em Horse Creek, havia um homem lá, o capataz, que era muito cortês, com modos de outros tempos, fácil de agradar... E a gente pensava que provavelmente era assim que o país costumava ser. Mas Skippy diz que tudo isso está desaparecendo, mesmo lá no interior, que era a última linha de defesa. Não é uma vergonha? Se for pensar, é mesmo terrível. Com certeza já desapareceu em Chicago, isso eu posso garantir. Às vezes, acordo de manhã e ouço todos aqueles carros lá fora, e me dá vontade de estar de volta aqui em Liberty Center, onde pelo menos não existe tanto ódio e violência. Aqui a gente deixa a casa destrancada, o carro destrancado, e pode ir embora por uma semana, até por um mês, sem se preocupar. Mas precisa ver as fechaduras que temos só na porta de entrada". "Três", ela disse, voltando-se para Alice.

"Deus meu", disse Alice. "Lloyd, ouviu isso? Ellie precisa ter três fechaduras por causa da violência."

"E uma corrente", disse Ellie.

"Eleanor, não sei por que você quer viver num lugar desses", disse Alice. "E os assaltantes? Espero que você não ande pelas ruas."

"Claro, mamãe", disse Roy, "ela anda no ar! Onde é que você acha que ela vai andar, mãe?"

"Não acho", sua mãe respondeu, "que ela deva sair depois de anoitecer num lugar onde se precisa de três fechaduras e uma corrente, Roy."

"Bom", disse Lloyd, "lá eles têm um problemão de cor, não os invejo."

"Não são os negros, tio Lloyd. Vocês acham que é tudo culpa dos negros — e quantos negros conhecem de fato? Conhecem de verdade, falam com eles?"

"Espera um minuto", disse Roy. "Conheci um com quem eu costumava falar um bocado, Ellie, na Britannia. E era um cara muito inteligente. Eu tinha o maior respeito por ele."

"Bom", disse Ellie, "conheço uma moça que namora um negro."

"Conhece?", perguntou Alice.

"Conheço sim, tia Alice. Mas sabe o que meu pai disse? Que ela deve ser comuna. Bom, só rindo mesmo, porque na verdade ela votou no presidente Eisenhower, o que não é exatamente muito comunista da parte dela, não acham?"

"Ela sai com ele, Eleanor? Em público?", perguntou Alice.

"Bem, na verdade se encontraram numa festa — e ele a levou para casa. Andam pela rua, normalmente, e a cor não fez nenhuma diferença… Foi o que ela disse. E acredito nela."

"Mas ela beijou o cara?", Roy perguntou.

"Roy!", exclamou sua mãe.

"Está nervosa por quê? Só estou fazendo uma pergunta. Só quero esclarecer um ponto."

"Bem, e que ponto!", disse sua mãe.

Roy continuou. "Só estou dizendo que uma coisa é fazer amizade e tudo mais, e sou completamente a favor e eu mesmo já fiz, como falei antes. Mas, francamente, Ellie, sobre essa moça, bom, acho com toda franqueza que sexo com pessoas de outra raça e coisa assim é uma questão completamente diferente."

Ellie fez um ar de superioridade. "Olha, não perguntei a ela sobre sexo, Roy. Isso é problema dela, sério."

"Eu acho", disse Alice Bassart em tom severo, "que tem uma criança na sala com dois ouvidos bem limpinhos."

"Bom, o que eu estou dizendo é que, toda vez que acontece

alguma coisa terrível, todo mundo culpa os negros", disse Ellie, "e me recuso a continuar ouvindo esse tipo de preconceito. É isso. Vindo de quem vier."

"Mas... e toda aquela violência, Eleanor?", perguntou Lloyd Bassart. "Há um bocado de violência lá, você mesma disse."

"Mas não é culpa dos negros!"

"Então é de quem?", perguntou Alice. "A maior parte são eles que provocam, não?"

"Na verdade", disse Ellie, "mais do que qualquer um são os viciados em drogas — de fato uns pobres coitados muito doentes que precisam de ajuda. A prisão não resolve, posso garantir."

"Viciados?", disse Lloyd. "Quer dizer que o problema é a droga, Eleanor?"

"Nas *ruas?*", perguntou Alice.

"Dunga!", Edward estava rindo. "Dunga, mamãe!", ele disse a Lucy.

Ellie jogou a cabeça para trás, fazendo reluzir a juba do seu cabelo. "Dunga! Espera até eu contar isso à Skip. Ah, que delícia. *Dunga!*", ela disse, correndo até Edward e o levantando do chão. "E o Zangado. Certo?"

"Ahã", ele disse. Esticou a mão para tocar a gola do casaco dela.

"E mais quem?", perguntou Ellie, sacudindo-o em seus braços. "Atchim?"

"Atchim!", ele gritou.

"Lucy", disse Ellie, "ele é maravilhoso. Uma loucura, mesmo. Ei, vamos!" Pôs Edward no chão, que continuou a segurar uma das mãos dela.

"Vamos", disse o menino.

Roy perguntou: "Quer ir mais tarde, Lucy? Depois de ver teu pessoal? Posso te pegar".

Ela disse: "Vou estar na casa dos meus avós".

Alice disse: "Você vem depois, Lloyd?".

"Vou, vou sim."

Saíram porta afora, Edward puxando o casaco da parente que acabara de descobrir. "E o Dengoso."

"Dengoso! Dengo! Como é que fui esquecer do Dengo? Ele é igual a você."

"E o Mestre também."

"O Mestre também!", disse Ellie. "Ah, Edward, você é uma figurinha. Nem acredito que você existe, mas aqui está você!"

"E a madrasta má."

"Ah, sim, ela mesma. 'Espelho meu, espelho meu...'" — e a porta se fechou.

Lucy observou através da janela enquanto seu marido e a prima decidiam que carro usar, o Hudson ou o novo Plymouth conversível da mãe de Ellie. Durante a discussão, Alice Bassart permaneceu na calçada, segurando a mão de Edward e dando um passo numa direção, depois na outra. Roy disse: "Quer chegar lá viva, mãe, ou não?". Ellie apontou para o Hudson e disse algo que Lucy não ouviu, porém fez Roy rir. "Ah, é? É o que você pensa", ele exclamou. "Vamos, Roy" disse Ellie, com a porta do Plymouth aberta, "aprende a viver." "Viver? Num produto da Chrysler?", gritou Roy. "Está zoando?" "Vamos, tia Alice, vamos, Ed", chamou Ellie, e Roy disse: "Ei, não é só sua vida, mãe, esse aí é o herdeiro do meu patrimônio", e Alice disse: "Roy, pare de se fazer de bobo!". "Está bem, legal", ele disse, "deixa estar", e por fim todos entraram no carro dos Sowerby. Edward ficou atrás com a avó, enquanto Roy se ajeitou ao lado de Ellie.

Lucy estava prestes a se afastar da janela quando a porta do lado da calçada se abriu e Roy foi dar a volta correndo até a porta da motorista. Escorregou atrás do carro e caiu. "Ai!" Levantou-se, e estava tirando a neve da barra da calça quando olhou para cima e viu Lucy à janela. Acenou para ela, que não acenou de volta. Ele pôs as duas mãos em volta da boca: "Quer ir... dentro de meia hora?".

No carro, Ellie deslizava no banco para se afastar do volante. "Lucy? Quer que eu...?"

Ela fez que não com a cabeça.

Ele então pareceu não saber o que fazer. Ela não se moveu. Será que ele estava mesmo decidido a ir? Se lembraria de quem era seu tio? Tiraria Edward do carro e voltaria com ele para casa — por vontade própria?

Ellie baixou o vidro da janela. "Roy! Estamos morrendo de frio aqui."

Roy deu de ombros — e de repente, jogando antes um beijo para Lucy, se pôs atrás do volante.

A buzina tocou imediatamente. Ellie tapou os ouvidos com as mãos. Duas tentativas e o motor pegou: jatos de fumaça pretejaram a neve atrás do carro. Alice Bassart subiu o vidro do seu lado e voltou a baixá-lo para que Edward pudesse passar sua luvinha. Lucy ergueu a mão. A buzina tocou de novo, e então o carro se afastou bruscamente do meio-fio, partindo em direção ao Grove. A última coisa que ela viu foi um brilho vermelho quando Roy, por algum motivo, pisou no freio.

Ellie aparentemente vinha pedindo ao pai que lhe emprestasse o carro para voltar para Chicago; em teoria ele pertencia a sua mãe, só que Irene tinha rodado menos de quatrocentos quilômetros em quatro meses, o que Ellie considerava ridículo. "E provavelmente ele vai concordar mesmo", disse Lloyd quando Lucy saiu da janela. "Não que eu o inveje por poder fazer isso. Não trabalhei na área da educação pensando em ter uma frota de automóveis ao envelhecer. Foi pela satisfação em treinar os jovens para que fossem capazes de enfrentar os desafios da vida, e acho que você compreenderá, Lucy, que os carros nada têm a ver com isso. No entanto, com toda sinceridade, na minha opinião Julian não devia mimar essa moça mais do que já mima. Não tenho nada contra nenhuma raça, religião ou cor, mas, cá entre nós, vou lhe dizer quem eu acho que saiu com um negro: foi a própria Eleanor."

"Pensei que tinha sido a amiga dela", disse Lucy, calçando as galochas; Ellie tinha aparecido lá de salto alto, como se estivessem em julho.

"Bom, vai saber. Não gosto do jeito que ela fala, para uma pessoa tão jovem. Nem um pouco. Mas foi uma delas que o rapaz de cor levou para casa, pode ter certeza. Conheço essa gente jovem quando fala. Tenho circulado entre eles toda minha vida. É sempre 'um amigo meu' quando falam deles próprios. Eleanor sempre foi paparicada demais por causa da beleza, e agora Julian vai colher o que plantou com aquela filha linda de quem ele falava sem parar. Deixar uma garota de vinte e dois viver no meio de uma cidade como Chicago, sem supervisão adequada, cercada de más influências, é algo de que sou totalmente cético, para dizer o mínimo. Em especial uma pessoa tão doida por rapazes como a Eleanor sempre foi. Vou lhe dar minha opinião pessoal, Lucy, se é que ela vale alguma coisa. Eleanor vai levar um tombo, e um tombo muito sério, pelas coisas que a ouvi dizer aqui esta tarde. *Mas*", ele disse, mostrando as palmas das mãos, "não vou meter meu bedelho, e já aconselhei a Alice..."

Ela já não escutava mais. Havia feito uma bobagem, agora via que deixar Roy ir sozinho, permitir que confrontasse o tio pela primeira vez sem estar ao lado dele... que cretinice, que perigo!

Pensou em contar ao sogro, naquele momento, que estava grávida.

Não, contar a todos.

A solução lhe ocorreu, e era perfeita: *ia contar a todos*. Iria se juntar a eles na casa dos Sowerby e, diante de Julian, Irene, Ellie, Alice, Lloyd, Roy e Edward, daria a notícia. Confrontados com o anúncio de uma criança, a família, toda reunida, não teria outra opção senão mostrar-se entusiasmada... Sim, sim. Podia ver Eleanor batendo palmas, clamando por champanhe. E todos erguendo as taças num brinde, como tinham feito quatro anos antes festejando o futuro de Roy... "Para Linda Sue!" E assim, a despeito da incerteza que Roy poderia sentir caso desse a notícia a sós para ele, a despeito de sua resistência caso lhe parecesse que ela e o pai dele estavam agindo em conluio... bem, qualquer reação desse tipo seria varrida em meio ao espírito geral de celebração.

Sim, sim, é isso que ela teria de fazer.

Primeiro, ir para a casa do vô Willard. Esperar quinze minutos e depois telefonar para os Sowerby — e sim, pedir a Ellie que a apanhasse. No carro, ah, claro, faria a confidência primeiro para a amiga. "Ellie?" "O quê?" "Roy e eu vamos ter outro filho. Você é a primeira a saber." "Ah, Lucy, fabuloso!" Depois contaria a todos — com Ellie a seu lado dizendo o tempo todo: "Não é maravilhoso? Não é simplesmente divino?". Comemorando a ocasião, Irene Sowerby sem dúvida convidaria a todos para o jantar. Ela então telefonaria para o avô. Pediria a sua mãe e ao sr. Muller, além dos avós, que fossem à casa dos Sowerby depois do jantar porque tinha notícias maravilhosas para lhes dar. Assim todos saberiam. Haveria muita conversa animada, brincadeiras e barulho, e a ansiedade de Roy ao saber que seria pai de novo não seria nada em comparação com seus sentimentos de orgulho, esperança e expectativa.

E ela contaria também que torciam para ser uma menina — essa era a preferência de Roy —, que inclusive já tinha escolhido o nome que sempre desejara para a filhinha que sempre desejara. Se todos levantassem um brinde à Linda Sue, não haveria depois nenhuma confusão sobre quem teve a ideia de ter uma menininha. Mais tarde, não poderia haver nenhuma acusação, nenhuma recriminação... Os Sowerby possuíam um gravador no novo aparelho de som; quem sabe ela poderia convencê-los a ligar o aparelho, gravar a festa. Desse modo, ficaria para sempre registrado como todos tinham ficado absolutamente entusiasmados com a perspectiva do nascimento de Linda Sue. "A nossa filha, assim espero", Roy diria, e *estaria gravado para sempre*.

Mas talvez estivesse indo longe demais... ou será que não? Ela sabia, não sabia?, até que ponto as pessoas estavam dispostas a negar a verdade. Já tinha visto como as pessoas diziam mentiras, faziam acusações, *qualquer coisa* para não cumprir seus deveres e obrigações. Se ela estivesse usando um gravador na noite em que Roy falou sobre seu desejo de ter uma menininha... Mas ele decerto não iria negar *isso*, iria? Por que negar? Talvez ele estivesse demorando mais do que ela para atingir a maturidade, mas não era um mentiroso por natureza. Nem um safado, um sem-vergonha, um jogador, um mulherengo ou um bêbado. Por dentro, havia uma alma boa e gentil... e ela o amava.

Amava Roy? Não podia se enganar pensando que sempre tinha amado — ou, de fato, amado alguma vez. Mas, naquela tarde de domingo, após quatro angustiantes anos de casamento, acreditava que podia mesmo estar apaixonada. Não pelo Roy que ele tinha sido, claro, mas pelo novo Roy em que se transformara. Porque este último é que se dirigira a ela na cozinha: um Roy não mais infantil e irresponsável, um Roy que não fingia mais. Será? Teria mesmo mudado? Havia se tornado um homem bom?

Seu marido era um homem bom?

Ela estava casada com um homem bom?

O pai de Edward, o futuro pai de Linda Sue, era um homem bom?

Ah, podia amá-lo, enfim: tinha feito dele um homem bom.

* * *

Tinha acabado! Ele não lutava contra o casamento, nem ele nem ninguém mais. Este era o sentido da visita de Ellie — os Sowerby haviam se rendido! Mandar Ellie lá a fim de convidar todo mundo para a casa deles tinha sido nada menos que a admissão de que Lucy tinha tido razão e eles estavam errados. Julian Sowerby reconhecia a derrota. Com todo seu dinheiro, todos os seus advogados e todos os seus estratagemas traiçoeiros e enganadores, Julian tinha erguido a bandeira branca!

A infelicidade que sentira na primavera anterior, a infelicidade que sentira enquanto estava grávida de Edward, todo o sofrimento e a humilhação — tudo acabado. Dessa vez ela ficaria grávida como uma mulher deve ficar. A barriga iria crescer, os seios aumentariam, a pele se tornaria lisa e viçosa — e nada disso lhe causaria medo, repugnância ou consternação. Dessa vez ela iria se deliciar com o que estava acontecendo. Chegaria a primavera, depois o verão... via uma mulher num penhoar de renda branco e cabelo comprido — era ela —, deitada na cama com a filhinha a seu lado e um homem numa cadeira, sorrindo para as duas. Numa das mãos, as flores que levou para o bebê, na outra, as que levara para ela. O homem é Roy. Ele observa a criança sendo amamentada, o que o enche de ternura e orgulho. Trata-se de um homem bom.

Esses eram seus pensamentos ao sair da casa dos Bassart e caminhar até a casa do vô Willard. Seu marido era um homem bom... e Julian Sowerby tinha sido derrotado... e quando estivesse no hospital haveria flores... e deixaria o cabelo crescer até a cintura... e, se na vida tinha sido pedra, se na vida tinha sido ferro, bem, isso tudo estava acabado. Agora podia ser... ela mesma!

Mas veio o vento e desarrumou os seus pelos,
Coitadinho do velho Michael Finnegan.

Ela própria! Mas como seria então? Como era ela de fato? Aquela Lucy verdadeira, que ela nunca tinha tido a chance de ser...

Cantando, sorrindo, se perguntando — quem ela seria?, como ela seria? —, subiu os degraus da casa do avô e, sem nem tocar a campainha, abriu a porta e se defrontou com um infortúnio.

"Sente-se de novo, Blanshard", Willard estava dizendo. "Por favor, Blanshard."

O sr. Muller fez que não com a cabeça. Terminou de abotoar o casaco e esticou a mão para pegar o chapéu que Willard segurava.

Com as costas bem retas, os braços cruzados em frente ao peito, a avó Berta estava sentada na poltrona junto à lareira. Lucy olhou para seu rosto enraivecido e depois mais uma vez para os dois homens.

Willard disse: "Blanshard, amanhã é outro dia", mas entregou o chapéu ao visitante.

O sr. Muller tocou no ombro do velho e foi embora.

Lucy perguntou: "O que aconteceu?".

O avô sacudiu a cabeça.

"Vovô, o que aconteceu?"

"Provavelmente nada, minha querida." Forçou um sorriso. "Como vai você? Onde estão Roy e Eddie?"

A avó começou a deslizar os dedos pela pele frouxa do braço. "Provavelmente nada", ela disse.

"Chega, Berta", disse Willard.

"Provavelmente nada. Só que ela decidiu que não tem mais

vontade de vê-lo." Furiosa, levantou-se e caminhou até a janela. "E isso é nada!"

"Por que ela não quer mais vê-lo?", perguntou Lucy.

Sua avó ficou em silêncio. Observava a figura de Blanshard Muller se afastando.

"Vovô, por que ele saiu desse jeito? O que está acontecendo?"

"Bem, conte a ela", disse a avó Berta.

"Nada a contar", disse Willard. Berta resfolegou e foi para a cozinha.

"Vovô…"

"*Não há nada para contar!*", ele disse.

Lucy foi atrás dele. "Olha", mas ele subiu a escada e entrou no quarto da mãe dela, fechando a porta atrás de si.

Ela seguiu para a cozinha. A avó agora olhava para fora da janela dos fundos.

"Não entendo", disse Lucy.

Berta não falou.

"Eu disse que não entendi o que aconteceu. Que que está *havendo* aqui?"

"Ele voltou para a cadeia", disse sua avó em tom amargurado.

Lucy ficou sentada sozinha na sala até o avô descer. Disse a ele que queria saber a história toda.

Ele perguntou: "Que história?".

Ela repetiu que queria saber a história toda. E por ele, *agora*, não mais tarde, por algum estranho.

Que ela se preocupasse com sua própria vida, disse o avô. "Não há história nenhuma."

Enquanto ele caminhava pela sala, Lucy lhe explicou algo que imaginava que seu avô provavelmente já soubesse àquela altura: ele não podia poupar as pessoas da verdade. Não podia protegê-las das coisas feias da vida fazendo de conta… Parou.

Queria ouvir o que quer que houvesse a ser ouvido. Se o pai dela estava na cadeia…

"E quem é que te disse isso?"

"Se está, quero ouvir de *você*, vovô. Não quero ter de recompor a verdade juntando pedaços de sussurros e mexericos…"

Não haveria nenhum mexerico, não dessa vez, ele disse. Ninguém tinha ficado sabendo, nem mesmo Blanshard, o que tinha tornado tudo tão desgraçadamente doloroso. Willard e Berta haviam decidido na noite anterior que não se ganharia nada divulgando o que acontecera, uma vez que, sim, algo *tinha* acontecido. Durante o jantar, Myra havia abaixado a cabeça na mesa e revelara o que vinha guardando dentro dela por quase um mês. Mas ele não via por que Lucy precisava ficar a par da situação agora. Tinha sua própria vida para lhe ocupar a mente.

"O que foi dessa vez?"

"Lucy, pra que saber?"

"Vovô, em relação a ele, não tenho a menor ilusão. Se é que você lembra, decidi lidar realisticamente com ele há muito tempo. Antes mesmo que outros o fizessem — se é que fizeram."

"Bom, sem dúvida fizeram…"

"Me conta a história."

"Bom, é bem longa, Lucy. Não sei por que você quer ouvi-la."

"Ele é meu pai."

A observação pareceu confundi-lo.

"É meu *pai*! Conta a *história*."

"Daqui a pouco você vai começar a chorar, Lucy."

"Não se preocupe comigo, *por favor*."

Ele caminhou até o pé da escada e voltou. Teria de começar do começo, ele disse.

"Ótimo", ela disse, controlada. "Comece."

Bom, para início de conversa, parece que Myra meio que manteve contato com ele esse tempo todo. Quase desde o dia em que foi embora, uns quatro anos antes, ele se correspondeu com ela por meio de uma caixa postal. Infelizmente, nenhum dos velhos colegas de Willard na agência de correios jamais pensou em lhe contar que de vez em quando Myra ia lá recolher algumas cartas. Por outro lado, ele não sabia o que teria feito nessa situação, dadas as regras de privacidade que são parte do trabalho postal. Seja como for, talvez nem tenham notado. Porque não era todo dia, toda semana ou mesmo todo mês — ou foi o que Myra disse, enquanto confessava aos prantos. Ele só a mantinha a par do seu paradeiro e do que vinha fazendo, sobretudo quando acontecia alguma coisa importante. E ela às vezes, dependendo de seu estado de espírito, do quanto estava triste, ou de quanta saudade sentia do passado, às vezes ela respondia.

Bom, para seguir em frente, se era isso mesmo que Lucy queria, nos primeiros meses após seu desaparecimento ele viveu no sul do estado, em Butler, trabalhando para um velho camarada que possuía um posto de gasolina lá. Mas, por volta da época em que Edward nasceu...

"Ele sabe que tenho o Edward."

"As coisas mais importantes, Lucy, como é o caso de Edward, ele mais ou menos sabe, sim."

"Por quê?"

"Por quê? Bom, sei lá por quê, Lucy. Ela achou que certas coisas, imagino, independente de tudo que tivesse acontecido antes, já que afinal de contas ele ainda era um ser humano que todos conhecemos um dia, você sabe... bom, certas coisas ele deveria saber."

"Claro."

Seja como for, algum tempo depois do nascimento de Edward, ele foi para a Flórida. E parece que lá tentou se alistar de novo na Marinha. Por uns tempos de fato trabalhou para eles em

Pensacola, tentando ser designado suboficial na área de eletricidade.

"Como militar?"

"Lucy, só estou relatando o que me foi contado. Se quiser que eu pare, paro com prazer."

"E depois de Pensacola? Depois que não conseguiu ser aceito como militar?"

Depois de Pensacola ele foi para Orlando.

"E sonhou ser o que lá?"

Ficou por um tempo com sua prima Vera e a família dela. Parece que então se tornou bem próximo de uma senhora em Winter Park. Até ficaram noivos. Ao menos ela pensava que estavam noivos, até que ele finalmente contou toda a verdade.

"Ah, contou?"

"Que ainda estava casado", disse Willard.

"Ah, essa verdade."

"Lucy, não estou defendendo ele para você. Só estou contando uma história que você exigiu ouvir. A contragosto. E, quer saber, acho que vou parar. Porque… de que servem esses pequenos detalhes para você? Já foi feito. Está acabado. Então vamos simplesmente esquecer tudo."

"Continua, por favor."

"Querida, tem certeza de que precisa ouvir tudo isso? Porque, sabe, você talvez não seja tão forte em se tratando desse assunto…"

"Por favor! Sou totalmente *indiferente* a esse assunto! Esse assunto não tem nada a ver comigo além do fato de que, por um acidente da natureza, esse homem emprenhou minha mãe e o resultado fui eu! Ele é alguém a quem, se puder, não dedico um único instante dos meus pensamentos. E posso. E faço isso! Sei perfeitamente que essa história não tem nada a ver comigo. Por isso, você não tem a menor razão para ter medo de me contar a história, mesmo nos detalhes mais idiotas. Quero os fatos, nem mais, nem menos."

"Mas por quê?"

"Então ele contou à noiva 'toda a verdade'. E depois, como é que deu sequência a um milagre como esse, hein? Por favor, continua, vovô. Espero que para você seja óbvio que não aceito nenhuma responsabilidade por qualquer coisa imbecil que ele tenha feito desde que resolveu ir embora de Liberty Center. Não fui quem estava na Marinha para lhe dizer que não tinha capacidade de ser um oficial…"

"Suboficial, querida."

"Suboficial. Ótimo. Nem fui eu quem lhe disse para se alistar e depois largar o serviço."

"Ninguém disse que foi você, Lucy."

"Muito bem. Então, para onde ele foi?"

"Bem, acabou em Clearwater. Foi também onde ficou por mais tempo. Arranjou emprego no departamento de manutenção do Clearwater Beach Arms, que aparentemente é um dos maiores e mais luxuosos hotéis de lá. E, há uns quatro meses, foi promovido a supervisor do maquinário de todo o hotel."

"Mesmo?"

"No turno da noite."

"E aí, o que aconteceu?"

Bom, aparentemente ele tinha vencido o problema da bebida. O que aconteceu não teve nada a ver com isso. Não punha nem mais uma gota na boca e, como sempre foi um trabalhador de respeito quando estava de cara limpa, deve ter impressionado os gerentes por sua competência. Certamente eles não erraram ao calcular seu conhecimento para manter um estabelecimento funcionando a todo vapor, dia e noite. O erro deles foi superestimar sua força de caráter, sendo tão novo no emprego. O erro foi lhe dar uma chave que abria praticamente todas as portas do lugar. Mas até mesmo das chaves ele estava cuidando bem, ou assim parecia. Estava numa boa em matéria de responsabilidade e tudo, até logo depois do Natal. Foi então que Myra lhe escreveu dizendo que queria que ele soubesse que, depois de sérias reflexões, tinha decidido pedir o divórcio para se casar com Blanshard Muller.

Willard afundou na poltrona e, com os olhos fechados, apoiou a cabeça nas mãos. "E não contou a nenhum de nós. Tudo por conta dela, tomou a decisão de casar com ele naquela época... Acho que pensou que era seu dever contar primeiro ao Whitey... Não queria, veja bem, que ele ficasse sabendo por seus velhos camaradas do Earl's Dugout... Ah, sei lá o que ela pensou, mais ou menos... mas o que está feito está feito... E foi o que ela fez."

"Ela estava sendo uma boa esposa, vovô. Estava tendo consideração com os sentimentos do Whitey. Estava sendo correta e respeitosa. Estava sendo uma mulher boa e subserviente. Apesar de tudo!"

"Lucy, ela estava sendo quem ela é, é tudo que estava sendo."

"E ele então era *ele mesmo*, certo? E o que é que ele mesmo fez? O *quê*? Vai em frente, posso aguentar qualquer coisa."

Bem, quando recebeu a notícia, ele ficou muito mexido. Pode-se imaginar que, com a saúde recuperada, mantendo um emprego decente e vivendo onde sempre disse que queria viver... pode-se imaginar que, tendo estado mais ou menos comprometido com outra pessoa por praticamente um ano, tendo ficado fora por praticamente quatro anos... pode-se imaginar que ele estaria de certa forma preparado para um choque desses. E, depois de uns dois dias para se ajustar à ideia, seguiria com sua nova vida, novo emprego e novos amigos, adaptando-se mais ou menos ao que estava acontecendo a quase quatro mil quilômetros de distância com alguém que não via há anos e anos. Em vez disso, o que ele fez foi absolutamente estúpido. E, quem sabe, teria feito de qualquer maneira, independentemente da carta de Myra. Talvez não tivesse nada a ver com Myra, e fosse alguma coisa que planejava há um bom tempo. Seja como for, na véspera do Ano-Novo, ele estava num dos escritórios da gerência do hotel, verificando o problema de um ventilador de janela. Infelizmente, nesse mesmo escritório, algum funcionário tinha sido descuidado ou apressado ou sei lá o quê, mas o sujeito foi para casa no fim do dia e deixou um embrulho com objetos de valor em cima de um arquivo, ao lado do cofre. "Você sabe", disse Willard, "o que os hóspedes guardam no cofre. Principalmente joias. Relógios. E também dinheiro vivo."

"Então ele foi ele mesmo e, por isso, pegou a coisa."

"Bom, uma parte dela."

"Uma parte dela", Lucy repetiu, baixando a vista.

"Um bocado", disse Willard tristemente. "E então, quando se deu conta do que tinha feito…"

"Era tarde demais."

"Tarde demais", disse Willard. "Isso aí."

"Gastou tudo em bebida."

"Não, ah, não", ele disse. "Quanto à bebida, não foi isso. Não, lá em Orlando ele tinha entrado de novo para o AA, como em Winnisaw. Mas dessa vez ficou firme, entende? Foi lá mesmo que conheceu a senhora de Winter Park. Não, o que ele fez foi levar o embrulho para o lugar onde morava e então, bem, não conseguia nem dormir, sabe, compreendendo o que tinha feito, como qualquer idiota compreenderia. Mas àquela altura já era outro dia, e alguém já tinha descido de manhã para recuperar aquele relógio de pulso feminino. E, claro, o relógio não estava lá. Por isso, quando começaram as averiguações, e antes mesmo que ele estivesse de volta ao hotel, o escândalo já tinha estourado. E aí ele não soube o que fazer. Sabia que não podia devolver logo as coisas, não com o gerente e os detetives circulando por toda parte. Por isso, achou que era mais esperto não dizer nada e simplesmente voltar para casa. Imaginou que daria um jeito de repor as coisas, talvez naquela noite. Mas, poucas horas depois, o dedo da acusação já apontava para ele, foram até o quarto onde morava e, como não viu outra opção, como parecia de qualquer modo a coisa certa a fazer, e como já tinha planejado fazer isso praticamente uma hora depois do acontecido, confessou tudo, devolveu todos os itens e disse que pagaria qualquer prejuízo com descontos no salário. Mas àquela altura seu chefe já tinha posto na rua a secretária que deixara as coisas fora do cofre e, como precisava tranquilizar os hóspedes e tudo, alguém teria de servir de exemplo. Todas as coisas estavam no seguro e foram devolvidas, mas ele não teve dó nem piedade. Acho que também tinha que cuidar de seus próprios interesses. Por isso, em vez de simplesmente despedir Whitey, como fez com a moça, partiu para cima dele, e com dureza. O juiz também. Essa é uma região onde os hotéis são muito importantes, e acho que eles sabem quem garante a comida na mesa, por isso pegaram ele pra valer. Como exemplo para os outros. Pelo menos, é o que parece. Dezoito meses. Na Penitenciária Estadual da Flórida."

Willard terminou. Ela disse: "E você acredita nessa história. Realmente acredita nela".

Ele deu de ombros. "Lucy, ele está preso, em Raiford, na Flórida."

Ela se pôs de pé. "Mas não é culpa dele, certo?"

"Não, não disse…"

"Você nunca diz! Nunca!"

"Querida, nunca digo o *quê*?"

"Ele foi forçado a roubar porque estava muito triste, não é? Nem sabia o que estava fazendo. Não *queria* fazer o que estava fazendo! Queria devolver logo depois de fazer! Mas foi apanhado!"

"Lucy..."

"Mas é nisso que você *acredita*! A secretária descuidada! O chefe malvado! E as pessoas não podem evitar! Simplesmente têm os defeitos e fraquezas com que nasceram... Ah, francamente!" Lucy já estava na escada antes que ele pudesse detê-la.

Sua mãe estava deitada, com o rosto enfiado no travesseiro.

"Mãe", ela começou, "o sr. Muller acabou de ir embora. Sabia disso, mãe? Está me ouvindo, mãe? Você acaba de enxotar de casa sua única chance de ter uma vida decente. E por quê? Mãe, estou lhe perguntando por quê."

"Me deixa em paz..." A voz quase inaudível.

"Por quê? Para jogar no lixo mais vinte anos? Para ser humilhada de novo? Agredida de novo? Para não ter nada? Mãe, o que você pensa que está fazendo? Quem pensa que está salvando? Mãe, o que significa mandar o sr. Muller embora quando aquele idiota, aquele débil mental, aquele inútil, irrecuperável..."

"Mas você devia estar feliz!"

"O quê?" De repente se sentiu sem forças.

Sua mãe estava se sentando na cama. Rosto inchado, olheiras fundas. Ela gritou: "Porque ele está onde você sempre quis que estivesse!".

"Eu... Não!"

"Sim! Onde ele nunca, nunca..." O resto se perdeu em meio aos soluços quando ela caiu deitada de volta na cama.

Uma hora depois ela desceu a escada e saiu de casa antes mesmo que Roy pudesse sair do carro. Sua mãe estava com enxaqueca e seria muito doloroso receber a visita de Edward ou de qualquer um deles; até mesmo o sr. Muller tinha ido para casa mais cedo. E no rádio se previa uma nevasca para a noite. Precisavam partir logo.

Willard a seguiu até a varanda. Anteriormente, havia batido à porta de seu antigo quarto, mas ela o proibiu de entrar. "Posso lidar com isso sozinha, obrigada", ela dissera.

"Lucy, você está agindo como se eu estivesse a favor de tudo isso. Como se eu quisesse isso."

"O que você fez para evitar? O que fez alguma vez na vida para evitar?"

"Lucy, não sou Deus…"

"Me deixa em paz, por favor! Não sou eu quem precisa de você. Vai para perto de sua filhinha querida!"

Agora o avô a seguiu até a calçada. Ela já estava dentro do carro, Edward a seu lado, quando Willard se debruçou na janela apoiado nos cotovelos.

"Como vai o príncipe Edward?" Enfiou a mão dentro do carro a fim de puxar para baixo o capuz do menino.

"Não", disse Edward, dando risadinhas.

"Como vai, Roy?", Willard perguntou.

"Ah, sobrevivendo", Roy respondeu. "Melhoras para a mamãe."

Ele chamava a mãe de Lucy de mamãe. Mamãe! Aquela mulher fraca, idiota, cega… Foi a polícia que o pôs lá. Ele mesmo se pôs lá!

"Se cuida, Lucy", disse o avô. Deu uma batidinha no braço dela.

"Sim", ela disse, ocupada em endireitar o capuz de Edward.

"Bom", disse Willard enquanto Roy ligava o motor, "vejo vocês no mês que vem…"

"Isso aí, nos vemos, Willard", disse Roy.

"Tchau", disse Edward. "Tchau, biso."

Ah, não, ela pensou, ah, não, você não… *Não vou deixar que me acusem, não vão me responsabilizar…*

Lusco-fusco. Neve. Noite. Enquanto seguiam, Edward fez

pequenos sons explosivos com a saliva na boca e Roy falou sem parar. Adivinha quem Ellie tinha visto em Chicago no Natal? Joe, o Dedão. Deu de cara com ele no Loop. Agora estudava medicina, ainda em Alabama. Mas o mesmo Joe Dedão, Ellie disse. Ei, adivinha o que o Eddie falou. Assim, sem mais nem menos, perguntou à Ellie se Skippy era o nome do cachorro dela. Ah, os Sowerby perguntaram por ela, claro. Julian tinha um negócio qualquer no clube de golfe, por isso só teve tempo de dar um alô. Foi praticamente tudo que disse a ele. Ah, e a grande notícia: Ellie convidou os dois para passar um fim de semana com ela na primavera. Podiam deixar o Eddie com a família...

Ela fechou os olhos e fingiu que estava dormindo... Talvez tenha dormido porque, durante algum tempo, foi capaz de tirar da cabeça qualquer lembrança do que lhe havia sido dito naquela tarde.

Já estavam quase chegando a Fort Kean. Roy estava dizendo a Edward, que ficara acordado durante toda a viagem observando os limpadores de para-brisa que jogavam para o lado a neve pesada: "... aí o capitão entrou e perguntou: 'Quem topa ir lá fora ajudar esse esquimó a encontrar seu cachorro?'. E aí eu pensei: 'Parece que vai ser divertido...'" — e foi então que Lucy soltou um grito lancinante.

Roy parou o carro no acostamento. Quando se curvou sobre Edward para tocá-la, ela afastou o ombro e se encolheu contra a porta.

"Lucy!"

Ela apertou a boca contra o vidro frio da janela. *A coisa toda não merece um instante de consideração.*

"Lucy..."

E ela gritou de novo.

Perplexo, Roy perguntou: "Lucy, está sentindo alguma dor? Onde? Lucy, eu disse alguma coisa...?".

Ele ficou sentado mais um momento, esperando para saber se tinha sido alguma coisa que havia dito ou feito. Depois voltou cuidadosamente para a estrada e seguiu na direção da cidade. "Lucy, você está bem agora? Está melhor? Querida, vou o mais rápido que puder. Está escorregadio, você vai ter que aguentar..."

Edward permaneceu sentado entre os dois, imóvel. Vez por outra Roy esticava a mão e tocava de leve a perna no menino. "Tudo bem, Eddie. Mamãe teve uma dorzinha."

Em casa, o menino os seguiu agarrado à parte de trás da calça do pai, enquanto Roy ajudava Lucy a vencer os três lances de escada para chegar ao apartamento.

Na sala de estar, Roy acendeu uma lâmpada. Ela se jogou no sofá. Edward ficou parado na porta, ainda com a roupa de neve e as galochas vermelhas. O nariz escorrendo. Quando ela estendeu a mão em sua direção, ele passou em disparada e entrou no quarto.

As mãos de Roy pendiam do lado do corpo. Os cabelos molhados caíam sobre a testa. "Quer que eu chame um médico?", perguntou baixinho. "Ou agora está bem? Lucy, está me ouvindo? Está se sentindo melhor?"

"Ah, você", ela disse. "Grande herói."

"Quer que eu abra?", ele perguntou, apontando para o sofá. "Quer descansar? É só dizer."

Ela puxou a almofada que estava às suas costas e atirou desordenadamente contra ele. "Seu grande herói de guerra!"

A almofada bateu em sua perna. Ele a pegou do chão. "Só estava distraindo o Eddie. Olha, sempre conto para ele..."

"Eu *sei* o que você sempre conta! Ah, eu sei, Roy — todos os domingos de nossa vida você conta para ele! Porque é tudo que pode fazer! Deus sabe que não pode *mostrar* nada para ele!"

"Lucy, o que é que eu fiz de errado dessa vez?"

"Seu idiota! Debiloide! Tudo que *você* pode mostrar para

ele é o carburador do carro — e provavelmente também mostra errado! Vi você, Roy, naquele Plymouth novinho em folha. Dirigir um Plymouth novo — essa foi a coisa mais emocionante do ano!"

"Pois não foi!"

"Sentar ao volante de um carro novo dos Sowerby!"

"Meu *Deus*, Lucy, Ellie perguntou se eu queria dirigir e disse que sim. Ora, não há nenhuma razão… Olha, se está com raiva porque eu fui lá… Conversamos sobre isso antes, Lucy…"

"Seu verme! Não tem um pingo de coragem? Não é capaz de se manter em pé sozinho, *nunca*? Seu parasita! Seu sanguessuga! Seu covarde, fraco, inútil, miserável! Não vai mudar nunca — nem *quer mudar*! Nem sabe o que eu quero dizer com mudar! Fica lá com essa boca aberta de idiota! Porque não tem colhões!" Ela pegou a outra almofada às suas costas e atirou contra a cabeça dele. "Desde o dia em que nos conhecemos!"

Ele derrubou a almofada com a mão. "Olha, agora olha… Eddie está bem atrás…"

Ela pulou para fora do sofá. "E nenhuma coragem!", gritou. "Nenhuma determinação! Nenhuma vontade própria! Se eu não lhe dissesse o que fazer, se lhe desse as costas — se em cada dia podre dessa vida podre eu não… Ah, você não é homem e nunca vai ser, e nem *liga*!" Lucy estava tentando esmurrá-lo no peito; Roy primeiro empurrou as mãos dela, depois se protegeu com os braços e cotovelos; por fim, apenas recuou, um passo de cada vez.

"Lucy, agora chega, por favor. Não estamos sozinhos…"

Mas ela o perseguiu. "Você é um nada! Menos do que nada! Pior do que nada!"

Ele agarrou seus dois punhos. "Lucy. Controle-se. Para, por favor."

"Tira as mãos de cima de mim, Roy! Me solta, Roy! Não ouse usar sua força contra mim! Não ouse tentar usar de violência!"

"Não estou tentando *nada!*"

"*Sou mulher! Larga as minhas mãos!*"

Ele largou. Estava chorando.

"Ah", ela disse, ofegante, "como eu te desprezo, Roy. Tudo que você fala, tudo que faz ou tenta fazer é horrível. Você é um nada e nunca vou te perdoar…"

Roy cobriu os olhos com as mãos e chorou.

"Nunca, nunca", ela disse, "porque não há esperança para você. Haja paciência. Você vai além de todos os limites. Não pode ser salvo. Nem quer ser."

"Lucy, Lucy, não, isso não é verdade."

"LaVoy", ela disse com nojo.

"O quê?"

"LaVoy não é o veado, Roy. Você é que é."

"Não, ah, não."

"Sim! Você! Ah, vai embora!" Ela se jogou de volta no sofá. "Some. Me deixa, me deixa, desaparece da minha frente!"

Ela então chorou, com tal intensidade que pensou que seus órgãos se desprenderiam. Sons que pareciam ter origem não em seu corpo, mas nos cantos do crânio, escaparam da boca e das narinas. Fechou os olhos com tamanha força que, entre as maçãs do rosto e a testa, só restaram estreitas fendas por onde escorriam lágrimas quentes. Parecia que jamais seria capaz de parar de chorar. E ela não se importava. O que mais havia a fazer?

Ao acordar, o apartamento estava às escuras. Acendeu a lâmpada. Quem a havia apagado?

"Roy?"

Ele tinha saído.

Correu para o quarto de Edward.

No instante seguinte perdeu a noção de onde se encontrava.

Sua mente não lhe fornecia nenhuma informação. *Estou cursando o primeiro ano.*

Não!

"Edward!"

Correu para a cozinha e acendeu a luz; depois retornou ao quarto dele. Abriu o armário, mas ele não estava escondido lá dentro. Abriu a cômoda para ver... ver o quê?

Ele levou Edward ao cinema. Mas eram nove horas da noite. *Levou para comer alguma coisa.*

De volta à sala, passou a mão por todas as superfícies: nenhum bilhete, nada. No quarto de Edward, ela se ajoelhou. "Buuu!" Mas ele não estava debaixo da cama.

Claro! Na cozinha, discou para o estúdio de Hopkins. *Está mostrando a ele onde trabalha, mostrando como é um homem grande e forte. Mostrando o tipo de estúdio que poderia ter em sua própria casa se mamãe não fosse uma pessoa tão horrível.* Bom, ela esperava — enquanto do outro lado o telefone tocava sem parar — que também lhe mostrasse onde supostamente eles viveriam se a sala e o quarto se transformassem num local de trabalho, mostrasse como supostamente se sustentariam até que seus clientes...

Não havia ninguém no estúdio.

Deu nova busca no apartamento. *O que estou procurando?* Então telefonou para Liberty Center. Mas os Bassart ainda estavam na casa dos Sowerby. A telefonista perguntou se ela queria ligar mais tarde, mas Lucy desligou sem dar o número dos Sowerby. E se fosse um alarme falso? E se ele tivesse apenas levado Edward para comer um hambúrguer, e os dois retornassem no momento em que Julian Sowerby atendesse o telefone?

Ela simplesmente iria esperar que ele voltasse e se explicasse. Desaparecer sem deixar um bilhete! Sair com uma criancinha exausta em meio a uma tempestade de neve às nove da noite! Havia coisas frias na geladeira; havia sopa nas prateleiras. Não me diga que foi para lhe dar algo para comer, Roy. Foi para me assustar. Foi para...

Às dez e meia Roy telefonou para dizer que tinha acabado de chegar de volta a Liberty Center. Ela nem esperou que acabasse. Disse-lhe o que ele tinha de fazer. Ele disse que Edward estava bem — bem agora, pelo menos, mas que tinha sido uma experiência pavorosa para ele, e Lucy devia saber disso. Ela precisou elevar a voz para interrompê-lo; mais uma vez, deixou claro o que ele devia fazer, e imediatamente. Porém ele disse que ela simplesmente não devia se preocupar. Ele cuidaria de tudo do seu lado; talvez devesse se preocupar apenas em controlar as pontas do lado dela. Lucy precisou gritar para fazê-lo entender. Tinha que fazer o que ela lhe dizia. Ele disse que sabia muito bem, mas a questão era o que ela havia feito no carro, e o que tinha feito depois, as coisas que havia lhe dito aos berros, tudo aquilo diante de uma criança indefesa. Quando ela voltou a gritar, ele disse que seria preciso uma tropa dos Fuzileiros Navais para obrigá-lo a levar de volta uma criança a um lugar onde, para ser honesto, ele não suportaria ficar nem mais um dia caso ela continuasse a se comportar daquele jeito. Repetindo, não iria levar um menino de três anos e meio para viver mais um dia com uma pessoa que — sentia muito, mas teria de dizer...

"Dizer o quê!?"

"Que ele odeia mais que tudo, só isso!"

"Quem odeia quem mais que tudo, Roy?"

Nenhuma resposta.

"*Quem* odeia *quem* mais que tudo, Roy? Você não vai escapar com essa insinuação, não me importa onde quer que esteja se escondendo! Exijo que esclareça o que teve a audácia de me dizer — o que nunca ousaria dizer na minha cara, seu bebê chorão! Seu covarde! *Quem* odeia..."

"Odeia *você!*"

"O quê? Ele me ama, seu mentiroso! Está mentindo! Ele me ama, e você trate de devolver essa criança! Roy, está me ouvindo? *Devolva meu filho!*"

"Já te disse, Lucy, o que ele me falou — *e eu não vou!*"

"Não acredito em você! Nem por um segundo acredito .."

"Bom, é melhor que acredite! Até chegar aqui, ele ficou chorando e dizendo..."

"Não acredito em você!"

"'Odeio a mamãe, a cara dela estava toda preta.' Foi isso que ele me falou, Lucy!"

"*Você está mentindo, Roy!*"

"Então por que ele se tranca no banheiro? Por que sai correndo da mesa de jantar dia sim dia não..."

"*Ele não faz isso!*"

"Fez sim!"

"Por sua causa!", ela gritou. "Por não cumprir sua função!"

"Não, Lucy, por causa de *você!* Por seus gritos, seu ódio, seu jeito autoritário, sua crueldade! Porque ele nunca mais quer ver sua cara feia e impiedosa outra vez, nem eu! Nunca!"

"Roy, você é meu marido! Tem responsabilidades! Entra nesse carro agora mesmo... saia nesse *instante* e, mesmo se dirigir a noite inteira..."

Mas do outro lado ouviu-se um clique, a ligação tinha caído. Ou Roy desligara ou alguém havia tirado o fone de suas mãos e desligara.

305

2

O último ônibus que partiu de Fort Kean a deixou em Liberty Center pouco antes de uma da madrugada. A neve quase parara de cair e não havia ninguém na Broadway. Teve de esperar atrás da Van Harn por um táxi que a levasse ao Grove.

Aproveitou o tempo de espera como havia aproveitado a hora de viagem rumo ao norte: ensaiando mais uma vez o que iria dizer. A sua parte agora tinha ficado bem clara; a cena só se tornava vaga quando precisava imaginar o que faria caso Roy se recusasse a levar Edward e ela de volta para Fort Kean. Ficar na casa do avô até amanhecer estava fora de questão. Podia dispensar essa ajuda. Quando é que não dispensara? Nem pernoitaria na casa dos Bassart, embora fossem mínimas as chances de ser convidada. Caso seu sogro e sua sogra tivessem um pingo de lealdade para com ela, teriam solicitado alguma explicação de Roy no momento em que ele chegou à cidade; encontravam-se na casa dos Sowerby, podiam ter eles mesmos telefonado para ela, podiam intervir em favor de uma mãe e de uma criança mesmo que o marido fosse o filho deles. Havia princípios a serem respeitados, valores a serem preservados, que iam muito além das relações de sangue; mas, aparentemente, a noção de ser humano que eles tinham não ia além da própria família. Nenhum deles havia sequer levantado um dedo para impedir que Roy se metesse nessa aventura temerária e ridícula, nem mesmo o professor de colegial metido a besta. Não, ela não podia ser inocente, não com aquele tipo de gente: sabia perfeitamente que, quando Roy se declarasse incapaz de fazer uma segunda viagem a Fort Kean à uma da madrugada, seus pais se uniriam aos Sowerby para apoiá-lo. E sabia também que, se permitisse que ele ficasse para trás enquanto ela e Edward retornavam sozinhos para Fort Kean, Roy jamais voltaria a viver com eles.

E bem que ela gostaria que isso acontecesse. Ele não tinha provado que sua alma era um abismo, não apenas de egoísmo e de insensatez, mas também de impiedosa crueldade? Por mais que tentasse acreditar que Roy fosse capaz de uma devoção mais profunda, por mais que se enganasse ao pensar que era "doce" e "delicado", um homem bom e gentil, a verdade sobre seu caráter era agora mais do que patente. Havia um ponto além do qual era impossível continuar a acreditar no potencial de bondade de outro ser humano, e após quatro anos de pesadelo ela por fim o havia atingido. De todo o coração desejava que ela e Edward pudessem retornar a Fort Kean deixando Roy para trás. Que ele voltasse à mamãe, ao papai, à titia e ao titio, aos copos de leite e aos biscoitos, a seus eternos e inatingíveis sonhos infantis. Se fosse um mês atrás, se só existissem ela e Edward, então Roy, no que dependesse dela, podia desaparecer para sempre. Ela era jovem e forte; sabia o que era trabalhar, conhecia o sentido do sacrifício e do combate, e não temia nenhum dos dois. Dentro de poucos meses Edward poderia entrar para a escolinha; ela então arranjaria um emprego, numa loja, num restaurante, numa fábrica — onde o salário fosse mais alto, por mais árduo que pudesse ser o trabalho. Sustentaria a si e a Edward, enquanto Roy podia ir viver na casa dos pais, dormindo até o meio-dia, abrindo um "estúdio" na garagem, recortando fotos das revistas, colando-as em álbuns — ele podia se afundar e fracassar como bem entendesse, mas sem que ela e Edward sofressem as amargas consequências. Sim, arranjaria um emprego, ganharia o que necessitassem, mas eliminaria aquele monstro — pois quem senão um monstro seria capaz de dizer aquelas coisas terríveis que ele havia lhe dito ao telefone — para sempre da vida deles.

Faria tudo isso, e de bom grado, caso ele houvesse revelado a profundeza de sua maldade apenas um mês antes. Mas agora tal rompimento estava fora de questão — pois bem cedo seu trabalho não consistiria em sustentar uma família, mas em ser a mãe de um segundo filho. Não havia só ela e Edward para proteger: cabia considerar também uma terceira vida. Quaisquer que fossem seus sentimentos e desejos, ela não via nenhum ganho, somente dificuldades sem fim, caso permitisse que aquele homem abandonasse um bebê... Por isso, embora agora lhe tivessem sido oferecidas todas as causas para odiá-lo; embora agora compreendesse os horrendos extremos de que ele seria capaz para se defender e humilhá-la; embora ela preferisse abrir a porta da casa dos Sowerby para ser informada de que Roy estava morto, era impossível permitir que abandonasse mulher e filho. Ele tinha deveres e obrigações, e iria cumpri-los, gostando ou não. Não iria ficar para trás naquela casa, ou em qualquer outro lugar daquela cidade, livrando-se com isso da dor que por acaso é parte da vida. Afinal, quem era Roy Bassart para ficar imune a qualquer dor? Quem era Roy Bassart para usufruir de uma existência privilegiada? Quem era Roy Bassart para escapar de todas as responsabilidades? Não estavam no céu. O mundo era assim!

Nenhuma luz acesa nas casas do Grove. Como a neve já havia sido removida das ruas, o táxi não teve dificuldade em chegar à porta dos Sowerby. Ela pensou em dizer ao motorista que esperasse, num momento sairia com seu filho… Mas isso não era possível. Apesar de odioso para ela, havia fatos e circunstâncias que ela não podia ignorar: nunca, nunca se salvaria às custas de uma criança ainda por nascer.

Porém, não havia nem sinal do Hudson. Ou ele tinha guardado o carro na garagem da casa — ou não estava mais lá. Tinha fugido mais para o norte! Para o Canadá! Fora do alcance da lei! Tinha roubado Edward! E a tinha abandonado!

Não! Ela fechou os olhos para eliminar o pior até que o pior fosse conhecido; apertou a campainha, ouviu o toque, e viu seu pai sentado numa cela da Penitenciária Estadual da Flórida. Num tamborete de três pés, vestindo um uniforme listrado. Tem um número no peito. A boca está aberta e nos dentes, escrita com batom, a palavra INOCENTE.

Julian Sowerby abriu a porta.

De imediato ela se lembrou de onde estava e do que exatamente precisava ser feito.

"Julian, estou aqui para pegar Roy e Edward. Onde é que eles estão?"

Ele vestia um robe azul de cetim por cima do pijama. "Bem, Lucy. Faz tempo que não nos vemos."

"Estou aqui com um propósito, Julian. Roy está escondido com você ou não? Se está com os pais, me diga por favor, e…"

Ele pôs o dedo sobre os lábios. "Shhh", sussurrou. "Tem gente dormindo."

"Quero saber, Julian…"

"Shhh, shhh, já passa da uma. Entre, está bem?" Fez sinal para que passasse logo pela porta. "Brrrr. Deve estar fazendo menos doze."

Deveria entrar sem oferecer resistência? No ônibus, a caminho do norte, se preparara para a possibilidade de uma cena em frente à porta de entrada. Em vez disso, estava acompanhando Julian silenciosamente pelo hall rumo à sala de estar. E por quê? Claro, porque o que Roy havia feito era tão obviamente condenável que nem os Sowerby podiam continuar do lado dele. Isolada como estava, tinha exagerado — não quanto à gravidade do ato de Roy, mas quanto à seriedade com que mesmo seus inimigos aceitariam a história dele. A pessoa que batera o telefone mais cedo tinha sido o próprio Roy; possivelmente ele nem tivera a coragem de ligar na presença de um ser humano racional.

Essa compreensão lhe trouxe um tremendo alívio. Em toda sua vida nunca fugira de uma luta inevitável, e não seria agora que recuaria; se necessário, teria se lançado contra Julian Sowerby a fim de entrar na casa e pegar de volta o marido e o filho. Mas estava grata por poder segui-lo calmamente e em silêncio. A cena com sua família horas antes é que fizera sua imaginação se tornar tão radical, que a levara a se preparar para a mais dura batalha de sua vida. Porém, como podia ver, Roy havia se revelado de tal forma que até mesmo seus aliados mais apaixonados e insensatos não o apoiavam mais.

E não era inevitável que isso acontecesse? Com o tempo, a verdade não acabava por prevalecer? Ah, então seus sacrifícios e suas lutas não tinham sido em vão! Ah, sim, é claro! Quando uma pessoa sabe que tem razão, se não fraqueja ou vacila, se apesar de tudo que lançam contra ela, apesar de todas as dificuldades, todas as dores, a pessoa se opõe ao que no fundo do coração sabe que não é correto; se se endurece contra as opiniões dos outros, se está disposta a suportar a solidão de perseguir o que é bom num mundo indiferente ao bem, se luta com todas as fibras de seu corpo, mesmo caso os outros a desprezem, a odeiem ou a temam; se segue adiante sem esmorecer, por maior que seja a agonia, por mais terrível que seja a tensão — então um dia a verdade será enfim conhecida…

"Sente-se", disse Julian.

"Julian", ela disse em tom neutro, "acho que não vou me sentar. Acho que, sem perda de tempo, mesmo…"

"Sente-se, Lucy." Ele sorria e apontava para uma cadeira.

"Prefiro não", ela falou com firmeza.

"Mas não me interessa o que você prefere fazer. Estou lhe dizendo o que vai fazer. A primeira coisa é sentar."

"Não preciso descansar, obrigada."

"Precisa, sim, boneca. Precisa de um descanso muito, muito longo."

Ela se sentiu tomada pela raiva. "Não sei o que você pensa que está dizendo, Julian, e não me interessa. Não vim aqui, a essa hora, depois de um dia exaustivo, para me sentar…"

"Ah, não?"

"… e falar com você."

Ela parou. De que *adiantava* falar? Como se iludira um minuto antes — quão patético, quão idiota, quão inocente de sua parte ter um pensamento generoso sobre alguém como ele. Eles não eram melhores do que imaginara: eram piores.

"Fiquei sentado aqui esperando por você, Lucy", disse Julian. "O que é que acha disso? Na verdade, venho esperando por isso há muito tempo. Imaginei que viria nesse ônibus."

"Não há nenhuma razão para que não tivesse me esperado", ela disse. "É o que qualquer mãe teria feito."

"Sim, senhora, é você, está certo. Bom, sente-se, Qualquer Mãe."

Ela não se moveu.

"Bom", ele disse, "então eu vou me sentar." Acomodou-se numa cadeira, sem tirar os olhos dela por um segundo.

De repente, ela se sentiu confusa. A escada estava ali: por que não subia e acordava Roy? "Julian", ela disse, "agradeceria se você fosse lá em cima e dissesse ao meu marido que estou aqui e quero vê-lo. Vim lá de Fort Kean, Julian, no meio da noite, por causa do que ele fez. Mas estou disposta a ser razoável sobre isso se você também for."

Julian pegou no bolso do robe um cigarro solto e o endireitou entre dois dedos. "Está disposta, é?", ele disse, acendendo-o.

Que sujeitinho repugnante! Por que tinha dito "se você também for" — o que ele tinha a ver com isso? E por que *estava* esperando por ela de pijama e robe? Tudo fazia parte de alguma armação para lhe propor um acordo indecente? Iria tentar seduzi-la enquanto sua própria mulher, sua própria filha...?

No entanto, Irene apareceu no topo da escada — e foi então que Lucy compreendeu plenamente a monstruosidade que aquelas pessoas estavam planejando.

"Irene..." Ela teve a sensação de que poderia cair de costas. "Irene", ela disse, e precisou respirar fundo antes de continuar, "será que, já que está aí em cima, você pode fazer o favor de acordar o Roy? Por favor diga a ele que vim lá de Fort Kean. Que estou aqui, por favor, para buscar ele e Edward."

Não precisou olhar para Julian para saber que seus olhos estavam fixos nela. "Parou de nevar", ela disse, ainda para a mulher no alto da escada, que vestia um penhoar de matelassê por cima da camisola. "Por isso, vamos voltar para casa. Se ele estiver muito cansado, arranjamos algum lugar para passar a noite. Mas ele não vai ficar aqui. Nem Edward."

Em vez de tomar o rumo do corredor para acordar Roy, Irene começou a descer a escada. Seus cabelos tinham ficado quase totalmente brancos nos últimos anos, e ela parecia mais pesada; ou, quem sabe, sem uma cinta, o volume de seu corpo era mais facilmente discernível. De modo geral, tinha a aparência de uma matrona idosa, perfeitamente senhora de si e, para surpresa de Lucy, com uma expressão solidária.

"Irene, quero lhe dizer que o fato de vocês deixarem o Roy pensar que pode escapar com isso…"

"É?", disse Julian de onde estava sentado, fumando.

"… vai tornar totalmente impossível que voltemos a ver vocês. E com isso quero dizer todos nós, inclusive Edward. E espero que reconheçam, mais uma vez, que foram vocês mesmos que provocaram isso."

"Reconhecemos tudo, garota", disse Julian.

Irene caminhou na direção dela, estendendo uma das mãos. "Lucy, por que você não senta? Por que não tentamos conversar e ver o que aconteceu?"

"Olha", Lucy disse, recuando, "não tenho vontade de ficar nesta casa, e nem nesta cidade, um segundo além do necessário. Você não é minha amiga, Irene, e não venha agora, de repente, fingir que é. Não sou nenhuma idiota, e você deve saber disso. Desde o primeiro dia que Roy começou a sair comigo você se comportou como se eu fosse inferior. Como se *eu* não fosse digna *dele*. Conheço seus verdadeiros sentimentos, por isso não pense que pode me tapear pegando a minha mão. Pode enganar a si mesma, se quiser, mas suas ações falaram mais alto que suas palavras. Esta é uma total imbecilidade da parte de Roy, e ele e Edward têm de sair daqui neste instante e voltar comigo…"

"Eu acho", disse Julian, agora se pondo de pé, "que, antes de tudo, é melhor que você se acalme."

"Não me diga o que eu tenho de fazer, Julian!" Ela se virou para encará-lo, olhar no fundo daqueles olhos desonestos. Ah, podia varrer aquele sorrisinho da cara dele. Como eles se consideravam superiores, aquela gente com a moral de animais! "Você não tem a menor autoridade sobre mim. Melhor que se lembre disso, Julian. Acontece que não sou uma das pessoas que dependem de seus milhões."

"Bilhões", ele disse, rindo abertamente.

Irene disse: "Lucy, se eu fizer um café...".

"Não quero café! Quero meu filho! E meu marido — mesmo ele sendo quem é! Têm de ser devolvidos a mim imediatamente. Neste instante."

"Mas, Lucy, querida ...", começou Irene.

"Não me chame de 'querida'! Não confio em você, sra. Sowerby — tanto quanto não confio nele!"

Julian subitamente se interpôs entre Lucy e sua mulher. "Agora", ele disse, "regra número um: ou você cala essa vozinha autoritária ou vai parar na rua."

"Suponha que eu *não* saia."

"Então está invadindo minha casa e te jogo lá fora... de bunda no chão."

"Não *ouse* falar comigo..." E correu para a escada. Um braço, contudo, a pegou pelas costas; ela deu um repuxão, mas Julian havia agarrado seu casaco.

"Não! *Me* larga..."

Mas a outra mão caiu sobre seu ombro, e ela foi pressionada para baixo com tanta força que se sentiu mal. Ele a havia sentado; estava postado acima dela, o rosto rubro de ódio. O robe tinha se aberto, e ela entreviu sua barriga entre os botões do pijama.

Lucy não se moveu nem disse palavra. Julian se endireitou e fechou o robe, mas permaneceu diretamente à frente dela.

Com uma dicção precisa e cuidadosa, Lucy começou: "Você não tem o direito...".

"Não vai me dizer quais são os meus direitos, sua idiotinha de vinte anos. É você quem vai conhecer seus direitos."

"Bom", disse Lucy, a mente em ebulição, "bom, Irene" — tentando olhar além dele para sua esposa —, "você deve estar muito orgulhosa de ter um marido tão violento, que agride alguém com a metade de seu..."

"É comigo que você está lidando, Lucy. Por isso, é comigo que tem que falar. Não com Irene."

Neste momento, Ellie apareceu no topo da escada. E ficou lá, com um penhoar branco, as duas mãos no corrimão, olhando para baixo.

Lucy ergueu o rosto para encarar Julian, falando de modo que só ele pudesse ouvir: "Sei tudo sobre você, Julian. Por isso é melhor tomar cuidado".

"Ah, sabe?" Encostou-se nos joelhos dela. Ela afastou a cabeça da barriga dele. "E o que é que você sabe?", perguntou, a voz baixa e irritada. "Está tentando me ameaçar? Fala!"

Ela não conseguia ver além de seu corpo. Não podia nem pensar agora, *e precisava*. "Como não vim aqui discutir seu caráter", começou, dirigindo-se ao cinto do robe dele, "não vou falar nada, Julian."

"Boa ideia", ele disse, dando um passo atrás.

Eleanor havia desaparecido.

Lucy cruzou as mãos sobre o colo por cima do casaco; tinha de esperar até ter certeza de que sua voz não falharia. "Desde que eu possa fazer o que vim aqui para fazer, e depois vá embora, não há razão para entrar em nenhuma discussão… Por mim está ótimo." Então olhou para Irene. "Agora, por favor, alguém acorda meu marido — *por favor*."

"Talvez ele esteja dormindo", disse Julian. "Já pensou nisso? Talvez você tenha lhe proporcionado um dia infernal, garota."

Continuou postado de forma a que Lucy não pudesse se levantar; ela esmurrou os braços da cadeira. "Nós todos tivemos um dia infernal, Julian! Tive um dia *pavoroso*. Agora, exijo que digam a ele…"

"Seus dias de exigir já se foram. Essa é a questão toda, sua imbecil."

"Por favor…", ela disse, respirando fundo, "prefiro lidar com sua mulher, que pelo menos usa uma linguagem educada, se não se importa."

315

"Mas minha mulher bem-educada não está lidando com você."

"Me desculpe", disse Lucy, "talvez ela tenha ideias próprias, meu senhor…"

"Minha mulher *lidou* com você, garota. Quando me disse que ainda havia algum sinal de que você fosse um ser humano. Mas, como se viu, eu nunca devia ter acatado o conselho dela quatro anos atrás, quando você começou a fincar as *garras* naquele rapaz."

"Aquele rapaz me seduziu, Julian! Se tornou um dever daquele rapaz me…"

Ele se voltou para a mulher. "Dever", disse, bufando.

Lucy pulou da cadeira. "Você pode não gostar da palavra, Julian, mas repito: ele tinha um dever para comigo…"

"Ah", ele disse, sacudindo a cabeça, "todo mundo tem deveres para com você. Mas com relação a quem você tem algum dever sagrado, hein, Lucy? Acho que esqueci."

"Ao meu filho!", ela respondeu. "Ao descendente meu e do meu marido! A alguém que está começando a vida, a essa pessoa! Para garantir que tenha um lar, uma família e uma educação correta! Para garantir que ele não será maltratado por todos os animais neste mundo sujo!"

"Ah", disse Julian, "você é uma verdadeira santa, não é?"

"Comparada a você, certamente sou. Sou mesmo!"

"Bom, santa Lucy", ele disse, passando a mão pela barba que crescia, "pode parar de se preocupar tanto com seu descendente. Porque ele te odeia."

Ela cobriu o rosto com as mãos. "Não é verdade. Essa é uma mentira terrível, terrível do Roy. Isso… não. Não, isso não é…"

Sentiu a mão de Irene em seu braço.

"Não, não", ela chorou, desabando de volta na cadeira. "O que… o que vocês estão planejando fazer comigo? Não podem roubar meu filho. Isso é sequestro, Irene. Irene, isso é contra todas as leis."

Julian falou: "Deixa ela em paz".

Irene respondeu algo que Lucy não pôde ouvir.

"Estamos acertando uma coisa aqui, Irene. Se afasta dela. Deixa ela sozinha. Foi a última vez que ela..."

De repente Lucy correu para cima dele, sacudindo os punhos. "Isso não vai ficar assim! O que quer que você esteja pensando em fazer comigo!"

Julian simplesmente enfiou as mãos nos bolsos do robe.

"Isso é sequestro, Julian, se é o que tem em mente! Sequestro... e abandono! Ele não pode me abandonar e levar meu filho! Existem leis, Julian, leis contra gente como você!"

"Ótimo. Saia e arranje um advogado. Nada me deixaria mais feliz."

"Mas não *preciso* de um advogado! Porque pretendo resolver isso aqui mesmo e agora!"

"Ah, mas precisa sim, Lucy. Deixa eu te dizer uma coisa. Você vai precisar da porra do melhor advogado que o dinheiro possa comprar."

Irene disse: "Julian, a criança não está em condições de...".

Ele afastou rispidamente a mão da mulher. "Nem o Roy, Irene! Nem o Eddie! Nem nenhum de nós! Já recebemos muitas ordens e insultos dessa sacana aqui..."

"Julian..."

Mas, nesse momento, ele se voltou furiosamente na direção de Lucy. "Porque é isso que você é, sabia? Uma sacana, um pé no saco. Essa é a santa que você é, garota: santa Pé no Saco. E o mundo também vai saber disso antes que eu termine com você."

"Não", disse Irene.

"Irene, chega de não! Já ouvi seus nãos por muito tempo."

Lucy estava sacudindo a cabeça. "Deixa ele falar, Irene. Não me importa. Só está mostrando quem é."

"Isso mesmo, santinha. É o que eu sou. E é assim que vão acabar os chutes no saco. Está certo, trate de rir enquanto chora, vai rindo por ser tão esperta e porque o velho Julian tem uma boca tão suja. Ah, tenho uma boca muito suja. Além disso, sou uma besta malvada. Mas vou te dizer uma coisa, Lucy — você arrebentou os colhões dele e estava começando a fazer o mesmo com o Eddie, mas *tudo* isso acabou. E, se está achando graça agora, vamos ver como será engraçado no tribunal, porque é para lá que vou te arrastar com a bunda pelo chão, garotinha. Sua idiota. Sua merdinha. Você vai estar numa puta enrascada, santa Lucy."

"*Você* vai *me* levar a um tribunal?"

"Com a boca suja e tudo. Isso mesmo."

"*Você?*", ela perguntou, ainda com um sorriso estranho no rosto.

"Isso aí. Eu."

"Bom, isso é maravilhoso." Achou um lenço na bolsa. Assoou o nariz. "Realmente maravilhoso. Porque você, Julian, é um homem perverso, e levar você a um tribunal..." No alto da escada, finalmente Roy apareceu. Eleanor atrás dele. Então lá estavam todos eles, aqueles que algumas horas antes tinham conspirado contra ela... Bom, não iria chorar, não iria suplicar; não era necessário. Falaria a verdade.

Olhou para cada um deles e, com aquele conhecimento inabalável de que estava certa e eles errados, foi tomada por uma grande calma. Não havia necessidade de levantar a voz ou sacudir um dedo; bastava falar a verdade.

"Você é um homem perverso, Julian. E sabe disso."

"Sei o *quê?*" Seus ombros pareciam mais encorpados quando ele se curvou para a frente a fim de ouvir suas palavras. "Sei o quê, você disse?"

"Não precisamos de advogados, Julian. Não precisamos sair desta sala. Porque não cabe a você, nem a ninguém aqui, me dizer o que é certo e o que é errado. E você sabe disso, tenho certeza. Devo continuar, Julian? Ou você quer se desculpar agora perante sua família?"

"Olha aqui, sua linguaruda", ele disse, e partiu para cima dela.

"Você é um devasso", ela disse — e isso o fez parar. "Paga as mulheres para dormir com você. Teve uma série de amantes. Trai sua mulher."

"Lucy!", Ellie gritou.

"Não é a verdade, Eleanor?"

"Não!"

Ela se voltou para Irene Sowerby. "Preferia não ter de falar o que acabei de falar…"

Irene se deixou cair no sofá. "Você não precisava."

"Mas falei", disse Lucy. "Você viu como ele estava me tratando. Ouviu suas ameaças. Eu tinha outra escolha, Irene, senão falar a verdade?"

Irene sacudia a cabeça.

"Ele teve um caso com a mulher que era gerente da lavanderia em Selkirk. Esqueci o nome dela. Mas tenho certeza que ele pode dizer."

Julian fixou sobre ela um olhar mortífero. Bom, que tentasse. Que pusesse um dedo em cima dela, era só tentar, e aí ele ia ver quem ia enfrentar um juiz. Então seu sonho maravilhoso se tornaria realidade — só que o réu não seria ela, mas ele próprio.

"E", ela continuou, enfrentando seu olhar, "houve outra mulher, que ele estava sustentando ou mantendo, ou pagando por seus serviços. Imagino que agora haja outra em algum outro lugar. Estou errada, 'tio' Julian?"

Foi Irene quem falou. "Cale a boca."

"Só estou relatando a verdade."

A mulher se levantou. "Já falou o bastante."

"Mas é *a verdade!*", disse Lucy. "E não vai desaparecer, Irene, só porque você se recusa a acreditar nela. Ele é um devasso! Um mulherengo! Um adúltero! Faz as coisas nas suas costas! Te humilha! Te despreza, Irene! Não se dá conta disso? É nisso que dá quando um homem faz as coisas que ele está fazendo com você!"

Ellie agarrava o corrimão com as duas mãos, os cabelos cobrindo metade do rosto. Lucy não compreendia por que ela soluçava.

"Sinto muito, Eleanor. Essa também não é a minha ideia de como a gente deve se comportar. Mas há um limite para a intimidação, para a sujeira, a traição e o ódio que eu sou capaz de suportar. Não vim aqui, posso te garantir, com o propósito de atacar seu pai. O que disse foi em legítima defesa. Ele é um homem cruel…"

"Mas ela sabe", disse Ellie, aos prantos. "Ela sabia, sempre soube."

"Eleanor!", disse Irene Sowerby.

"Você sabe?", exclamou Lucy. "Quer dizer", dirigindo-se a Irene, "que você *sabe* que ele…" Mal podia acreditar. "Todos vocês nesta sala *sabem* o que ele é, e o que fez, e ainda assim vão permitir…" Por um momento nem conseguiu falar. "Não acredito", ela disse por fim, "que vocês possam ser tão inescrupulosos e enganadores, tão absolutamente corruptos e…"

"Ah, Roy", disse Ellie, voltando-se para o primo. "Ela está louca." Encostou o rosto em seu peito e desatou a chorar.

Roy vestia um robe xadrez de Julian que era muito pequeno para ele. Com um dos braços, deu tapinhas nas costas de Ellie.

"Ah", disse Lucy, olhando para cima, onde os dois se encontravam, "então é essa a história, Roy? Não é seu tio que é louco, não é sua tia que é louca… a louca sou eu? E o que mais, Roy? Sou louca, e o que mais? Ah, sim, Edward me odeia. E o que mais? Claro que tem mais coisa! Que outras mentiras você inventou para justificar o que fez comigo?"

"Mas o que ele fez com você?", Ellie gritou. "Você está louca, completamente *louca*! Você é uma demente!"

Ela esperou até que Ellie se controlasse o suficiente para poder ouvi-la. Irene Sowerby estava agora junto ao marido, impedindo-o de fazer qualquer movimento na direção de Lucy; tinha parte do rosto escondida em seu peito — no peito daquele homem que não dava a mínima para a honra dela.

Dirigindo-se a Eleanor, Lucy disse: "Não sou a Skippy Skelton, Ellie, se é isso que você quer dizer. Nem sou você. Também não sou sua mãe, embora isso provavelmente esteja claro a essa altura".

"Nada é claro! Nada do que você *diz* é claro!", gritou Ellie, enquanto sua mãe lhe fazia um gesto para que ficasse calada.

Mas Ellie gritou: "Quero saber o que ela está insinuando!".

Lucy disse: "O que eu quero dizer, Eleanor, é que não sou promíscua — não ando com homens casados. Quero dizer que não sou uma criança vaidosa e imbecil. Não passo metade de minhas horas acordada, e provavelmente mais, pensando em meu cabelo, minhas roupas, meus sapatos…".

"Você é o quê?", gemeu Ellie. "A Virgem Maria?"

Julian deu um passo à frente, livrando-se da mulher, que agora também começara a chorar. "Chega, Eleanor."

"Papai", Ellie choramingou.

"Papai", Lucy repetiu. "Maravilhoso papai."

"Pega o telefone, Lucy" disse Julian, com a respiração pesada. "Liga para o seu avô. Diga pra ele vir aqui e te levar para casa… Faça isso agora ou eu mesmo vou fazer."

"Acontece que minha casa não é aqui, Julian. Minha casa fica em Fort Kean, com meu marido e meu filho." Ergueu a vista para o marido. "Roy, vamos para casa. Quero que se arrume."

O único movimento na sala foi de seus olhos, percorrendo nervosamente cada um dos presentes.

"Roy, você ouviu? Estamos voltando para casa."

Ele permaneceu imóvel e silencioso.

"Claro", ela disse, "a escolha é sua, Roy. Pode ser um homem, e voltar para casa comigo e com Edward, ou pode seguir o conselho desse digníssimo indivíduo…"

"Lucy!", Roy cobriu os ouvidos com as mãos. "Pelo amor de Deus, cala a boca!"

"Mas não posso, Roy!" Calar a boca, realmente! "Nem você pode! Ah, você pode calar a boca, todos vocês, sobre o fato de que este tio, este pai, este marido aqui é um animal imundo. Podem se enganar sobre este traidor, e acreditar que perdi a razão — ah, vivam com ele, durmam com ele, quem se importa! Mas calar a *boca*? Ah, não, Roy — porque há mais um fato importante a considerar. Vou lhe dizer por que razão você não pode aceitar o conselho de seu tio, Roy — e conto para seu tio também. Acontece, Roy, e Julian, e Eleanor, e Irene, acontece que estou grávida."

"Está o quê?", murmurou Julian.

Roy perguntou: "Lucy… o que você está querendo dizer com isso?".

Agora não precisava erguer a voz para ser ouvida. "Vou ter um bebê."

Roy disse: "Não estou entendendo você".

"A filha que você queria, Roy, está viva dentro de mim. Viva e crescendo."

Julian estava perguntando: "Que filha? *Escuta*, que diabo você está…?".

"Roy vai ser pai de uma segunda criança. Nossa esperança é que seja uma menina."

Julian estava olhando para Roy.

"Roy", ela disse, "vai em frente. Conta para eles."

"Contar o *quê*?"

"O que você me falou. Roy, diga a eles o que me falou que queria."

"Lucy", ele respondeu, "não *entendo* o que você está dizendo."

"Roy, será que agora você vai mesmo negar..."

"Grávida?", disse Julian. "Ah, não venha com essa velha lenga-lenga..."

"É, mas *estou*, Julian! Sei que por acaso você não gosta deles, mas fatos são fatos! Estou grávida de um filho de Roy Bassart. A criança que ele queria. A menina com quem vem sonhando por toda a vida. Linda, Roy. Vai, conta para eles!"

"Ah, não", disse Roy.

"Roy, *conta* para eles."

"Mas, Lucy..."

"Roy Bassart, naquela noite de nevasca, você falou ou não falou... Não acredito que vai mentir sobre isso também! Levantou ou não levantou da cama...? Falou ou não falou...? Linda, Roy — Linda Sue!"

"Mas, Lucy, ah, meu Deus... só estávamos conversando."

"*Conversando!*"

Ele se afundou num degrau perto do topo, a cabeça apoiada nos braços. "Sim", gemeu.

"Só *conversando*! Roy, você quer dizer, de verdade..."

"Papai", gritou Eleanor, "*faz* alguma coisa!"

Mas Julian já ia em direção a Lucy, que avançava para a escada.

Rapidamente ela se voltou para ele. "Não ouse pôr um dedo em cima de mim. Não ouse, se sabe o que é bom para você, seu devasso."

"Senta essa bunda aqui", ele disse ríspido.

"Sou uma mulher, sr. Sowerby. Pode pensar que sou uma idiota como sua filha, mas não sou! Não vai me tratar como se eu fosse um zero. Ninguém vai! Estou grávida, se é que isso lhe diz alguma coisa. Tenho uma família a proteger, seja isso do seu agrado ou não. Agora, Roy", ela disse, dando meia-volta e rumando para a escada.

"Ah, não", disse seu marido, ainda segurando a cabeça entre as mãos. "Não aguento mais. Realmente não aguento."

"Ah, mas vai aguentar, Roy. Porque você me engravidou de novo, Roy!"

"Roy", disse Julian quando Lucy subia ao segundo andar, "não deixe ela subir!"

"Roy", ela gritou, "vamos pegar o Edward! Vamos embora!"

Ele ergueu o rosto, banhado em lágrimas. "Mas ele está *dormindo.*"

"Roy, mexa-se…" Nesse momento, ela voltou a sentir o peso da mão de Julian. Deu um coice para trás — a mão agarrou seu tornozelo. Enquanto isso, o rosto de Roy se erguia — para barrar seu caminho! Seu marido, que devia estar protegendo sua mulher! Defendendo-a! Escudando-a! Guardando-a! Em vez disso, ele se interpunha entre ela e seu filho, entre ela e seu lar, entre ela e a vida de uma mulher!

"Pega ela!", disse Julian. "*Roy!*"

"Não!", gritou Lucy, e, como não lhe restava qualquer alternativa, ergueu a mão e, fechando os olhos, deu um soco em Roy com toda a sua força.

E teve de novo a visão.

INOCENTE

Quando abriu os olhos, viu Roy de pé acima dela; ele cobria a boca com a mão. Ela própria estava estendida nos degraus.

Então, mais acima dela, no patamar superior, só de cueca e camisa, arrastando o lençol com uma das mãos, viu o pequeno Edward olhando para baixo.

O menino começou a berrar, fosse pelo sangue na mão de sua mãe ou pelo sangue no rosto do pai. Eleanor, que tinha estado rodeando Lucy, correu escada acima, tomou nos braços a criança que urrava e a levou para longe.

Como não conseguiram fazer com que largasse o corrimão, ela ficou estirada na escada enquanto Julian, um degrau abaixo dela, segurava-a firmemente pelas costas de seu casaco e Irene telefonava para Willard.

Ele chegou e ela desceu; atravessaram o hall e saíram. Todas as luzes estavam acesas na casa dos Sowerby quando Willard deu marcha a ré na entrada da garagem e a levou embora do Grove.

Padre Damrosch.

Onde estava a janela? Onde estava a parede? Ela se encontrava debaixo de um cobertor. Estendeu o braço no escuro. *Ainda estou cursando o primeiro ano.*

Estava na cama. Em seu próprio quarto. Em Liberty Center.

Quanto tempo teria dormido?

Deixara que ele a conduzisse escada acima e a cobrisse com um cobertor... Tinha chorado... Ele havia ficado sentado numa cadeira junto à cama... E então ela deve ter dormido.

Mas cada minuto que passava era um minuto perdido para aqueles que queriam destruí-la. Precisava agir!

Padre Damrosch!

Mas o que ele poderia fazer? Padre Damrosch, por que o senhor não *faz* alguma coisa? Podia vê-lo — cabelos negros que penteava com os dedos, uma grande mandíbula móvel, aquelas passadas longas e bonitas que faziam até as garotas protestantes babarem ao vê-lo com seu colarinho dobrando uma esquina no centro da cidade. "Padre *Damrosch*!", chamava uma das garotas

325

que o conheciam. "Padre *Damrosch!*" Ele acenava — "Oi" — e desaparecia, enquanto elas se abraçavam, gemendo...

E lá, sacudindo, balançando, quicando no banco, lá vai Lucy para seu primeiro retiro. E padre Damrosch, também balançando, atrás do enorme volante do ônibus. E as outras garotas, sentando e descendo dos assentos, contemplando as florestas negras que iam ficando para trás. Tal qual prisioneiras sendo conduzidas ao local da execução, algemadas duas a duas, elas se davam os braços. Alguém lá atrás começa a cantar: "Arrume seus problemas na mala de viagem...", mas só uma ou duas vozes se juntam à primeira, e o barulho do velho ônibus da paróquia volta a dominar. Ele avança aos saltos e bate duro no chão; com o inverno ameaçando de perto, e o horizonte oferecendo uma última fímbria de luz, a sensação é de uma corrida contra o desastre. Um pássaro passa veloz pela janela, sua barriga de um vermelho muito vivo; faz a curva no alto e ela precisa girar no assento para seguir a trajetória do voo; ecoam dentro dela as palavras de santa Teresa: Deus! Ovelha desgarrada!

"Opa!", ruge o padre Damrosch, sua bota militar pisando forte no freio. "Opa", e o ônibus sacode, pernas são lançadas para o alto e crânios se entrechocam. "Calma lá, cavalinho", e as garotas riem de nervoso.

Segurando firmemente o cinto do casaco de Kitty, ela caminha com as galochas desabotoadas pelo corredor escuro do ônibus. Como se caísse de um penhasco, pula da porta aberta para o chão do convento, esperando ver um fogaréu.

Aguarda sozinha ao lado do ônibus, agarrada à mochila de caça do vô Willard. Ouve o chamado de Kitty e se esconde atrás do veículo. Ninguém pode vê-la. Morde o ar frio e escuro — para ouvi-lo soar como uma trincada numa maçã dura, para ter entre os dentes uma coisa pura, clara e sólida, para devorar... Ah, não vê a hora da Primeira Comunhão! Só que não pode morder.

Não, não, vai derreter nos sulcos da boca e deixar fluir para seu corpo o corpo Dele, o sangue Dele... *e então alguma coisa vai acontecer.*

Mas suponha que seja aquilo por que rezou em segredo? "Não!" Está sozinha atrás do ônibus, os olhos lacrimejantes absorvendo as formas sombrias, os vultos indefinidos — os padres, as freiras, as garotas formando filas e marchando no escuro; as caminhonetes, os ônibus, os carros, luzes que piscam, ruídos que se afastam... Ouve os pneus crepitando sobre o cascalho — como soariam ossos debaixo de rodas? Por dentro é o que todos são, apenas esqueletos. Por dentro, todos são iguais. Ela aprendeu o nome de todos os ossos humanos na aula de biologia: tíbia, omoplata, fêmur... Ah, por que as pessoas não podem ser boas? Por dentro, não passam de ossos e ligamentos e sangue, rins e cérebros e glândulas, dentes e artérias e veias. Por quê, por que não podem simplesmente ser boas?

"Padre Damrosch!"

"Quem está aí atrás?"

"Lucy."

Ele se aproxima pelo lado do ônibus. "Você está bem? Lucy Nelson?"

"Sim."

"Qual é o problema? Ficou enjoada no ônibus, Lucy? Sobe lá e pega seu quarto. Me diga, o que há de errado?"

Ela estende a mão e toca num pneu parado.

"Padre Damrosch..." Mas será que pode contar a ele? Não tinha contado nem a Kitty. Nem à santa Teresa. Ninguém sabe a coisa terrível que ela realmente quer. "Padre Damrosch..." Ela passa a mão enluvada por entre as estrias do pneu e, com a boca colada ao capuz acolchoado, murmura o que não consegue mais manter dentro de si: "... matar meu pai".

"Fale alto, Lucy, para que eu possa ouvi-la. Você quer..."

"Não! Não! Quero que Jesus Cristo faça isso! Num acidente de carro! Num tombo! Quando está bêbado e fede, bêbado!" Ela está chorando. "Ah, padre Damrosch", ela diz, "acho que estou cometendo um pecado horrível. *Sei* que estou, mas não consigo evitar."

Aperta o rosto contra ele. Sente que ele está esperando. "Ah, padre, me diga, me diga, é pecado? Ele é tão ruim! Tão perverso!"

"Lucy, você não sabe de que espírito você é."

"Não? Por favor, então, por favor... de que espírito eu sou?"

Então ela está com as freiras. Em meio ao farfalhar dos véus, caminha para a capela. Velas cintilam por toda parte — e acima está o Cristo sofredor. Oh, Deus! Ovelha desgarrada! Oh, Jesus, que não mata! Que conforta! Que salva! Que nos redime a todos! Oh, Jesus Sagrado Glorioso Resplandecente Salvador Amoroso que não mata — *Faça de meu pai um pai!*

Na noite de domingo, ela está tão exausta de tanto rezar que mal tem forças para falar. As outras garotas tagarelam nos degraus laterais do St. Mary à espera de serem apanhadas e levadas para casa; no bolso, Lucy aperta o véu preto que a irmã Angelica da Paixão lhe deu. "Paciência. Fé. Sofrimento. O pequeno caminho, lembre-se", disse a irmã Angelica. "Eu sei, assim farei", disse Lucy. "Destruir não requer paciência", disse a irmã Angelica. "Eu sei" disse Lucy, "sei disso." "Qualquer um pode destruir. Um bandido pode destruir." "Eu sei, eu sei." "Para salvar..." "Sim, sim. Ah, muito obrigada, irmã..."

"Ei, Lucy Nelson." O pai dela acena do carro. A seu redor, todas as outras garotas correm e gritam — buzinas soam, portas de carro são abertas e fechadas com estrondo. Todas parecem tão orgulhosas! Tão felizes! Tão animadas! É uma noite de domingo fria e escura, o ar límpido, a neve reluzente, e todas elas estão entrando em carros aquecidos para serem levadas a casas aquecidas, onde tomarão banhos quentes, beberão leite quente, se deitarão em camas quentes. "Por favor!", ela reza. E então, com as outras, como as outras, corre para a porta que o pai abriu.

Padre Damrosch parece algo preto em chamas enquanto supervisiona a movimentação dos carros, iluminado pelos faróis. "Boa noite, Lucy."

"Boa noite."

Seu pai toca no boné cumprimentando o padre. O padre Damrosch acena de volta. "Olá, como vai? Boa noite."

Lucy fecha a porta. Pela janela diz "tchau" para o padre Damrosch, e o carro arranca.

"Bem-vinda de volta à civilização", ele diz.

Permita que ele seja redimido! Faça com que se torne bom! Oh, Jesus, ele é apenas alguém desgarrado! Só isso!

"Não acho graça nisso", ela retruca.

"Bom, simplesmente não consigo ser engraçado assim de saída, sabe?" Silêncio. "Como é que foi o encontro com Deus?"

"Retiro."

Seguem viagem. "Não pegou um resfriado, espero. Pela voz, parece que pegou."

"Cuidaram muito bem de nós, pai. É um convento. É bonito e tem um ótimo aquecimento, muito obrigada."

Mas ela não quer brigar. Oh, Jesus, nunca mais quero ser sarcástica. *Me ajude!* "Papai, no próximo domingo vem comigo."

"Ir com você aonde, Gansinha?"

"Por favor. Você precisa. À missa."

Ele não pôde evitar um sorriso.

"Não ria de mim", ela grita. "Estou falando sério."

"Bom, Lucy, não passo de um luterano antiquado…"

"Mas não *pratica*."

"Praticava quando garoto. Quando tinha a sua idade, praticava sim."

"Papai, você não sabe de que espírito você é."

Ele afasta os olhos da rua. "E quem disse isso, Gansinha? Seu amigo padre?"

"Jesus!"

"Bem", ele diz, dando de ombros, "ninguém sabe tudo, claro." Porém está sorrindo de novo.

"Mas amanhã… Não faça piadinhas comigo! Não me goze! Amanhã você vai ficar doente de novo, sabe que vai."

"Deixe que eu me preocupe com o amanhã."

"Vai ficar bêbado de novo."

"Calma aí, garota…"

"Mas não vai ser salvo! Não vai ser redimido!"

"Agora escuta aqui, você pode ser uma grande religiosa naquela igreja, mas, para mim, sabe muito bem, você é quem sempre foi."

"Você é um pecador!"

"Agora *chega*!", ele diz. "Ouviu bem? Agora chega", e estaciona o carro na entrada da garagem. "E te digo outra coisa: se é assim que você volta para casa depois desse seu tal fim de semana religioso, então talvez tenhamos que repensar se vai ter autorização para ir outra vez, independentemente de isso ter a ver com liberdade religiosa."

"Mas, se você não mudar, juro que vou virar freira."

"Vai mesmo, é?"

"Vou!"

"Bom, nunca ouvi falar de freiras que estão no primeiro colegial…"

"Quando eu tiver dezoito anos, posso fazer o que quiser! E legalmente!"

"Quando tiver dezoito anos, minha cara, se ainda quiser se vestir como uma bruxa, ter um rosto bem enrugado e sentir medo da vida normal, que é como vejo uma freira…"

"Mas você não sabe! A irmã Angelica não tem medo da

vida normal! Nenhuma das irmãs tem! Vou virar freira. E não há nada que você possa fazer para me impedir!"

Ele tira a chave da ignição. "Bom, sem dúvida não perderam tempo em te transformar numa verdadeira católica, tenho de reconhecer. Aprendeu todas as respostas em mais ou menos um mês, não foi? Você tem seu próprio modo de crer, e é o único modo que qualquer outra pessoa no mundo pode crer. E é essa a sua ideia da liberdade religiosa, que você disse que era um direito seu. Ulalá", ele disse, abrindo a porta.

"Vou virar freira. Juro."

"Bom, se quer fugir da vida, vai em frente."

Lucy fica observando enquanto ele atravessa o gramado e sobe a escada da varanda. Ele bate os pés no chão para tirar a neve, e entra em casa.

"Jesus! Santa Teresa! Alguém!"

Passa-se um mês de inverno, depois outro. Ela conta tudo ao padre Damrosch. "O mundo é imperfeito", ele diz. "Mas por quê?" "Não podemos esperar que seja diferente do que é." "Mas... por que não?" "Porque somos fracos, somos corruptos. Porque somos pecadores. O mal é inato na humanidade." "Todos? Todas as pessoas da humanidade?" "Todos fazem o mal, sim." "Mas, padre Damrosch... o senhor não." "Eu peco. Claro que peco." O que ele faz? Como pode perguntar? "Mas quando o mal vai parar?", ela pergunta, "quando o mal vai desaparecer do mundo?" "Quando Nosso Senhor voltar." "Mas a essa altura..." "O quê, Lucy?" "Bom, não quero parecer egoísta, padre... mas não só eu, todos os que estão vivos atualmente... bem, todos estarão mortos. Não é verdade?" "Esta não é nossa vida, Lucy. Este é o prelúdio a nossa vida." "Sei disso, padre, não é que eu não creia..." No entanto, não consegue prosseguir. Ela vive demasiado no aqui e agora. A irmã Angelica tem razão. Esse é o seu pecado.

Domingo após domingo ela assiste à missa com Kitty, duas vezes. E reza: *Faça dele um pai!*, e depois vai para casa a fim de ver o que aconteceu. Mas, domingo após domingo, espera pelo pernil de ovelha, feijão-de-lima, batata assada, geleia de menta, pãezinhos, torta e leite. Nada muda, nada muda jamais. Quando, *quando* vai acontecer? E como será? O espírito Dele entrará... Mas quem? E como?

Então, numa noite de sexta-feira, ela está sentada à mesa da sala de jantar com seu dever de casa; sua mãe está na sala de visitas, lendo uma revista com os pés mergulhados numa bacia d'água; a porta se abre. Ele puxa a cortina e a arranca do varão. Lucy se levanta num salto, mas sua mãe continua sentada, sem se mover. E seu pai está dizendo coisas terríveis, horrorosas! O que ela devia *fazer*? Vive demasiado no aqui e agora, que seja. Isto é apenas o prelúdio a nossa vida. A humanidade é má por natureza. Cristo voltará, ela pensa, enquanto seu pai puxa a bacia debaixo dos pés de sua mãe e derrama a água no tapete. *A humanidade é má por natureza. Cristo voltará* — mas ela não pode esperar! No meio-tempo, esse homem está arruinando a vida delas! No meio-tempo, estão sendo destruídas! Ah, Jesus, venha! Agora! É preciso! Santa Teresa! Corre então para o telefone. "Quero a polícia. Aqui na minha casa." E em poucos minutos eles chegam. Quero a polícia, ela diz, e eles vêm. Armados, como se pode ver. Ela observa enquanto o levam para um lugar onde não pode mais lhes fazer mal.

Discava para a casa dos Bassart quando Willard entrou na cozinha.

"Lucy", ele disse. "Querida, são três e meia da madrugada. Por que você está de pé? O que está fazendo?"

"Me deixa em paz."

"Lucy, você não pode telefonar para as pessoas…"

"Eu sei o que estou fazendo."

Na outra ponta da linha seu sogro disse "Alô?".

"Lloyd, é a Lucy."

Willard sentou à mesa da cozinha. "Lucy", suplicou.

"Lloyd, seu filho Roy sequestrou Edward e me abandonou. Está refugiado na casa dos Sowerby. Se recusou a voltar para Fort Kean. Se entregou nas mãos de Julian Sowerby, e é preciso tomar alguma atitude para que aquele homem pare imediatamente. Eles criaram uma rede de mentiras e estão planejando levá-las a um tribunal. Estão planejando procurar um juiz e dizer a ele que sou uma mãe incompetente e que Roy é um pai maravilhoso — e ele vai tentar se divorciar de mim, seu filho, e ficar com a guarda do meu filho. Deixaram isso perfeitamente claro. E têm de ser detidos antes de tomarem qualquer providência. Já começaram a mentir para o Edward, isso é claríssimo — e, a menos que alguém intervenha, e imediatamente, vão fazer lavagem cerebral em um menininho indefeso de três anos e meio até que consigam que ele, um bebê, vá perante o juiz e diga que odeia sua própria mãe. Mas você sabe, Lloyd, mesmo que não façam… você sabe muito bem que, se não fosse por mim, ele nem teria chegado a este mundo. Todos queriam que ele fosse raspado e jogado num esgoto, ou posto num orfanato, ou dado a qualquer pessoa, ou largado por aí vagando sozinho pelo mundo, suponho eu, sem uma família, sem um nome. E agora vão tentar demonstrar no tribunal que meu próprio filho prefere viver com o pai do que comigo, e isso é absurdo e ridículo, e não pode ser, e não é verdade, e você precisa se envolver nisso, Lloyd, e imediatamente. É o pai de Roy…"

Willard pousou a mão nas costas dela. "Me deixa em paz!", ela disse. *"Lloyd?"*

Ele tinha desligado.

"Por favor", ela disse ao avô, *"por favor, não interfira*. Você não é capaz de compreender o que está acontecendo. Você é um homem impotente e inútil. Sempre foi e ainda é. Se não fosse por você, nada disso teria nem começado. Por isso, faça o favor de deixar isso *comigo*!"

Estava discando de novo para a casa dos Bassart quando sua avó chegou à porta da cozinha. "O que essa menina está fazendo, Willard? É de madrugada."

Ele a olhou, incapaz de falar.

"Lloyd", disse Lucy ao telefone, "é Lucy de novo. A linha caiu."

"Olha", disse seu sogro, "vai dormir."

"Não ouviu uma palavra do que eu estava lhe dizendo?"

"Ouvi, Lucy. É melhor você ir dormir."

"Não me diga para ir dormir, Lloyd! Dormir é o de menos numa hora dessas! Me diga o que pretende fazer a respeito do seu filho, do seu cunhado Julian e do plano deles!"

"Não vou lhe dizer nada", Lloyd Bassart retrucou. "Acho que você é quem está precisando dizer muita coisa, Lucy. Não estou muito feliz com o que ouvi, Lucy. Nem um pouquinho", ele disse em tom ameaçador.

"Dizer o quê? Dizer a quem? Estou grávida! Sabia disso? É isso que tenho a dizer — estou grávida!"

"Sinto muito, mas não estou disposto a falar mais com você nessas condições."

"Mas ouviu o que eu acabei de dizer? Minha condição é que estou esperando um segundo filho!"

"Como disse, ouvi um bocado. Ouvi bem."

"Mentiras! Se vieram deles, são mentiras! Eu estou falando a verdade, Lloyd, a única verdade. Estou grávida! Ele não pode me abandonar numa hora dessas!"

"Boa noite, Lucy."

"Lloyd, você não pode desligar! Dizem que você é tão bom, tão honesto… tão respeitável! É melhor não desligar na minha cara! Lloyd, quatro anos atrás… é exatamente o que ele queria fazer então. Eu tinha dezoito anos, e ele também queria cair fora naquela época. Exatamente o que *você mesmo* não deixou ele fazer, Lloyd. É a mesma coisa, exatamente o mesmo que naquela época!"

"Ah, foi?", ele disse.

"Foi!"

"Isso mesmo!" Era Alice Bassart.

"Alice, saia da linha", disse Lloyd.

"Sua vigarista, sua safada… você enganou nosso filho! E agora outra vez!"

"Alice, vou cuidar disso."

"Eu enganei *ele*?", perguntou Lucy.

"Armou uma arapuca e levou nosso filho! Senhorita Atrevida! Senhorita Sarcástica! Senhorita Falsa!"

"Alice!"

"Mas foi ele quem *me* enganou, Alice! Me enganou que era um homem, quando é um rato, um monstro! Um retardado! É um veado, isso é que o seu filho é, o pior e mais fraco veadinho que já existiu!"

"Willard!", disse Berta.

Willard estava debruçado sobre o telefone, junto às costas dela. "Não…", ela disse por sobre o ombro, "… ouse…"

Mas ele desceu a mão sobre o aparelho e segurou, cortando a ligação.

"O que você pensa que está fazendo?", ela gritou. "O mundo está desabando! O mundo está em chamas!"

"Lucy querida, são quatro da madrugada."

"Mas será que não ouviu uma palavra do que eu disse? Não ouviu o que estão tentando fazer comigo? Não entende o que

335

todas essas pessoas boas e respeitáveis realmente são? Estou grávida! Isso não significa nada para ninguém? *Estou grávida e meu marido se recusa a assumir a responsabilidade!"*

"Lucy", ele disse baixinho, "pela manhã, querida, se isso é realmente tão..."

"Não vou esperar por nenhuma manhã. Até lá..." Ela tentou arrancar o telefone das mãos dele.

"Não, querida, não. Agora já chega."

"Mas as mentiras estão crescendo *a cada minuto!* Estão dizendo que eu armei uma arapuca para ele casar comigo. Quando foi *ele* quem *me* seduziu! Ele me obrigou a fazer aquilo no banco de trás do carro, insistiu e insistiu, não parava nunca, e finalmente, contra minha vontade, para mostrar a ele... para deixar que ele... eu tinha dezessete anos... e agora estão dizendo que *eu* enganei *ele!* Como se eu quisesse ele. Quisesse *alguém* como ele, jamais! Quero que ele morra, é isso que eu quero. Queria que não tivesse nem nascido." Ela olhou furiosa para Willard. "Me dá esse telefone."

"Não."

"Se não me der esse telefone, vô, vou ter de tomar minhas próprias providências. Ou você me dá esse telefone e deixa eu ligar para o pai dele... porque quero dizer àquele tal de Lloyd Bassart que ele não vai ser um pilar da sociedade se não acabar com essa história, e acabar agora mesmo. Ou você me dá esse telefone..."

"Não, Lucy."

"Mas foi *ele* quem *me* seduziu! Você não percebe? E agora estão dizendo que eu seduzi ele! Porque não há nada que não dirão contra mim. Não há baixeza que não estejam dispostos a fazer para me destruir. Não há limite para Julian Sowerby... não compreende isso? Ele odeia as mulheres! Me odeia! Está tentando acabar com a minha vida porque sei a verdade! E não vou deixar que isso aconteça!"

"Chama o médico, Willard. Telefona para o doutor", disse Berta.

"Chamar o *quê?*", gritou Lucy.

"Berta, de manhã."

"Willard, agora."

"Ah, sim, claro", disse Lucy para a avó. "Ah, que bom, não é? Você está esperando há muitos anos para me enquadrar... porque nunca me enganou, sua velha egoísta. Chamar um *médico?*" Sacudiu os punhos na direção dos dois. "*Estou grávida!* Preciso de um marido, não de um médico... um marido para mim e um pai para meu filho..."

"Liga para o doutor", disse Berta.

Mas ele continuou a segurar o telefone. "Lucy", ele disse, "por que você não vai para a cama agora?"

"Será que não consegue enfiar na *cabeça* — Julian Sowerby está roubando o Edward! Um homem que é um devasso! E todos naquela casa sabem. E não se importam! Compra mulheres com dinheiro, e ninguém liga! Entende o que estou *dizendo?*"

"Sim, querida."

"Então o que é que vai fazer sobre isso? O mundo está cheio de demônios e monstros, e você não faz absolutamente nada, e nunca fez! Ouve o que *ela* diz", continuou, apontando para a avó. "Mas eu não! Não vou aceitar isso!"

Fez menção de sair da cozinha, mas Berta estava parada na porta.

"Deixa eu passar, por favor."

Sua avó disse: "Aonde você vai?".

"À delegacia."

"Não", disse Willard. "Não, Lucy."

"Deixa eu passar, vovó. Vovô, diga a ela para me deixar passar, se é que tem alguma autoridade sobre sua mulher. Vou lá em cima pegar meu casaco e meus sapatos, e depois sigo para a delegacia. Porque eles não vão se safar assim, nenhum deles. E, se tiverem de ir lá e prender todos eles, Roy e Julian e aquele famoso homem bom, Lloyd Bassart, então que façam isso. Porque não se pode roubar uma criança! Não se pode arruinar uma vida! Não se pode abandonar um casamento e uma família! Deixa eu passar, por favor, vovó, vou lá em cima pegar meu casaco."

"Berta", disse Willard, "deixa ela ir."

"E se chamar um médico assim que eu virar as costas, vô, você é tão mau quanto eles são. Quero que saiba disso."

"Deixa ela ir, Berta."

"Willard..."

"Vou chamar", ele disse, concordando com a cabeça.

"Bom", disse Lucy, "a verdade acaba vindo à tona, não é mesmo, vô Willard? Sempre tive alguma esperança em você, se é que te interessa saber. Mas foi um triste erro. Uma pena", ela disse, passando pela porta e subindo a escada. A porta do quarto de sua mãe estava fechada; ela devia estar acordada lá dentro, mas, como sempre, tímida e assustada demais para confrontar o que estava acontecendo em sua própria família.

Quando se vestiu para sair, chegou ao hall e, antes de descer a escada e seguir para a delegacia, parou diante da porta da mãe. Deveria partir imediatamente e deixar que as palavras ditas pela mãe naquela tarde fossem as últimas que as duas trocariam? Porque, uma vez que Edward fosse devolvido e o desastre evitado, ela jamais voltaria a pôr os pés naquela casa.

Na sala de estar no térreo podia ouvir os avós conversando, embora não fosse capaz de distinguir o que diziam. Faria alguma diferença? Estava bem claro que lado tinham escolhido. Ela contara em prantos toda a história para o avô enquanto seguiam de carro pela cidade escura a caminho de casa — e ele a havia confortado. Na sua exaustão, ele a havia ajudado a ir para a cama, cobrira seu corpo com um cobertor, até o queixo, disse

338

que descansasse, que pela manhã cuidaria de tudo — e, como alguém que não compreendesse o que já tinha compreendido fazia muito tempo, como uma boba, uma inocente, ela permitira que as palavras dele e seu próprio desespero a arrastassem para sonhos de outro mundo, outro aqui, outro agora, sonhos de um doce Jesus Cristo, do padre Damrosch e da irmã Angelica da Paixão. E agora havia despertado para descobrir que ele também se voltara contra ela.

Ah, como tudo aquilo era absurdo! Como era desnecessário! Por que haveriam de forçá-la sempre a extremos? Por que iriam se expor a tudo que aconteceria a eles quando uma solução simples e honrosa sempre esteve à mão? Se apenas cumprissem seu dever! Se apenas fossem homens!

Um médico. É por ele que estavam esperando na sala de estar. O dr. Eglund! Para lhe dar uma pílula e tornar a vida rosada pela manhã! Para lhe dar uma lição! Ou o dr. Eglund serviria de anteparo? Finalmente ela seria a beneficiária de um aborto planejado de modo que todos os demais escapassem da encrenca? Sim, qualquer coisa, *qualquer coisa*, não importa o quanto pudesse rebaixá-la ou mortificá-la — desde que poupasse todas aquelas pessoas respeitáveis da reponsabilidade pessoal e da humilhação pública. Ah, mas a desonra certamente os atingiria a todos tão logo se soubesse que ela precisou ir ao Grove numa viatura da polícia a fim de recuperar o que eles pretendiam roubar, estraçalhar e destruir.

Pois essa era a única opção que tinham lhe deixado. Certamente não retornaria sozinha para Fort Kean largando Edward para trás para ser bombardeado com mentiras, instruído por seus inimigos a depor contra a própria mãe. Ela decerto não lhes faria o obséquio de ser suficientemente idiota a ponto de chegar a um tribunal na companhia do sr. Sowerby e seu advogado — confrontando seus centavos aos milhões de Julian, confrontando seus escrúpulos às técnicas vis de seu advogado, enquanto levavam o processo de uma vara para outra, as custas subindo, as mentiras se acumulando. Ah, imagine quando afirmassem perante o juiz que ela — uma colegial de dezessete anos, sem a mínima experiência sexual — havia seduzido e ludibriado um homem para se casar com ele, que por acaso era três anos mais velho e um veterano do Exército dos Estados Unidos. Ah, não, não iria esperar pacientemente por isso — ou esperar que Ellie Sowerby, aquela reconhecida autoridade em matéria de doenças mentais, caísse em prantos e testemunhasse no tribunal que, em sua opinião profissional, Lucy Bassart era louca e sempre havia sido. Nem pretendia ser uma testemunha silenciosa no momento patético em que seu avô, chamado a prestar depoimento, contasse ao magistrado como chegara à conclusão de que a melhor coisa para Lucy talvez fosse uma conversa franca com o médico da família... Não, ela não ia se amedrontar com a circunstância de que eles mesmos não tinham lhe dado outra escolha senão salvar a vida dela e de seus filhos, nascido e por nascer.

Abriu a porta do quarto de sua mãe. O sol estava prestes a raiar.

"Estou indo agora, mãe."

A forma sob a coberta não se moveu. Sua mãe permaneceu encolhida na metade da cama mais próxima à janela, o rosto escondido atrás de uma das mãos. Lucy vestiu as luvas. Nas costas da mão esquerda havia um arranhão, onde os dentes de Roy tinham ferido sua pele.

"Sei que está acordada, mãe. Sei que ouviu o que estava acontecendo lá embaixo."

Ela continuou imóvel sob a coberta.

"Vim aqui para lhe dizer uma coisa, mãe. Vou falar, quer você responda ou não. Seria mais fácil se pudesse se sentar e me encarar. Sem dúvida seria mais digno, mãe."

Mas não haveria dignidade nenhuma: essa era a decisão de sua mãe, em incontáveis ocasiões. Ela se limitou a virar o rosto contra o travesseiro, mostrando à filha a parte de trás da cabeça.

"Mãe, o que ouvi no começo do dia — ontem — sobre meu pai, permiti que aquilo me perturbasse. É isso que quero lhe dizer. Depois que saímos daqui, pensei no que você me disse. Você falou, se ainda lembra, mãe, que ele estava onde eu sempre quis que ele estivesse. Disse que esperava que eu estivesse feliz agora. E por isso voltei para Fort Kean, pensando: 'Ah, que pessoa terrível que eu sou'. Comecei a pensar que, se não fosse por mim, ele poderia ter sido poupado do que está passando agora. Pensei: 'Ele ficou longe quase quatro anos — e por quê? Tem tido medo até de mostrar a cara por aqui. Teve que escrever para ela usando uma caixa postal — tudo por minha causa'. Então tentei me dizer, não, não, não fui o motivo... Mas sabe de uma coisa, mãe? Fui eu! Por causa do medo que ele tem de mim é que ele não está aqui — isso é verdade. Porque ele tem pavor do meu julgamento. E sabe o que mais? Essa é a única reação humana que aquele homem teve até hoje, mãe. Ficar longe — essa é a única coisa que ele foi capaz de fazer com sucesso em toda a sua vida."

Ouviu o choro de sua mãe. De repente a luz do sol invadiu o quarto, e ela viu uma carta sobre a coberta. Estava aninhada numa dobra onde devia ter caído da mão de Myra, que a levara para a cama. *Meu Deus, não há limite, não há fim.*

Quando Lucy avançou em direção à cama, sua mãe se voltou para ver o que estava prestes a acontecer. E o medo nos olhos dela, a tristeza em seu rosto — ah, sua total impotência! "Mãe, é *ele* quem destrói as nossas vidas." Agarrou a carta sobre a cama. "*Ele!*", gritou, sacudindo-a sobre a cabeça. "*Isto!*"

Então correu. Porque Willard surgiu de repente na porta do quarto, agora vestindo uma calça e uma camisa.

"Lucy..." Ele a pegou pelo casaco, e ela ouviu o som de

tecido rasgando ao livrar-se dele para descer atabalhoadamente a escada. Sua avó Berta se movia agora em sua direção na sala de estar, mas Lucy urrou: "Não! Sua egoísta, egoísta..." — e, quando sua avó pulou para trás, pôde abrir a porta de um golpe e disparar para a varanda.

"Para", Berta gritou. "Faz ela parar!"

Mas não havia ninguém na rua, ninguém entre ela e o centro da cidade.

E então suas pernas lhe faltaram. Os cotovelos bateram no chão gelado um segundo antes do queixo; uma sensação de mal-estar percorreu seu corpo, mas logo ela se pôs de pé e atravessou a rua em direção à Broadway. Havia mais de dois centímetros de neve nova sobre as calçadas e pedaços de gelo sob seus pés. Sabia que, se caísse de novo, eles a alcançariam, mas correu o mais rápido que pôde apesar do casaco e das galochas, porque precisava chegar à delegacia antes que a detivessem. Willard já estava na varanda: ela o viu ao olhar para trás por um instante. Depois um carro parou diante da casa e seu avô desceu a escada da frente vestindo apenas a camisa. O dr. Eglund! Viriam em seu encalço de carro! O carro a alcançaria em segundos! Então as pessoas chegariam às janelas, portas se abririam, outros sairiam correndo das casas a fim de ajudar os dois velhos — para evitar que ela conseguisse que a justiça fosse feita!

Rapidamente ela se enfiou por uma entrada de garagem e, se esgueirando entre o carro e a casa, mergulhou na grossa crosta branca do quintal de alguém. Um cão latiu, e ela caiu de frente ao tropeçar num arame baixo, enterrado sob a neve. Levantou e saiu correndo de novo. Uma luz azulada pairava sobre tudo, e o único ruído vinha de suas galochas a martelar a neve. E continuou correndo em direção à ravina.

Mas eles estariam esperando quando ela chegasse! Tendo-a perdido de vista, iriam diretamente para a delegacia. Dois velhos,

342

totalmente confusos sobre o que estava de fato ocorrendo, sem a menor noção do que estava em jogo, diriam à polícia que ela estava a caminho. E o que faria a polícia? Telefonaria para Roy! Quando ela acabasse de atravessar a cidade para chegar à ravina e depois subir a Broadway pela margem do rio, seu marido estaria na delegacia, esperando. Com Julian! E com Lloyd Bassart! E ela seria a última a chegar, o casaco coberto de neve, o rosto vermelho e úmido, ofegante e exausta, parecendo uma criança em fuga — *que é como seria tratada*. Claro! Teriam distorcido tanto os fatos que, em vez de vir imediatamente em seu auxílio, a polícia a entregaria ao avô, ao médico...

Mas aqueles outros se contentariam com isso agora? Um homem como Julian Sowerby só sabia uma coisa: ganhar suas paradas, por mais sujas que fossem. Sua mulher sabia disso, sua filha sabia, *todo mundo* sabia quem ele era, porém, enquanto continuasse a calar com dinheiro todos a sua volta, que lhes importava? Ela podia ouvi-lo, podia ouvir a todos, prometendo isso, prometendo aquilo, implorando perdão, e depois continuando a ser exatamente o que sempre foram. Porque simplesmente não eram capazes de se regenerar! Simplesmente não mudariam! Apenas piorariam! Por que eram contra uma mãe e um filho? Por que eram contra uma família, um lar, o amor? Por que eram contra uma linda vida, e a favor de uma vida horrível? Por que lutavam contra ela, a maltratavam, a contestavam, quando ela só desejava o que era o correto!

Mas para onde ir agora? Ela sabia o que significava seguir para a delegacia, sabia o que Julian Sowerby tentaria fazer; sabia como aquele homem se valeria daquela oportunidade, como a usaria para destruí-la de uma vez por todas. Sim, porque ela sabia distinguir o certo do errado, porque sabia reconhecer seu dever e cumpri-lo, porque sabia qual era a verdade e a proclamava, porque não suportava passivamente a traição, porque não permitiria que lhe roubassem o filho e mimassem um adulto, e raspassem de seu corpo a nova vida que começava a crescer lá dentro — eles fariam parecer que *ela* era a culpada, que *ela* era a criminosa!

... Então, para onde? Voltar não fazia o menor sentido; não havia mais *volta*. Mas correr para os braços de seus inimigos, direto para suas mentiras e traição?! Ela deu meia-volta e subiu pelo caminho que tinha descido; virou para um lado, para o outro, em direção à Broadway, para longe da Broadway, e de volta para a rua outra vez. Dobrou esquinas às pressas; ocultou-se contra muros; pisou fundo em montes de neve. Pó de neve caiu sobre seu rosto. Encostou a cabeça num cano de drenagem envolto em gelo. Caiu. A pele queimava. Uma janela se abriu, ela saiu correndo. A luz azulada se tornou cinzenta, ela começou a encontrar as pegadas que deixara na neve minutos antes.

Viu-se então diante da janela da cozinha nos fundos da casa de Blanshard Muller. Com o ombro, abriu a porta da garagem, esgueirou-se para dentro e fechou a porta a suas costas. Apertando o lado dolorido do corpo, debruçou sobre o capô do carro, baixou a cabeça e fechou os olhos. Cores flutuavam diante de suas pálpebras cerradas. Tentou não pensar. *Por que ele iria me odiar mais que tudo? Ele não odeia! Não é verdade! É mentira do Roy!*

Com inspirações trêmulas, encheu os pulmões, diminuindo a sensação de que todos os sons estavam sendo empurrados para fora de sua cabeça. Começou a tiritar de frio, porém depois ficou estranhamente calma ao ver os objetos alinhados na parede lateral da garagem: uma mangueira de jardim enrolada, uma pá, meio saco de cimento, uma câmara de pneu vazia, um par de botas com canos até a coxa.

Testou a porta do carro para ver se estava destrancada. Se pudesse ter um momento de descanso, para pensar... não, para não pensar...

Ouviu um barulho forte e ressonante. Teve um sobressalto, olhou em volta: não havia nada. Pela janela da garagem era possível ver o interior da cozinha, podia discernir os armários de parede que sua mãe tinha escolhido para o sr. Muller. Ouviu outro estrondo, mas dessa vez viu o gelo escorregando do telhado para o quintal. Entrou no carro.

E agora? Já era de manhã… Se uma luz fosse acesa na cozinha, quão rápido ela conseguiria sair da garagem? Será que ele já a tinha visto e estava saindo pela porta da frente para contornar sorrateiramente a casa? Como ela se explicaria? Em que história ele iria acreditar? O que ela seria capaz de lhe dizer senão a verdade?

E então? Contaria tudo, o que já haviam feito, o que planejavam fazer, e então? Ele abriria a porta da garagem, daria marcha a ré no carro e a levaria para o Grove. Tocaria a campainha da casa dos Sowerby e esperaria ao lado dela na varanda da frente, e logo depois deixaria claro a Irene Sowerby por que ele e Lucy estavam lá… Mas se desse com ela inesperadamente, se ele a descobrisse ajoelhada, escondida no banco traseiro do carro… então seria levado a concluir que a errada era ela! Sendo assim, ela precisava ir imediatamente até a porta dos fundos — não, a da frente — e tocar a campainha, dizer que sentia muito por incomodá-lo tão cedo pela manhã, que entendia se tratar de algo totalmente fora do comum, mas que tinha uma necessidade desesperada de… No entanto, será que ele acreditaria nela? Como era tão monstruoso o que estavam fazendo, será que acreditaria que aquilo fosse possível? Talvez nem a ouvisse, pensando o tempo todo: "Claro, este é apenas seu lado da história". Ou suponhamos que ouvisse e depois telefonasse para a mãe dela a fim de confirmar a história. Afinal, o que era Lucy Bassart para ele? Nada! Sua mãe e seu pai tinham cuidado disso. "Desculpe", ele diria, "mas não acho que isso seja da minha conta." Eviden-

345

te! Por que iria ajudá-la quando até mesmo os mais próximos tinham se voltado contra ela? Não, só havia uma pessoa em quem ela podia confiar: agora, como sempre, o único ser capaz de salvá-la era ela mesma.

Precisava se esconder; precisava encontrar um refúgio ali por perto e, quando chegasse o momento certo, surgiria de surpresa, pegaria Edward e desapareceria com ele.

Para *onde*? Ah, para algum lugar onde jamais fossem encontrados! Um lugar onde pudesse ter seu segundo filho, e onde os três pudessem iniciar uma nova vida. E nunca mais ela seria tão tola, e crédula, e sonhadora a ponto de colocar seu bem-estar e o dos filhos em outras mãos que não as suas. Ela seria a mãe e o pai dos dois, e assim os três — ela, seu menininho e em breve também sua filhinha — viveriam sem crueldade, sem traição, sem perfídia. Sim, sem homens.

Mas… e se Edward não viesse? Se ela o chamasse e ele corresse para o outro lado? *"Teu rosto está todo preto! Vai embora!"*

Ela ainda trazia na luva a carta que tinha apanhado na cama da mãe. Afundara até a cintura em montes de neve, tropeçara e caíra em cercas de quintais; puxara a porta da garagem para abri-la, se aboletara no banco traseiro do carro — e a carta endereçada à mãe continuava agarrada a sua mão enluvada.

Ela devia seguir caminho agora. Era o momento certo. A essa altura, todos estavam na delegacia. Logo se dispersariam e começariam as buscas. Não havia um segundo a perder, não com algo tão ridículo quanto uma carta dele. Ela mal havia permitido que ele frequentasse seus pensamentos desde o dia em que Edward nascera; ela o tinha enxotado de suas vidas, e depois de sua mente. Não havia nada a fazer com aquela carta senão destruí-la. E como isso seria apropriado. Queimar a carta, espalhar as cinzas ao vento — essa seria de fato a cerimônia mais adequada. Sim, adeus, adeus, homens fortes e corajosos. Adeus, protetores e defensores, heróis e salvadores. Vocês não são mais necessários, não mais desejados — infelizmente, foram descobertos. Adeus, adeus, mulherengos e enganadores, covardes e fracotes, trapaceiros e mentirosos. Pais e maridos, adeus!

A carta consistia em uma longa folha de caderno. Havia espaços em branco no topo e depois começava a mensagem. A página estava coberta de palavras na frente e no verso, e as linhas traçadas em azul tinham permitido que o prisioneiro escrevesse de uma ponta à outra de forma bastante regular.

Ela forçou a folha de volta para dentro do envelope. A qualquer minuto, Blanshard Muller se levantaria da cama, desceria a escada, sairia da casa — e ela seria descoberta! E entregue a eles — a seus inimigos! Por isso, corra!

Mas para onde? Para um lugar onde ninguém pensaria em olhar... algum lugar perto o suficiente para que ela chegasse com rapidez à casa dos Sowerby... à tarde, quando ele estiver brincando no quintal... não, à noite, quando todos dormirem... sim, à noite, enquanto ele também dormisse, embrulhá-lo num agasalho... *"Você é má! Tua cara está preta! Me larga!"*

Não! Não! Não podia fraquejar agora. Não podia fraquejar diante de suas mentiras vis. Tinha de reunir todas as forças necessárias. Toda a ousadia, toda a audácia...

Voltou a tirar a carta do envelope. Iria lê-la, e destruí-la — e partiria logo depois. Claro, iria ler o que ele escreveu, e encontraria em suas palavras o que a endureceria para resistir às provações que a esperavam... a tocaia... o sequestro... a fuga... Ah, ela não sabia *o que* iria acontecer, porém não podia ficar com medo! Contra o frio e a escuridão, totalmente só, enquanto aguardava para liberar o filho de seus sequestradores — *"Mamãe, onde você estava?"* —, enquanto aguardava para salvá-lo — *"Ah, mamãe, me leva com você!"* — e fugir com ele para um mundo melhor, uma vida melhor. Tudo que ela teria para sustentá-la seria o poder de seu ódio, sua repugnância, seu nojo daqueles monstros que tão cruelmente destroem a vida de mulheres inocentes e crianças inocentes. Ah, sim, então leia e lembre-se do horror infligido a você e a seus familiares, da crueldade e da malevolência impostas de propósito e sem fim. Sim, leia o que ele escreveu, e terá coragem de enfrentar qualquer adversidade. Qualquer que seja a desventura, a desolação, você será implacável. Porque precisa ser! Porque só resta você para salvar seu filho de homens como aqueles — salvar sua indefesa e inocente filha que ainda não nasceu. Ah, sim, sirva-se delas, dessas palavras dele, inscreva-as no coração, e siga em frente, resoluta. Sem temor algum, Lucy! Contra todas as probabilidades, mas ainda assim sem medo! Porque eles estão errados e você está certa, e não há escolha: o bem há de triunfar! O bom, o justo, o verdadeiro *precisam...*

NOME: D. Nelson - Nº. 70561 - DATA: 14 de fevereiro
DESTINATÁRIO: Sra. Myra Nelson (ESPOSA)

Querida Myra,

Acho que li sua carta umas vinte vezes. Não há dúvida sobre todas as coisas que você diz. Fui tudo aquilo e provavelmente até mais. Como disse antes, sinto muito e sentirei pelo resto da vida ter lhe causado tanta vergonha e dor. Mas agora não há dúvida de que você está realmente livre para sempre dos problemas que lhe causo. Presumo que o estado da Flórida cuidará disso. Para mim, não importa. Toda a minha vida foi mais ou menos uma parada dura. Nenhum plano, por melhor que fosse, deu certo. Mas não devia ter ferido a pessoa que era mais próxima de mim no mundo. Isso é que foi errado.

Uma coisa que me faz sentir melhor é você dizer que não há mais ninguém. Isso seria mais do que eu posso suportar. Simplesmente não seria capaz de ouvir isso. Lembre-se só de uma coisa:

eu tive dezenove anos de felicidade. E a única coisa negativa foi a impossibilidade de lhe dar as coisas que queria que você tivesse. Talvez, quando eu sair, se sobreviver, poderei lhe dar alguma ajuda financeira, mesmo à distância, se você ainda preferir que seja assim. Mas, para cumprir a pena mínima, é preciso ter um patrocinador e um emprego: embora não devesse estar te incomodando com isso, pergunto se não teria alguém em vista.

Obviamente, de toda forma tudo dependerá de quão vingativa a "Justiça" vai ser. Até certo ponto, a punição serve como um corretivo. Passado esse ponto, ela se torna destrutiva. Desde que cheguei aqui, já vi casos em que a Justiça depende de como você escreve a palavra. Se é como o dicionário manda, ou se é usando um cifrão ou um pistolão. Já vi várias vezes a Justiça não ser "honrada", e sim comprada. Vejo como os companheiros se tornam duros e amargos quando perdem a chance de serem ajudados.

Mas não vou insistir nesses assuntos. Sobretudo hoje. Myra, Myra, os anos que passam parecem tornar as recordações do passado mais e mais tocantes. Sinto tanta saudade de você, é pior do que sentir fome. Há muitos anos eu te disse que, sem você, ia escorregar bem depressa para o inferno. Acho que foi uma profecia que se realizou por completo. Eu poderia mencionar vários nomes de pessoas sem as quais poderia ter vivido bem, mas nunca o seu: Myra, Myra, Myra.

Ah, Myra, sempre esperei que, a essa altura da vida, fosse capaz de exprimir este desejo de uma forma muito mais substancial, mas, se puder me perdoar, isso terá de bastar até que o estado da Flórida decida de outra maneira:

Quando os anos passam — cada vez mais velozes —,
Nós sentimos uma necessidade maior
De rememorar, e o desejo de voltar a viver
Naquele passado glorioso — ter de novo e dar de novo.

Relembramos os erros que fizemos,
As dores e os pesares que infelizmente causamos
Ressurgem bem claros — trazendo maior sofrimento
Até que desejamos, do fundo do coração, recomeçar.

Mas para fazer melhor — com a dor ausente —,
E desfrutar todas as coisas boas para sempre.
E é por isso que só tenho desejado
Ser mais uma vez seu namorado.

Sempre seu,
Duane

Na terceira noite após o desaparecimento de Lucy, dois jovens alunos do colegial foram de carro até o Paraíso da Paixão para ficarem a sós. Perto da meia-noite, hora em que a garota devia estar em casa, tentaram retornar à cidade e descobriram que os pneus tinham afundado na neve. De início, o rapaz empurrou o carro por trás enquanto sua companheira, ao volante, pisava no acelerador. Ele então pegou uma pá no porta-malas e, no escuro, enquanto a moça apertava as luvas contra os ouvidos e suplicava para que ele fosse rápido, começou a cavar para abrir caminho.

Assim o corpo dela foi encontrado. Estava totalmente vestido; na verdade, as roupas de baixo tinham se congelado e colado à pele. Sua mão, congelada, segurava junto ao rosto uma folha de caderno, também congelada. A hipótese inicial, de que a mão tivesse sido erguida para se proteger de alguma pancada, foi posta de lado quando o delegado reportou que, fora um pequeno arranhão nas articulações da mão direita, o corpo não apresentava nenhum ferimento, hematoma ou perfuração, nenhum sinal de violência por menor que fosse. Nem havia indicação de abuso sexual. Nada se disse sobre a gravidez, fosse porque o legista não encontrou qualquer evidência, fosse porque a investigação só incluiu testes de laboratório rotineiros. A causa da morte foi exposição ao frio.

O legista não pôde determinar com exatidão por quanto tempo ela ficou lá sem ser descoberta; as baixíssimas temperaturas tinham mantido o corpo intato, mas, a julgar pela profundidade da neve acima e abaixo do cadáver, estimou-se que a jovem mulher provavelmente morreu cerca de trinta e seis horas antes de ter sido encontrada. Neste caso, teria conseguido sobreviver no Paraíso da Paixão um dia e uma noite e, sabe-se lá como, até a manhã seguinte.

Alguns meses depois do enterro, durante uma daquelas primaveras frias e úmidas que são comuns na zona central dos Estados Unidos, as cartas da prisão começaram a ser entregues diretamente na casa.

ESTA OBRA FOI COMPOSTA POR ACOMTE EM ELECTRA E IMPRESSA PELA
GEOGRÁFICA EM OFSETE SOBRE PAPEL PÓLEN SOFT DA SUZANO
PAPEL E CELULOSE PARA A EDITORA SCHWARCZ EM JUNHO DE 2018

A marca FSC® é a garantia de que a madeira utilizada na fabricação do papel deste livro provém de florestas que foram gerenciadas de maneira ambientalmente correta, socialmente justa e economicamente viável, além de outras fontes de origem controlada.